KB235254

응용인문의 현장

응용인문의 현장

2009년 6월 1일 초판 인쇄 2009년 6월 10일 초판 발행
지은이 안남일 외 편저
펴낸이 한봉숙 **펴낸곳** 푸른사상사
기획 심효정 **편집** 김세영 **디자인** 지순이 **마케팅** 강태미
출판등록 1999년 7월 8일 제2－2876호
주소 서울시 중구 을지로3가 296－10 장양B/D 701호
대표전화 02) 2268－8706(7) **팩시밀리** 02) 2268－8708
이메일 prun21c@yahoo.co.kr / prun21c@hanmail.net
홈페이지 http://www.prun21c.com
ⓒ 2009, 안남일

ISBN 978－89－5640－681－7 93810

가격은 표지 뒷면에 있습니다.
21세기 출판문화를 창조하는 푸른사상은 좋은 책을 만들기 위해 노력하고 있습니다.

이 도서의 국립중앙도서관 출판시도서목록(CIP)은 e－CIP 홈페이지(http://www.nl.go.kr/cip.php)에서
이용하실 수 있습니다. (CIP제어번호 : CIP2009001574)

응용 인문의 현장

| 안남일 외 편저 |

푸른사상

사이버 문화란 인터넷 커뮤니케이션을 통해 형성되는 문화, 또는 콘텐츠로써 이루어지는 문화로, 기본적으로 정보 기술의 바탕 위에서 전개된다. 피에르 레비는 사이버 공간의 팽창에 따라 발달하고 변화하는 물적, 지적테크닉, 실천, 태도, 사유방식 등의 총체로 사이버 문화를 규정하고 있다. 이는 총체적인 문화 양태로 사이버 문화를 인식하고 있고, 나아가 사이버 공간 속에서의 기술, 가치 행동 등의 구성요소를 통해서 디지털 정보 수단을 매개로 하는 사회적 인지적 활동의 총체라 할 수 있다. 특히 오늘날 뉴미디어 커뮤니케이션의 현대 지식사회에서는 정보가 핵심이 되기 때문에 기존의 인문학적 학문 영역의 확대는 필연적이라고 할 수 있다. 지금까지 전통적 인문학의 초점이 인간 그 자체에 있었다고 한다면 이제는 인문학뿐만이 아니라 예술, 대중문화를 비롯한 과학과 기술까지를 포괄하는, 말 그대로 응용인문학의 당위성이 제기되는 것이다.

『응용인문의 현장』은 이같은 시대적 현상과 인문학 연구 환경의 변화에 따른 작은 시도이다. 『응용인문의 현장』은 2008년도 고려대학교 응용언어문화학협동과정의 전공과목으로 개설된 "사이버문화론"과 "현대문학과 콘텐츠", 그리고 한성대학교 대학원의 전공과목으로 개설된 "문화콘텐츠를 위한 스토리텔링" 강의를 통해 산출된 결과이다.

특히 고려대학교 응용언어문화학협동과정 중 하나의 전공영역인 문화콘텐츠학은 문예학의 이론적 점검과 동서양 문예미학, 동서양 공연예술 등 다양한 문화 관련 분야들을 포괄하여 연구하는 것을 목적으로 한다. 이 응용언어문화학협동과정은 기존의 인문과학이 안고 있는 이론 중심의 연구 패턴을 넘어서 현대적 의미의 새로운 연구방향으로의 전환을 모색하고 있다. 따라서 기존의 학과 단위의 강의 구성에서 벗어나 이론과 실제를 접합시키는 방법론의 모색과 단일학과 단위의 편협성에서 벗어난 학제간의 연구를 지향한다.

이에 『응용인문의 현장』은 응용언어문화학협동과정 소속 연구자들의 연구에 대한 의욕 고취와 응용언어문화학협동과정의 연구의 질을 높이기 위해 기획되었다. 10여명 남짓한 연구자들이 단순히 외형적 성과물을 중요시한 것이 아니라 지속 가능한 연구 테마를 만들어내고 그것을 하나의 목적성을 가지고 함께 생각해보는 계기가 되었다는 점은 소중한 내면적 성과가 아닐 수 없다. 그러므로 『응용인문의 현장』은 응용언어문화학협동과정 소속 연구자들의 학문적 연구의 밑거름이 되는 출발점이라 하겠다.

『응용인문의 현장』은 크게 두 부분, 즉 '사이버 문화와 콘텐츠'와 '매체변용과 스토리텔링'으로 구성되었다. 최근 활발한 논의가 진행되고 있는 '사이버 문화'와 '스토리텔링'을 중심 테마로 한정하였고, 논의에 참여한 개별 연구자들이 자유롭게 자신의 연구 방향성을 가질 수 있도록 노력했다.

김장곤의 「디지털 이미지 커뮤니케이션에 관한 이해」는 기존의 커뮤니케이션과는 다른 디지털 이미지를 이해하기 위해서 디지털이미지란 무엇이고, 커뮤니케이션이 어떻게 변화되어져 왔으며, 커뮤니케이션으로의 이미지란 무엇인가에 대해 살펴보고 있다. 이는 디지털이미지와 기존 커뮤니케이션의 차별성을 이해하기 위한 것으로, 이를 통해서 새로운 커뮤니케이션으로의 디지털이미지를 이해할 수 있다는 것이다.

특히 롤프 옌센의 언급처럼 앞으로의 매체는 이미지가 될 것이라는 점에서, 이미지들을 통한 많은 커뮤니케이션의 움직임들은 매우 중요한데, 오늘날의 디지털이미지는 테크놀로지와 정보 네트워크의 발전에 힘입어 새로운 커뮤니케이션으로 확장되어 가고 있음을 부인할 수 없다는 것이다.

이러한 맥락에서 논자는 오늘날을 살아가고 있는 우리는 사진, 영화, 텔레비전, 만화, 광고 등 수많은 이미지들을 통해 커뮤니케이션하고 있으며, 대부분의 이미지들은 이미 디지털화되어 디지털이미지의 형태로 존재하고 있기 때문에 디지털이미지가 가지는 특성으로 인해서 미치고 있는 영향력에 대한 의견을 제시하고 있다.

이재학의 「월드오브워크래프트(World of Warcraft)의 캐릭터 선택에 관한 연구」는 유저가 어떤 캐릭터를 선택하느냐에 따라 가상공간 속에서 나의 위치와 인식이 달라지고 같은 메시지라도 새로운 의미를 생산해 낼 수 있다는 점을 주목하고 있다.

특히 캐릭터를 생성하고 선택하는 과정은 마치 자신이 신의 역할을 대행하는 매력뿐만이 아니라 자기 자신을 스스로 만들어낼 수 있는 특별한 경험이라는 점에서 자기동일시현상으로 그 맥이 닿아있다고 보고 있다.

이처럼 게임 유저들은 신적 판타지라는 선택의 자유로움과 동시에 캐릭터 선택의 경로 의존성이 강하다는 점을 공유하고 있기 때문에 캐릭터 선택의 의미는 개인이 몰입의 과정에 진입하는 최초의 단계로 향후 게임을 통해 자신을 동일시해가는 주요한 전환점으로 작용한다고 본 것이다.

주재연의 「공연예술의 사이버 공간 활용 현황과 전망」은 에든버러 프린지 페스티벌 참가로 해외시장에 성공적으로 진출하였고 그 결과 한국의 대표적인 공연상품으로 상설공연장을 운영하는 〈난타〉와 〈점프〉의 홈페이지 분석을 통해 공연예술의 사이버 공간 활용에 대해 살펴보고 있다.

특히 논자는 사이버 공간에서의 예술활동에 주목하는 이유로, IT 기술과 인터페이스 환경의 발전 그리고 다양한 플랫폼의 개발로 새로운 형태의 콘텐츠 제작 행위들과 사이버 공간에서의 쌍방향 커뮤니케이션화, 그리고 기존의 마케팅 활동 영역이 사이버 공간에서 모두 가능하다는 점과 IT 기반의 예술 활동은 문화산업 콘텐츠로 재가공이 용이하며 하나의 콘텐츠들이 다른 산업의 발전을 불러오는 산업연관효과를 일으킨다는 점을 들고 있다.

이는 향후 공연예술의 사이버 공간 활용의 활성화에 대한 견해를 보여주는 것으로, 공연예술 제작 과정에서의 이용자 참여나 개별 아티스트에 대한 사이버 공간 활용 방식에 대해서는 접근하기 어려운 한계점도 언급하고 있다.

이하나의 「사이버 한자 학습 콘텐츠 비교 연구」는 한자 학습 콘텐츠 제작을 위한 첫 단계인 한자 학습 콘텐츠의 현황을 비교분석하고 있다.

논자는 우리말 전체의 약 70%가 한자어로 이루어져 있다는 사실과 우리나라 국민들이 한글의 전용만으로는 올바른 언어생활과 풍부한 의사표현을 할 수 없다는 점을 지적하고, 학습자들이 글로벌 시대를 살아가면서 우리나라 국민으로서 한자를 학습하고 사용하며 보다 바르고 정확한 국어 생활을 영위할 수 있도록 하는 학습프로그램 개발의 당위성을 역설하고 있다. 이에 대한 실천적 방안으로 컴퓨터와 관련이 있는 모든 학습 콘텐츠를 사이버 한자 학습 콘텐츠라고 정의하고 현재 사이버 한자 학습 콘텐츠의 현황을 주목한 것이다.

이를 통해서 논자는 사이버 한자 학습 사이트의 운영자는 한자 학습의 본래적 목표를 우선적으로 파악하여 이에 합당한 콘텐츠를 구축해 운영해야 하고 학습자의 입장을 고려하여 보다 정확한 정보를 제공하는 것은 물론, 목표로 설정한 학습의 성취도를 높일 수 있도록 학습자를 관리하는 시스템을 취하는 체계의 운영이 필요함을 강조하였다.

이수현의 「추리소설의 미디어 콘텐츠화 방안 연구」는 문학연구자들이 비교적 잘 다루지 않는 추리소설을 연구대상으로 삼아 기존의 문학 연구 방법이 아닌, 추리소설에 대한 새로운 연구 방법론을 문화 콘텐츠 담론에서 살펴보고 있다.

특히 논자는 문학 연구의 원소스 개발이라는 측면에서 추리소설이 지니는 대중적 오락성은 문화 콘텐츠와 관련된 문학 연구에 새로운 방법론을 제시할 수 있는 중요한 요건으로 보고, 예술과 산업을 접목하는 문화 콘텐츠적 시각에서 볼 때 문학성과 오락성을 동시에 지니는 추리소설을 원소스로서의 가치를 가진다고 하였다.

이러한 맥락에서 문화 콘텐츠의 원소스로서 추리소설에 대한 연구 방법의 하나로 김내성의 「타원형 거울」이 미디어로 전환될 때 고려되어야 할 사항을 제작 요소의 분석을 통해 논지를 전개하고 있다.

「타원형 거울」이 통상적인 추리소설의 도식적인 기법을 배제하고, 플롯이나 인물의 구현에서 독특한 기법을 선보이고 있는데, 새로운 내용으로의 각색 여지가 풍부한 단편소설이라는 점과 범인으로 의심되는 등장인물들 간의 심리적 긴장감이 독자의 흥미를 유발시키는 점 등의 특징을 미디어로 콘텐츠화 하는 방안을 제시하고 있다.

신혜원의 「치매 노인을 위한 전통놀이 콘텐츠 개발 연구」는 최근 주목을 받고 있는 질환중 하나인 노인성 치매를 앓고 있는 치매 노인을 위한 프로그램 개발을 목적으로 하고 있다.

논자는 오늘날 치매 노인을 위한 프로그램의 중요성과 필요성에 대한 인식이 증가하고는 있지만 아직까지 체계적인 프로그램의 개발이 이루어지지 않는 현실적인 문제와 노인복지관이나 전문 요양시설, 병원 등에서 실시하고 있는 프로그램 역시 그 내용과 질적인 면에서 매우 미흡한 단계라는 점에 착안, 치매 노인들을 대상으로 접근이 용이한 전통놀이를 활용하여 각 기관과 병원 그리고 가정에서 실행할 수 있는 흥미로운 놀이 프로그램들을 개발하고 현장에서 활용할 수 있도록 각 서비스 기관에 보급하기 위한 방안을 제시하고 있다.

양선미의 「『마지막 박쥐 공주 미가야』의 애니메이션 스토리텔링화 방안」은 많은 콘텐츠 산업 중에서도 무한한 확장이 예상되고 있는 애니메이션의 서사화 방안에 대해 살펴보고 있다.

논자는 오늘날 애니메이션 산업은 더 이상 어린이를 대상으로만 하지 않으며, 여가의 중심이 가정으로 옮겨가고 있을 뿐 아니라 키덜트(kidult)로 불리는 어른들 또한 애니메이션을 즐기는 것을 볼 때 향유층은 거의 모든 계층에 포진하고 있음을 미루어 짐작할 수 있다고 하였다. 그렇지만 디즈니를 비롯한 몇몇 회사들이 서사가 풍부한 애니메이션을 생산해내고 있는 것에 반해서 국내의 경우에는 많은 수의 애니메이션들이 창작되고 있지만 만 상업적인 면에서는 좋은 성과를 거두지 못하고 있는데, 이는 논자는 '서사의 부족'으로 인식하고 있다.

이러한 현상에 대해 논자는 이 논문에서 애니메이션의 활성화 방안으로 훌륭한 서사를 확보하고 있는 장편동화의 스토리텔링을 제안하고 있다. 원작이 있는 스토리텔링은 제2의 창작으로, 순수한 창작보다 더 어려운 작업이 될 수도 있다. 그것은 원작이 품고 있는 장점을 놓치지 않음과 동시에 원작에는 없는 요소들을 창출해야 하기 때문이다. 이에 대한 하나의 예로서, 논자는 2000년에 출간되어 작품성과 상업성을 인정받은 장편 창작 동화 『마지막 박쥐공주 미가야』의 애니메이션 스토리텔링화를 시도하면서 애니메이션의 가능성과 한계성을 모색한 것이다.

안남일·이용승의 「〈리니지2〉의 스토리텔링에 관한 연구」는 다매체 시대의 다양한 문화콘텐츠 자료 속에서 '게임 플레이어들은 〈리니지2〉의 스토리텔링을 어떻게 인식하고 있는가' 라는 부분을 살펴봄으로써 〈리니지2〉에 대한 재조명을 목적으로 하고 있다.

연구 대상으로 삼은 〈리니지2〉는 MMORPG의 대표적 게임으로, 초고속 인터넷의 대중적인 보급과 IT 기술력을 바탕으로 국내 온라인게임의 폭넓은 발전 속에서 국내 온라인 게임 산업 중 많은 주목을 받고 있기 때문에 콘텐츠의 스토리텔링의 중요성을 살피는 데 용이하다고 할 수 있다.

특히 논자는 분석의 틀을 3개의 카테고리(오프닝 동영상의 기반적 스토리, 퀘스트를 통한 이상적 스토리, 플레이어가 만드는 우발적 스토리)로 설정하였는데, 분석 결과 〈리니지2〉는 독특한 스토리텔링의 특성을 드러내고 있음을 확인하고 있다.

박미희의 「칙릿 영화에 나타난 스토리텔링 연구」는 출판 콘텐츠가 영상 매체로 변용하는 과정에서 스토리텔링이 어떻게 구성되는가를 살펴보고 있다. 연구대상은 『브리짓 존스의 일기』, 『악마는 프라다를 입는다』, 『내니의 일기』와 이들을 영화화한 〈브리짓 존스의 일기〉, 〈악마는 프라다를 입는다〉, 〈내니 다이어리〉이다.

논자는 특히 출판 콘텐츠 가운데 여성 문학으로 대두되고 있는 칙릿(chick-lit)의 영상화에서 나타나는 스토리텔링을 중점적으로 살펴보고 있는데, 그것은 칙릿이 문학의 한 장르로 주목될 뿐만 아니라 칙릿을 영화화한 베이브버스터(babebust) 역시 영화 산업에서 남성 영웅 중심의 블록버스터와 비교되는 장르로 주목받고 있기 때문이라는 것이다.

이를 통해서 칙릿이 영상화하는 과정에서 시각적인 부분을 강조하고 있으며, 칙릿이 갖는 특성을 반영할 수 있는 장치로 의상과 파티가 부각되고 있음을 확인하고 있다.

권순정의 「소설과 영화의 거리 : 『발자크와 바느질하는 중국소녀』」는 소설을 원작으로 동명영화를 제작한 다이시지에[戴思杰]의 장편소설 『발자크와 바느질하는 중국소녀』를 통해 소설의 작가와 영화의 감독이 동일한 작품을 통해 소설을 영화로의 매체 변형에서 오는 본질적 차이에 대해 살펴보고 있다.

논자는 특히 이야기를 풀어가는 서술자의 관점에 주목하면서, 소설에서의 플롯구조와 영화에서의 플롯구조의 차이점을 소도구를 통해 이야기 전개과정을 살펴보고 있다. 더불어 플롯구조와 함께 매체 변형에서 오는 인물들의 확장·축소를 살펴봄으로 전반적인 소설과 영화의 전개과정을 살핌과 동시에, 소설과 영화에서 등장하는 소도구들을 통해 동일한 서술자가 소설에서 나타나는 언어의 상징적 기호와 영상에서 표현하는 도상적 기호에 대한 의미의 변별점을 찾고 있다.

이상에서 『응용인문의 현장』에 수록된 개별 논문을 일별해 보았는데, 『응용인문의 현장』은 하나의 테마를 선정해서 연구의 깊이와 폭을 넓혀가는 것이 아니라, 일정 카테고리 안에서 연구자 개인별로 세부 테마를 선정했기 때문에 전체적인 흐름의 동질성을 찾기는 어렵다. 하지만 사이버 문화, 콘텐츠, 스토리텔링 등의 카테고리 안에서 나름의 방향성을 설정했기 때문에 현상에 대한 전반적인 맥은 함께 한다고 하겠다.

다만 위에서도 언급했듯이, 이것은 하나의 시도이며 출발이라는 점에서 오류와 문제점들이 내재되어 있을 수 있다. 이는 지속적인 연구를 통해 수정, 보완될 것이다. 『응용인문의 현장』을 접하는 여러 연구자들께서 많은 질정과 더불어 애정어린 지도를 통해 이제 본격적 학문의 길로 들어서고자 하는 신진연구자들을 격려해 주기를 부탁한다. 또한 『응용인문의 현장』이 단순히 일회성 연구결과물에 그치지 않고 응용언어문화학협동과정의 연구결과물로 거듭나 제2, 제3의 학술연구간행물로 발간될 수 있었으면 하는 소박한 바람도 가져본다.

『응용인문의 현장』을 발간하면서 감사드릴 분들이 많다. 우선 편저자에게 강의할 기회를 마련해 주신 고려대학교와 한성대학교 대학원 주임교수님들께 감사드린다. 또한 이 책이 발간되는 과정에서 많은 도움과 조언을 해주신 고려대학교 인문대학과 한성대학교 국어국문과의 여러 교수님들께 감사드린다.

무엇보다도 이 책의 실질적인 저자들이라고 할 수 있는 여러 연구자들의 적극적인 동참에 감사드린다. 논문에 대한 토론과정과 수정 보완 과정 속에서 느꼈던 마음을 함께 공유하며 학문적 정진을 위해 노력하기를 다짐해 본다.

끝으로 '우리의 책 한 권이 내일을 가능하게 한다'는 사명감으로 이 책의 출간을 흔쾌히 맡아 주신 '푸른사상사' 한봉숙 사장님과 편집진 여러분들께 감사의 말씀을 전한다.

2009년 5월

편저자 안남일

<h2 style="text-align:center">제2부 　매체변용과 스토리텔링</h2>

제1부

사이버 문화와 콘텐츠

디지털이미지 커뮤니케이션에 관한 이해

I. 서론

인류는 태어나면서부터 끊임없이 주변과의 의사소통을 통해 살아가며, 의미의 전달은 인간의 성장과 함께 계속해서 발전하고 다양해지고 있다. 인류는 기원전 2만 5천 년 전 동굴에 남긴 현존하는 가장 오래된 벽화에서도 자신 혹은 동료의 모습과 자신의 훌륭한 도구인 손을 남김으로써 의미를 전달하고 기록한다는 목적을 충실히 달성했다. 이미 이때 인류는 사냥한 동물이나 자신의 모습을 동굴 벽에 남기면서 자신의 뜻을 타인에게 전달하는 방법을 알고 있었으며, 이것이 인류에게 있어 커뮤니케이션의 시작이라고 할 수 있을 것이다. 이렇듯 오래된 커뮤니케이션의 역사에 있어, 이미지를 대체하는 문자의 등장은 인류에게 제공된 또 다른 커뮤니케이션의 형태였다. 문자는 이전의 그림으로 행해진 커뮤니케이션과 또 다른 것이었으며, 이후 15세기 독일의 구텐베르크가 만들어낸 금속활자를 통해 커뮤니케이션은 비약적으로 발전할 수 있었다. 금속활자는 인류에게 더 많고, 좀 더 손쉬우며, 더 대량의 커뮤니케이션을 가능하게 하였으며, 이를 통해 문자는 커뮤니케이션에서의 중요한 위치를 차지할 수 있었다. 금속활자는 정보의 대량생산과 대량보급을 가능하게 하였고, 이를 통해 인류는 과학혁명, 산업혁명을 거쳐 정보통신혁명에 이르기까지 발전을 거듭할 수 있었던 것이다.

그러나 20세기 지식정보화 시대에 인류는 문자 중심의 커뮤니케이션에서 벗어나 이미지의 시대에 접어들었다. 롤프 옌센은 그의 저서『드림 소사이어티(The Dream Society)』에서 앞으로의 매체는 이미지가 될 것이라고 말하며, 농업시대엔 흙, 들판, 가축이, 산업시대엔 석탄, 석유, 철강이 주요 생산 원료였지만, 지식정보화 시대에는 자료, 정보, 지식으로 구성된 생산물이 증가하고 이미지를 통한 의사소통이 더욱 강력하게 자리 잡을 것이라고 말하였다.[1] 그의 말처럼 오늘날의 우리는 아침에 눈을 떠서 잠들 때까지 수많은 이미지들에 둘러싸여 살아가며, 이러한 이미지들을 통해 수많은 커뮤니케이션이 행해지고 있다. 특히 20세기 후반 발달한 디지털이미지는 테크놀로지와 정보 네트워크의 발전에 힘입어 새로운 커뮤니케이션으로 자리 잡아 가고 있는 것으로 생각된다.

이러한 디지털이미지의 디지털 정보로 이루어졌다는 특성과 네트워크가 만나서 기존의 커뮤니케이션과 다른 특징과 차별성을 만들어 내고 있다. 디지털이미지는 원본의 손상 없이 손쉽게 무한 복제가 가능하기 때문에 복제되면서 새로운 의미가 첨가되기도 하고, 새로운 해석이 더해지기도 한다. 또한 디지털이라는 특성상 네트워크로 연결된 곳이라면 어떠한

---

1) 롤프 옌센, 『드림 소사이어티』(꿈과 감성을 파는 사회), 한국능률협회, 2000.

곳으로도 커뮤니케이션이 가능하기 때문에, 다른 커뮤니케이션에 비해 시간과 장소에 제약되어 있지 않다고 할 수 있다.

이러한 기존의 커뮤니케이션과는 다른 디지털이미지를 이해하기 위해서는 기존 커뮤니케이션에 대해 알고, 디지털이미지와 비교하여 그 다름을 이해할 필요가 있다. 그래서 이 글에서는 디지털이미지란 무엇이고, 커뮤니케이션이 어떻게 변화되어져 왔으며, 커뮤니케이션으로의 이미지란 무엇인가를 이해하고자 한다. 그리고 이를 바탕으로 하여 디지털이미지와 기존 커뮤니케이션의 차별성을 이해한다면 새로운 커뮤니케이션으로의 디지털이미지를 이해할 수 있을 것으로 기대한다.

오늘날을 살아가고 있는 우리는 사진, 영화, 텔레비전, 만화, 광고 등 수많은 이미지들을 통해 커뮤니케이션하고 있으며, 대부분의 이미지들은 이미 디지털화되어 디지털이미지의 형태로 존재하고 있다. 또한 디지털이미지는 처음부터 디지털의 형태로 존재하는 것과 기존에 존재하던 이미지들을 디지털화한 것 등으로 구분할 수 있다. 그러나 매체나 원본에 관계없이 디지털화된 모든 이미지는 디지털이미지라고 할 수 있다. 다만, 다양한 형태나 매체로 디지털과 이미지가 존재가능 하기 때문에, 이 글에서는 사진이나 동영상의 형태로 존재하는 디지털이미지에 한정하여 이야기하고자 한다.

또한 디지털이미지가 가지는 특성으로 인해 현재에 어떠한 영향을 미치고 있는지 짚어보며 앞으로의 발전을 가늠해보고자 한다. 다만, 이글에서 말하여지지 못한 디지털이미지에 대해서나, 디지털이미지의 미래에 대해서는 추후 알아볼 수 있을 것으로 기대한다.

Ⅱ. 디지털이미지의 의미와 발전

우리가 아침에 눈을 떠서 잠들 때까지 우리는 수많은 이미지를 보고, 그를 통해 수많은 정보를 획득하고 있는데, 이러한 이미지들 중 많은 수가 디지털이미지이다. 그렇다면 디지털이미지란 무엇인가? 이를 이해하기 위해 이미지가 무엇인가를 이해할 필요가 있다. 이미지는 바라보는 측면이나 어떻게 바라볼 것인가에 따라 다르게 볼 수 있으며, 여러 가지의 다양한 어원을 가지고 있다. 또한 이미지는 사회의 다양한 분야와 연관되어 있어, 이를 이해하고 정의내리기 위해서는 여러 방면에 있어서의 이해가 필요하다고 할 수 있다. 그러나 굳이 정의하자면, 이미지는 '보이거나 보이지 않는 것 모두를 포함하여 형상화한 것'이라고 말할 수 있다.[2] 이와 함께 디지털이란 이진코드로 되어 있는 정보체계를 말하며 이것은 가장 진보적이고 가치 확대적인 커뮤니케이션이라고 할 수 있다.[3] 디지털은 디지트(digit)라는 사람의 손가락이나 동물의 발가락이라는 말을 그 어원으로 하고 있다.[4]

그렇다면 디지털이미지란 무엇인가? 디지털이미지는 '보이거나 보이지 않는 모두를 디지털코드로 형상화한 것', 즉 이미지 중에서 디지털적 특성을 가지고 있는 이미지, 전자정보와 디지털 코드로 구성되어 있는 이미지를 말한다. 다시 말하자면, 디지털이미지는 이진코드에 의해 생성된 이미지들을 총칭하는 의미이며, 디지털이미지에는 처음부터 디지털의 형태로 존재하는 것과 기존에 존재하던 이미지들을 디지털화한 것이 모두

---

2) 유평근 · 진형준, 『이미지』, 살림, 2002, pp.21~27.
3) 김효일, 『디지털이미지』, 창지사, 2003, p.25.
4) http://100.naver.com/100.nhn?docid=52701

포함된다. 이러한 디지털이미지에는 넓게는 형상화된 시각적인 이미지인 2차원적 평면 이미지와 시간적 개념이 포함된 동영상이 모두 포함된다.[5]

우리는 얼마나 많은 이미지 속에서 지내고 있을까? 우리는 사진, 영화, 텔레비전, 만화, 광고 등 수많은 이미지들을 통해 커뮤니케이션하고 있고, 또한 네트워크상에서의 수많은 정보들과 소통 또한 이미지를 통해 이루어지고 있다. 이미지를 통해 정보를 얻고, 전달하며 다른 사람과 소통하고 있는 것이다. 이처럼 우리의 주변은 수많은 이미지들이 존재하고 있으며 이러한 이미지들 중 많은 수는 이미 디지털화되어 디지털이미지의 형태로 존재한다.

최초의 디지털이미지는 1980년대에 발명된 비트맵 방식의 이미지라고 할 수 있고, 현재 디지털이미지는 크게 벡터 방식의 이미지와 비트맵 방식의 이미지로 구분할 수 있다.[6] 벡터 방식의 디지털이미지는 어도비 시스템에서 개발한 Encapsulated Postscript인 EPS 방식과 Windows Metafile인 WMF, Computer Graphic Metafile인 CGM, Enhanced Metafile인 EMF 파일 등이 있으며 개발한 회사에 따라 방식을 달리하여 사용되고 있다. 벡터 방식 디지털이미지의 대표적인 표현 형태는 베지어 곡선으로는 1970년대 피에르 베지어라는 학자가 CAD와 CAM을 위해 개발하여, 현재 대부분의 벡터 방식이 베지어 곡선을 사용하고 있다. 그리고 비트맵 방식 또는 래스터 방식의 디지털이미지도 이미지가 디지털화되던 초기에 발명되어 현재까지 다양한 형태로 발전되어 왔다. 비트맵 방식의 디지털이미지는 화소단위로 이미지의 정보를 기억하여, 하나의 화소가 하나의 정보를 저장하고 이러한 화소가 집단을 이루어 다양한 형태를 만든다.[7]

---

5) 김효일, 앞의 책, p.25.
6) 위의 책, pp.18~19.

디지털 테크놀로지의 핵심은 정보가 디지털 방식의 전자적 정보로 존재한다는 점이다. 따라서 디지털이미지와 테크놀로지의 발전, 특히 컴퓨터의 발전과 밀접한 관계를 가지고 있다.[8] 컴퓨터는 이미지를 생산하는 새로운 생산방식이라고 할 수 있으며, 따라서 컴퓨터의 여러 가지 특성들은 디지털이미지 생산의 토대가 되었다. 또한 디지털이미지의 발전과 밀접한 관계를 가지고 있는 디지털 매체의 확산에는 인터넷의 보급과 발전이 큰 영향을 미쳤다. 이것은 하이퍼텍스트 기반의 웹과 네트워킹의 영향이라고 할 수 있다. 하이퍼텍스트는 인터랙션으로 가는 길목 역할로, 인터랙티브는 과거의 멀티미디어 CD-ROM에서도 구현되었지만, 정의된 결과 값을 출력해주는 한정된 범위에서의 인터랙션이었고 지속적인 피드백을 만들어내지 못했다. 반면에 웹과 네트워킹에서의 인터랙티브는 쌍방향의 특성을 잘 보여주는 새로운 커뮤니케이션 방식이라고 할 수 있다.[9]

디지털이미지에서 네트워크는 폭발적 성장의 원동력으로, 정보의 소유와 공유에 대한 가치를 바꾸는 중요한 계기였다. 매스미디어에서 출발한 디지털이미지는 매체를 통해 전파되고 발전하였는데, 인터넷이라는 새로운 매체는 디지털이미지가 성장할 수 있는 좋은 토대였다. 우리나라에서도 초고속 통신망이 보급되고, 정보의 공유 및 컴퓨터의 보급이 늘어나면서, 인터넷 이용 인구가 급속히 증가하고 있다. 〈표 1〉에서는 인터넷이 다양한 연령에서 사용되고 있으며 계속해서 그 사용인구가 증가하고 있음을 보여주고 있다.

---

7) 위의 책, pp.26~27.
8) 성완경, 『21세기 사진영상학술대회-디지털 시대의 사진-디지털 테크놀로지와 시각예술』, 눈빛, 1998, pp.86~88.
9) 피에르 레비, 김동윤·조준형 역, 『사이버문화』, 문예출판사, 2000, p.122.

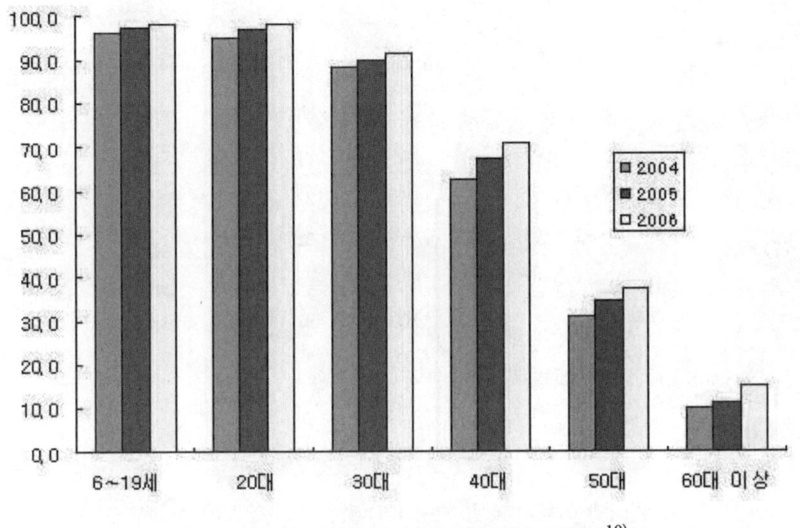

〈표 1〉 2004~2006년 연령별 인터넷 이용률[10]

이렇게 증가하는 인터넷은 우리의 삶 속에서 더욱 중요한 위치로 자리
매김하여 더욱 다양한 분야에서 사용되어 질 것인데, 이것은 〈표 2〉에서
보여주는 사용기관과 사용인구 및 사회적 여건의 증가 추세를 통해 미루
어 짐작할 수 있다. 컴퓨터와 인터넷의 사용 영역은 점점 더 확대되고 있
고, 이러한 증가는 디지털이미지에 대한 수요 및 공급의 증가와도 깊은
관계를 가지고 있다. 이는 비단 우리나라에 국한된 것이 아니라 세계적인
추세이기 때문에 앞으로의 커뮤니케이션에서 디지털이미지는 더욱 중요
한 위치를 차지할 수 있을 것이다.

---

10) 정보통신부 · 한국인터넷진흥원, 「상반기 정보화실태조사」.

기관별	1995	1996	1997	1998	1999	2000	2001	2002	2003	2004
도메인수 총계	579	2,664	8,045	26,166	207,023	517,354	457,450	515,200	611,548	590,800
*교육기관	109	206	310	395	593	831	9,873	10,473	10,790	11,181
기업 및 상용기관	361	2,069	6,779	23,764	161,085	454,597	392,183	440,498	464,552	458,131
중앙정부기관	22	38	95	132	242	699	990	1,199	1,438	1,629
NT운영 기관	4	10	15	43	3,416	5,991	2,194	3,373	4,137	3,547
비영리 기관	24	143	480	1,274	6,566	16,127	18,978	24,581	29,991	33,460
연구기관	59	86	125	171	547	922	937	1,231	1,454	1,563
지역	–	112	241	387	1,569	6,296	2,345	2,674	1,933	1,544
개인	–	–	–	–	33,005	31,891	29,950	31,171	27,791	22,966
인터넷 이용자수	366	731	1,634	3,103	5,712	14,262	24,380	26,270	29,220	31,580
인구 100명당 PC수	37	41	42	40	62	98	48	49	51	–

<표 2> 인터넷 이용자수 및 인구 100명당 PC수/인터넷 도메인수[11]

디지털이미지의 발전과 깊은 관련성을 가지고 있는 컴퓨터의 발전과 전개 과정을 살펴보면 디지털이미지의 역사를 이해하는데 도움이 될 수 있을 것이다. 이러한 컴퓨터 중에서 애플컴퓨터는 디지털이미지의 역사에 많은 영향을 주었는데, 이는 변화와 새로운 패러다임의 시작으로 디지털이미지 역사에 그어진 한 획이라고 할 수 있다. 애플에서 1984년에 내놓은 GUI(graphic user interface)는 마우스의 사용과 함께 디지털이미지에 접근하는 새로운 시스템이 되었다. 이것은 추후 IBM의 OS/2나 마이크로소프트의 windows로 이어졌다. 이러한 GUI의 사용은 컴퓨터에서의 이미지가 그림문자로 사용됨을 보여준다.[12] GUI는 이전의 인터페이스와는

11) 위의 글.
12) http://kr.dic.yahoo.com/search/term/result.html?p=gui&pk=12905&type=eco&field=id

달리 인간과 컴퓨터간의 커뮤니케이션을 연결하여 주었으며, GUI가 제공하는 보다 편리한 인터페이스 환경은 디지털이미지를 발전시키는 원동력이 되었다.

이러한 디지털이미지의 발전에는 하드웨어적인 성과와 함께 소프트웨어도 큰 영향을 끼쳤는데, Photoshop이나 Paint shop 등의 그래픽 소프트웨어들이나 프리미어 등의 동영상 편집 소프트췌어들은 상상으로만 가능했던 것들을 가능하게 함으로써 디지털이미지의 활용 범위를 넓혔으며, 개인용 컴퓨터에의 이러한 소프트웨어들의 사용은 디지털이미지의 대중화를 가져왔다. Paint shop이나 Photoshop은 처음에는 애플 매킨토시용으로 개발되었지만, 다른 OS에서도 사용될 수 있도록 포팅 되어 활용 가능성이 넓어졌으며, 이들의 리터칭 기술 활용은 모든 포맷의 디지털이미지에게 무한한 가능성을 열어주는 중요한 출발점이었다. Adobe에서 개발한 Photoshop은 디자이너에게 이전까지 상상 속에서만 가능했던 여러 가지 리터칭을 가능하게 해주었다. 역시 Adobe에서 개발한 프리미어는 동영상 편집 소프트웨어로 편집자에게 다양한 효과 적용과 편집이 가능하게 해주었다. 여러 가지 툴들을 통해 많은 이미지들은 실험되고 활용되면서 디자이너 혹은 편집자의 아이디어는 마음껏 펼쳐졌고 활용되었다. 디지털이미지가 발전하면서 제작과 출판물에도 적용되고 또한 시간적, 공간적인 효과도 가능케 하여 그만큼 디자인의 영역이 넓어지게 된 것이다.[13] 이것은 가히 시각적인 혁명이라 할 수 있다. 이제 디자이너에게는 한계와 제한이 그만큼 사라지고 새로운 영역에서의 창작이 가능해졌고 또한 테크놀로지의 발전에 따라 디지털이미지는 상대적 가치의 확장이 가능해졌다.

---

13) 김효일, 앞의 책, pp.18~19.

Ⅲ. 커뮤니케이션의 발전 단계

20세기말 세계의 많은 언론사에서는 지난 1000년간의 가장 중요한 발명품으로 구텐베르크의 인쇄기를 선정한 바 있다. 이러한 선정이 아니더라도 인쇄기가 인류에게 끼친 영향은 지대하다고 할 수 있다. 그러나 인류의 역사를 관통하여 가장 위대한 발명품을 선정한다면 '언어'가 아닐까 생각한다. 인류는 언어를 통해 상호간에 소통하며 정보를 전달하였고, 문화와 기술을 발전시켜 전승하여 왔다. 이처럼 인류가 언어를 통해 생각을 표현하고 전달 할 수 있다는 점은 동물과 인류를 구분하는 중요한 요인 중 하나이다.

의사소통이라고 번역되는 커뮤니케이션의 어원은 공통되는(common) 또는 공유한다(share)라는 뜻의 라틴어 'communis'로, 공동체 또는 지역사회라는 뜻을 지닌 영어의 'community'의 어원도 동일하다. 커뮤니케이션이 되었다는 말은 곧 메시지의 전달자와 수신자의 동일한 의미 공유를 말한다. 여기서의 메시지는 전달자가 수신자에게 전달하고자 하는 의미의 내용, 즉 수신자에게 자극으로서의 역할을 하는 신호(signal) 또는 신호들의 집합을 뜻한다.[14]

커뮤니케이션은 어떻게 바라보는 가에 따라 120가지가 넘는 정의가 가능하다고 한다. 하지만 가장 중요한 '의미의 공유'라는 측면에서 간단히 정의한다면, 전달자와 수신자 사이의 의미의 공유과정 또는 전달자와 수신자 간에 공유된 의미의 내용을 말한다. 드 비토는 커뮤니케이션의 정의를 ⅰ)의사소통의 과정 또는 행위, ⅱ)보내고 받는 실제 메시지 또는 메시

---

14) 강길호 · 김현주, 『커뮤니케이션과 인간』, 한나래, 1997, p.27.

지들, iii)메시지를 보내고 받는 과정에 관한 연구 등으로 내리고 있다.[15]

여기에서 언급되는 메시지는 정보가 포함된 내용으로, 메시지의 흐름은 정보의 흐름이며 의미의 공유이다. 이것이 커뮤니케이션의 가장 중요한 부분이고, 커뮤니케이션이 의미를 가질 수 있게 하는 것이다. 만약 어떠한 정보의 흐름이 없다면 의미는 공유될 수 없을 것이며, 그렇다면 커뮤니케이션은 더 이상 의미를 가질 수 없다. 또한 정보의 흐름이 있더라도 의미의 전달이 없다면 그 또한 커뮤니케이션의 의미를 가지지 못할 것이다.

피스크에 따르면 커뮤니케이션은 메시지를 통한 사회적 상호작용이라고 이야기한다. 하지만 여기에서의 사회적 상호작용은 두 가지 학파에서 다르게 정의하고 있는데, 과정학파는 커뮤니케이션을 '메시지의 전달'이라고 정의하며, 전달자와 수신자 사이에 오해가 발생하면 커뮤니케이션이 실패했다거나 효과를 얻지 못했다고 본다. 반면 기호학파는 커뮤니케이션을 의미의 생산과 교환이라고 정의하며, 오해는 전달자와 수신자 간의 문화적 차이에서 비롯될 수도 있기 때문에 반드시 커뮤니케이션의 실패라고 생각하지 않는다.[16] 둘 사이의 차이는 오해라는 의미가 전달되지 않음을 커뮤니케이션의 실패로 볼 것인가 아닌가에 있다.

대부분의 인간은 자신을 둘러싼 환경과 동떨어져서 살아갈 수 없기에, 살아가면서 끊임없이 주변과 관계를 맺는다. 타인과 사상의 교환, 의미 전달, 정보 소통, 감정을 나누는데, 이러한 모든 행위가 커뮤니케이션이라고 할 수 있다. 따라서 인간이 살아 있다는 것은 커뮤니케이션을 지속한다는 것이고도 할 수 있다. 즉 사람이 사회적인 존재로서 의미를 가지

---

15) 김우룡 · 장소원, 『비언어적 커뮤니케이션론』, 나남출판, 2004, p.21.
16) 존 피스크, 김선남 역, 『커뮤니케이션학이란 무엇인가』, 커뮤니케이션북스, 2001, pp.22~23.

기 위해서는 타인과의 계속적인 커뮤니케이션이 필요하며, 이를 통하지 않고서는 단절된 삶을 살 수 밖에 없는 것이다. 이처럼 커뮤니케이션은 우리의 일상행동에서 가장 중요한 요소이며, 우리의 일상을 지배하고 있다고 해도 과언이 아니다. 따라서 우리의 많은 사회적 활동들은 커뮤니케이션이 없다면 불가능할 것이다.

인간 커뮤니케이션은 인간의 시작과 함께 시작되었다고 할 수 있는데, 사람들 간의 상호작용이 오랜 시간을 두고 반복되면서 어떤 소리는 무엇을 나타낸다는 상징이 만들어지게 되었을 것으로 생각된다. 이 상징을 통해 서로의 생각을 주고받는 의미의 공유가 일어나고, 일정한 유형으로 체계화되면서 등장한 것이 언어이다.[17] 이후 멀리 떨어져 있는 사람에게나 시간이 지난 후에도 의사를 전달할 필요와 기록으로 남기기 위해 문자가 발명되었다. 문자는 처음에는 자신의 기억을 돕기 위하여 바위나 나무에 사냥에 관한 정보를 흔적으로 남기거나, 자신 혹은 사물의 모습을 그리는 것으로 시작하여 체계화 되면서 문자가 되었을 것이다. 한자와 같은 모양 중심의 표의문자나 한글이나 알파벳과 같은 음 중심의 표의문자로 나누어 발전한 문자는 인쇄술의 등장과 함께 대량 정보의 시대로 접어들었고, 정보의 생산과 확산은 시민계급의 성장을 가져오게 된다.

Ⅳ. 커뮤니케이션으로서의 이미지

정보는 인간이 서로간의 의사 표시를 전달하고 궁극적으로는 의미를 공유할 수 있는 문화적 융합이며, 경험과 정보는 공유될 때 상호간의 발

---

17) 홍기선, 「커뮤니케이션론」, 나남출판, 1984, p.22.

전을 통해 그 가치를 더욱 높일 수 있다.[18] 이러한 정보의 전달은 인간이 의사소통을 하는 중요한 이유이다. 따라서 커뮤니케이션은 이러한 정보의 전달과 함께 발전하여 확장되어 왔다. 동굴 벽화에서 시작된 커뮤니케이션은 언어와 문자를 통해 발전하였고, 인쇄술을 통해 비약적인 도약을 하였다. 그리고 컴퓨터와 네트워크를 통해 커뮤니케이션은 또 다른 형태로 발전하였다. 컴퓨터와 네트워크를 사용하는 온라인 커뮤니케이션과 오프라인 커뮤니케이션은 각각의 특성에 따라 다르게 발전하였지만, 커뮤니케이션에 대한 시각화 시도는 온라인이나 오프라인 모두에서 지속적으로 나타나고 있다.

오프라인 커뮤니케이션에서의 시각화는 상형문자, 문자도, 캘리그램, 픽토그램 등이 대표적이며, 온라인 시각적 커뮤니케이션에는 아스키아트, 아이콘, 이모티콘, 그리고 우리가 이야기하고 있는 디지털이미지가 있다. 상형문자는 글씨를 그림처럼 표현하는 것이고, 문자도는 만들어진 문자를 그림으로 표현하는 것이다. 그리고 글이 이미지를 표현하는 아름다운 상형글자를 캘리그램이라고 하며, 실생활의 메시지를 이미지로 전달하는 것을 픽토그램이라고 한다. 온라인에서의 시각적 커뮤니케이션인 아스키아트는 아스키코드를 이용하여 그림을 그리는 것이고, 아이콘은 어떤 개념, 대상, 기능을 이미지로 표현한 것이다. 또한 이모티콘은 문자, 기호, 숫자를 조합하여 사용자의 감정이나 대상을 표현하는 도구이다.[19]

오프라인 커뮤니케이션은 이미지로 시작하여 문자로 발달된 반면에, 온라인은 문자에서 출발하여 점차 이미지로 발달하고 있다. 온라인에서는 시공의 차가 존재하지 않기 때문에, 화자와 청자가 동일 선상에 있지

---

18) 김효일, 앞의 책, pp.15~16.
19) 시정곤 편, 『디지털로 소통하기』, 글누림출판사, 2007.

않고, 오프라인과 비교하여 얼굴 표정이나 기타 여러 가지의 미세한 변화, 몸동작을 통해 정보의 교환이 가능하지 않다. 그렇기 때문에 문자를 통한 커뮤니케이션에는 한계가 있으며, 온라인에서의 이미지가 더욱 효과적인 커뮤니케이션 수단이 되어가고 있다.[20]

기호(sign)는 커뮤니케이션에서 정보를 대신하는 전달하는 요소이다. 학자들은 이들을 상징(symbols)이라고 부르며 어떤 학자들은 의미 있는 상징이라고 부른다. 이들이 어떻게 불리든지 이들은 의미로 해독될 수 있는 커뮤니케이션의 요소들이다.[21] 이미지나 문자는 이러한 기호의 일종이며, 이를 통해 사람들은 정보의 전달과 의미 해독이 가능해진다. 그러나 문자의 경우에는 사람들은 경험을 통해 기호의 의미와 쓰임새를 알게 되기 때문에, 개개인의 경험이 밑바탕 되어야 한다. 반면에 이미지도 개인의 경험이 바탕이 되어야 정보가 전달되고 의미가 이해될 수는 있지만, 문자에 비해서는 직시적이고 더욱 빨리 정보의 전달과 이해가 가능하다. 여기에 더해서 디지털이미지는 공간과 시간의 제약 없이 더 빠르게 전달이 가능하다.

디지털이미지는 주로 네트워크를 통하여 정보의 전달과 커뮤니케이션이 이루어지는데, 여기서의 네트워크는 디지털적 전산 시스템 전부를 말한다. 대표적인 네트워크로 인터넷을 말할 수 있으며, 전자 우편 서비스와 월드와이드웹 등은 인터넷의 주요 서비스 분야이다.[22] 〈표 3〉에서 보면 알 수 있듯이 인터넷은 이미 많은 다양한 분야에서 사용되면서 전달자로서 중요한 역할을 하고 있다. 네트워크에서의 전달은 디지털이미지의 중

---

20) 위의 책, 2007.
21) 김우룡·장소원, 앞의 책, 2004, pp.40~41.
22) 방정배 외 편역, 『독일 언론학 연구』, 커뮤니케이션북스, 2003, pp.19~22.

요한 특성 중에 하나이며, 이를 통해 디지털이미지는 그 생명을 얻는다.

		인터넷 이용자 Internet users	자료정보획득 Getting information	커뮤니케이션 Communication	여가활동 Leisure	쇼핑 Shopping	교육학습 Education	홈페이지 Homepage	동호회 Community	금융거래 Financial tranction	전자민원 Gov't services
	전체	100.0	86.8	85.1	83.8	48.7	46.3	41.0	20.2	18.7	14.2
2006	남자	100.0	86.9	85.5	85.8	43.9	43.2	39.1	21.5	20.0	15.8
	여자	100.0	86.8	84.5	81.6	54.5	49.8	43.4	18.6	17.1	12.4
	전체	100.0	88.7	84.7	86.0	49.9	46.9	41.8	38.8	28.9	12.8
2007	남자	100.0	91.2	86.2	87.1	44.1	44.2	40.1	39.2	29.4	14.4
	여자	100.0	85.7	83.0	84.7	56.7	50.0	43.8	38.4	28.3	11.1

<표 3> 연령별 인터넷 이용목적[23]

하지만 디지털이미지가 등장했다고 해서 오프라인의 커뮤니케이션이 종말을 맞이하는 것은 아니다. 네트워크라는 매체가 등장하여 뉴 미디어가 생성되어 나올 때, 초기 단계에서 신화적 담론이 동반된 것이라든가, 인터넷의 경우 마치 이것이 모든 사회 구성원들을 자유롭게 이동시켜 시공 제약으로부터 해방시키는, 다시 말해 인터넷이 인류를 구원할 것처럼 묘사한 유토피아적 예언 등의 메타 이야기들을 들 수 있었지만, 이러한 미래 예측은 실패했다. 이것은 뉴미디어의 등장은 올드 미디어의 완전 소멸로 이어지는 것은 아니라는 미디어 보완성 법칙, 리플 법칙으로 설명될 수 있다.[24] 맥루한은 『구텐베르크 갤럭시』에서 '종말'이라든가, 독서 시대의 끝장이라든가, 인쇄 신문의 '사망' 같은 유형의 예언들을 했지만, 오

23) 정보통신부 · 한국인터넷진흥원, 앞의 글.
24) 방정배 외 편역, 앞의 책, pp.19~22.

프라인의 커뮤니케이션은 아직도 건재하게 살아남아 있다.[25] 이처럼 온라인 커뮤니케이션은 기존의 오프라인 커뮤니케이션을 대체하는 것이 아니라 새로운 형태로서 공존한다.

V. 디지털이미지와 기존 커뮤니케이션과의 차별성

동굴 벽화에서 출발한 인류의 커뮤니케이션은 언어라는 체계화를 거쳐 문자라는 도구를 통해 더욱 발전했다. 문자는 인류에게 있어서 시공간적 제약을 벗어나 기록할 수 있는 수단을 제공했다. 그리고 1500년대에 이루어진 인쇄술의 발달은 인류에게 또 한 번의 커뮤니케이션의 확장을 가져왔다고 할 수 있다. 하지만 인류에게 있어 새로이 정보의 혁명과 시공간의 확장을 가져온 것은 네트워크라는 새로운 매개체였으며, 그 중심에는 디지털이 서있다.

기존의 커뮤니케이션과 디지털이미지와의 유사성과 차별성을 살펴보기 위해 커뮤니케이션의 개념을 설명하는 의미의 공유, 의도성, 상징성, 상호작용성, 과정으로서의 커뮤니케이션이라는 다섯 가지 틀로 생각해보고자 한다.

1. 의미의 공유

사람들의 커뮤니케이션에는 항상 목적이 존재한다. 정보의 전달이나 의미의 이해이던, 감정의 교환이던 간에 커뮤니케이션은 목적과 방향성

---

25) 마샬 맥루한, 임상원 역, 『구텐베르크 은하계－활자인간의 형성』, 커뮤니케이션북스, 2001.

을 가지고 있다. 커뮤니케이션이 의미의 공유라는 주장에 대한 근거는 커뮤니케이션을 통해서 교환되는 것이 유형의 물질이나 재화가 아니라 무형의 의미와 관념이라는 데 있다. 커뮤니케이션이 일어나기 위해서는 반드시 의미를 외부적으로 전달 가능한 형태인 메시지로 바꾸어야 하고, 메시지를 전달받는 사람이 유형의 메시지를 무형의 의미로 바꿀 수 있을 때 두 사람 사이에 의미공유가 일어난다. 커뮤니케이션은 의미를 메시지로 바꾸고(부호화, encoding), 메시지를 다시 의미로 바꾸는(해독화, decoding) 행위라고 할 수 있다.[26]

디지털이미지 역시 기존의 커뮤니케이션과 동일하게 정보를 전달하며, 의미를 이해시키는 것을 목적으로 하고 있다. 정보의 전달이 아닌 단순한 디지털이미지일지라도 그 존재 자체로서 의미를 가지는 경우도 있으며, 이것은 표면적인 의미에서의 전달이나 이해를 말하는 것은 아니다. 디지털이미지는 무한한 복제와 변조의 가능성으로 인해 기존의 의미 전달이 아닌 새로운 의미 창조가 가능하기 때문이다. 예를 들어 〈그림 1〉은 2000년대 초반

〈그림 1〉 개벽이 원본

인터넷을 뜨겁게 달구었던 사진동호회 갤러리에 올라왔던 '개벽이'라는 이미지이다. 이 사진은 단순히 재미를 위한 사진에서 출발하여 이후 개죽이 등의 새로운 변종과 함께 수많은 복사와 변조를 가져왔으며, 원래의 이미지가 가지고 있던 의미와는 관계가 없는 새로운 정보의 전달과 의미

---

26) 강길호 · 김현주, 앞의 책, pp.28~35.

의 이해를 위한 방법으로서 가공되어 전달되었다.

〈그림 2〉 개벽이 아류작

〈그림 3〉 9·11테러에 등장한 개벽이

2. 커뮤니케이션의 의도성

커뮤니케이션의 범주에 포함시키기 위해서는 의도성을 띠어야 한다. 우리가 살고 있는 환경의 거의 모든 요소들은 우리에게 정보가 될 잠재력을 지니기 때문에, 정보에 커뮤니케이션적 의미를 부여하고 의도적으로 정보처리 과정에 활용할 때 비로소 정보는 커뮤니케이션이 될 수 있다.[27]

그러나 때로는 디지털이미지는 의도성을 띠지 않을 때도 있다. 인터넷에 유행하고 있는 '짤방'이란 '짤림(잘림) 방지'의 준말로, 사진동호회 사이트의 갤러리 게시판에 글을 올리며 명목상 사진에 관련된 그림 파일이 없으면 삭제되는 것을 막기 위해 올리던 사진들을 가리키는 말이다. 그 후 본래의 글이나 그림·자료에 덧붙여서 덤으로 올리는 그림 파일을

27) 위의 책, pp.28~35.

말하는 말로 바뀌었다. 보통 짤방으로 쓰이는 그림 파일은 재미있는 그림 · 사진이나 매력적인 여자의 사진 등이다.[28] 〈그림 4〉는 다양한 짤방들을 보여 주고 있는데, 이것은 처음에는 말 그대로 아무런 의도를 지니고 있지 않았지만, 점차 진화하여 하나의 문화가 되었으며, 그 자체로서의 생명력을 가지게 되었다. 같은 사진이지만 가공을 통해 남들과 다른 '짤방'을 만들어 냈으며, 이것을 발전하여 일종의 커뮤니케이션이 되어가고 있다. 처음에는 의도성이 없던 디지털이미지들이 복사와 재생산을 통해 자신의 생각을 표현하는 수단으로 발전하고 있는 것이다.

〈그림 4〉 짤방사진 모음

28) http://ko.wikipedia.org

3. 커뮤니케이션의 상징성

커뮤니케이션은 상징적이다. 커뮤니케이션은 관념의 세계에 존재하는 무형의 의미를 메시지라는 유형의 실체로 형태화시키는 작업이다. 커뮤니케이션은 의미를 있는 그대로의 모습이 아니라 메시지라는 매개를 통해 상징적으로 표현할 수밖에 없다는 데서 항상 오해의 소지를 안고 이루어진다.[29]

디지털이미지 역시 기호라는 상징체계이기 때문에 상징적이며, 오해의 소지를 가지고 있다. 정보의 전달이나, 의미의 이해에 있어서 디지털이미지 또한 오해될 수 있다는 것이다. 그러나 이미지는 문자나 다른 상징체계에 비해 직시적이며, 디지털이미지 또한 직시적이기 때문에 다른 상징체계에 비해 오해의 소지가 비교적 적은 편이다. 가령 예를 들어 '언덕위에 있는 흰말'을 말로써 전달하거나 문자로써 전달한다면 충분한 정보를 전달하지 못하거나 청자가 화자의 의도를 오해할 수 있을 것이다. 그러나 이미지, 디지털이미지로써 전달한다면, 전달받는 사람은 전달하는 사람이 보고 있는 것을 시간과 공간에 구애받지 않고 확인 할 수 있는 것이다.

4. 커뮤니케이션의 상호작용성

상호작용성이란, 커뮤니케이션은 혼자서는 이루어지지 않으며 참여자들은 서로에게 영향을 주고받으면서 최종적 커뮤니케이션 결과를 결정한다는 뜻이다. 의미가 상대방과 공유되지 못한다면 그 커뮤니케이션은 공허하다. 상대방의 반응은 자신의 메시지를 수정, 보완, 혹은 강화시키면

---

29) 강길호 · 김현주, 앞의 책, pp.28~35.

서 커뮤니케이션의 효율성을 극대화시킬 수 있는 근거를 제공한다.[30]

디지털이미지는 네트워크상에 존재하는 디지털이라는 특성 때문에 강한 상호작용성을 가지고 있다. 이러한 특성은 다른 커뮤니케이션에서 찾아보기 힘든 가공, 확대 재생산이라는 방식으로 표현되기도 한다. 〈그림 5〉에서 〈그림 8〉은 개죽이라는 사진이 가공된 다양한 모습들이다. 기존의 아날로그 방식의 커뮤니케이션에서는 정해진 틀을 깨거나 재가공에 어려움이 있었지만, 디지털이미지들은 원본에 손상 없이 복사가 가능하다. 누구나 손쉽게 가공하여 영향을 줄 수 있으며, 네트워크를 통해 전파가 가능하고 시간과 공간에 구애받지 않고 누구에게나 정보의 전달과 의미의 공유가 가능하다.

〈그림 5〉 개죽이

〈그림 6〉 개죽이 선거포스터

---

30) 위의 책, pp.28~35.

〈그림 7〉 도서관의 개죽이

〈그림 8〉 산책하는 개죽이

5. 과정으로서의 커뮤니케이션

커뮤니케이션을 과정으로 보는 것은 커뮤니케이션이 정체되어 있지 않고 끊임없이 변화한다는 것을 의미한다. 커뮤니케이션을 행하는 사람은 상대방의 반응에 따라서 쉬지 않고 메시지를 수정해야 하고, 커뮤니케이션의 결과도 시간이 지남에 따라 다른 모습으로 변화한다. 또 커뮤니케이션은 한순간의 정보교환으로 끝나버리는 것처럼 보이지만 사실은 사람들의 과거의 경험, 지식, 태도, 배경 등이 총체적으로 누적되어 진행되는 것이다. 수많은 선행조건이 커뮤니케이션의 내용과 흐름을 좌우하고 현재의 커뮤니케이션은 앞으로의 커뮤니케이션을 위한 토양이 된다.[31]

디지털에서는 정보는 계속해서 누적될 수 있으며, 상호작용을 통해 계속해서 발전해 나갈 수 있다. 디지털이미지는 그 특성상 복사나 수정이 오프라인의 커뮤니케이션에 비해 쉽다. 따라서 디지털이미지 커뮤니케이션은 상호작용을 통해 계속해서 발전해 나갈 수 있을 것이다. 이러한 면에서 시공간의 절대적인 제약이 없는 디지털이야말로 끊임없는 피드백과 상호

---

31) 위의 책, pp.28~35.

작용을 통한 계속적인 과정이라고 생각할 수 있을 것이다.

Ⅵ. 새로운 커뮤니케이션으로서의 디지털이미지

인류에게 있어 커뮤니케이션은 정보의 흐름이며, 의사소통을 말한다. 앞에서 살펴보았듯이 커뮤니케이션은 다양한 형태와 매체를 거쳐서 21세기에는 디지털로 발전하여 왔다. 정보는 다양한 매체를 통해 그 소통대상자들 간에 커뮤니케이션되어 기록되고 전달되어 진다. 이러한 전달의 형태에 있어 기존의 오프라인에서의 이미지나 문자들이 아날로그적이라고 한다면, 디지털이미지는 지극히 디지털적이다. 아날로그적인 형태로의 전달은 때로는 손실되거나 변형, 변질되어 많은 오차를 가져올 수 있지만, 디지털적인 형태로의 전달은 원본의 손실이 없는 무한한 복제와 전달이 가능하기 때문에, 디지털은 인류에게 있어 새로운 커뮤니케이션이 될 수 있었던 것이다.

아날로그와 디지털의 차이점을 방법론적으로 접근해 보면, 커뮤니케이션의 매체 역할을 전자적인 신호로 커뮤니케이션 하냐에 따라 구분할 수 있을 것이다. 전자적인 신호를 통해서 커뮤니케이션 하는 방법을 디지털이라고 할 수 있으며, 이와 반대로 인간의 음성 또는 소리의 전달을 음원을 담고 있는 신호를 수신자에게 전파로 보내고 수신자는 받아들인 전파를 기계 장치에서 해석되는 음원으로 변환해 주는 것을 아날로그라고 할 수 있다.[32]

디지털과 아날로그의 차이는 확장성, 영구성, 용이성, 상호작용 등으로

---

32) 김효일, 앞의 책, pp.29~31.

구분지어 살펴볼 수 있다.

확장성은 아날로그 정보는 한번 저장된 정보가 다른 형태로 변환되거나 최초 저장된 기록 매체가 아닌 다른 방식의 매체에 전송 또는 복사가 어렵다. 하지만 디지털 정보는 한번 저장된 정보를 다시 꺼내서 추가하거나, 다른 이미지로 변형시킬 수도 있으며 저장된 이미지를 다른 매체로 전송하거나 복제가 용이하다. 정보에 손상을 줄 필요도 없고 원본 데이터를 변형시킬 필요 없이 재생산할 수 있으므로 디지털 정보는 무한한 확장성을 지녔다고 할 수 있다.

영구성은 디지털 형태로 저장된 정보는 적절히 변환할 수 있는 매개체만 있다면 언제든지 정보화하여 나타낼 수 있고, 물리적인 변화와 스크래치 등에 의한 가해 상태가 아니면 영구적으로 정보를 저장시킬 수 있다. 그러나 아날로그 형태의 정보는 정보가 저장되는 과정에서도 잡음, 스크래치 등에 의해 정보가 왜곡되거나 변형되기 쉬우며, 저장된 정보를 변환시키는 매개체 또한 물리적인 변형을 일으키는 주요 원인이 된다고 볼 수 있다.

그리고 정보의 용이성은 아날로그 형태의 정보가 전달되는 과정―물리적인 운반과 정보의 개폐 과정에서도 시간적, 공간적 제약이 따르나, 디지털 형태의 정보는 정보의 이동 및 운반, 복사 등이 언제든지 송신자와 수신자의 컴퓨터만 켜져 있다면 E―mail, FTP 등을 이용하여 손쉽게 정보의 전달이 가능한 것이다.

상호작용은 정보를 받아들이는 수신자와 정보를 보내는 송신자의 관계에서 단방향 형태로 작용을 하는 것이 아날로그 정보의 형태이지만, 디지털 형태의 정보는 양방향 또는 쌍방향이 가능하고 인터랙션에 의해 자극과 반응이 생성되는 것이다. 디지털이미지에서 가장 혁신적인 커뮤

니케이션 방식은 송신자와 수신자가 함께 할 수 있는 쌍방향 상호작용일 것이다.[33)]

이러한 특징들을 우리가 이야기하고자 하는 디지털이미지에 적용하여 보면 디지털이미지가 새로운 커뮤니케이션으로 자리 잡고 있음이 좀 더 분명해진다. 당연하게도 디지털이미지에서는 디지털적인 특성을 모두 찾을 수 있다.

앞에서 언급하였던 '개벽이'는 처음에는 단순히 온라인 사진 사이트 갤러리에 업로드된 '벽에 고개를 내밀고 있는 개'의 사진이었지만, 점차 발전하고 많은 가공들을 거쳐 하나의 문화 코드화되었다. 이러한 이미지들은 원본과 다르지 않게, 그러면서도 원본과는 다르게 가공되고 복제되어 커뮤니케이션으로서의 기능을 하고 있다. 이러한 이미지의 새로운 해석은 각각의 이미지가 가공되는 것으로 표현되었다. 개벽이는 최초의 이미지 〈그림 1〉에서 출발하여 다양한 장소에, 의외의 상황에 출현함으로써 의미를 전달한다. 이것은 개벽이가 디지털이미지이기에 가능한 것이다.

디지털이미지의 확장성은 디지털이 보여주는 가장 큰 특징이라고 할 수 있을 것이다. 2000년에 등장했던 개벽이는 이후 다양한 게시판과 웹페이지에 발견할 수 있었다. 개벽이의 사진은 지금도 원본의 손상 없이 계속해서 복사가능하며 다양한 장소로 퍼져나가고 있을 것이다. 그리고 이러한 디지털이미지들은 저장매체가 물리적 손상을 입지 않는 한, 어쩌면 네트워크의 특성상, 지구상에 네트워크가 존재하는 한 영구적으로 존재할 것이다. 디지털화된 정보들은 이미 무한한 네트워크상에 존재하며, 그 존재를 이어가고 있다. 이것은 또한 디지털이미지의 용이성과도 연결된

---

33) 위의 책, pp.29~31.

다. 네트워크가 연결된 곳이라면 어떠한 곳에서도 디지털이미지로 커뮤니케이션 할 수 있다. 시간적 공간적 제약은 더 이상 존재하지 않으며, 디지털이미지를 통한 커뮤니케이션에 있어서의 제약은 정보의 통제이외에는 없다고 말할 수 있을 것이다.

이렇게 확장되고, 용이하게 커뮤니케이션할 수 있다는 특징은 상호작용으로 이어진다. 앞서 언급한 '개벽이'나 '개죽이'도 원래의 이미지가 다양한 형태로 의미로 확대 재생산되었다. 〈그림 1〉의 개벽이 원본은 〈그림 9〉에서 〈그림 12〉까지에서 보여주는 다양한 모습으로 변화되었는데, 이들을 보면 원본에서 전달하고자 하였던 이미지를 바탕으로 다양한 장소와 가공을 통해 원하는 이야기를 전달하고 있다. 이러한 디지털이미지의 복제와 가공, 확대 재생산을 통한 상호작용은 디지털이미지가 새로운 커뮤니케이션으로 자리잡아가고 있음을 보여준다고 할 수 있을 것이다.

〈그림 9〉 전쟁터에 등장한 개벽이

〈그림 10〉 9 · 11테러 현장의 개벽이

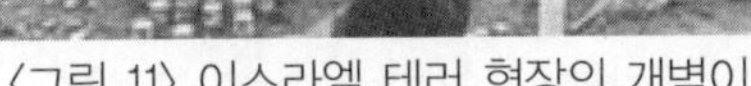

<그림 11> 이스라엘 테러 현장의 개벽이 　　　　<그림 12> 재해 현장에서의 개벽이

　오늘날의 사회에서는 컴퓨터와 네트워크로 대변되는 정보기술의 발전으로 정보와 오락이 생산되어 전달되는 방식이 변화되었다. 기존에 사용되던 방식들은 점차 디지털화되어 디지털에 의해 지배되는 환경으로 변하게 된 것이다. 이러한 변화의 흐름에서 디지털이미지는 인간과 인간 사이에서 커뮤니케이션을 만들어가는 중요한 매개체이며, 이를 위해 디지털이미지는 다양한 방법으로 이용되어 질 수 있다. 그러한 디지털이미지의 이용 중 가장 효과적이라고 할 수 있는 방법 중의 하나는 인터랙션이며, 이것은 디지털의 특징인 상호작용성, 확장성, 용이성에 기인한다.

　이미 커뮤니케이션은 디지털 이전부터 중요한 이슈였다. 커뮤니케이션을 통해 전달되는 정보는 여러 가지 매체를 이용하여 복잡한 관계를 가질 수 있고, 정보 제공자의 본래 의지와는 관계없는 다양한 해석도 가능하다. 이러한 사용자의 혼란과 자의적인 해석을 방지하기 위해 정확한 정보를 제공하는 것도 정보 제공자의 중요한 역할이다.[34] 그러나 이미지는 거짓말을 하지 않지만, 기억은 이미지에 의해 조작되어 질 수 있다. 특히나 디지털이미지에서는 제공되는 정보가 그 특성상 조작과 위조의 가능성을 가지고 있다. <그림 13>은 캘리포니아 주립대 어바인의 Elizabeth Loftus 심리학 교수가 구성했고 이탈리아의 파도바대학교의 Franca Agnoli와 Dario

____

34) 위의 책, pp.310~314.

〈그림 13〉 조작된 이미지

Sacchi 에 의해 수행된 연구인데, 조작된 이미지가 기억을 지배할 수 있음을 보여주고 있다.[35] 그림에서 위에 위치한 사진은 원본이며 아래쪽의 사진이 조작된 사진이다. 탱크 옆으로 그려진 수많은 군중에 의해 원래의 의미와는 전혀 다른 커뮤니케이션이 이루어지는 것이다.

〈그림 14〉 조작된 이미지

이러한 실험을 위한 조작 말고도 이미 우리 주변에는 디지털이미지의 위조와 조작에 의한 미스커뮤니케이션 혹은 오해가 빈번하게 일어나고 있다. 〈그림 14〉는 이러한 예로써 LA타임즈에 실렸던 조작된 이라크전의 사진이다. 디지털화는 생산 측면에서 조작과 위조를 간편하게 한다. 이와 관련하여 영화에는 동영상 조작, 예를 들어 디지털이나 컴퓨터 처리된 배우의 동영상을 조작하거나 디지털 가상 스튜디오 이용 등이 논의되고 있으며, 커뮤니케이션학 관점에서는 윤리적 측면에서의 조작이 논의되고 있다. 텍스트, 그림, 음향, 그리고 영상 처리는 디지털 기술이 출현하기 전부터 가능했고 어쩌면 일상적인

---

35) http://www.sciencedaily.com/releases/2007/11/071119213945.htm ScienceDaily (Nov. 21, 2007)

것이었을 지도 모른다. 또한 수정과 위조간의 경계는 상당히 모호한 부분이 있다.[36] 그러나 디지털화가 진행되면서, 특히 디지털이미지가 널리 사용되기 시작하면서 이러한 조작과 수정이 더 빈번하게 일어나고 있다는 것이 문제이다.

디지털화가 수반하는 부정적 현상에 관한 논의에서 이와 관련된 문제가 자주 거론되었으나, 주로 규범적 입장에 치우쳐 있었다. 조작은 항상 존재해 왔고, 조작은 금지될 수 없으며, 조작을 부정적으로만 판단해서는 안 된다는 것이다. 그러나 이미 조작과 위조, 혹은 수정은 우리 주변에서 빈번하게 일어나고 있으며, 앞으로의 테크놀로지의 발전에 힘입어 더욱 쉽게 더욱 빈번하게 일어날 것이다. 이러한 조작, 위조, 혹은 수정은 결과 면에서 완성도가 더욱 높아질 것이고 진본과 수정본의 판별은 더욱 힘들어 질 것이다.

디지털 처리가 정보적 내용과 관련될 때 문제가 심각해진다. 여기에서 경제적 관점과 새로운 가공 기술이 가진 장점간의 갈등이 발생하며, 다른 한편으로는 저널리즘의 객관성이라는 이데아와 수용자의 객관성 기대간의 갈등이 조성된다. 디지털 기술의 오용 가능성에 직면해 디지털 서비스의 신뢰성에 문제가 발생할 수 있다. 아마도 이로 인해 미디어 전체가 신뢰를 잃어버리는 문제가 발생할 수 있으며, 정치 중개라는 미디어의 역할에 부정적인 결과를 가져올 수 있다. 따라서 정보 미디어의 경우 신뢰 이미지가 앞으로 중요한 의미를 지니게 될 것이다. 디지털 시대에는 안정된 저널리즘 능력과 신뢰성을 지닌 미디어가 유리한 시대가 될 것이다.[37]

디지털이미지는 새로운 문화의 생산을 가능하게 한다. 과거의 아날로

36) 방정배 외 편역, 앞의 책, pp.49~51.
37) 위의 책, pp.49~51.

그 대중매체가 일부의 기득권층만이 향유할 수 있었던 문화를 대중이 함께 공유할 수 있게 했다는 의미에서 문화의 확장과 함께 문화의 대중화를 가져왔다는 긍정적인 시각도 있지만, 대중문화는 다수에 의해 향유되는 동질적이고 평준화된 저급한 문화이며, 이윤 추구가 지상의 과제인 상업 문화라는 부정적인 평가를 더 많이 받아왔다. 그러나 새로운 형태의 커뮤니케이션은 대중매체의 커뮤니케이션 상황을 바꾸어 새로운 형태를 가진 대중문화로 출현할 가능성을 엿볼 수 있게 하고 있다. 디지털이미지는 소비자인 동시에 생산자임을 가능하게 하는 것이다. 새로운 미디어 서비스는 콘텐츠 생산자로부터 오는 것이 아니라, 상대적으로 여러 개의 작은 수용자 집단에서 제공되는 것이다. 이것을 30여 년 전에 미디어 철학자인 마샬 맥루한이 이미 예견하였는데, 그는 모든 사람들을 수용자인 동시에 생산자가 될 수 있게 하는 진보된 상호작용적 기능에 의해 대중적 환경이 구현될 수 있다고 생각하였다.[38] 이러한 새로운 형태의 커뮤니케이션은 원하는 내용을 원하는 시간과 장소에서 원하는 형식으로 받을 수 있도록 수용자에게 권한과 선택이 부여되는 쌍방향 상호성을 가지고 있다.

이와 같이 상호작용을 하는 커뮤니케이션의 전달 방식의 특성은 대중 문화를 향유하는 우리의 방식과 경험에 새로운 변화를 가져오고 있다. 디지털이미지의 시대에는 생산자와 소비자가 혼재되어 있다. 디지털이미지는 손쉽게 생산되며 손쉽게 소비될 수 있고, 끊임없는 확대 재생산이 가능하다. 우리는 이러한 예를 최근에 행해진 촛불집회에서도 쉽게 찾아볼 수 있었는데, 시민들의 참여와 기술의 발달을 통해 집회는 더 이상 수동적으로 보이는 이미지가 아닌 보여주고 참여하는 이미지가 되었다(〈그림

---

38) 김효일, 앞의 책, pp.310~314.

응용인문의 현장

15〉, 〈그림 16〉 참조). 한 인터넷 개인방송에서 밝힌 바에 따르면 2008년 5월 25일에서 동년 6월 10일 사이에 생중계된 집회 방송 개수가 1만7천 222개이며, 총 누적 시청자수가 775만 명 정도 된다고 하였다. 이런 개인 방송뿐만 아니라, 그 외에의 많은 단체에서 인터넷 방송국을 이용하여 현장의 이미지들을 안방까지 전송하였다. 이 모든 것들은 디지털이미지와 인터넷 네트워크의 발전을 통해 가능했던 것이라고 할 수 있다.

〈그림 15〉 촛불집회 개인 생방송

〈그림 16〉 촛불집회 개인 생방송

　그러나 디지털이미지가 새로운 커뮤니케이션으로 자리 잡았음에도, 문자가 말을, 텔레비전이 영화를, 컴퓨터가 인간의 생각을 밀어내지 않았듯이 지식이나 다른 커뮤니케이션을 완전히 대체하지는 않을 것이다. 오히려 다른 커뮤니케이션과 함께 인간의 지적 활동에 활용하면 인간의 지적 상상력은 더욱 풍부해질 것이다. 디지털이미지가 새로운 커뮤니케이션으로 등장하였다고 하여도 언제나 그 중심에는 인간이 있다. 인간에 대한 이해가 선행되었을 때 새로운 커뮤니케이션은 그 의미를 가질 수 있을 것이다.

이재학

월드오브워크래프트(World of Warcraft)의 캐릭터 선택에 관한 연구

Ⅰ. 서론 : 게임하다의 의미

1962년 미국의 한 대학에서 인류최초의 컴퓨터 게임[1]이 탄생했을 때는 이후 이 발명품이 어떻게 발전할지 아무도 상상할 수 없었을 것이다. 물론 태초부터 인류가 즐겨왔던 게임의 고전적 스타일은 늘 우리 생활가운데서 존재해왔다. 하지만 컴퓨터를 기반으로 한 게임의 출현은 새로운 경험을 선사했다. 가상공간과 가상현실 개념의 등장은 게임을 실제 생활과 구분 없이 상호간 커뮤니케이션 작용을 보다 원활하게 할 수 있는 장치로 작용한다.

게임은 인간에게 하나의 유희 대상을 넘어 현실과 간극을 좁혀 보다 사실적인 방향으로 진화하고 있다. 현실에서의 가치는 게임 안에서 더욱 증

---

1) 1962년 3월, 미국의 MIT 공과대학 출신의 학생들이 최초의 비디오 게임인 스페이스워(Spacewar)라는 게임을 개발했다. 출처 : 한국게임산업개발원(2007), 게임백서 2007, 한국게임산업개발원.

폭될 수도 있고 때에 따라 감소되기도 한다. 실제의 가치와 의미는 당시의 상황과 시기 등을 비롯한 중심요소와 각각을 구성하는 세부요소들의 다양한 조합을 통해 확대 혹은 축소되어 재생산된다.

현실을 구성하고 있는 권력의 역학관계와 정치력과 자본은 그대로 게임을 통해서 투영되는데 이는 특히 단순한 기계적인 피드백만을 가져오는 PC게임보다는 사람들간의 상호 커뮤니케이션이 두드러지는 온라인게임에서 더욱 강조된다. 또한 게임 자체가 가지고 있는 유희적인 특성 이외에 승패라는 절묘한 긴장상황이 존재하는 게임적 특성은 사람들로 하여금 몰두와 함께 자기만족, 나아가 자기동일시과정까지 진행케 한다.

때문에 게임의 캐릭터는 단순한 자기복제가 아닌 자신을 동일시하고 끊임없는 상호작용적인 의미부여의 피드백과정을 통해 현실의 '나' 이상의 존재가치와 의미를 가진 하나의 새로운 생명체로 인식되기에 이른다. 현실이 아니고 단순히 지금은 특정한 공간, 특정한 서버, 특정한 게임 속에 존재하는 다른 공간 속의 '나'이지만 그 캐릭터를 통해 우리는 지금도 희로애락을 절절히 느끼며 살아간다.

그러므로 게임 속에서 우리는 '나'를 대신하는 아바타, 즉 캐릭터를 통해 매슬로의 욕구 5단계 중에서 가장 상위에 있는 자아실현의 욕구를 표출한다. 이러한 강한 욕구는 현실과 가상에 대한 구분의 경계를 모호하게 만들며 나아가 오히려 현실 자체를 망각시키거나 회피하게 만드는 강력한 중독성을 유발하기도 한다. 우리는 가상공간 상에서 '나와 같은 캐릭터'에게 현실에서와 같은 경험과 유혹을 동일시하려 하고 이를 제공해주는 업체의 다양한 서비스를 통해 그 욕구를 발현한다.

여기서 특히 그 다양한 서비스들 중에서 게임 캐릭터는 자신의 의지에 따라 활동함은 물론 인큐베이팅 과정을 통해 그에 대한 몰두와 동일시 과정을 더욱 친밀하게 만든다. 게임 속에서 자신의 생명은 바로 자신을 대신하는 캐릭터다. 현실에서 경험하는 자신의 존재에 대한 대리만족과 새롭게 자신의 창조물을 자신의 의지대로 살아갈 수 있게 하는 가상의 '나'는 오히려 선택할 수 없었던 자신의 삶보다 더욱 강력하게 스스로를 동일시할 수 있는 장점을 가진다. 이 과정 속에서 우리는 캐릭터 선택에 대한 새로운 의미를 정의할 수 있다. 자신이 새롭게 살아가고 싶은 삶에 대한 욕망과 자신의 지금과는 다른 새로운 분야에 대한 호기심이 이 과정에서 작용한다.

또한 자신의 모습에 대한 확인하기 과정이 이 캐릭터 선택에 대한 특정한 패턴을 완성한다. 이처럼 우리가 게임을 한다라는 것은 기존의 일반적인 게임한다라는 의미 이상을 가진 약간은 새로운 개념으로 보아야 한다. 물론 인간이 게임을 한다라는 것 자체의 본질은 변하지 않는다. 바로 소통하려 한다는 것이다. 우리는 여기서 게임을 소통의 메타 매체로 자리매김해야 한다.

게임은 소통의 한 도구로써 그 공간 속의 게임 캐릭터는 바로 나인 동시에 내가 아닐 수도 있는 좀더 미묘한 문제를 태생적으로 안고 출발한다. 때문에 우리가 게임한다라는 것은 소통한다라는 의미로 보아야 할 것이며 가상 공간 상에서 나를 대신하는 캐릭터는 소통의 메신저로써 때에 따라선 나를 넘어서기도 하는 존재로 인식된다. 이 과정 속에서 우리는 끊임없이 상대와 네트워킹하며 소통한다. 이는 나를 확인하는 의식임과 동시에 나라는 존재를 인식하려 하는 나와의 소통이다.

맥루한이 "미디어는 메시지다"라고 이야기했던 것처럼 사람들은 게임이라는 새로운 미디어를 통해 새롭게 대화하고 적응하는 법을 깨치고 있으며 오히려 게임을 통해 이전의 매체와는 다른 다양한 현상들이 진행되고 있다. 게임은 자신이 새롭게 나를 발현할 수 있는 가상의 무한한 공간임과 동시에 상호작용이 어느 매체보다 즉각적으로 일어나고 또 바로 평가 받는 특성을 가진다. 이전의 매체에 내가 있을 수 있는 공간이 지극히 한정적이었다면 이 공간에선 내가 가지고 있는 특성과 레벨에 따라 얼마든지 이슈의 주인공이 될 수 있다. 동시에 '캐릭터는 메시지' 라는 말을 할 수 있다. 내가 그 공간 속에 나를 대신하는 어떤 캐릭터를 선택하고 어떠한 방식으로 소통하며 어떻게 키워나가느냐에 따라 나는 전혀 다른 방식으로 게임 상에 존재할 수 있기 때문이다.

사람들이 또는 어떠한 메시지가 어떤 미디어를 통해 전달되느냐에 따라 영향력에 대한 파급효과가 달라짐과 같이 캐릭터 역시 같다. 어떤 캐릭터를 선택하느냐에 따라 가상 공간 속에서 나의 위치와 인식은 달라지며 같은 메시지라도 새로운 의미를 생산해낼 수 있다.

이를 통해 우리는 네트(net)에 언제라도 접속해 서버(server)에 저장되어 있는 가상의 나(실제로는 하드디스크 속의 디지털 형식의 파일에 불과하다)를 불러내어 또 다른 사람들이 창조해낸 그들 자신을 대표하는 다른 캐릭터들과 소통한다.

이는 곧, 나와 사람과의 일종의 커뮤니케이션이다. 실제로 상대와 실제적인 얼굴과 신체적 접촉을 하지 않지만 오히려 깊은 정서적인 유대감을 갖고 있는 캐릭터와 캐릭터 간의 교류는 오히려 신체적 접촉 이상의 영향력을 발휘한다. 신체적 고통 이상의 정신적 고통이 캐릭터를 성장시키면서 그리고 마지막 죽음[2]에 이르기까지 이런 유대감은 밀접하게 작동한다.

---

2) 죽음의 의미가 실제와 물론 같을 순 없지만 그에 따르는 정서적 충격만큼은 아직까지 정확히 연구된 바가 없긴 하지만 상당한 것으로 이야기된다. 사람들의 각 관점에 따라 단순한 게임 상의 캐릭터가 누군가에게 살인을 당했다는 것에 대해 분노를 느끼고 직접 누군가를 실제로 살인한다라는 행위는 바로 이와 같다.

Ⅱ. 실제와 가상, 그 모호한 경계 : 시뮬라시옹(simulation)

오시이 마모루 감독의 만화영화 〈공각기동대〉에서 인형사가 자신의 정체성을 찾아가는 과정 속에 스스로 생명체에 대한 권리를 주장하는 이야기는 실제와 가상의 구분점을 생각하는 데 있어 흥미롭다. 영화에서, 정보네트워크 속에서 접속할 수 있는 노드(node)만 언제 어디서나 자신의 존재를 증명할 수 있었던 인형사는 자신의 정치적 망명을 요청하며 공안9과로 숨어든다. 이런 인형사에게 있어 생명과 존재라는 가치는 꽤나 혼란스러운 가치였을 것이다. 그의 생명과 네트워크상의 이를 테면 전기적 신호와 같은 것과의 구분은 마치 현실의 나와 가상의 캐릭터를 구분하는 것과 같이 때로는 모호한 결론을 내리거나 오히려 현실의 내가 가상과 같이 느껴지는 착각현상을 불러일으킬 만큼 민감한 문제다.

"네트는 광대해"라는 수수께끼 같은 메시지는 곧, 네트라는 새로운 공간형태가 현실의 삶과 같은 실체적인 메트릭스를 벗어날 수 있는 메시아 같은 공간일 수 있다는 점을 생각게 한다. 육체라는 껍질을 벗어나 영혼의 파일을 저장시킬 수 있다면 네트를 통해 어느 곳에서나 나를 현실화할 수 있을 테니 말이다. 오히려 이는 작은 육체를 벗어나 더욱 광활한 공간을 갈망하는 인간 모두의 꿈이 과도기적인 단계로 게임을 통해 구현되고 있다고도 할 수 있다. 네트는 너무도 무한하며 그를 통해 나는 언제나 새로운 나로 거듭 태어날 수 있는 여지를 확보하게 된다. 이런 욕망의 극대화는 곧, 캐릭터에 대한 새로운 의미부여로 이어지게 된다. 사실보다 더 사실같이 여겨지고, 사실의 복제로부터 시작된 게임의 닮아가기는 이제 서서히 복제를 넘어 복제 자체가 실제가 되는 시점을 맞이하게 된다.

이렇듯 우리에게 게임은 단순히 오락과 유희의 공간을 넘어서 각자가 네트워크를 통해 자신에 대한 존재감을 항상 확인케 하고 살아있음을 느끼게 하는 하나의 소통의 경로로써 사용되고 있다. 이는 다분히 게임, 그 자체가 가지고 있는 공간을 넘어서 실제와 가상을 구별할 수 없을 정도까지 기형적으로 발전하고 있다. 게임의 영역은 실제 마치 현실을 살아가는 것처럼 거대한 사회를 이루고 경제적 활동과 더불어 일상적인 생활을 대체하는 지경에까지 다다르고 있다. 문제는 이런 가상 공간이라고 해서 현실과 다를 바 없는 권력관계와 장치들이 고스란히 작동하고 오히려 현실보다 더욱 고착화되거나 왜곡시키는 데 있다.

현실의 성과 경제 중심의 인식체계는 물론 사람의 존재에 대한 신뢰와 가치에 대해선 그 도를 넘어 무가치함과 의미 없음을 당연하게 여길 수 있으리만큼 가상공간 상의 살인의 크기는 너무도 작아져 있다. 이는 물론 다시 재생할 수 있다는 시스템 상의 특징에서도 기인하겠지만 살인의 대상과 당사자가 되는 이들이 바로 그들 자신과 상대의 분신인 캐릭터를 매개로 이어지기 때문에 문제시된다.

마치 네트를 통해 접속된 의체를 통해 자신의 고스트를 입력시켰다가 다시 이곳 저곳으로 이동할 수 있는 공각기동대의 인형사처럼 어쩌면 인간의식 저 밑의 정신은 하나 둘씩 그처럼 변해가고 있는지도 모른다. 이미 동일시과정을 통해 자신을 주입시킨 캐릭터에 대한 죽음과 성장에 대해 책임을 지는 사람들의 모습은 의식과 무의식의 경계처럼 가상과 현실의 각 공간 속에서 혼란스럽게 나타난다. 그리고 실제 살인과 폭력으로 이어지기도 한다.

Ⅲ. 시뮬라크르(simulacre) : 파생실재(hyper-real)[3]

플라톤적 관점이 아닌 들뢰즈적 의미에서 우리는 게임이 구현하고 있는 공간과 가치에 대해서 다시금 생각해보아야 한다. 이미 게임은 현실 구현이라는 목표를 충실히 달성함은 물론 나아가 현실 이상의 새로운 힘과 추진력을 가지고 사람들에게 영향을 미치고 있다. 게임 속 가상 공간은 이미 하나의 사회를 구축하며 네트워크화된 질서를 통해 상호 유기적인 커뮤니케이션이 활발하게 진행되고 있으며 그 공간상에서 한 사람을 대신하는 하나의 캐릭터는 또 다른 인격체의 다른 이체로써 상당 부분 실제의 나와 같거나 이입된 성격을 가지고 존재한다. 때로 오히려 가상공간 상의 캐릭터는 실제 '나' 의 삶에 영향을 미치거나 압도하기도 한다.

만약 신체의 모든 장기들의 상호작용을 전기와 화학적인 신호에 기반한다라는 생리학적 분석의 틀로 생각한다면 거대한 가상 네트워크 안에서 전기적 신호에 따라 움직이는 게임 속 시스템은 비슷한 구조로 생각할 수 있다. 그렇다면 현실과 가상, 실재와 허상을 구분하는 지금 우리들의 모습 역시 먼 훗날에는 공허한 메아리로 들릴 수 있는 인식의 한 단편일 것이다. 오히려 실제가 더 가짜 같고, 가짜가 더욱 실제 같아서 그 복제와 복사의 기억이 새로운 창조적 힘을 발휘하고 있는 게임의 역동적 힘은 이런 인식에 대한 우려를 더욱 강하게 만든다.

---

3) 실제는 우리가 생각하는 전통적 개념으로 현실 혹은 사실을 지칭하고, 파생실재란 시뮬라시옹에 의해 새로이 만들어진 실재로 전통적인 실재와는 그 차이가 판이하다. 파생실재는 가장이기 때문에 전통적인 실재가 가지고 있는 사실성에 의해서 규제 받지 않는다. 출처 : 장 보드리야르, 하태완 옮김, 『시뮬라시옹』, 민음사, 1995, p.12에서 발췌정리

우리들 내면에 가지고 있는 다양한 또 다른 나를 현실화하는 데 있어 실재할 수 있게 보여진다는 것은 많은 고민과 선택, 그리고 집중이라는 과정을 통해 나온 가장 보편화된 '나'이다. 현실이라는 것에 적당한 타협을 하면서 나를 적당히 흥정하며 나를 가장 최적화할 수 있는 '생존'이라는 측면에서 자연스럽게 구현된 지금의 나는 곧, 가상 세계에서는 그 힘을 잃고 수많은 '나' 속에 함락되어 버린다. 게임이라는 가상 공간 상에서 나는 다양한 '나'를 폭발적으로 분출할 수 있다. 현실 사회의 규제와 잣대는 더 이상 존재하지 않으며 그 강도 역시 줄어든다. '나'[4]는 또 다른 누군가에게 합법적으로 폭력을 행사할 수 있고[5], 실제로는 신의 불가침 영역일 수 있는 생명과 성의 선택에 대해서까지 자유롭다.

우리는 누구나 게임을 최초 시작하기에 앞서 그를 대신한 이름과 외양과 성별과 직업 등과 같이 마치 신이 된 양, 이러한 창조의 과정을 매번[6] 의미 없이 겪는다. 또한 마음에 들지 않으면 언제라도 우리는 이를 대체할 수 있다. 마치 공각기동대에서 인형사가 수많은 의체를 통해 자신의 고스트(ghost)만을 전기적 신호를 통해 이동시키듯이 말이다. 실제의 '나'는 언제나 이런 수많은 의체[7]를 만들 수 있으며 그에 따라 '나'는 새로운 '나'를 창조하며 변화시킬 수 있다. 타자에 의해 선택을 강요당해야만 하는 현실과 주체적으로 모든 것을 결정할 수 있는 가상공간의 의미차이는

---

4) 엄밀한 의미로는 사이버공간상의 또 다른 나, Avatar를 말함.
5) 온라인 게임에선 어떤 형태로든 폭력이 전제된 레벨업시스템을 통해 자신을 대변하는 캐릭터를 성장시킬 수 있다. 이 과정 속에선 NPC(Non Player Character)와 또 다른 상대방의 캐릭터, 퀘스트와 같은 미션 등 모든 것이 포함된다.
6) 캐릭터가 죽음(살인 등)을 당했을 때, 새로운 캐릭터를 창조할 때, 지금의 캐릭터에 실증을 낸 나머지 다른 캐릭터를 새로 만들 때 등등.
7) 이 글에서 쓰이는 의체(儀體), 이체(異體), avatar의 개념은 같지만 그 각각의 뉘앙스에는 차이가 있을 수 있다. 의체는 만들어진 인조 육체라는 의미가, 이체는 다른 육체라는 의미가 avatar는 또 다른 자신의 분신이라는 의미가 있기 때문이다.

결과적으로 가상공간이 주체적인 힘을 가지고 강력하게 추진할 수 있는 동력을 확보해준다. 이로써 실재 이상의 가상사회를 구현함은 물론 오히려 실제 하는 현실과는 다른 문화를 창조하게 된다.[8]

이는 장 보드리야르를 통해서 이미 예견되었듯이 실재를 대체함은 물론 더욱 더 힘을 얻어 가속력을 높여가는 현재의 상황을 그대로 보여준다. 단순히 게임에서 캐릭터를 선택하는 것의 의미는 생명의 가치에 대한 보다 궁극적인 물음을 던져주는 파문임과 동시에 타자와 주체에 대한 역할변화에 대한 인간 욕망의 표출이다. 또한, 이 공간은 현실세계에서 실체화되지 못한 부분들에 대해 복제 이상을 넘어서는 새로운 가치를 규제 없이 빚어놓는다.

게임 속 캐릭터의 거의 대다수의 모습들은 가상공간의 기저에 자리잡고 있는 각각의 탄생 신화들과 이야기, 즉 모태로 한 역사를 주축으로 만들어진다. 우리나라의 대표적인 온라인게임인 리니지는 신일숙 원작의 동명 만화[9]를 중심으로 탄생했다. 하지만 원작에서 모티브만 차용했을 뿐 게임 리니지는 전혀 다른 가상 공간 속 이야기를 그 구성원들을 통해 새롭게 창조한다. 이 공간에서 구성원의 힘은 거대하다. 수많은 사람들을 대신하는 캐릭터를 중심으로 혈맹과 파티시스템[10]을 통해 구성된 네트워크시스템은 전쟁과 전투라는 주축 키워드를 중심으로 다양한 사건들이 실시간으로 업데이트되면서 가상공간에 힘을 불어넣는다.

여기서 이미 원작 자체가 실제가 아닌 가상의 만화영화를 다시 원작[11]

---

8) 이는 이미 게임이 보편화되기 전인 PC통신 시대의 언어파괴현상에서부터 시작되었다할 수 있다.
9) 아덴왕국을 중심으로 왕자 데포로쥬가 자신의 왕국의 친구들과 함께 힘을 모아 왕국을 다시 찾게 된다는 이야기. 출처 : http://zoharia.com.ne.kr
10) 게임을 하는 플레이어들끼리 파티(party)를 맺어 적 또는 NPC들을 사냥할 때, 공동으로 전투하는 방식, 싸움에 따른 경험치와 아이템을 공유하므로 저 레벨인 경우 레벨 업에 유리하다.
11) 거의 대다수의 게임이 이런 방식을 사용해 게임의 역사와 세계관, 등장 캐릭터를 구성한다.

으로 삼아 새롭게 게임공간 상에 구현된 파생실재는 실재가 아님에도 더욱 실재 같으며 오히려 현실을 넘어서는 파괴력을 갖는다. 실제가 게임을 지배하는 것이 아닌 게임이 실제생활을 지배하는 현상이 벌어지게 된 것이다.

지금 현실에서 우리가 가지고 있는 세계관과 인식론은 이 공간에 들어서면 무용지물이 되어버린다.

Ⅳ. 게임 속 캐릭터의 실재

1. 캐릭터 생성과 선택

온라인게임에서 자신을 드러내는 장치에는 먼저 아이디(ID)가 있다. 처음 게임에 접속했을 때, 가장 먼저 필요한 것이 자신을 증명하거나 대표할 수 있는 아이디를 생성하게 된다. 아이디를 만드는 과정에서도 자신의 취향과 성격, 그리고 자신을 나타내는 다양한 문자조합이 사용된다. 이렇게 생성된 아이디를 이용해 접속하면 자신의 아이디를 중심으로 실제 게임 안에서 활동하는 캐릭터를 만드는 과정으로 진입한다. 캐릭터를 생성하고 선택하는 과정은 마치 자신이 신의 역할을 대행하는 매력을 선사할 뿐만 아니라 자기 자신을 스스로 만들어낼 수 있는 특별한 경험을 만끽하게 된다. 게임유저는 이 과정을 통해 자신의 아바타형 캐릭터를 구성하게 되는 데 월드오브워크래프트의 경우를 살펴보면 다음과 같다.

월드오브워크래프트는 10개의 종족이 얼라이언스(드레나이, 인간, 드워프, 나이트엘프, 노움)와 호드(블러드엘프, 오크, 언데드, 타우렌, 트롤)로 나뉘어 게임을 진행하게 된다. 여기에 9개의 직업(전사, 드루이드, 사냥꾼, 마법사, 성기사, 사제, 도적, 주술사, 흑마법사)을 통해 수많은 캐릭터 조합을 만들 수 있다. 종족에 따라 캐릭터의 모양과 외모에서 차이를 보이고, 또 남녀에 따라 달라지기도 한다. 직업은 캐릭터를 선택했을 때 기본적으로 설정된 옷과 무기 아이템의 모습에서 차이를 보이게 된다. 그리고 각 직업에 따라 배울 수 있는 특성[12]에 따라 실제 게임 안에서 역할에 차이가 있으므로 이 역시 이용자들의 취향에 따라 선택할 수 있는 여지가 존재한다.

〈그림 1〉 월드오브워크래프트 종족

또, 10개의 전문기술(채광, 대장기술, 기계공학, 약초학, 연금술, 가죽세공, 무두질, 마법부여, 보석세공, 재봉술)과 3개의 보조기술(낚시, 요리, 응급치료)을 통해 캐릭터의 능력을 구성한다. 10개의 전문기술 중에서 각 캐릭터는 2개만을 선택할 수 있고 3개의 보조기술은 모두 배울 수

---

12) 각 직업에 따른 특성은 3가지 특성트리를 통해 각 캐릭터에 반영된다. 특성트리는 레벨업에 따른 이른바 스킬포인트(Skill point)에 따라 각각의 특성을 업그레이드하면서 변형된다. 게임 내에선 보통 특성과 직업을 결합해 명명한다. Ex) 무분(무기분노) 전사, 방태(방어태세) 전사, 신화 법사 etc.

있다.

각 캐릭터의 생성과 선택은 게임 초보자와 숙련자 간의 차이가 존재하고 소프트유저와 하드유저, 주캐릭터와 부캐릭터 그리고 캐릭터 추가상황에 따라 변화한다. 이와 같은 캐릭터 생성과정을 통해 게임유저는 실제 게임 안에서 활동하는 입체적인 캐릭터를 만들고 자신을 대표할 다양한 속성과 기술을 고려해 세부적인 선택과정을 진행한다. 종족에 따라 직업 선택의 제한이 있었던 과거와는 달리 확장팩에서는 이 제한도 풀리게 되어 보다 다양한 캐릭터를 유저 입장에서 선택할 수 있다.

이렇게 캐릭터 생성과 선택과정이 마무리되면 캐릭터 자체에 대한 명명과정을 마지막으로 거치게 된다. 이와 같은 명명과정은 게임플레이를 진행하는 과정에서 길드를 생성하고 만드는 과정을 통해 다시 한번 반복된다. 게임플레이 진행 전에 캐릭터를 선택하고 명명하는 과정에서 게임이용자들은 캐릭터와 지속적인 관계를 통해 몰입하며 집중한다. 그리고 게임플레이를 통해 자신이 생성한 캐릭터를 성장시켜 가는 과정을 통해 또 다른 인생을 사는 듯한 말 그대로 실제 삶과는 다른 희로애락喜怒哀樂을 경험한다. 사이버공간을 통해 실제 삶과는 색다르게 경험한 체험은 자신의 활동 캐릭터와 공간에 대한 몰입과 동일시, 애착과 애정도가 점점 증가하게 된다.

2. 레벨시스템(Level system), 퀘스트모드(Quest mode), 특성트리

게임에서 레벨은 게이머로 하여금 흥미와 몰입을 촉진하는 중요한 장치다. 월드오브워크레프트는 기존 온라인게임들과는 달리 최종 레벨에 이르기까지 누구나 일정한 퀘스트와 경험을 의무적으로 할 수 밖에 없도

록 짜여있다. 최종 레벨[14]까지 달
성한 이후, 실제 전투를 중심으로
한 게임을 플레이할 수 있도록 구
성되어 있다. 그러므로 월드오브
워크레프트에서 최종 레벨 전과
후의 게임플레이는 현격한 차이
가 있다. 최종 레벨에 오르면 자

〈그림 2〉 캐릭터 명명과 캐릭터 선택[13]

신만의 레이드(Raid)팀을 구성할 수도 있고 길드원과 함께 공격대를 구성

해 거대 몹(Mob)을 사냥할 수도 있다. 또, 전장[15]에서 상대편 캐릭터와

전쟁함으로써 명성도 얻을 수 있다. 전장을 통해 구분되어 있는 얼라이언

스와 호드는 PVP[16]를 통해 명예점수를 얻게 되는 데 각 점수에 따라 계급

이 결정되고 이 계급에 따라 특별한 아이템을 획득하고 적용할 수 있다.

퀘스트 모드는 월드오브워크레프트가 초보자와 여성 유저 등 게임을

하지 않던 유저들을 공략하는 데 효과적으로 기여했던 장치다. 현재 이

게임을 즐기는 유저들 가운데는 최종 레벨에 오르고도 퀘스트 모드만을

진행하는 사람들이 있을 정도다. 각 게이머들은 기준 레벨을 달성하기까

지 다양한 퀘스트와 게임플레이를 통해 각 종족과 직업이 가진 특성들,

그리고 기술에 관한 기초 지식을 쌓게 된다. 기준레벨까지 도달하기 위한

물리적인 시간을 통해 유저들은 캐릭터와 숱한 어려움과 죽음[17]을 맞게

---

13) 출처 : http://cafe.naver.com/aoraidteam/740
14) 일반적으로 게임상에선 만랩이란 용어로 통칭되며 월드오브워크레프트의 경우, 현재 Level 70이 만랩
    이다.
15) 월드오브워크레프트에서 전장은 얼라이언스와 호드가 혼재되어 있는 곳으로 상대편 게임캐릭터와 대
    전할 수 있는 영역이다. 일정 레벨이 되어야 진입할 수 있고, 그 전까지는 각각의 진영이 관할하는 독
    립적인 영역에서 퀘스트를 수행하면서 레벨을 올리게 된다.
16) Player Vs Player, 게임유저 개인 간의 1:1 전투플레이

된다.

이와 같은 게임유저와 캐릭터 간의 실시간 동기화(Synchronization)현상은 시간과 공간을 극복하고 결국은 현실과 가상을 혼돈케 하는데 중요한 원인을 제공한다. 캐릭터는 레벨이 오름에 따라 능력과 소유하고 적용할 수 있는 아이템[18]이 늘어나게 된다. 그리고 레벨이 증가함에 따라 구매할 수 있는 아이템과 스킬 포인트를 얻을 수 있는데, 특히 스킬 포인트를 잘 배분해 특성트리를 어떻게 구성하는냐에 따라 자신의 캐릭터의 최종 특성이 확정된다. 특성을 구성하는 과정에서 게임유저의 성향과 취향이 드러나기도 한다. 물론 최종 레벨업 이후, 레이드과정에서 선호되는 각 직업별 특성은 이미 확정되어 있다[19]. 하지만 레이드에 선호되지 않는 특성을 구성했다고 하더라도 각 유저들의 의지에 따라 레이드가 아닌 다른 플레이를 통해 게임을 계속 진행하기도 한다.

3. 소프트유저와 하드유저(Soft user & Hard user)

일반적으로 게임유저의 종류를 게임에 투자하는 시간과 경험, 그리고 익숙함의 정도 등의 차이에 따라 소프트유저와 하드유저로 구분한다. 소프트유저는 캐릭터를 선택하는 과정에서 대개 외양에 (옷차림 등의 이미지에) 영향을 받는 경향이 하드유저와 비교했을 때 상대적으로 크다. 또

---

17) 게임 안에서 죽음을 맞이하면 캐릭터는 영원히 죽는 것이 아니라 특정 시간 이후 다시 환생하는 과정을 반복해서 겪게 된다.
18) 대표적으로 탈 것을 예로 들면, 레벨 40에는 100골드(월드오브워크레프트 내의 돈의 단위)를 주고 구매하는 이동수단이 있으며, 레벨60에는 1,000골드를 주고 이동수단을 살 수 있다(일반적으로 백골마, 천골마로 불린다). 그리고 레벨70에는 날아다니는 이동수단을 구매할 수 있다. 이 아이템을 적용하면 이동속도에서 차이가 있다.
19) 특성구분에 따라 일반 플레이용, 레이드용, 인던용 등등으로 캐릭터를 세분화하기도 한다. 또, 각 공략 지점에 따른 특정 아이템에 따라 캐릭터를 재구성하기도 한다.

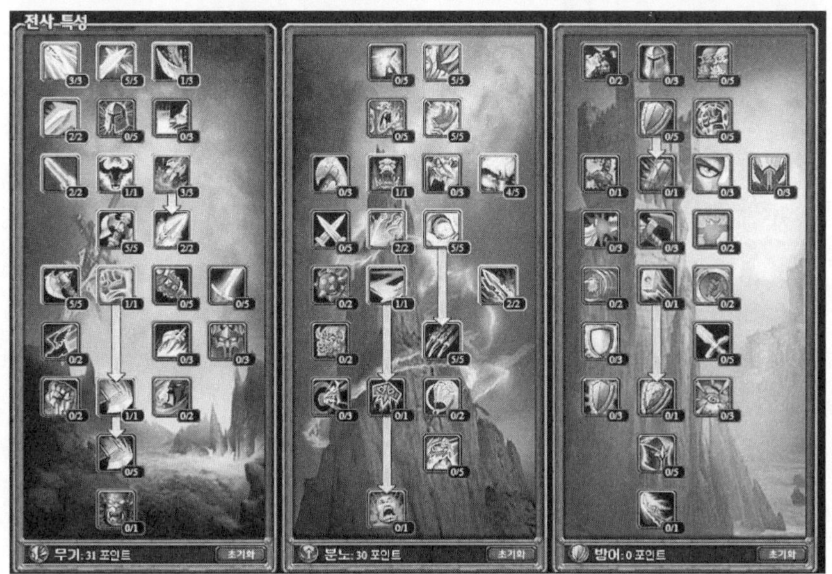

<그림 3> 전사특성트리

한 종족과 직업을 선택하는 과정에서도 추상적인 고려가 보다 더 개입한다. 물론 초보자 가이드와 각종 게임정보사이트를 통한 지식을 통해 도움을 받기도 한다. 월드오브워크래프트의 경우, 의무적으로 최종레벨까지 도달해야 레이드에 참여할 수 있는 권리가 주어지므로 소프트유저들은 이 과정을 통해 각 종족과 직업에 대한 직접적인 체험을 하게 된다. 소프트유저들은 인큐베이팅 과정을 통해 최초 캐릭터와 자신의 성향이 일치하는 지를 확인하게 되고, 적합하지 않다고 판단될 때는 다시 캐릭터를 추가해 생성하거나 기존 캐릭터를 삭제하는 작업을 되풀이 한다. 저레벨 과정에서 자신이 선택한 캐릭터가 자신을 충분히 대표하고 있는 지에 대한 정확한 판단을 내리지 못할 경우, 물리적, 정신적인 막대한 소비를 수반할 뿐만 아니라 게임 자체에 대한 흥미까지 영향을 미치게 된다. 초보자와 게임플레이 시간이 짧은 이용자는 최초 캐릭터 생성과 선택과정에서 하드유저와는 달리 불확실성에 기초해 확정하는 경우가 보다 많고 아무리 많은 게임관련 정보에 접하더라도 실제 게임플레이 과정에서 본인이 체감하는 느낌에 개인차가 있기 때문에 유의해야 한다. 그리고 본캐릭

터와 부캐릭터, 그리고 추가 캐릭터 생성에 있어서도 전문적으로 세분화
되기 보다는 단순히 각 종족과 직업에 대한 이미지를 가지고 만드는 경우
도 있다. 남성과 여성에 따른 성별 이미지 변화와 직업별 외양의 변화에
대해서도 민감하다.

이에 반해 하드유저들은 이미 충분한 학습효과를 통해 자신에게 가장
잘 맞는 캐릭터 궁합과 종족, 직업 정보를 직접 체험을 통해 자세히 습득
했기 때문에 보다 캐릭터 선택의 시간이 짧아지고 캐릭터 포트폴리오를
다양하게 짤 수 있는 정보 역시 보유하고 있다. 이들은 이미 게임을 통해
자신의 성향과 게임 플레이에 익숙하고 일반적인 경우, 자신과 가장 호흡
이 잘 맞는 캐릭터 선택과 구성을 하게 된다. 하드유저들은 최종레벨까지
도달한 캐릭터와 그 과정에서 얻은 경험을 통해 애초에 가지고 있던 자신
의 이상과 현실의 괴리를 충분히 인지한 사람들이다. 예를 들어 자신의 실
제 성격과 다른 이상을 염두에 둔 캐릭터라고 할지라도 게임 안에서 자신
의 모습에 반대되거나 불편한 상황과 지속적으로 맞닥트림으로써 최종적
으로는 자신과 다른 성향의 캐릭터보다는 자신에게 점점 동일시된 캐릭터
를 찾게 된다. 그리고 추가 캐릭터 생성에 있어서도 분명한 목표를 가지고
진행하며 캐릭터 각각을 명명하는 일관된 규칙을 가지고 있거나 특정 직
업과 종족을 전문적으로 키우는 매니아적인 특징을 보이기도 한다.

4. 솔로플레이와 파티플레이(Solo play & Party play)

게임 안에서는 앞서 이야기했던 월드오브워크레프트의 특성상 솔로 플
레이를 즐기는 사람들은 즐기는 사람이 다른 온라인게임에 비해 상당수
존재한다. 일반적인 한국형 온라인게임의 경우, 레벨과 공성전이라는 과

정에서 솔로 플레이는 상당히 많은 제약을 받는다. 이러한 특성은 하드유저들은 만족시킬 수 있었지만 결과적으로 소프트유저들과 게임에 진입하는 초보유저들의 어려움을 가중시키는 또 다른 이유이기도 하다.

솔로플레이를 파티플레이에 적응하지 못하거나 게임플레이 횟수가 불규칙한 경우, 그리고 게임플레이 시간이 상대적으로 작은 경우에 이루어진다. 게임유저들은 자신의 뜻대로 캐릭터를 온전히 발현할 수 있다. 하지만 파티플레이의 경우, 최소 5인 공격대 파티에서 최대 40인까지 파티가 이루어지므로 자신의 의지보다는 파티와 공격대 전체의 목표와 이익을 위해 자신을 희생하거나 개별적인 욕구를 자제해야 하는 선행조건이 따른다.

〈그림 4〉
길드와 파티 플레이

실제로 파티플레이에서 실수는 자신뿐만 아니라 파티원 전체가 전멸당할 수 있는 위험이 있다. 게다가 실수가 치명적이라면 더욱 전체 파티원들에게 원성을 듣게 된다. 파티플레이는 매우 전략적인 구성을 통해 조직된다. 각 개인은 주어진 임무와 리더의 명령에 집중해야 하며 반드시 복종해야 하는 의무를 지게 된다. 때문에 자신과 맞지 않는 캐릭터를 가지고 파티플레이에 임할 경우, 불만이 충분히 발생할 수 있는 상황이 만들어 진다. 그러므로 파티플레이에 집중하는 유저들의 경우에는 보다 자신이 자유자재로 통제할 수 있는 자신의 분신 같은 캐릭터를 원한다. 한번 공격대에 참여할 경우, 몇 시간씩 걸릴 뿐만 아니라 아이템 소모도 극심하기 때문에 이와 같은 엄격한 선행조건은 최종적으로 파티플레이의 성공을 가늠할 수 있는 방향자가 된다. 그리고 파티플레이는 참여 유저들의 적나라한 심리가 여과 없이 드러나기 때문에 게임 캐릭터를 통제하는 실제 참여유저들의 감정이 그대로 노출됨으로써 보다 더 가상 캐릭터와 일치감을 느끼게 된다.

일반적으로 파티구성은 길드 등 자신이 잘 아는 사람들을 중심으로 구성되며, 여의치 않을 경우에 채팅창이나 구성시스템을 통해 조직되기도 한다. 하지만 모르는 사람과 게임하는 것이 부담되는 사람의 경우, 일반적으로 길드활동을 통해 정기적인 파티활동에 참여해 게임을 진행하게 된다. 모르는 사람들과 파티구성을 할 경우, 운이 좋다면 모든 파티원들의 목표를 이룰 수 있겠지만 그렇지 않다면 파티 자체가 깨지거나 도중에 로그아웃 해버리는 상황, 아이템을 독식[20]하는 등의 부작용이 비일비재하게 일어난다.

5. 레이드(Raid)구성에 따른 캐릭터 계열구분

최종 레벨에 도달하면 공격대를 구성해 사람들과 게임플레이를 진행할 수 있다. 공격대 활동을 하는것을 일반적으로 레이드라고 한다. 이때 각 공격대를 구성하는 각 캐릭터들은 직업군에 따라 탱커, 데미지 딜러, 힐러 등의 계열로 구분된다. 파티 인원수가 많을 경우, 각 계열별로 주, 보조 역할을 둔다.

1) 탱커(Tanker)

강한 방어 능력을 가지고 있어 직업이 한 마리 또는 다수의 몬스터와 근접해 다른 파티원을 몬스터의 공격으로부터 벗어나 자신의 역할을 할 수 있게 해주는 파티원을 지칭한다. 파티 안에서는 몹의 공격을 다른 파

---

20) 일반적인 경우, 파티에 참여할 때 원하는 아이템을 미리 얘기하거나 경매를 통해 배분하는 데 월드오브워크래프트가 제공하는 주사위게임을 이용해 최종 획득자를 결정한다.

티원을 대신해 받고 붙잡는 역할을 한다. 같은 탱커인 경우라도 경험이 많은 순서대로 메인 탱커를 맡는다. 공략지점의 몹 정보와 맵뿐만이 아니고 각 구성원들의 상태와 공격전략, 명령을 내릴 수 있다. 탱커는 이처럼 중요한 역할을 수행하기 때문에 게임플레이가 매우 어려우면서도 목표를 성취할 때 그만큼 인정도 많이 받는 캐릭터 계열이다. 게임 전체를 볼 수 있는 능력과 리더십, 그리고 각 구성원들간의 다툼에 대한 조정능력까지 탱커는 보유해야 한다. 대개 탱커계열은 방어력이 매우 높고 좋다.

2) 데미지딜러(Damage dealer)

몬스터에게 데미지를 입히는 모든 역할을 말한다. 보통 짧은 시간 내에 목표 몹의 HP를 많이 깎을 수있는 능력을 지닌 직업이 이에 해당한다. 월드오브워크래프트에서는 도적, 마법사, 사냥꾼, 흑마법사 등이다. 하지만 탱커계열과는 달리 방어력은 낮기 때문에 탱커가 잘 보호하지 않으면 쉽게 죽을 수 있는 특징이 있다. 데이지 딜러 중에서도 한꺼번에 많은 데미지를 줄 수 있는 캐릭터를 누커(Nuker)[21]라고 따로 부른다.

3) 힐러(Healer)

회복 계열 마법을 사용하여 파티 사냥에서 파티원들의 소모되는 체력을 회복시켜주는 역할을 말한다. 전투 중에 파티원들의 HP를 채우고 죽은 캐릭터를 부활시키기도 한다. 레이드의 경우, 회복 아이템을 소지할 수 있는 한계가 있고 기능 역시 힐러계열만큼 다양하지 않기 때문에 힐러

---

21) 마법사 계열이 많은 편이다.

들의 역할이 그만큼 중요하다. 탱커와 데미지딜러들의 HP를 채워주는 역할을 하는데 물리 공격력과 방어력은 매우 낮다. 단순히 파티원을 살펴보면서 HP를 회복시켜주는 작업의 반복이기 때문에 매우 긴장된 상황에서 게임을 진행한다. 탱커나 데미지딜러들이 제대로 힐링을 받지 못해 죽어버렸다면 그 모든 책임이 힐러에게 오기 때문이다. 이처럼 단순한 게임플레이와 책임 때문에 힐러를 선호하는 사람들이 다른 직업군과 비교해서 그리 많은 것은 아니다.

각 계열별로 캐릭터들은 특화된 기능과 역할, 그리고 명확한 책임을 부여 받고 있다. 그러므로 책임감 있고 융통성, 그리고 리더십이 있는 경우에는 탱커계열의 캐릭터를 많이 선택하는 편이다. 그렇지 않은 성격의 소유자라 하더라도 계속되는 레이드 과정에서 자정되거나 발전하기도 한다. 데미지 딜러는 일단 대범하고 순발력을 보유하되, 책임에서는 약간 벗어나고 싶은 사람들이 선택한다. 그리고 힐러는 모험보다는 안전하고 게임 전체를 관망하고 남을 도와주는 데 익숙한 이타적인 성향의 사람들이 대개 선택한다.

V. 가상과 현실, 그리고 캐릭터 선택의 의미

1. 선택의 자유로움과 한계 : 신적 판타지

게임이 가지고 있는 가장 큰 장점 중의 하나는 게임을 조작하는 유저에 신과 비슷한 막대한 힘을 부여하는 점에 있다. 언제 어디서나 자유롭게 자신의 분신인 캐릭터를 가상과 실재의 경계를 넘나드는 과정에서 발생하는 신적 판타지는 게임에 몰입하는 주된 이유가 된다. 동시에 신적 판타지는 게임 공간 안에서 자신을 동일시하는 장치로 활용된다.

게임유저들이 최초로 온라인게임 안에서 캐릭터를 선택할 때 겪게 되는 과정을 생각해보자. 그 자신의 아이디를 만들고, 그리고 성별과 외양, 직업과 성격을 선택하는 과정에서 유저들은 마치 본인이 신이 된 것과 같은 행복한 착각을 경험한다. 현실 세계에서 늘 꿈꾸기만 하던 반대 성에 대한 판타지, 외모와 직업 등에서 가지던 불만들은 그대로 캐릭터 선택과정 투영되어 드러난다. 현실에서 유저들이 선택할 수 있는 변수들은 한정되어 있지만 게임 안에서 구현할 수 있는 선택은 보다 자유로울 뿐만 아니라 물리적 한계를 넘어서는 파격적인 설정도 가능하다. 때문에 현실과 게임 속의 가상 공간 속 모두에서 존재하는 '나' 라는 존재는 어느 순간 자신의 권력을 극대화할 수 있는 공간과 시간 속에 매몰되어버리는 결과를 만들어내기도 한다. 게다가 너무 많은 선택의 요소가 게임 시스템을 통해 구현되지만 어느 순간 게임의 과정 속에서 환경에 적응된 자신의 캐릭터를 발견하게 되는 좌절을 맛보기도 한다. 캐릭터를 조절하는 물리적인 한계, 전체 길드나 파티를 이끄는 과정에서 나타나는 개인적인 능력과 전략의 부재, 커뮤니케이션의 불일치 등등으로 인해 나타나는 갈등이 그것이다. 현실 속의 개인이 가상 세계에서 자신을 대표하는 캐릭터를 통해 신적 판타지를 마음껏 만끽하지만, 현실적인 자신의 특성이 그대로 캐릭터에 반영되면서 보다 실재적인 자신의 자아와 동일시되는 과정으로 발전한다.

단순히 이상적인 자신을 대표하는 분신에 그치지 않았던 캐릭터는 보다 자신에 가까워지는 인간적인 모습들과 한계로 인해 동일시는 보다 강력하게 일어난다. 신적 판타지의 대상이었던 가상 공간 속의 캐릭터가 결국은 그 한계를 뛰어넘지 못하고 오히려 현실의 자신과 가까워지는 인간적인 상황을 통해 신적 판타지는 그 장치로써 수명을 다한다. 신적 판타지를 구현하고 깨지는 과정은 이상과 현실이 하나의 경계선 상에서 만나는 드라마틱한 상황을 연출한다. 이상과 현실의 경계선은 비로소 자신이 자신을 명확하고 솔직하게 바라볼 수 있는 일종의 중간 공간을 의미한다.

성공하고 좌절하며, 가상 공간에서 실재 절대적인 시간을 소모하며 성장시키는 캐릭터가 진정한 자신의 분신과 조우하는 순간이 바로 이즈음이다. 이 중간 공간을 통해 게임유저들은 보다 실재적인 자신의 모습을 닮아가는 캐릭터에 보다 애정을 느끼며 몰입하게 된다. 신적 판타지를 통해 캐릭터를 선택하고 성장시켜가는 과정에서 게임유저들은 실재 환경에서 선택할 수 없는 이상적인 자아를 캐릭터에 투영한다. 하지만 이 이상적인 자아를 대표하는 캐릭터는 중간 공간이라는 경계선까지 자신을 대표하지만 또한 그 캐릭터가 가상 공간 속에 존재함을 차별적으로 인식하는 단계다. 실재적인 자아와 캐릭터 속 자아가 보여주는 신적 판타지는 캐릭터가 성장하는 과정에서 맞닥뜨리는 경험을 통해 유저 본인의 원래 색깔을 덧칠해 가며 성장한다. 이와 같이 수많은 시행착오 끝에 완성된 캐릭터는 단순한 분신을 넘어서 현실의 자신과 동일시 하는 대상으로까지 발전한다.

캐릭터를 선택하고 성장시키는 과정에서 발현되는 동일시의 정도는 이처럼 차이가 있다. 하지만 분명한 것은 단순한 선택보다는 선택 이후 성장 과정에서 발생하는 동일시의 결합력이 매우 강하다는 점이다. 또, 선택과정에 이입되는 자아와 성장과정에서 발생하는 자아의 크기와 차이는 결과적으로 온라인게임에서 MMORPG의 영향력을 반증한다. 자신과 캐릭터가 동일시하는 시간과 경험이 많아질수록 자신의 캐릭터에 대한 유저들의 애정은 비례해서 증가한다. 더불어 경험의 강도에 따라 해당 캐릭터에 대한 유저들의 몰입은 더욱 차이를 보인다.

유저들에게 어떤 경험을 줄 것이냐의 문제는 때문에 온라인게임의 흥행에 큰 영향을 미친다. 퀘스트 모드를 도입해 솔로 플레이를 어느 정도 지원하는 월드오브워크래프트의 경우, 개인적인 성향 또는 파티 및 길드, 공격대 참여 과정에서 오는 불협화음을 상쇄시키며 개개인의 성향에 최적화된 게임환경을 제공해주었다는 점에서 기존 한국 온라인게임과 차이를 보인다.

2. 캐릭터 선택의 경로의존성

게임 유저들은 캐릭터를 선택할 때, 한편으로 보면 다양한 조합을 통해 신적 판타지를 충분히 누리는것 같지만 결과적으로 현실 속의 자기자신에게 영향을 받는다. 더욱이 특정 게임의 하드유저로 발전해갈수록 캐릭터 선택은 단순히 신적 판타지를 발현하는 과정뿐만 아니라 게임 속에서 자신이 살아남느냐 죽느냐를 결정하는 매우 권력적인 관계로 진화한다. 게임을 선도하거나 돕거나 또는 적당한 방관 등과 같은 정치적인 이유로 캐릭터를 선택하기도 한다. 또 해당 게임에 대해 익숙해질수록 현실의 권력과 정치는 그대로 이식되어 가상 공동체 안에서 발현된다. 때로는 현실의 금력을 이용해 가상 현실 속의 자신의 캐릭터를 강화시키는 선택도 비일비재하게 일어난다. 캐릭터를 키우는 과정에서 자아 동일시를 느끼는 유저들이 있는 반면에 자신이 최소한 게임 공간 안에서는 절대자가 될 수 있는 신적판타지를 현실의 권력과 결합시키면서 만족을 얻어가면서도 동일시현상은 일어난다. 여기서 설명하지 못한 다양한 캐릭터와 현실권력과 정치의 결합을 통해 동일시 현상은 보다 복잡하게 발전한다. 바로 이러한 인간의 욕망은 창발적으로 사이버아이템 거래를 온라인게임 산업 속에서 파생시켰다.

하지만 성장과정에 대한 몰입과 감정이입이든, 또는 현실권력을 통한 자신의 이상적인 캐릭터의 강화든 간에 실제로 게임을 진행시키는 과정에서 드러나는 개인의 특성은 캐릭터를 선택하는 과정을 의외로 단순화시키는 역할을 한다. 특히 온라인게임은 각각의 사람들을 대표하는 캐릭터 간의 실재 전쟁을 능가하는 매우 전략적인 조합을 통해 진행된다. 특정한 게임유저가 아무리 특정한 캐릭터와 능력을 가지고 있다 하더라도 결국은 공격대를 조합할 수 있는 각 캐릭터군의 최적화되는 조합이 없이 계속 게임을 진행시키는 것은 불가능하기 때문이다. 그러므로 캐릭터 선택은 일종의 경로의존성을 갖게 된다. 또, 특정한 캐릭터를 반복해서 성장시키고 게임플레이를 진행하는 과정에서 보다 캐릭터에 대한 이해와 특성에 대한 정확도, 게임컨트롤 정도는 놀랄 만큼 높아진다. 기존 동일한 캐릭터를 성장시키면서 겪었던 시행착오의 선행학습은, 이후 동일 캐릭터를 성장시키는 과정에서 보다 자신이 이상적으로 생각하는 캐릭터를 만들어가는 데 절대적인 기여를 한다. 캐릭터 선택이 얼핏 복잡성을 가지지만 결국은 자신이 가장 잘 컨트롤할 수 있는 캐릭터를 선택해 성장시키며 게임을 즐긴다는 점에서 매우 단순하게 이해할 수 있다. 비록 동일한 캐릭터를 지속적으로 재창조시키고 게임플레이를 진행하는 과정에서 게임 자체의 재미가 떨어질 수 있으나, 해당 게임 콘텐츠의 질과 양, 함께 게임을 플레이하는 다른 유저들 간의 상호작용이 온라인게임의 흥행과 수명을 높이는 역할을 한다.

3. 캐릭터 선택의 의미에 대해

캐릭터 선택은 온라인게임 안에서 존재하는 캐릭터를 통해 몰입한 결과로 나타난다. 특히 '내'가 해당 캐릭터에 몰입하는 과정은 실재와 유사한 개별적인 감정들이 이입한 총체다. 현실의 모습들은 유사하지만 다른 형태로 가상 세계의 구성과 플레이에 영향을 미친다. 우리가 디즈니랜드를 보는 것은 실재를 보고 있지만 다른 측면으로 가상이 현실화된 복사물 자체(파생실재)를 보는 것이다. 이처럼 온라인게임 안에서 이루어지는 다양한 캐릭터들의 상호작용은 현실을 파편화시켜 투영한 파생실재임과 동시에 또한 진짜 실체다. 내가 현실에서 싸우는 것은 아니지만 나를 대표한 캐릭터는 가상 공간에서 실재로 싸움을 한다. 무엇이 실재고 무엇이 가상이냐의 문제는 이제 더 이상 온라인게임에서 문제되지 않는다.

이미 현실과 가상이 합쳐진 복합적인 경험을 현실의 '나'는 살아가기 때문이다. 더욱이 캐릭터를 통한 온라인게임의 사이버아이템 거래와 가상경제활동의 작동 등은 현실세계로 가상세계가 실체화되는 수많은 예 중에 하나이다. 캐릭터 선택은 개인이 몰입의 과정에 진입하는 최초의 단계로써 향후, 게임을 통해 자신을 동일시해가는 주요한 전환점으로 작용한다. 그러므로 캐릭터를 선택한다는 것은 자신을 반영하는 주된 행동임을 인지해야 한다. 게임의 내용과 스토리텔링이 중요한 이유가 바로 여기에 있다. 게임유저 자신이 캐릭터와 동일시하는 과정에서 가상을 넘어, 자기자신으로 인식하는 중간 단계를 극복할 수 있는 유인이기 때문이다.

주재연

공연예술의
사이버 공간 활용 현황과 전망

Ⅰ. 서론

디지털 혁명과 새로운 커뮤니케이션 망의 발달은 인류의 경제, 정치, 문화 전반에 걸쳐 엄청난 변화를 가져왔고 사이버 문화 내부의 프랙탈적[1] 요소와 IT 기술의 발전으로 인한 인터페이스 기기의 확장을 감안한다면 사이버 공간에서의 다양한 활동들은 인류의 미래를 변화시킬 강력한 에너지원이자 활동무대가 될 것이다.

1. 문화콘텐츠 산업의 발달

문화예술 전 분야에서도 유비쿼터스 기술과 멀티미디어의 발전에 힘입

---

1) 자기 자신을 축소, 복제하여 무한히 이어지는 테크놀로지의 성질을 가르키는 말. '프랙탈' 이라는 말은 IBM의 왓슨연구소 B.B 맨델브로가 1975년 프랙탈 이론을 주장하면서 등장했다.(피에르 레비, 강형식 · 임기대 옮김, 『지능의 테크놀로지』, 철학과 현실사, p.51).

어 새로운 문화콘텐츠들이 속속 등장하였으며, 다양한 문화콘텐츠들은 문화산업의 영역으로 확장되어 경제적 부가가치 창출이 주 관심사가 되었다.

영화산업의 경우 디지털 그래픽디자인 기술의 발달로 예전에는 구현하지 못했던 엄청난 스케일의 상상력을 영화화할 수 있게 되었다.(디지털 그래픽 기술이 없었다면 영화 〈해리포터〉나 〈반지의 제왕〉은 제작될 수 없었을 것이다.) 또한 영화관에서만 관람할 수 있었던 영화콘텐츠가 비디오테이프를 거쳐 DVD로 제작된 것도 디지털 기술의 발전으로 가능해졌고 이제는 다운로드 콘텐츠(VOD)로의 영화시장이 점점 증가 추세에 있다. 미국의 영화 다운로드 시장이 2009년에는 10억 달러 규모로 성장할 것으로 예측되고 있다.[2]

음악산업의 경우, 소프트웨어의 발달로 음악 창작 작업(샘플링, 작곡, 편곡, 녹음 등)이 용이해졌으며 이는 엄청난 시간과 비용의 절감을 가져왔다. CD로 대표되던 음반시장은 점점 시장 규모가 줄어들고 있는 반면에, 인터넷 스트리밍 다운로드 콘텐츠로서의 음악파일(MP3)은 매년 75%씩 성장하고 있으며 모바일 콘텐츠로서의 음악 다운로드 역시 매년 25%의 성장률을 나타내고 있다. 2003년에 처음으로 음반시장 매출규모(1,833억원)를 디지털 음원 매출(1,850억원)[3]이 추월하고 점점 그 격차를 더 벌려나가고 있다.

게임산업은 프로그램과 소프트웨어의 발전, 인터페이스 기기의 확장, 전송속도의 눈부신 개선 등 가상현실의 기술적 인프라의 총합체로서 디지털 시대의 가장 대표적인 문화산업의 분야로 꼽히고 있다. 특히 사이버

---

2) 한국문화콘텐츠 진흥원, 「2007 세계문화콘텐츠 산업 전망」, 2007.
3) 문화관광부, 『2005 문화산업백서』, 2005.

공간의 가상성을 가장 현실에 가깝게 실재實在시키면서 즉각적이고 광범위한 다수 대 다수의 커뮤니케이션이 이루어지는 사이버 문화의 특성을 가장 잘 보여준다고 할 수 있다.

이외에도 애니메이션, 캐릭터, 출판, 디지털 교육 등 여러 분야의 문화콘텐츠 산업들도 유비쿼터스 기술과 다양한 미디어를 활용하여 시장 규모가 커지고 있을 뿐만 아니라 새로운 고용을 창출하는 등 상업의 신 성장 동력으로서의 가치를 높여가고 있다.

다음은 주요 문화콘텐츠 별 시장규모와 고용인원을 표로 정리한 것이다.

구 분	시장규모	고용인원	주요 내용
게임산업	4조 3,156억원	47,051	게임 이용인구 2,700만명 추정(2004년) 온라인 게임에 집중—사이버 범죄 등 역기능
영화산업	3조 224억원	31,898	방송, 통신과 융합된 서비스로 발전 소수 상업영화의 스크린 장악으로 편중현상이 심화
음악산업	2조 1,331억원	66,870	음반에서 인터넷, MP3, 모바일폰 등 신규매체로 이동. 10대, 댄스음악으로의 편중으로 콘텐츠의 다양성 상실
방송영상산업	7조 7,728억원	40,456	다매체, 다채널화의 심화(향후 IPTV, DMB) 아시아지역에 편중된 프로그램 수출
디지털교육	8,790억원	7,566	입시제도와 관련된 콘텐츠로 편중
애니메이션	2,650억원	3,600	만화, 캐릭터산업과의 연관관계가 높음 수출 대부분이 하청제작, 노동력이 싼 곳으로 이동
출판산업	18조 9,210억	225,086	만화255, 아동, 참고서 35%. 편중 서점의 몰락
캐릭터	4조 2,193억원	8,286	영세한 유통구조, 저작권관리의 소홀
공연예술	3,700억원	–	뮤지컬 등 특정 장르에 집중

〈표 1〉 국내 문화콘텐츠 산업시장 현황[4]

---

4) 앞의 책.

2. 디지털 시대의 예술 활동

디지털 시대는 새로운 형태의 예술창작 활동을 가능하게 했다. 백남준으로 기억하는 비디오 아트를 필두로 인터랙티브 아트(Interactive Art), 넷 아트(Net Art) 등 다양한 디지털 아트가 새로운 예술 장르로 자리잡고 있다. 여기에다 국가의 정책적인 지원과 예술과 기술을 접목시킨 학과를 대학들이 개설하고 있다. 디지털 아트는 예술의 심미안적인 접근 이외에도 여타 문화콘텐츠(광고, 게임, 애니메이션 등) 분야와 공공미술, 건축 등과도 다양한 소통과 융합을 일궈내고 있다. 그리고 최근에는 UCC보다 예술적 전문성에 접근한 UCCA(User created Arts Contents)로 가상공간의 커뮤니케이션을 통해 새로운 예술 창작자들이 배출되고 있다.

이렇듯 디지털 시대의 예술 활동은 창작 방식에 있어서 예술과 과학 그리고 미디어를 넘나들며 융합되고 있고 예술 활동이 일부 예술가들의 전유물에서 벗어나 생산층이 확대되는 경향을 보이고 있다.

디지털 시대의 사이버 공간을 활용한 예술 활동은 ①설치예술의 연장 선상에서의 멀티미디어 활용 ②이미지, 하이퍼텍스트, 동영상, 음악 등의 소스를 디지털 기술을 이용하여 변형 혹은 키치적[5] 재창조 ③디지털 예술의 심미적, 미학적 고찰 ④UCAC를 통한 신진 예술가들의 활동과 기성 예술가들의 새로운 작품의 발표의 공간으로 활용 등으로 크게 나눠볼 수 있다. 하지만 이러한 예술 활동 자체 보다는 사이버 문화 예술은 일방적인 스펙터클 보다는 오히려 쌍방형적인 이벤트를 진작시킴으로써, 과거 놀이와 제의식의 위대한 전통을 찾는 것[6]이 가장 본질적인 접근이라고

---

5) 독일어로 '긁어 모으다'라는 의미가 프랑스 예술가 피에르와 질(Pierre et Gilles)의 작품에서 진품 혹은 오리지널 작품에 변형을 가해 연출하는 의미로 사용되고 있다.

할 수 있다.

3. 연구의 의의와 연구대상의 선정

여러 가지 예술활동 중에서 공연公演예술은 관객을 앞에 두고 무대 위에서 이루어지는 실연實演이라는 특성상 현장성과 즉흥성이 강하다. 물론 무대 위에 각종 멀티미디어 장비를 활용한 실험적인 작품들이 선보이기는 하지만 여전히 공연예술은 사람 중심적인, 가장 아날로그(Analog)적인 예술활동이다.

이 글에서 멀티미디어 기술이나 디지털 정보가 끼어들 여지가 제한적일 것 같은 공연예술 분야에 관해 사이버 공간의 활용 측면을 살펴보고자 하는 이유는 가장 아날로그적일 것 같은 분야에서도 사이버 문화의 기본 단위인 정보의 디지털화/가상화가 다양한 방식으로 영향을 미치고 활용되고 있다는 사실을 확인할 수 있기 때문이다. 이번 과제에 있어서는 사이버 예술 창작물 자체 보다는 공연의 매니지먼트(Management)-네트워킹(Networking)-프로모션(Promotion) 과정에서 사이버 공간에서의 정보의 흐름과 쌍방향 커뮤니케이션의 유형 그리고 그 결과의 유의미성에대해 살펴보고자 한다.

따라서 연구 대상이 되는 공연단체는 다음 세 가지 조건을 충족시킬 것을 전제하였다.

① 공연단체의 주요 정보를 가공하고 월드와이드웹을 통해 제공

② 사이버 네트워킹을 통해 해외시장 마케팅에 참여

---

6) 피에르 레비, 김동윤·조준형 역, 『사이버문화』, 문예출판사, 2000, p.217.

③ 이를 토대로 오프라인에서 지속가능한 공연 활동을 전개

상기 언급된 조건을 고려했을 때, 넌버벌(Non-Verbal) 퍼포먼스의 대표적인 두 작품 〈난타〉와 〈점프〉는 공연 매니지먼트 회사의 체계적인 제작 시스템 하에서 에든버러 프린지 페스티벌에서 호평을 받은 후 상설공연을 전개하고 있다는 점에서 위의 세 가지 조건을 모두 충족시킨다고 할 수 있다. 따라서 본 연구에서는 이 두개의 공연을 대상으로 예술활동의 사이버 공간의 활용 방식과 효과에 대해서 살펴보고자 한다.

Ⅱ. 연구대상에 대한 특성과 현황

1. 공연예술 시장의 특성

공연예술은 타 문화산업 콘텐츠와 비교했을 때, 여전히 산업적 측면보다는 예술적 측면이 강조되고 있다. 이는 공연예술의 일차적 목표가 경제적 부가가치의 창출이 아니라 미학적, 예술적 성취도를 통해 소비자(관객)에게 감동을 전해주는 것을 최우선시 하기 때문이다. 이런 이유로 공연예술은 문화산업과는 구별되는 다르거나 반대되는 특징을 보여주는데, 다음의 특징들은 공연예술이 타 문화 콘텐츠에 비해 산업화가 더디고 사이버 문화의 특성과 접목되기 쉽지 않은 이유를 설명해 준다.

① 생산과 소비의 동시성 : 공연은 무대와 객석이 있는 공간에서 생산(공연)과 소비(관람)가 동시에 이루어진다.

② 노동집약적 산업 : 공연은 생산비용에서 인건비가 차지하는 비중이

상당히 높은 노동집약적 산업이다. 이는 기술의 발달로 노동생산성
이 높아지는(투입 노동량이 줄어드는) 일반 산업의 특성과는 달리 공
연에서는 기술의 진보가 인건비 비중에는 큰 영향을 미치지 못한다.

③ 가격의 비탄력성과 공공재 성격 : 공연예술의 수요자 범위는 제한적
이고 시장의 규모 역시 작은 실정에서 공연가격 즉 입장료의 가격에
따라 수요가 탄력적으로 변하지 않는다. 또한 공연상품은 사회적 가
치를 일정 수준 이상을 반영해야 하는 공공재로서의 역할이 무시될
수 없기 때문에 더욱이 가격이 비탄력적일 수밖에 없다.

④ 여타 문화산업으로의 전환의 어려움 : 공연은 재생산과정을 거치면
서 한계비용이 여타 문화산업처럼 급격히 낮아지지 않는다. 공연 제
작에 소요되는 경비들(출연료, 장소대관료, 장치 임대료 등)은 생산
이 거듭될수록 일정 비율로 투입되어야 하기 때문이다. 게다가 공연
실황 영상 정도를 제외하면 타 산업으로 변형되어 새로운 부가가치
를 창출하는 산업연관효과도 미비하다.

⑤ 승자독식과 대도시 편중 : 대부분 공연예술시장은 상위 10%의 공연
단체 및 공연물이 전체 수입의 90%를 차지한다. 또한 영향력 있는
공연예술단체는 대부분 대도시에서 활동을 하기 때문에 대도시와
중소도시 간의 시장 규모가 엄청난 차이를 보인다.

⑥ 경험재로서의 공연상품 : 공연상품은 티켓을 구입하여 관람하기 전에
는 공연상품의 품질을 분별할 수 없는 경험재에 속한다. 경험재의 가장
큰 특징은 생산자와 소비자 간의 비대칭적 혹은 왜곡된 정보에 있다.

2. 에든버러 프린지 페스티벌(Edinburgh Festival Fringe)

앞에서 연구대상으로 선정한 두개의 공연은 공통적으로 에든버러 프린지 페스티벌을 교두보로 세계 공연시장에 진출하는 과정을 거쳤다고 언급한 바 있다. 따라서 에든버러 프린지 페스티벌, 나아가 에든버러 페스티벌의 성격과 역할에 대해 먼저 살펴보는 것은 본 연구의 대상이 되는 공연을 선정한 이유에 대한 이해를 도울 수 있을 것이다.

인구 45만 명에 불과한 에든버러 시는 축제를 통해 연간 1천 2백만명 이상의 관광객을 유치하는 "유럽의 꽃"이라 불리는 도시이다. 특히 8월에는 다양한 콘텐츠의 개별 축제들이 동시에 개최되어 에든버러 페스티벌을 형성하는데 주요 축제로는 군악대 축제(Edinburgh Military Tatto), 프린지 축제(Edinburgh Festival Fringe), 에든버러 국제 축제(Edinburgh International Festival), 에든버러 국제 책 축제(Edinburgh International Book Festival), 국제 영화 축제(Edinburgh International Film Festival) 등이 있다.

이 중에서도 프린지 페스티벌은 어린이를 위한 공연, 코미디와 익살극, 댄스와 신체적 표현, 음악, 뮤지컬과 오페라, 토크와 이벤트, 연극, 비쥬얼 아트 등 다양한 형태의 공연들이 열리는 지구상 가장 큰 예술축제로 기네스북에 올라있다. 프린지 축제는 공식 초청작품의 개념은 없고 참가 자격에 제한이 있는 것도 아니다. 따라서 이 축제에 참가하는 단체들은 공연 기획과 제작에 들어가는 모든 경비들을 스스로 부담해야 하며 공연 수입을 통해 이익을 창출할 수 있다.

에든버러 페스티벌이 시작된 1947년, 당시 축제 조직위원회의 실수로 공식 초청을 받지 못한 8개의 공연단체가 도착했다. 이미 주요 극장들은 다른 공연단체에 모두 배정이 끝난 상태라 8개의 단체는 공연장이 아닌 여러 장소를 개조해 공연을 할 수밖에 없었다. 이러한 공연들에 대한 반응과 평가가 매우 좋았고 이때부터 프린지 축제는 공식 초청되지 않은 단체들이 소극장 또는 특이한 장소를 임시로 공연장으로 바꾸어 활용하는 전통을 만들어 갔다. 프린지(fringe)란 말은 본래 '가장자리, 변두리, 주변'을 뜻하는데 한 공연 평론가가 "공식 축제 공연 주변(fringe)을 둘러보라"고 한 말에서 기인하였다.

2007년 프린지 축제는 250개 장소에서 2,050편의 작품이 31,000회에 이르는 공연을 성공적으로 열었고 백만장 이상의 매표 수익을 올렸다. 공연단체들이 모든 비용을 부담해 가면서, 공연 흥행에 따라 큰 재정적 적자를 감수해 가면서도 프린지 축제에 참가하고 그 결과 엄청난 성공을 거둘 수 있는 요인은 무엇인가? 그 이유는 프린지 축제가 국제적인 공연예술의 견본시장이자 마켓이기 때문이다. 다시 말하자면 세계 공연예술계에 얼굴과 자신들의 공연물을 알리고 싶어서이다. 2,000명이 넘는 기자들은 쉴 새 없이 공연 관련기사와 공연평을 쓰고 스카우트 담당자들, 축제감독, 에이전시, 방송 관계자 등은 프린지 페스티벌에서 재능 있는 연주자나 작품들을 스카우트해 간다.

우리나라 공연단체의 경우 〈난타〉가 1999년 프린지 공연을 발판으로 세계 시장에 성공적으로 진출한 후, 매년 몇 개의 단체가 프린지 페스티벌에 참가를 하고 있으며 2007년에는 10개의 공연단체가 참가하였다. 프린지 페스티벌을 통한 공연예술의 경쟁력 강화와 세계시장 진출을 돕기 위해 2007년부터 문화체육관광부 산하의 예술경영지원센터와 서울시의 서울관광마케팅본부에서는 프린지 페스티벌에 참가하는 단체 중에서 선별하여 지원을 하기 시작하였다. (2007년의 경우 6개 단체에 지원)

다음의 그림과 표는 가각 에든버러 프린지 페스티벌의 홈페이지와

1999년부터 2007년까지 에든버러 프린지 페스티벌에 참가한 주요 공연단
체들의 현황이다.

<그림 1> 에든버러 프린지 홈페이지

년 도	공연단체	공연명	공연 유형
1999년	PMC	난타	넌버벌 퍼포먼스
2001년	도깨비스톰	도깨비스톰	타악 퍼포먼스
2002년	두드락	두드락	타악 퍼포먼스
	(사)태권도예술단	태권도 다이아몬드	태권도 퍼포먼스
2005년	예감 프로덕션	점프	마샬아트 퍼포먼스
	극단 여행자	한여름밤의 꿈	연극
	에이넷 코리아	무무	무술 퍼포먼스
	아리코리아	타토	전통연희
2006년	예감 프로덕션	점프	마샬아트 퍼포먼스
	극단 초인	기차4	연극
	극단 서울	춘향	어린이 영어 뮤지컬
	현대인형극회	코리아 판타지	인형극
	퍼포먼스 그룹묘성	스트리트 댄스	비보이 퍼포먼스
		한국의 빛	전통무용
		프리즘	전통음악

2007년	사다리움직임연구소	보이첵	신체연극
	(주)세븐센스 & 예감	브레이크 아웃	비보이 코미디
	SJ B－boy	비보이를 사랑한 발레리나	비보이 뮤지컬
	문화마을 들소리	비나리	전통연희
	라스트포원	스핀 오딧세이	비보이
	대구시립 무용단	꼭두각시	무용
	극단 초인	선녀와 나무꾼	연극
	SEO 발레단	Somewhere Else	발레
	하얀 연극실험실	사물의 목소리－휴지	신체극

〈표 2〉 한국공연단체의 에든버러 프린지 페스티벌 연도별 참가 현황

3. 〈난타〉와 〈점프〉의 공연 의미

다섯명의 요리사(처음 난타가 공연되었을 때는 4명이 출연)가 주방에서 벌어지는 해프닝을 한국의 전통장단을 중심으로 풀어내는 〈난타〉와 삼대三代에 걸친 무술 가족이 사는 집에 도둑이 들면서 벌어지는 해프닝을 한국의 전통무예인 태견을 중심으로 한 동양무술과 유쾌한 코미디를 혼합한 〈점프〉는 90년대 후반과 2000년대 중반 한국을 대표하는 공연문화상품으로 자리매김하였다.

〈난타〉와 〈점프〉의 기획 의도와 공연의 특징을 이해하기 위해서는 80년대 중반 이후 세계 공연시장의 의미 있는 변화의 흐름에 대해 살펴보는 것이 도움이 된다.

1980년대 중반, 아일랜드의 민속춤인 탭댄스를 소재로 창작된 공연 리버댄스(River Dance)는 90년대를 지나면서 전 세계적으로 상업적인 성공을 거두었다. 리버댄스의 성공은 한 국가의 민속 원형이 경쟁력 있는 공연의 소재가 될 수 있음을 보여주었고 또한 클래식 음악, 연극, 뮤지컬, 오페라, 발레 등이 주도하던 공연예술시장에 리듬과 비트를 중심으로 한

춤과 퍼포먼스가 새로운 문화수요층을 만들어내면서 주요한 콘텐츠로 부각되기 시작하였다. 호주의 〈탭덕스(TAP DOGS)〉, 영국의 〈스텀프(STOMP)〉와 같은 강한 비트의 넌버벌 퍼포먼스가 90년대에 세계 공연시장에서 각광을 받는 현상 역시 리버댄스의 성공의 연장선상에서 이해할 수 있다.

이러한 공연시장의 새로운 흐름 속에서 1997년 당시 내한공연을 가진 영국의 넌버벌 퍼포먼스 〈스텀프〉는 창작 작품으로 세계 시장에 진출하고자하는 꿈을 꾸었던 많은 공연기획자와 연출가들에게 커다란 영감과 힌트를 제공하였다. 그것은 다름 아닌 독특한(Unique) 전통 콘텐츠의 원형을 소재로 세계적 보편성(University)을 획득할 수 있는 서사구조(Stoytelling)와 연출적 역량이 결합된다면 충분히 경쟁력을 획득할 수 있으리라는 확신이었다.

〈난타〉의 제작자인 송승환 PMC 대표는 여러 번의 인터뷰에서도 밝혔듯이, 한국적인 에너지와 예술적 가치를 보여줄 수 없다면 세계의 높은 벽을 넘어설 수 없다는 확신을 가지게 된다. 그래서 처음 작품을 제작할 때, 사물놀이의 창시자이자 장고의 명인 김덕수를 예술감독으로 선임하고, 두 명의 배우와 두 명의 사물놀이 연주자들로 구성하여 첫 공연을 가졌다. 이후 1999년 에든버러 프린지 페스티벌에서의 호평을 발판으로 해외 진출의 발판을 마련하였고 2003년 마침내 브로드웨이에서의 데뷔공연을 그리고 2004년에 아시아 공연으로는 처음으로 브로드웨이에 상설공연을 시작하였다.

〈난타〉가 사물놀이 리듬을 근간으로 창작된 퍼포먼스라면 2002년 〈별난 가족〉이라는 공연 타이틀로 시작한 〈점프〉는 고난이도의 무술과 아크로바틱(Acrobatic) 그리고 코미디를 혼합한 마샬아트(Martial Art)라는 새로운

장르의 지평을 열었다. 2005년 에든버러 프린지 페스티벌에서의 성공을
발판으로 2006년 런던의 공연 중심지 웨스트엔드에 있는 피콕(peacock) 극
장에서 전회 매진이라는 성공을 거두었다.

〈점프〉는 〈난타〉가 사물놀이 리듬을 차용하였듯이 한국의 문화 콘텐츠
중에서 태껸과 태권도를 공연의 주 소재로 채택하였다. 이는 2000년대
초부터 각광을 받기 시작한 중국의 소림무술 공연, 태권도 홍보단의 다
양한 퍼포먼스 개발 그리고 절반의 성공을 거두었던 공연 〈태권도 다이
아몬드〉 등 무술이 공연의 소재로서의 가능성을 보여주었던 흐름에 전략
적으로 접근한 결과이다.

〈그림 2〉 〈난타〉와 〈점프〉의 이미지

4. 〈난타〉와 〈점프〉의 성공 이유 분석 및 특징 비교

공연 〈난타〉와 〈점프〉는 해외시장에서의 경쟁력 확인, 상설 전용공연
장의 운영, 시장 자본의 투자 유치를 통한 시장 확대 등 공연예술의 산업
화 선순환과정에 진입하였다는 평가를 받고 있다.

이 두 작품이 에든버러 프린지 페스티벌을 통해 세계 공연시장에서 경
쟁력을 획득하고 국내에서도 많은 관광객들을 유치하여 안정적인 수익을
창출할 수 있었던 이유는 다음의 몇 가지로 요약할 수 있다.

1) 언어와 문화의 장벽을 극복할 수 있는 한국 전통문화 소재

두 공연은 사물놀이와 전통무예라는 우리의 전통문화원형을 소재로 사용하였다. 이는 단순히 민속문화의 소개 차원에서 벗어나 세계인의 눈에 **"생소하지 않으면서도 독특한"** 공연을 만들어냈다. 사물놀이 리듬은 타악 음악이라는 보편성 속에서 자연스럽게 받아들일 수 있었고 태권도는 올림픽 정식 종목으로 채택될 만큼 세계적 콘텐츠로 자리잡고 있기 때문이다. 21세기 문화는 전쟁으로 비유될 만큼 문화의 중요성이 강조되고 있고, 특히 "문화적 다양성"이라는 측면에서는 지역이나 국가의 전통 문화원형에 대한 관심이 높아지면서 이를 소재로 한 새로운 공연예술작품이 재창조되고 있다. 〈난타〉와 〈점프〉는 이러한 시대적 흐름을 이해하고 재빠르게 대응한 결과 좋은 결과를 이끌어낼 수 있었다.

2) 세계 공연계의 큰 흐름인 아크로바틱과 코미디적 스토리텔링

두 번째로 주목해야 할 세계 공연시장의 트랜드는 바로 아크로바틱과 코미디의 강세 현상이다. 지난 10여년간 세계에서 가장 큰 이슈가 되었던 공연은 바로 〈태양의 서커스〉 연작 시리즈이다. 태양의 서커스는 배우 선정과 콘텐츠 개발에서 국가의 개념을 배제하였고 오직 고난이도의 신체적 움직임과 특수 무대효과로 관객들에게 놀라운 감동을 선사하고 있다. 이 뿐만 아니라 순수예술 장르를 제외한 세계적인 공연작품에는 공통적으로 이러한 아크로바틱 요소, 웃음을 자아내고 코미디 형식의 줄거리를 갖추고 있으며 일인다역을 소화할 수 있는 배우들의 역량을 요구하고 있다. 〈난타〉와 〈점프〉는 이러한 관객의 눈높이에 부응하면서 이에 맞는 배우들을 육성하고 있다.

3) 경영 마인드 도입과 중장기 비전 제시

공연 작품이 장기적으로 산업재로서의 수익을 창출하기 위해서는 경영 마인드를 가진 체계적인 운영조직과 '자본의 투입-경쟁력 확보-시장 확대'라는 선순환 구조를 갖추어야 한다. 〈난타〉와 〈점프〉의 제작사는 이러한 요건을 충족하기 위해 기업을 공개하고 투자를 유입시킬 수 있는 시스템을 갖추었다. 이를 바탕으로 세계시장과 상설공연 등 중장기 비전을 현실화시켜 나갈 수가 있었다.

공연명	난타(NANTA) Cookin'-해외공연 타이틀	점 프(Jump)
제작사	(주)PMC 프로덕션 (대표 : 송승환)	(주)예감 프로덕션 (대표 : 김경훈)
초 연	1997년 10월	2002년 12월
출연인원	5명	9명
공연 유형	넌버벌 퍼포먼스	마샬 아트 퍼포먼스
상설공연장 (개관시기)	강남 난타 전용관(2006년 6월) 정동 난타 전용관(2008년 6월) 제주 난타 전용관(2008년 4월) 어린이 난타 전용관(2008년 6월)	종로 점프 전용관(2006년 9월) 부산 점프 전용관(2008년 5월) 브로드웨이 전용관(2007년 9월)
주요 실적	총관객 350만명, 매출 700억원	3,000회(2008년 4월)
주요 활동 내용	1999년 에든버러 프린지 참가 2000년 최초 상설극장 개관 2004 브로드웨이 전용관 설립	2005~2006 에든버러 프린지 2006 영국 웨스트엔드 공연 2007 브로드웨이 전용관 설립

〈표 3〉 난타와 점프의 공연 특징 비교

5. 공연 〈난타〉와 〈점프〉의 사이버공간 활용 비교

상설공연을 운영하고 있는 공연단체(혹은 제작회사)의 사이버 공간 활동 특히 홈페이지를 통해 구축해야 하는 것은 크게 ① 정보의 가공과 제공

② 티켓 예매 프로세스 ③ 고객과의 커뮤니케이션 방법 ④ 기업의 안정적
재원 확보를 위한 기업 IR(Investor Relationship)활동이라고 볼 수 있다.

<그림 3> 〈난타〉와 〈점프〉의 웹사이트 초기화면

두 개의 공연 웹 사이트를 비교해 본 결과, 메뉴의 구성요소와 내용들은
큰 차이가 없음을 발견할 수 있으며 오히려 너무 유사하다고 말할 수 있을
정도이다. 그리고 디자인 측면이나 이용의 편의성도 큰 차이가 없다.

다음의 표는 두 공연의 홈페이지 구성요소와 내용들을 비교하여 정리한 것이다.

구분	난 타		점 프	
웹 주소	www.nanta.i－pmc.co.kr		www.hijump.co.kr	
외국어 지원	영어, 일어, 중국어		영어, 일어, 중국어	
메뉴 구성	난타 Zone	• 공연내용, 출연자소개 • 전용관 소개 • 해외공연 실적 • 캐릭터 상품	JUMP	• 점프 공연 스토리 • 스태프, 배우 소개 • 해외공연 실적 • 제휴 파트너 회사
	뉴스 Zone	• 공지사항 • 국내외 기사 • 방송자료	NEWS	• 공지사항 • 보도자료 • 이벤트
	난타 예매	• 예매 안내, 좌석배치 • 티켓 예매	TICKET	• 예매 안내 • 티켓 예매
	외주 공연	• 이벤트, 지방 공연 • 공연동영상 다운로드	THEATRE	• 전용관별 공연 안내 • 뉴욕공연장 소개
	맞춤 공연	• 기업공연 • 문화체험	외부공연	• 단체관람 • 외부공연 섭외 안내
	커뮤니티/자료실	• 난타 팬클럽 • 오늘의 신랑신부 • 배우와 찍은 사진 • 자료실 • 묻고 답하기	CLUB JUMP	• 자유게시판 • 관람 후기 • 팬클럽 • 묻고 답하기 • 다운로드 서비스
	파트너 Zone	• 기업협찬 및 제휴	기 타	• 오디션 안내
링크 사이트	• 협찬업체 Seven Luck Casino • 메뉴 속 팬클럽 사이트 연결		• 투자제휴업체 기업은행 • 메뉴 속 팬클럽 사이트 연결	

〈표 4〉 〈난타〉와 〈점프〉의 웹사이트 비교 분석

1) 정보(Information)의 가공과 제공을 통한 마케팅 요소

공연단체의 예술적 완성도와 공연작품의 감동, 흥행성을 축약적으로 보여주는 가장 기본적이면서 중요한 활동이다. 국내외에 네트워킹을 활성화하여 작품 자체의 마케팅 수단으로 활용하고 타겟이 되는 고객들에게 구매의욕을 높이는 동시에 유저들의 자발적인 홍보활동의 매개체가 되기도 한다. 공연에 관한 정보는 주로 사진 이미지, 공연 동영상, 주요 출연자 및 스태프 소개, 공연 연혁 등으로 구성된다.

연구 대상이 된 두 공연은 이미 국내시장뿐만 아니라, 해외시장에서의 상당한 인지도와 네트워킹이 구축이 되어 있는 상황에서 웹사이트에서의 정보 제공은 주로상설공연장 마케팅에 활용되고 있으며 다음과 같은 공통적인 특성을 보여준다.

(1) 연주자 보다는 공연 브랜드 강조

〈난타〉와 〈점프〉는 연주가 아니라 퍼포먼스라는 공연 특성상 출연자 개개인의 예술적 능력이나 활동 경력 보다는 공연 브랜드에 치중하고 있다. 따라서 출연자의 소개는 사진과 이름 등 가장 기본적인 정보만을 제공할 뿐이다. 몇몇 스타의 인지도를 통해 홍보를 강화하는 뮤지컬, 음악회와 달리 장기 상설공연은 공연의 브랜드 파워가 더 효과적인 마케팅을 전개할 수 있다는 것을 보여준다.

(2) 해외공연 실적 홍보를 통해 신뢰감 형성

연구 대상 선정에서 전제하였듯이 두 공연 모두 에든버러 프린지 페스티벌을 통해 해외시장에 진출한 케이스이다. 따라서 그들의 해외 공연 실적은 자랑스러운 훈장이자 신뢰감을 바탕으로 한 강력한 마케팅 수단이다. 해외에서의 성공은 곧 좋은 작품이라는 선입관을 주입시키는 것이다. 그래서 두 공연 모두 해외에서의 공연연보, 해외 언론의 평가, 세계지도에서 공연 실적을 표시하는 등 해외공연의 성과를 공통적으로 홍보하고 있다.

(3) 이미지나 동영상 자료의 부족

보통 연주자나 공연단체들이 자신들의 공연 동영상이나 음악파일을 감상 또는 다운로드 받을 수 있게 하는 것과 비교할 때, 이미지 정보의 양이 부족하다. 그 이유는 앞서 밝힌 대로 두 공연 모두 이미 언론보도를 통해 공연의 내용과 형식이 널리 알려져 있기 때문이고 음악이나 연극단체처럼 다양한 레퍼토리를 갖고 있지 못하기 때문이다. 다만 〈난타〉의 경우 외부 공연 프로모션을 위해 공연 동영상 자료를 제공하고 있었다.

(4) 상설공연의 홍보 마케팅

3~4개의 상설공연장을 운영하는 두 공연의 웹사이트는 상설공연을 소개하고 온라인 예매를 용이하게 하는 것이 가장 큰 목적이 될 수 있다. 두 사이트 모두 독립된 공연예매 메뉴를 초기화면에 배치하였다.

2) 상설공연장 티켓 예매 프로세스

공연의 티켓 예매는 자체 구축한 예매시스템을 이용하거나 온라인 티켓예매 사이트를 이용할 수 있다. 자체 티켓 예매 프로세스를 구축하는 데에는 많은 비용이 들고 지속적인 관리가 필요하기 때문에 대부분의 공연은 티켓 예매 사이트를 이용하고 있지만, 상설공연을 진행하고 있는 두 공연 모두 자체 예매/결제 시스템을 구축하고 있다. 자체 시스템은 초기에는 서버 구축 등으로 비용이 많이 들어가지만 장기적으로 보면 티켓예매 사이트에 지불해야 하는 수수료를 감안하면 훨씬 더 경제적이라는 판단에서 구축되었을 것이다.

티켓 예매 프로세스는 사용자가 이용하기가 편리하게 구성되어야 하며, 결제시스템이 안전하게 구축되어야 한다. 〈난타〉와 〈점프〉 모두 상설

〈그림 4〉〈난타〉 제작사인 PMC의 자체 티켓 예매 사이트 홈페이지

공연장 운영단체답게 예매 프로세스는 편리성, 안정성을 충족하고 있었다. 실제 예매를 통해 프로세스를 확인하였는데 두 사이트 모두 똑같은 프로세스를 구성하고 있었으며 회원 가입 후다음과 같이 진행되었다.

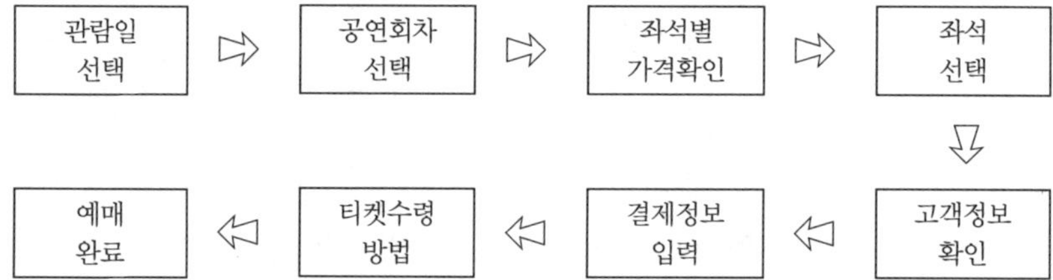

결제 시스템은 일반 온라인 쇼핑몰의 결제 구조와 동일하게 구축되어 빠르고 안정적으로 티켓 구입이 가능하게끔 서비스가 제공되고 있다.

대표적인 포털사이트[7]에서 검색어 〈난타〉와 〈점프〉를 입력하면 가장 상단에 공연정보 테마검색을 통해 티켓 예매 사이트로 이동할 수 있도록 되어 있는데, 사이트에 따라 자체 예매 사이트나 티켓링크, 티켓파크와 같은 온라인 티켓 예매 사이트로 접속되게 되어있다.

두 공연의 예매 사이트의 가장 큰 차이점은 〈난타〉를 제작하는 PMC는 〈난타〉공연 이외에 제작하고 있는 공연들과 통합하여 예매할 수 있는 독립적인 예매 사이트(http://i-pmc.co.kr)를 구축하고 있었는데 이를 통해 독자적인 티켓예매 사업을 모색하고 있음을 알 수 있다.

---

7) 네이버, 야후코리아, 다음, 네이트, 엠파스 다섯 곳의 포털사이트를 검색하였음.

3) 회원가입 및 커뮤니케이션 활동

두 공연사이트 모두 회원 가입을 한 뒤 티켓 예매가 가능하도록 되어 있으며 회원 가입절차는 예매와 결제가 가능한 전자상거래법에 의한 절차를 밟게끔 되어있다.

홈페이지 상에서의 커뮤니티 활동은 팬클럽과 관람후기, 자유게시판, 자료 다운로드 서비스로 구성되어 있는데, 참여 현황을 정리하면 다음과 같다.

공연 구분	커뮤니티 서브메뉴	활동 현황
난타	난타 팬클럽	5개의 팬클럽, 회원수 11,586면
	오늘의 신랑신부	공연 이벤트 사진촬영 후 게재, 185개
	이벤트(관람후기)	26개월간 56개의 글 게시
	배우와 함께 찍은 사진	4장의 사진 게재
	자료실	48장의 공연사진과 8개의 동영상
점프	자유게시판	60개월간 3075개의 게시글 및 답변
	관람후기	26개월간 76개의 글 게시
	팬클럽	4개의 팬클럽, 회원수 1,971명
	사진	15개의 사진(회원들이 게재)
	다운로드	바탕화면(3), 화면보호기(2) 다운로드 가능

〈표 5〉 〈난타〉와 〈점프〉의 커뮤니티 활동 현황(2008년 6월 10일 기준)

6. 공연의 인터넷 마케팅 전략과 연구의 한계

인터넷 마케팅은 가상의 공간에서 이용자와의 관계 형성 및 상호작용이 가능한 마케팅을 지칭한다. 이는 기존의 인쇄물, 방송 미디어 등 불특정 다수를 대상으로 내용을 전달하는 불확실성을 극복하고 상호다자적 연결을 통한 마케팅의 효율성을 높여 나가는 도구로서 다음의 특성들을 보여준다.

첫째, 상호 작용적 마케팅으로 양방향 또는 여러 사람들이 함께 의사소통을 한다.

둘째, 고객 개개인에 대한 관계와 배려를 통해 세분화 마케팅이 가능하다.

셋째, 장소와 시간의 제한을 받지 않아 무한 영역의 마케팅이 가능하다.

넷째, 새로운 상품 개발에 있어 소비자가 개입할 수 있는 공간을 만들어 개발과 구매과정에서 고객과의 양방향 마케팅이 지속적으로 이루어진다.[8]

공연의 인터넷 마케팅은 바로 이런 특성들을 잘 구현할 수 있다. 새로운 공연작품의 성패 여부는 흔히 "입소문에 의한 전파"에 달려있다는 것이 공연계의 속설이다. 구전으로 전파되던 공연정보와 온라인을 통해 전파되는 정보는 그 속도와 정보량 그리고 정확성에서 엄청난 차이를 보여준다.

커뮤니케이션의 3단계 정보제공(Informing) − 설득(Persuading) − 교육(Educating)[9]의 과정이 사이버 공간에서는 정보의 원활한 검색과 커뮤니티를 통한 설득 과정 그리고 각종 자료 검색을 통한 교육이 효과적으로 이루어지고 있음을 두 사례에서 확인할 수 있었다.

효과적인 인터넷 마케팅 전략을 수립하기 위해서는 전략적 마케팅 믹스(Product, Price, Promotion, Place) 수립을 전제로 온라인 커뮤니티의 활성화, 정보검색에서 티켓 구매까지의 프로세스 신속성, 피드백을 통한 친밀성 유지, 온라인과 오프라인 크로스 미디어 광고 전략, 공연 제작에서의 고객의 참여 확대 등이 요구된다.

---

8) 박희경 · 정승환, 『특급호텔 웹사이트 분석을 통한 인터넷 마케팅 전략』, 한국관광협회, 1999, pp.85~94.
9) Phillip Kotler and Joanne Sheff의 커뮤니케이션 단계 모델.

Ⅲ. 사이버 공간에서의 예술 활동 미래전망

앞에서 살펴본 〈난타〉와 〈점프〉 두개 공연의 사이버 공간 활용 사례는 홈페이지를 통한 정보 제공−티켓 구매−피드백이라는 과정을 통해 홍보, 마케팅, 상품 구입 그리고 데이터베이스를 활용한 사후 관리에 이르기까지 서비스의 창구로 사이버 공간이 절대적인 역할을 하고 있음을 보여주었다.

그러나 이러한 사례 연구는 예술 활동과 사이버 문화의 관계에 있어 과거의 방식과는 판이하게 다른, 사이버 공간의 전형적인 활용 유형만을 상징적으로 보여줬을 뿐이라고 할 수 있다.

우리가 간과할 수 없는 두 공연의 성공 이면에는 바로 90년대 후반기부터 세계 공연시장을 주도하였던 넌버벌 퍼포먼스의 경쟁력을 확인한데서부터 시작하였다. 이는 사이버 공간이 공연예술시장의 물리적 지리적 장벽을 해소하여 정보의 실시간 검색과 활용이 가능하였고 이를 기반으로 공연시장이 전 세계적으로 확대되었기 때문이다. 또한 이러한 정보를 활용하여 한국적 콘텐츠 개발의 중요성을 인식하고 세계 시장을 향해 자신들이 제작한 콘텐츠 정보를 용이하게 제공함으로써 해외시장 개척이 가능하였다. 사이버 공간에서 정보의 가치를 선별적으로 수용하여 자신만의 예술적 가치와 형식을 창출하고, 사이버 공간을 통해 열려있는 세계 시장과 소통하여 경쟁력을 높여가는 과정 모두 사이버 공간과 예술 활동의 중요한 역할이라고 할 수 있다.

우리가 현재 그리고 미래의 사이버 공간에서의 예술 활동에 주목하는 이유는 다음과 같은 네 가지 형태의 변화를 확인할 수 있다.

첫째, IT 기술과 인터페이스 환경의 발전 그리고 다양한 플랫폼의 개발로 새로운 형태의 콘텐츠 제작 행위들이 새로운 형태의 예술 작품으로 인정받고 있으며 사이버 공간에서의 예술 창작자들은 기존의 도제식, 장기간 기능적 예술교육을 받지 않아도 작품 활동이 가능하게 되었다. 사이버 공간이 예술 활동의 확장성을 마련한 것이다. 이러한 미디어 예술 작업들은 기존의 아날로그적 예술과 결합하여 예술의 융합과 다양화를 촉진시키고 있다.

둘째, 사이버 공간에서의 쌍방향 커뮤니케이션은 예술가와 예술 수요층이라는 이분법적 구조를 뛰어넘어 작품의 공동 제작에 참여하게 되었다. 전자 통신망은 예술가와 예술가 사이, 예술가와 미디어 기술자 사이 그리고 선도적 예술가와 참가자 사이에 끊임없이 작품이 재구성되며 중간 단계의 흔적들이 개별적으로 예술작품이 되거나 최종 작품이 공동 창작의 결과물이 된다. 공연예술에 있어서도 사이버 참여자들이 작품의 형식과 내용은 물론 제작과정에 실시간으로 피드백을 통해 참여를 함으로써 부분적으로 공연물에 영향을 미치게 된다.

셋째, 본 연구의 사례에서 살펴본 바와 같이 사이버 공간을 활용하여 공연단체나 공연장의 정보를 정확하고 신속하게 제공함으로써 회원관리를 통한 직접 마케팅, 연계 사이트를 통한 광범위하고 상호작용적 간접 마케팅 효과를 얻을 수 있다. 게다가 사이버 공간에서 티켓을 구매하는 행위의 편의성까지 기존의 마케팅 활동 영역이 사이버 공간에서 모두 가능해졌다.

넷째, IT 기반의 예술 활동은 문화산업 콘텐츠로 재가공이 용이하며 하나의 콘텐츠들이 다른 산업의 발전을 불러오는 산업연관효과(Window Effects)[10]를 일으켜 문화산업으로의 중요한 소스가 되고 기존의 예술 활동

---

10) 일반 유저가 만들었던 마시마로라는 간단한 플래시 애니메이션이 캐릭터, 문구, 완구, 산업 애니메이션으로 발전하여 엄청난 수입을 거둬들임.

의 수익 구조와는 다른 엄청난 부가가치를 창출할 수 있으리라 확신한다.

결론적으로 본 연구는 에든버러 프린지 페스티벌 참가로 해외시장에 성공적으로 진출하였고 그 결과 한국의 대표적인 공연상품으로 상설공연장을 운영하는 〈난타〉와 〈점프〉의 홈페이지 분석을 통해 공연예술의 사이버 공간 활용에 대해 살펴보았다. 본 연구는 사이버 공간에서의 이용자들이 직접 참여하는 다양한 예술적 활동과 공연작품에 사용되는 복합미디어의 활용 방식에는 접근하지 못했다. 또한 연구 대상이 된 두 작품은 이미 공연 브랜드가 확고하게 인지되어 있는 시점에서 홈페이지를 통한 정보 제공과 커뮤니티 현황 그리고 공연의 티켓 판매를 위해 설계되어 있었기에 공연예술 제작 과정에서의 이용자 참여나 개별 아티스트에 대한 사이버 공간 활용 방식에 대해서는 접근하기가 어려웠다는 한계를 지니고 있다.

이하나

사이버 한자
학습 콘텐츠 비교 연구

Ⅰ. 서론 : 콘텐츠, 학습 콘텐츠, 한자 학습 콘텐츠

문화와 기술은 서로 별개의 영역으로 보이지만 문화의 변화에는 항상 기술의 발전이 함께 한다. 1990년대 과학기술은 급속한 성장과 발전을 이루었고, 이러한 기술의 발전을 기반으로 사회와 경제 그리고 문화역시 많은 변화를 맞이하게 되었다. 과거 증기기관의 발명이 산업혁명을 통해 자본주의 문화를 낳게 했던 것처럼[1] 새로운 기술이 새로운 문화를 만들었다. 과거에 인류는 두 번의 큰 혁명에 의한 변화를 겪었다. 하나는 정착생활과 집단생활의 기반이 되었던 농업혁명이고 다른 하나는 인류를 자본주의 사회로 변화시킨 산업혁명이었다. 아직도 우리는 자본주의 시대에 살고 있지만 빠르게 변화하는 기술은 20세기 중반 우리에게 컴퓨터의 보

---

1) 피에르 레비, 『사이버문화』, 문예출판사, 2000, p.40.

급과 인터넷의 확산이라는 결과를 가져다주었고 그로 인해 정보화 시대
는 시작이 되었다. 그리고 현대에 와서야 이루어진 디지털 기술의 발전은
우리가 사는 시대를 디지털시대로 만들고 디지털 문화를 탄생시켰다. 무
엇보다도 90년대부터 본격화 되었던 개인용 컴퓨터와 인터넷 사용의 확
산은 이러한 사회의 변화를 촉진시키면서 기존에 중요하게 여겨졌던 문
화와 관습, 가치관의 변화에도 크게 영향을 미치며 우리의 시대를 디지털
시대로 만들었다. 급격하게 변화하는 시대에 발맞추어 인터넷 기술의 보
급은 사이버 문화를 만들었고 더불어서 수많은 첨단 매체의 발달은 다양
한 문화를 창출해 냈다.

미래학자 앨빈 토플러는 정보화 시대를 '제3의 물결' 이라고 정의하면
서 정보화 시대에 가장 중요하게 여겨지는 자본을 지식과 정보라고 말했
다. 그리고 그에 걸맞게 우리 정부도 6개의 첨단 미래 산업기술에 문화기
술이라 일컬어지는 CT[2]를 포함시켰다. CT라는 것은 Culture와 Technology
가 결합되어 이루어진 용어로 '문화 기술' 을 뜻한다. CT를 통해 우리는
디지털 기술의 일종인 컨버전스의 위력을 알 수 있는데 컨버전스란 여러
기술이나 성능이 하나로 융합되거나 합쳐지는 것 이라는 의미[3]로 사용된
다. 좀 더 풀어서 이야기 하자면 문화 콘텐츠 기술은 문화나 과학기술, 둘
중 어느 하나가 만들어 내는 것이 아니라 두 가지의 것이 합쳐져 이루어
진 하나의 결과물이라 할 수 있다. 예를 들어 과거 하나의 전문적인 단말
기 여러 개가 수행하던 역할을 지금은 단 하나의 단말기에 그 기술을 융
합하여 하나의 단말기만으로도 그 모든 역할을 수행할 수 있는 능력을 갖
게 된 것이 바로 디지털 컨버전스의 시작인 것이다. 하지만 이를 문화적

---

2) 박상천, 「Culture Technology와 문화 콘텐츠」, 《한국언어문화》22, 한국언어문화학회, 2002, p.8.
3) 최연구, 「문화 콘텐츠란 무엇인가」, 살림, 2006, p.28.

인 관점에서 문화와 기술의 결합에 의해 기존의 것과는 다른 고부가가치를 창출한다는 점에서 CT는 디지털 시대의 컨버전스를 설명해 주는 대표적인 예가 된다고 할 수 있겠다. 그리고 이러한 CT는 이제 기술을 넘어 문화의 한 트렌드로 자리 잡아 가고 있다.

그렇다면 콘텐츠란 무엇일까? 콘텐츠(contents)란 사전적인 의미로 '내용물', 또는 '목차'를 의미한다. 과거에도 콘텐츠라는 용어는 꾸준히 존재했다. 하지만 21세기가 되면서 콘텐츠의 의미는 변화하기 시작했다. 고도의 기술 발전으로 인해 새로운 문화 현상에 적합한 디지털 형 매체가 해당 콘텐츠를 방출하고 새로운 특징을 갖는 본래의 내용물을 가리키는 것을 흔히 볼 수 있는데 이는 콘텐츠라는 말의 의미가 확대되고 있음을 명시한다.

오늘날 사용하고 있는 콘텐츠라는 용어는 사전적 의미와 같이 단순한 내용물을 말하는 것이 아니라 디지털 기술과 접목하여 사용되는 것으로 단일한 여러 가지의 매체, 또는 여러 가지의 기술이 함께 얽혀 보다 큰 시너지 효과를 낼 수 있는 내용물을 말하는 것으로 그 의미가 확대 되었다. 학계에서는 아직 문화 콘텐츠에 관한 합의된 정의는 부재한 상태이다. 문화 콘텐츠 입문에서 김기덕, 신광철은 문화 콘텐츠를 디지털 콘텐츠라는 용어로 정의하고 있고, 콘텐츠가 디지털 기술에서 구현되는 내용물이므로 디지털 콘텐츠라는 표현은 단순히 디지털을 강조하기에 자연스러운 것이며, 우리나라에서는 디지털 콘텐츠를 흔히 문화 콘텐츠로 불러왔다고 보고 있다. 그리고 이러한 이름은 무엇에 중점을 두느냐의 차이에서 나오는 구분이므로 그다지 중요한 부분이 아니라고 말하고 있다.[4] 또한

---

4) 인문콘텐츠학회, 『문화 콘텐츠 입문』, 북코리아, 2006, pp.14~17.

정창권은 콘텐츠는 사전적 의미인 '내용물'이며 각종 대중매체에 담긴 내용물, 즉 '대중문화'를 지칭하는 말이라고 정의하고 있다. 그리고 문화 콘텐츠는 콘텐츠를 담는 그릇이자 다양하게 활용되는 도구들, 예를 들면 출판, 방송, 영화, 게임, 캐릭터 등 각종 콘텐츠 산업을 지칭하는 용어로 과거에 이것들은 대중매체 혹은 문화상품이라 불렀다. 그리고 이러한 문화상품들이 서로 융합되고 하나의 산업화가 되면서 생겨난 신조어[5]라 정의하고 있다.

이렇게 콘텐츠를 연구하는 학자들의 의견이 분분하지만 여러 학자들의 의견을 종합하여 수렴했을 때 콘텐츠란 내용물이라는 사전적 정의에 대한 해석의 확대된 의미로 사용된다는 방향으로 이해될 수 있었다. 그리고 문화 콘텐츠란 문화의 원형, 또는 문화적 요소를 가진 원소스를 발굴하고 찾아내어 여러 종류의 매체에 결합하는 새로운 문화의 창조과정[6]이라는 점에 의견이 모아지고 있다는 판단이 들었다. 나아가 글로벌 시대의 콘텐츠가 갖는 특징은 정확성과 멀티미디어성, 쌍방향성이라 할 수 있다. 정확성과 멀티미디어성, 쌍방향성[7]이라는 용어에서 콘텐츠가 존재하기까지 컴퓨터의 존재와 사용이 이루어진 업적임을 알 수 있다.

콘텐츠는 기존의 시대와는 다르게 정확도가 매우 높고, 기존의 매체들이 사용했던 하나의 기능을 여러 매체들이 결합된 여러 개의 미디어가 결합된 형태의 멀티미디어성으로 사용되고 있음을 알 수 있다. 더불어서 이러한 콘텐츠를 세부적으로 분류하자면 출판, 만화, 방송, 영화, 애니메이션, 게임, 캐릭터, 공연, 음반, 전시, 축제, 영화, 디지털 콘텐츠 등 현 시

---

5) 정창권, 『문화 콘텐츠학강의 - 깊이 이해하기』, 커뮤니케이션북스, 2007, p.11.
6) 최연구, 『문화 콘텐츠란 무엇인가』, 살림, 2006, p.59.
7) 정창권, 앞의 책, p.11.

대의 문화전반에 해당하는 것들로 나눌 수 있다. 그 중에서도 최근 가장 각광받고 있는 콘텐츠를 하나 꼽는다면 단연 디지털 콘텐츠를 꼽을 수 있다. 정보화 사회에서 가장 중요한 원소스는 지식과 정보이기 때문이다. 지식과 정보가 중요한 가치의 원천이 되는 시대가 도래 하면서 정부는 이미 새로운 성장의 원동력을 6T라고 발표 하였다. 그리고 수많은 콘텐츠 중에서 학습을 가능하게 하는 학습 콘텐츠는 시간이 지날수록 교육에 대한 열의가 높아지는 우리 사회에서 매우 큰 이윤을 창출해 낼 수 있는 고부가가치 산업에 속한다. 우리나라의 최고 자원은 인적 자원이라는 말이 있다. 디지털 시대에 우수한 인적 자원을 길러내는데 가장 중요한 역할을 하는 것은 학습의 도구라 할 수 있는데 그런 점에서 학습 콘텐츠의 활약은 필요하고 효과적이라는 의견이 있다.

무엇보다도 필자는 본고에서 우리나라 사람들의 언어생활에 반드시 필요한 한자 학습 콘텐츠 제작을 위한 첫 단계인 한자 학습 콘텐츠의 현황을 비교분석하는 작업을 하고자 한다. 우리말 전체의 약 70%가 한자어로 이루어져 있다는 사실은 우리나라 국민들이 한글의 전용만으로는 올바른 언어생활과 풍부한 의사표현을 할 수 없다는 점을 지적해 준다. 88년 우리사회에서 중, 고등 교육을 받은 사람 중에서 한자를 읽지 못하는 사람이 다수라는 사실은 익히 알려진 사실이다. 이유인즉 이 시기에 교육을 담당하는 정부 부처에서 한자 학습의 필요성을 깨닫지 못하고 한자와 한문을 구시대의 산물로 취급하여 중, 고등학교의 교과과정에서 '한문'을 없앴기 때문이었다. 하지만 그 결과는 암담했다. 당시 많지 않았던 고학력자들조차도 한자를 읽지 못했기 때문이다. 우리말은 한글만으로 표기할 수 있는 표음어와 한자로부터 만들어진 표의어로 구성돼 있다. 한자를 익히지 않고서는 올바른 국어생활을 영위할 수 없는 사람이 되고 마는 것

이다. 그로부터 수년의 시간이 흐르고 영어의 공용화를 외치는 현 시점에
도 대학입학수학능력시험에는 '한문' 과목이 추가되었다. 또한 전국의
수많은 대학에서는 학생들의 졸업요건으로 일정 수준의 한자능력을 필
요로 하고 있고 대기업의 입사시험과 공무원 임용시험의 점수를 산출할
때 공인 한자자격증 소지자에게는 가산점을 부여하는 상황이다. 이런 이
유로 초등학생에서부터 나이가 지긋한 성인들에 이르기까지 한자의 학
습과 한자자격증 취득을 위한 한자능력검정시험의 응시의 열풍은 계속
되고 있는데 이는 이 시대를 살아가는 사람들이 향유하고 있는 학습문화
의 한 트랜드[8]라 여길 수 있다. 그리고 이러한 학습자들이 글로벌 시대
를 살아가면서 우리나라 국민으로서 한자를 학습하고 사용하며 보다 바
르고 정확한 국어 생활을 영위할 수 있도록 하는 학습프로그램이 바로
한자 학습 콘텐츠라고 할 수 있겠다. 한자 학습 콘텐츠는 그 하위개념으
로 출판, 방송, 강의, 게임, 사이버 등으로 나눌 수 있다. 본 논문에서 그
중 컴퓨터와 관련이 있는 모든 학습 콘텐츠를 사이버 한자 학습 콘텐츠
라고 정의하고 사이버 한자 학습 콘텐츠에 관련된 부분에 대해서 논의하
고자 한다.

Ⅱ. 사이버 한자 학습 콘텐츠

1. 사이버 한자 학습 콘텐츠의 구성

앞서 언급한 것처럼 한자 학습의 중요성이 강조되는 현 시점에서 한자

---

8) 트랜드(trend)의 사전적 의미는 경향, 동향, 추세, 유행의 스타일, 길·강·해안선 등의 방향, 기울기 등
을 나타내고 있는데 여기에서는 최근에 나타나고 있는 유행의 스타일 정도의 의미를 갖는다.

학습이 필요한 많은 학습자들을 대상으로 한자 학습의 자료들이 대량으로 생겨나고 있다. 사이버 한자 학습 콘텐츠 또한 예외는 아니다. 대부분의 학습자들은 한자를 학습하기 위하여 이런 학습 콘텐츠를 분별없이 접하고 있다. 하지만 문제점이 있다면 이러한 사이버 한자 학습 콘텐츠가 현대인이 한자를 학습하면서 보다 풍부한 국어 생활을 영위 하게한다는 본래의 목적과는 관계없이 그저 많은 수의 한자를 빠르게 익히게 하려는 수단으로 사용이 되고 있다는 것이다. 그리고 단순히 해당 콘텐츠를 운영하고 얻어지는 비용의 창출을 목적으로 하는 콘텐츠의 운영자들에 의해서 어설픈 학습 자료들이 우후죽순으로 생겨났다. 또한 그러한 목적을 가진 학습 콘텐츠의 무분별한 사용은 기초한자의 잘못된 습득과 그것을 시작으로 보다 높은 수준의 한자를 학습하는 것에는 무리가 따르는 상황이 발생하는 등 훗날 피할 수 없는 문제를 유발하게 된다. 그러므로 각각의 사이버 한자 학습 콘텐츠의 운영자들은 자신들이 운영하는 콘텐츠의 내용이 보다 높은 수준을 갖출 수 있도록 양질의 콘텐츠를 구비하여야 할 것이다. 그리하여 한자 학습자로 하여금 자신이 학습하고자 하는 한자 학습의 세부적인 분야에 대한 학습목표의 설정에서부터 학문의 성취까지 욕구가 충족될 수 있도록 기능을 수행해야 한다. 더불어서 그 콘텐츠를 사용함으로 인해 학습자가 원하는 만큼의 분량을 학습할 수 있도록 유도하는 것은 물론, 믿고 따랐을 때 원하는 만큼의 성취도를 이룰 수 있게 책임져 줄 수 있어야 할 것이다. 한편 학습자들은 수많은 사이버 한자 학습 콘텐츠 중에서 자신에게 유익한 콘텐츠는 어떤 콘텐츠인지, 각각의 콘텐츠에서 어느 부분을 수용해야 할 것인지를 판가름 할 수 있는 혜안을 길러야 할 것이다. 그러므로 필자는 본고에서 현행 사이버 한자 학습 콘텐츠의 구성과 특징을 통해 각각을 비교하고 나아가 각 콘텐츠의 문제점과 그 문제점의 개선방안에 대해서 생각해 보고자 한다.

현 시대에는 인터넷 기술이 발달 하면서 인터넷을 이용하는 사람이라면 누구라도 사이버 공간에서 자신이 의도한 대로 다양한 용도의 사이버 공간을 만들 수 있다. 그리고 이러한 인터넷의 시대의 상황은 학습의 환경을 바꾸는데도 한 몫을 했다. 특히 사이버 공간의 출현은 교수자와 학습자가 늘 한 공간에 있어야 가능하다고 생각했던 기존의 관념을 극복했다. 교수자와 학습자 두 사람이 서로 다른 공간, 심지어는 서로 다른 시간이라 할지라도 학습이라는 같은 목적을 갖고 그 공간에 들어갔다면 충분히 활용이 가능할 수 있도록 하는 학습의 활성화를 위한 수단으로 사이버 공간을 차용한 것이다. 그러나 문제는 이런 상황에서 기하급수적으로 많이 생겨난 사이버 한자 학습 콘텐츠들을 통해서 제공되는 정보가 얼마나 유용한 정보인지, 또 그 사이버 콘텐츠들이 한자 학습의 효과에 얼마나 기여할 것인지에 대한 문제를 생각하지 않을 수 없다. 필자는 본 연구를 위해 NAVER[9]와 YAHOO KOREA[10] 그리고 DAUM[11]의 검색 엔진을 사용하였다. 2008년 6월 9일 이들 검색엔진의 검색창에 검색어 "한자, 한문"을 입력한 결과 NAVER에서는 120개의 사이트, YAHOO KOREA에서는 87개의 사이트, DAUM에서는 35개의 사이트가 검색되었다. 하지만 NAVER의 120개 사이트 중 서버와 연결이 되지 않는 사이트는 6개, 이를 제외하고 한자인증시험접수를 위한 사이트나 단순히 전통 서당캠프 안내 등을 실어 놓아 한자 학습 콘텐츠라고 하기에는 다소 무리가 있는 사이트가 51개가량 되었다. YAHOO KOREA에서 검색된 87개의 사이트도 마찬

9) 검색엔진 네이버 (http://www.naver.com)
10) 검색엔진 야후 코리아 (http://kr.yahoo.com)
11) 검색엔진 다음 (http://www.daum.net)

가지이다. 서버와 연결이 되지 않는 5개의 사이트를 제외하고도 NAVER 에서와 마찬가지로 한자인증시험접수를 위한 사이트, 한자 학습 콘텐츠라고 하기에는 다소 무리가 있는 사이트, 그리고 전국 각 대학의 한문학과와 한문교육학과의 홈페이지가 검색되었는데 이것들이 모두 42개였다. 총 35개로 비교적 적은 숫자의 사이트가 검색된 DAUM도 다르지는 않다. 35개의 사이트 중에서 서버와 연결이 되지 않는 사이트는 없었지만 15개의 사이트가 한자 학습 콘텐츠라고 하기에는 무리가 있는 사이트라고 할 수 있었다. 그렇다면 통계적으로 NAVER에서는 63개의 사이트가, YAHOO KOREA에서는 40개의 사이트가, DAUM에서는 20개의 사이트가 검색된다고 생각할 수 있는데 이때 가장 많은 사이트가 검색되는 NAVER의 63개 사이트를 토대로 YAHOO KOREA와 DAUM에서 중복되는 사이트를 제외하면 YAHOO KOREA에는 17개의 사이트 DAUM에는 3개의 사이트가 중복되지 않았다. 그리고 이를 통해서 2008년 6월 현재 우리가 사용 할 수 있는 사이버 한자 학습 사이트의 숫자는 3개의 검색엔진을 합쳐 약 83개가량으로 추정할 수 있다.

그렇다면 이 83개의 사이버 한자 학습 사이트가 포함하고 있는 학습 콘텐츠의 구성을 살펴보아야 할 것이다. 그 내용은 종합적으로 보았을 때 한자, 한문에 대한 기초상식, 부수의 종류와 이해, 고사성어, 속담, 천자문과 사자소학, 한시·고전작품들을 통한 학습, 전통 서당식 학습, 한자능력검정시험자료의 제공 등을 들 수 있다. 이는 과거와 같이 어려운 한문문구를 외우고 이해하여 고전에 대한 이해를 깊게 하기 위한 학습이 아니라 서론에서 언급했듯이 국어의 70% 이상을 차지하고 있는 한자어를 학습하는데 주력하기 위함이다. 또한 이는 보다 수준 높은 국어생활을 영위하고자 하는 현대 사회의 트렌드에 발맞추기 위한 학습자의 눈높이를 감안한 것이라 할 수 있다. 하지만 사이버 공간에서의 한자 학습 사이트가 대부분 이처럼 초보학습자를 위한 학습자료를 제공하기 때문에 난이도를 높이고자 하는 고급 학습자들의 고난이도 학습에는 어려움이 따르는 것도 마땅히 해결해야 할 것이다.

2. 사이버 한자 학습 콘텐츠의 특징

사이버 한자 학습 콘텐츠의 특징을 살펴봤을 때 우선 한자능력검정시험 자료 제공에 대한 한자 학습 콘텐츠의 편중현상을 들 수 있었다. 한자능력검정시험은 다양한 환경에 따른 한자의 이해와 활용 능력 및 한자어 사용 능력을 평가하는 자격 검정으로 '일상의 언어생활에서 한자 어휘를 얼마나 정확하게 사용할 수 있는가를 측정하는 시험' 이라고 그 개념 정의를 할 수 있다.[12] 그리고 이러한 한자능력검정시험과 자격증의 획득이 사회 트렌드의 하나로 자리 잡은 상황에서 이처럼 한자능력검정시험의 고득점과 자격증 획득을 위한 자료가 많이 생겨나고 있는 것은 당연한 현상이라고 할 수 있다. 그리고 그에 발맞추어 앞서 살펴보았던 인터넷 검색엔진에서 '한자, 한문' 을 검색했을 때 검색된 83개의 사이버 한자 학습 사이트 중 반수 이상인 51개가 한자능력검정시험 대비를 위한 사이트임을 확인할 수 있었다. 그 중 대표적인 사이트로는 비교적 낮은 급수의 한자 학습을 위한 사이트로 '짱구박사 한자공부(http://www.e-zzanggu.com)' 와 높은 급수의 한자 학습까지도 가능하게 구성해 놓은 '한자119(http://www.hanja119.com)' 가 있었다.

---

12) 백광호, 「한자능력급수시험의 개선 방향에 관한 연구」, 《한문교육연구》 제26집, 2006.

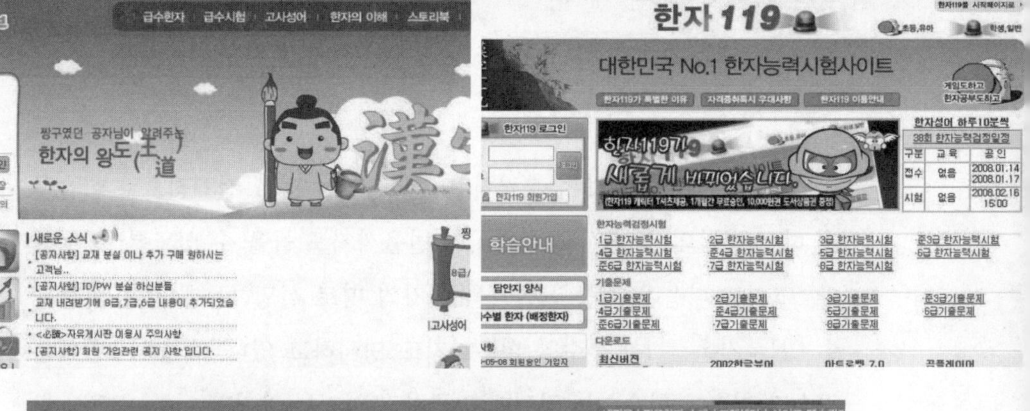

그럼 한자능력검정시험 자료의 제공을 집중적인 콘텐츠로 활용하는 사이트의 특징을 '짱구박사 한자공부'를 통해서 확인해 보도록 하겠다.

위의 사이트는 비교적 낮은 급수를 학습하는 학습자를 대상으로 한 '짱구박사 한자공부'이다. 비교적 낮은 급수의 한자를 학습할 수 있는 이 사이트는 주로 초등학생의 학습에 이용될 것으로 추정된다. 급수한자라는 코너에서는 한자능력검정시험 4급에서 8급까지의 지정한자를 학습할 수 있도록 하고 있는데 이 코너를 기본으로 하여 급수시험, 고사성어, 한자의 이해, 스토리 북과 놀이방, 커뮤니티까지 한자능력검정시험에 대비하기 위한 한자를 학습할 수 있도록 7개 내용의 구성으로 만들어진 사이트이다. 먼저 급수한자의 학습과정은 아래와 같은 과정을 거쳐 학습할 수 있다. 예를 들면 '부모'라는 한자를 학습하게 하기 위해서 총 4단계의 과

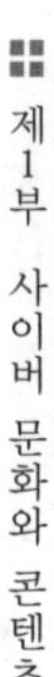

113

정을 거치는데 처음 보는 그림처럼 '부모'라는 말을 전체적으로 학습하게 하고 한자의 모양은 물론 중국어 발음까지도 들을 수 있도록 해 두었다. 그리고 다음은 학습할 글자를 한자씩 따로 설명하는데 음훈을 들을 수 있는 것은 물론, 부수와 획수까지도 명시하고 있다. 학습의 3단계는 필순과 획수를 학습하는 것인데 언급하고 있지는 않지만 이는 옥편의 활용을 위해 반드시 필요한 기초지식의 습득을 가능하게 하고 있다. 마지막은 프린트를 통해서 한자의 쓰기를 연습하게 하는 것이다. 이는 사이버 공간에서의 학습을 오프라인 학습으로까지 연계시켜 오랜 시간 기억에 남게 하는데 효과적인 방법이라고 할 수 있다.

응용인문의 현장

이렇게 급수한자에서 4급부터 8급까지의 한자를 공부하고 난 뒤 스스로 테스트를 할 수 있는 급수시험이라는 공간을 제공하고 있다. 고사성어와 사자성어를 학습하는 코너에서는 한자능력검정시험에 출제되고 있는 고사성어를 위주로 공부할 수 있도록 가나다순에 의해 꾸며 놓았다. 더불어서 이 사이트는 한자의 이해라는 코너에서 한자의 풀이, 부수, 필순에 대한 이론적인 설명을 토대로 한자의 기초상식에 대해서 제공하고 있다. 하지만 낮은 급수의 기초한자를 학습하는 학습자가 한자의 학습을 진행해 나감에 있어서 이 코너의 내용에 해당하는 한자의 기초상식에 대한 심도 있는 이해 없이 처음부터 급수한자에 대한 학습에 치중하여 한자의 학습을 해 나갔다는 점은 이 사이트가 갖는 아쉬운 점이라 할 수 있겠다. 한자를 학습해야 하는 이유에 대한 이해가 될 수 있는 한자의 기초학습에 대한 부분이 마치 모든 급수한자를 공부하고 난 이후에 훑어볼 수 있는 부록 정도로 치부된 것은 분명 시정되어야 할 점이 아닐까 생각한다. 또한 이러한 사이트가 유료 사이트로 한자의 이해 코너를 제외한 다른 모든 코너를 이용하기 위해서 이용료를 지불해야 한다는 점이다. 학습자가 안게 될 부담은 상업적 성격의 사이트가 가진 한계라고 할 수 있을 것이다. (사)한국어문회[13]가 지난해 실시한 한자능력검정시험의 응시자가 100만 명에 육박한 것을 감안할 때 현재 한자능력검정시험에 대한 관심과 그에 따른 사이트 제공자의 급증은 필수 불가결한 사항이다. 그리고 이러한 사이버 한자 학습 콘텐츠를 통하여 한자능력검정시험에 대한 관심의 증대와 한자 학습자의 증가, 자격증의 취득이라는 현상은 이 시대 한자 학습의 명맥을 이어가는 또 하나의 방식으로 자리잡아가고 있기 때문에 그에 적당한 사이버 한자 학습 콘텐츠의 개발이 필요하다고 생각된다.

---

13) (사)한국어문회는 국한혼용 어문운영을 효과적으로 전개하기 위하여 1991년 6월 22일 창립된 비영리 학술연구 문화단체이다. 1988년 3월 19일 제2대 南廣祐 회장 취임 후 韓國語文敎育硏究會를 社團法人으로 등록하기 위해 1990년 8월 25일 韓國語文會 創立總會를 개최하고 문화부에 社團法人 등록을 신청하였다. 1991년 6월 22일 허가번호 69호로 社團法人 韓國語文會에 대한 문화부 許可가 나와서 6월 27일 등록번호 2465호로 設立登記를 마쳤다.

　　한자능력검정시험의 자료를 제공하는 많은 사이트와는 다르게 소수이
기는 하지만 자격시험의 대비보다는 한자의 구성 원리와 유래를 설명하
고 일상생활에서 필요한 실용한자와 고사성어, 속담 등을 습득하게 하여
한자 학습의 흥미를 유발하게 하는 한자의 기초학습을 중시하는 사이트가
있다. 그 대표적인 사이트로 '한자365(http://hanja365.com.ne.kr)'와 '한문을
생각하는 공간(http://www.cyberhanja.com)'이 있다. 이 두 사이트는 최근
의 경향인 한자능력검정시험의 자료 제공을 콘텐츠의 포인트로 맞추기
보다는 과거의 교육 방식이었던 한자의 원리를 익히게 하는 것에서부터
한자의 유래, 부수 등 한자의 기초지식 습득에 학습의 초점을 두고 있는
사이트의 예라 할 수 있다.

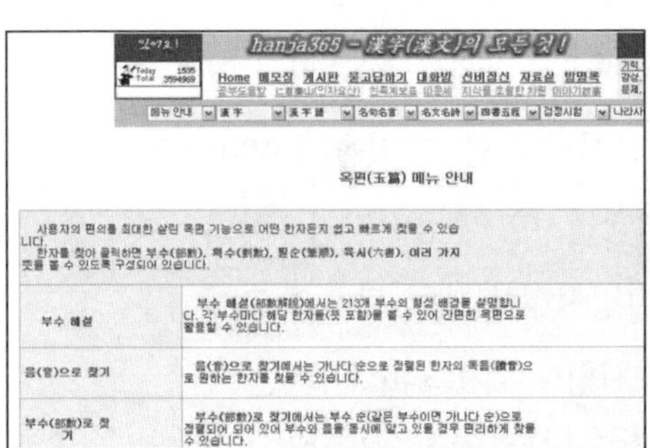

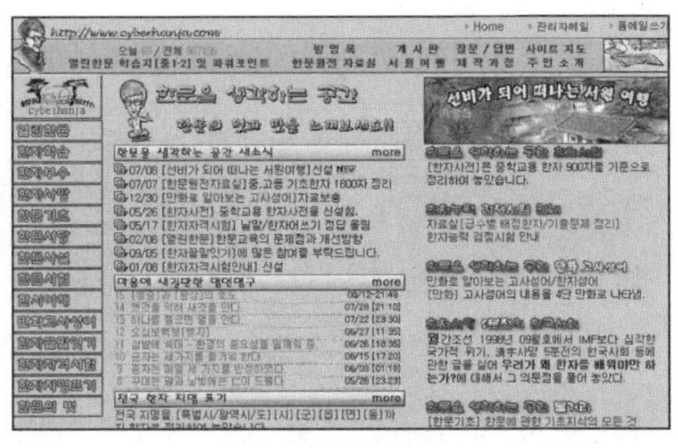

　　그럼 지금부터 한자의 원리에 대한 학습 자료를 중심 콘텐츠로 제공하
는 사이트 중에서 '한자365(http://hanja365.com.ne.kr)'를 통하여 이러한
사이트가 가진 특징에 대해서 알아보도록 하자.

116

한자의 기본원리를 익혀야 할 단계의 학습자라면 대체로 한자 학습을 시작한지 얼마 되지 않은 초보학습자를 지칭하는 경우를 가리킨다. 이 사이트는 초보학습자들을 위하여 옥편 찾는 방법, 한문 기초, 부수해설, 필순보기 등을 첫 코너에서 제공하고 있다. 한자를 처음 학습하는 사람으로 하여금 이러한 내용을 먼저 학습하도록 하는 것은 한자 학습의 필요성과 학습의 취지, 고난도의 한자를 학습하기에 앞선 기초 쌓기의 일환으로 반드시 필요한 과정이라 할 수 있다.

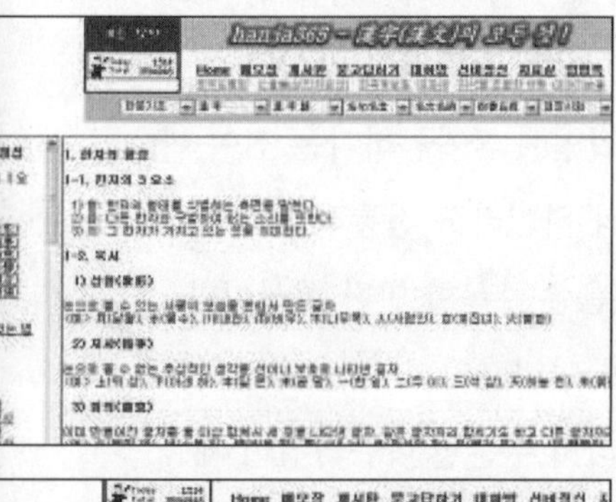

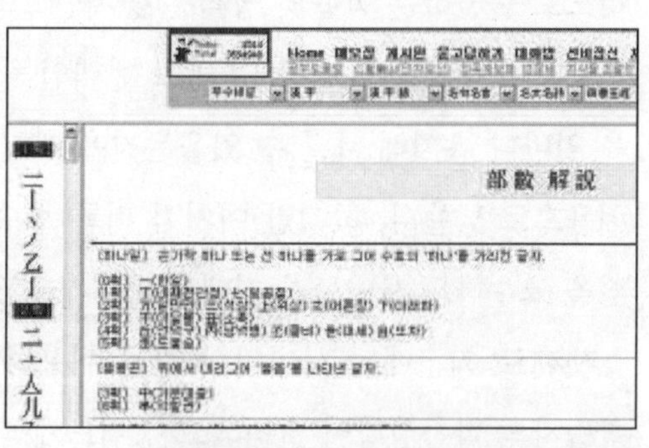

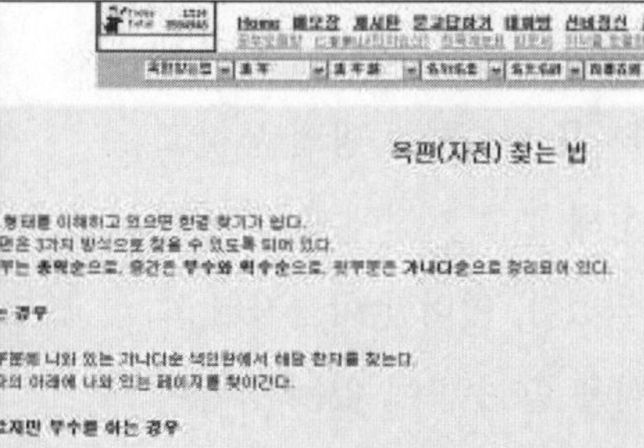

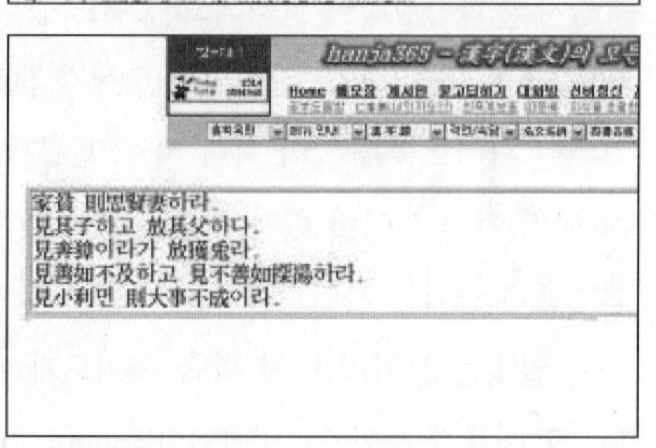

또한 마지막 자료에서 알 수 있듯이 이 사이트는 초보학습자 뿐만이 아니라보다 높은 수준의 학습자를 위하여 약자, 동자이음어, 유음자, 통용자, 인명한자 등의 풍부한 정보를 포함하고 있는 것은 물론이거니와 명구명언, 사서오경에 해당하는 정보 또한 제공하고 있어 한자, 한문을 학습

117

하고자 하는 사람이라면 어떠한 수준을 갖춘 사람이라 하더라도 폭넓게 활용할 수 있는 학습정보를 제공하고 있다. 하지만 이 사이트는 이렇게 많은 자료를 제공하고자 했던 운영자의 의도가 장점인데 반해 방대한 자료를 수용함에 있어서 다소 번잡하고 산만한 화면의 구성을 갖고 있어, 내용을 표시하는 과정에서 빈번하게 서버와의 접촉 불량으로 시간이 오래 걸렸다. 학습자를 기다리게 하는 불편함은 학습에 대한 흥미를 떨어뜨리게 하는 문제로 발생하게 된다. 더하여 한자의 기초 원리를 이해하는 것으로 출발하는 학습의 방식은 좋지만 그렇게 시작된 학습이 과연 어느 정도까지 수준을 높여갈 수 있고 현대인들이 이런 전통적인 방식의 학습을 얼마나 유지해 나갈 수 있을는지에 대한 확인이 불가능하다는 점이 아쉬움으로 남는다. 하지만 이처럼 비록 소수라 하더라도 전통적인 학습방법을 고수하는 사이트가 명맥을 이어가고 있음은 주목할 만한 현상이다.

셋째로 최근에는 사이버 공간을 이용하여 단기간의 학습을 보장하고 학습자의 학습상황이 관리되고 성취도에 따라서 수준별 학습과정이 제공되며 향후 학습방향이 결정되는 추세가 되고 있다. 그리고 학습자들 역시 그러한 사이트들을 찾아 보다 빠르고 쉽게 한자를 학습하는 방법을 찾고자 여러 가지 사이버 한자 학습 콘텐츠를 경험해 보고 자신에게 맞는 학습법을 제공하는 사이트를 이용하는 상황이 되었다. 이러한 학습자의 요구에 알맞는 사이버 한자 학습 사이트가 출현을 할 수밖에 없는 상황이다. 그 대표격 사이트는 '제이한자(http://hanja.jboard.net)'이다. 제이한자가 주로 내용으로 하고 있는 것 역시 한자능력검정시험의 자료제공이다. 하지만 제이한자의 특징은 학습자의 학습 환경을 관리해 준다는 것이다. 아래는 제이한자의 초기 화면이다.

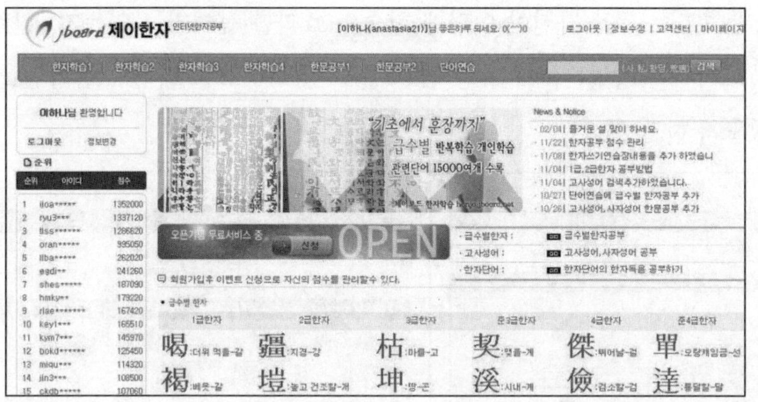

　전체는 한자 학습1, 2, 3, 4와 한문공부1, 2 그리고 단어연습이라는 코너로 나누어지고 있다. 한자 학습1은 그림에서 볼 수 있는 것처럼 자신이 공부하고자 하는 급수가 결정되면 그 급수에 해당하는 한자를 집중적으로 학습할 수 있도록 독음에 대한 문제에 대하여 객관식 사지선다형 문제에서 답안을 체크 하는 방식으로 풀도록 이루어져 있다. 보기의 각 한자는 일일이 찾아보는 수고를 덜 수 있도록 한자에 마우스를 갖다 댔을 때 해당 한자의 독음이 표시될 수 있는 기능도 추가시켜 두었다. 이를 통해서 독음 하나를 익히는 학습을 하면서 보기에 출제된 다른 3개의 한자를 함께 익힐 수 있는 효과를 주고 있다. 한자 학습2 코너의 구성도 한자능력검정 시험의 출제 의도를 반영하여 매우 체계적인 학습을 가능하게 해 놓았다. 역시 한자 학습1과 같이 자신이 공부하고자 하는 해당 급수의 한자가 문제로 출제 될 수 있도록 설정한 후 한자를 보고 훈음 맞추기, 훈음을 보고 한자 맞추기, 한자 단어에 대한 독음 맞추기, 단어의 독음을 보고 한자 맞추기, 한자 형성에 관련된 한자를 찾기 위한 훈련을 하는 형성한자, 관련한자 찾기 등으로 이루어져 있다. 또한 한자 학습1과 2는 각각의 문제를 풀 때마다 좌측에 자신이 맞춘 문제에 대한 접수가 합산되며 우측

에는 한 주 동안 자신이 어떻게 학습의 효과를 높여가고 있는지, 실력이
저하되지는 않았는지를 항상 점검 할수 있도록 요일별 현황을 확인할 수
있도록 하고 있다.

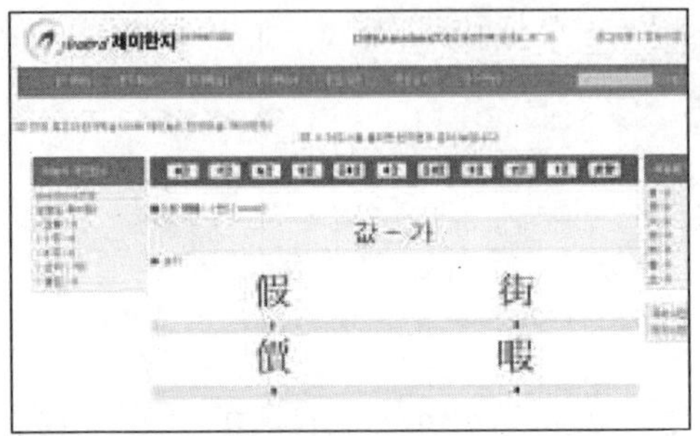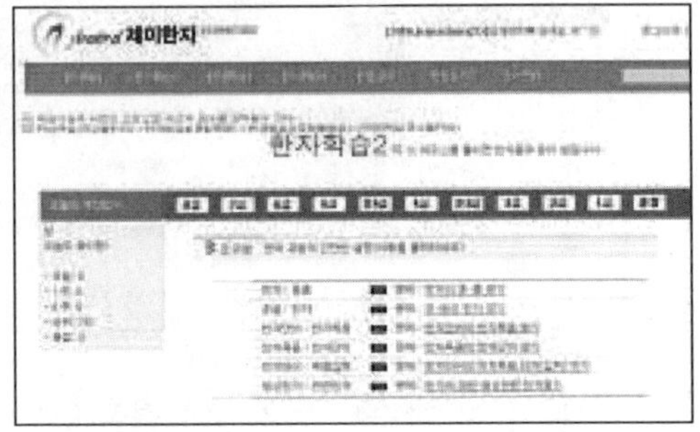

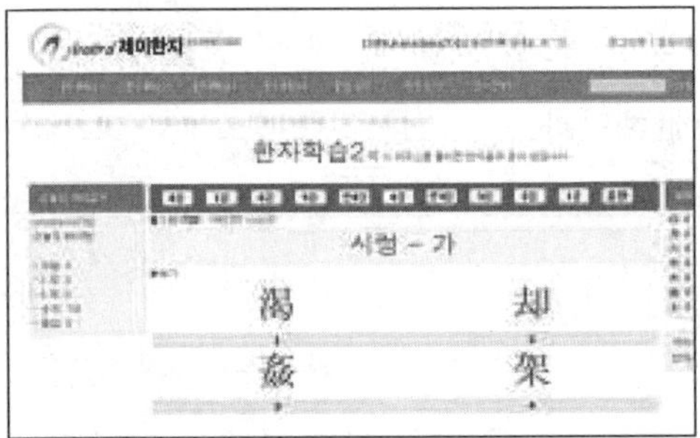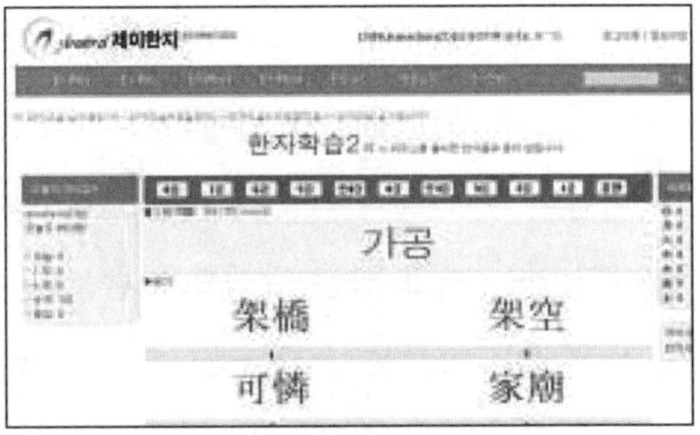

계속해서 한자 학습3, 4를 살펴보도록 하자. 한자 학습3은 자신이 취약
한 부분에 대해서 직접 문제를 출제할 수 있는 코너이다. 역시 자신이 학
습하고자 하는 급수를 선택하고 스스로 자신이 자주 틀리거나 기억하기
어려운 한자들은 학습하는 과정에서 뽑아 두었다가 한자 학습3 코너에서
직접 문제로 출제해 풀어나갈 수 있다. 그리고 한자 학습4에서는 다시 전
체적으로 출제되는 문제들을 급수에 맞게 종합적으로 모아두어 점검하도
록 하는 코너를 만들어 두었다. 문제를 풀어나가는 과정에서 맞으면 전과
같이 점수가 합산되고 틀리면 오답임을 표시하여 학습자가 지루하지 않
게 학습에 전념할 수 있는 상황을 사이트가 스스로 설정해 주는 것이다.

이렇게 자신이 설정한 급수에서의 공부를 반복 학습하고 확인하면서 공부해 나간 후에 목표한 자격증을 취득하게 되면 더 높은 급수로의 학습을 진행해 나갈 수 있는 이점이 있다. 한문공부1, 2 코너는 이 사이트가 준비한 유료콘텐츠 항목이다. 이 두 항목을 유료화 함으로써 이 사이트를 운영하는 비용을 창출할 수 있을 것으로 보인다. 또한 사이트 전체를 유료화 하지 않은 것은 무료 학습자가 한자를 학습하는데 도움을 주고 유료학습자에게는 더욱 큰 학습효과를 주고자 하는 운영자의 깊은 배려심을 읽을 수 있었다.

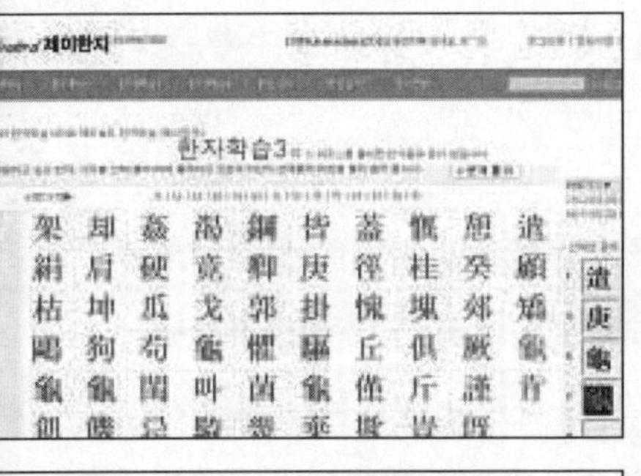

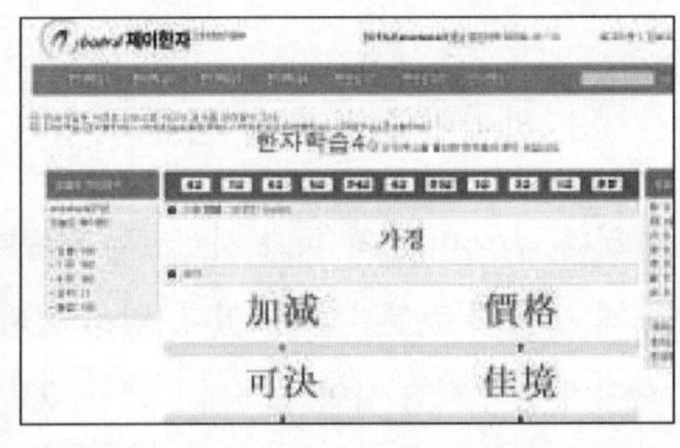

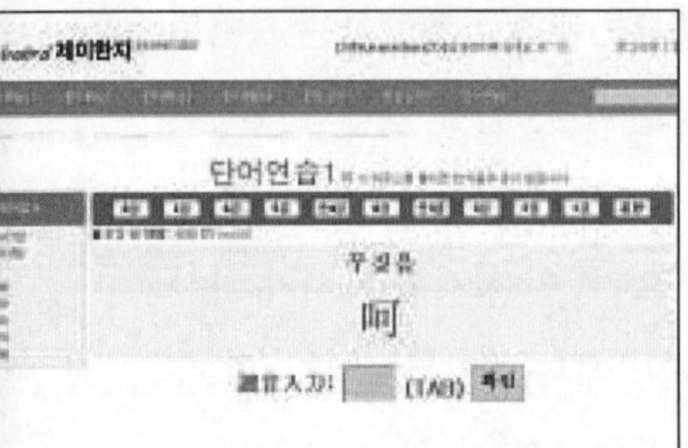

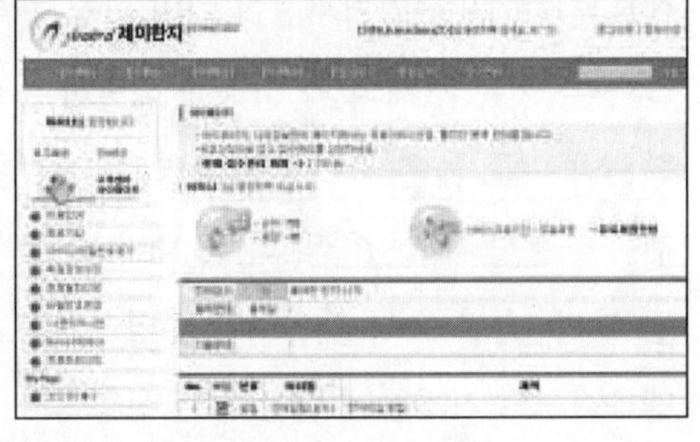

마지막의 단어연습 코너를 통해서 굳이 펜을 들지 않고도 단어를 직접 써보는 연습을 할 수 있는 이 사이트는 마이페이지에서 자신이 지금까지 얻은 성적과 가입한 회원들 중에서 자신이 어느 정도 위치에 있는지를 판가름할 수 있는 등위의 표기 등 자신의 학습효과를 종합적으로 판단할 수

있다. 어찌 보면 자신의 학습을 자기 주도적으로 이끌어 나가지 못하는 것은 예전에 비해 다소 수동적인 태도를 가진 학습자들이 늘어나고 있는 세태를 반영한 것이라고 할 수도 있다. 하지만 이렇게 학습과정을 계속해서 관리한다면 학습자로 하여금 자신의 학습과정에 대한 신뢰도를 증가시키고 수준별 학습을 가능하게 한다. 그리고 그런 과정을 통해서 이와 같은 사이버 한자 학습 콘텐츠는 학습자의 호응도가 증가하게 되는 결과를 낳을 것이다. 최근 몇몇 학습사이트가 이런 방식의 관리 시스템을 구축하여 학습자들을 관리 지도하고 있는 것이 사실이다.

3. 사이버 한자 학습 콘텐츠의 비교

첫째, 사이버 한자 학습 사이트는 학습자의 학습 목적에 따른 차이로 크게 세 부류로 분류할 수 있다. 앞서 살펴보았듯이 현재 검색이 가능한 사이버 한자 학습 사이트 83개 중에서 대부분을 차지하고 있는 51개의 사이트는 한자능력검정시험의 대비 자료를 주요콘텐츠로 제공하는 사이트들이다. 이는 전체의 약 61%에 해당하는 비율이다. 한자 학습의 목적이 단순히 수준 높은 국어생활의 영위와 풍부한 언어생활이 아니라 자격증 취득을 통한 대학입학의 특혜, 대학 졸업의 요건, 입사 시험 응시자 가산점 부여, 승진 등의 인사고과 반영이라는 측면에서 한자능력검정시험을 맹목적으로 지지할 수만은 없는 상황이다. 하지만 현 시대에서 한자능력검정시험이라는 제도를 통해 한자 학습에 대한 제2의 붐이 일어나고 있는 것이 사실임을 판단했을 때 이러한 제도를 바탕으로 한 새로운 콘텐츠의 탄생은 지극히 당연한 현상이다. 그리고 빠른 속도를 중요하게 생각하는 사이버 공간에서 이런 콘텐츠의 확산이 더욱 빠르게 일어나고 있다는 것은 이미 전체 한자 학습 사이트의 약 61%라는 비율을 차지하고 있다는 점을 통해서 짐작할 수 있었다. 그리고 남은 49%의 사이트를 차지하는 나머지 32개의 사이트 중 34%의 비율인 29개의 사이트는 이와는 다르게 한자의 형성원리, 한자의 기원, 한자의 유래, 부수 등 한자의 기초상식 습득을 주목적으로 하고 있다. 그리고 그러한 기초상식의 습득을 통하여 고사 성어와 사자소학 등 짧은 한문의 문구를 학습하고 나아가 사서삼경을 비롯한 고전 산문에 대한 학습까지 학습의 범위가 이어지도록 하는 구성을 취하고 있다. 이러한 사이트는 학습자로 하여금 한자를 학습하는 이유와 학습에 대한 흥미유발을 학습의 시작점으로 삼아 보다 튼튼한 기초를 쌓을 수 있는 학습 자료를 제공하는데 비해서 학습의 효과와 학습의 상황을 학습자가 스스로 확인하기 힘들다는 점을 해결해야 할 것이다.

최근 한자능력검정시험 대비를 위한 사이트가 많아짐에 따라서 기존에 많았던 한자의 기초학습을 중시하는 사이트가 줄어든 것인지, 원래는 더 미비하던 것이 한자능력검정시험 대비를 위한 사이트의 편중현상에 따라 반대 급부적 수요증가로 지금의 모습이 되었는지 정확하지는 않다. 하지만 이러한 사이트가 가진 콘텐츠는 매우 소중한 것임은 분명하다. 그리고 그 외 아주 소수이기는 하지만 전통식 서당교육을 고수하는 사이트가 존재했다. 서당은 광복 후 교육법이 제정 되어 학제가 정비되기 전까지 민간에서 교육을 담당하던 사설 기관이었다. 교육법 제정 이후 점차 교육기관으로써의 기능을 상실하여 지금은 한문과 예절 교육 등을 담당하는 제한적 역할만 수행하고 있다.[14] 현재 한자 학습에 대한 관심의 증대와 예절 교육 등의 이유로 서당교육에 대한 관심이 높아지고 있다. 또한 이러

---

14) 홍성욱, 「인터넷을 활용한 한문과 교수, 학습 방안 연구」, 《한문교육연구》 제21집, 2006.

한 서당교육을 방학 등에 이용하여 서당으로 예절교육을 보내기도 하는데 이러한 예절교육의 내용 안에 한자 학습이 포함되어 있다. 하지만 사이버 공간에서의 서당식 학습사이트는 앞서 언급한 한자의 기초소양에 대해서 학습하는 사이트의 학습내용과 많은 유사점을 갖는다. 다른 점이 있다면 학습의 대상자가 보다 높은 수준의 학습자를 위한 것이다. 물론 초등학생과 중, 고등학생을 위한 사자소학, 명심보감 같은 내용의 학습물도 있지만 전통 한학자의 성독을 들을 수 있는 성독 강의와 보다 높은 수준의 고전 번역물이 주요 콘텐츠로 구성돼 있다. 이 사이트는 평범한 한자 학습자를 위한 것이라기 보다는 전문가를 위한 사이트라고 하는 것이 나을 것으로 보인다.

둘째, 각 사이트마다의 내용상 차이를 찾을 수 있다. 전체의 64%의 사이트가 학습자로 하여금 한자능력검정시험을 대비하게 하고 있기 때문에 각 급수마다의 필수 한자를 위주로 학습 자료를 제공하는 것에는 차이가 없다. 하지만 한자능력검정시험 대비 자료를 주요 콘텐츠로 제공하는 사이트라 하더라도 모두 같은 형태를 띠는 것은 아니다. 한자능력검정시험의 기준 급수에 알맞은 필수한자를 위주로 학습하게 하여 한자를 익히는 것에 주안점을 두는 사이트가 있는가 하면 한자능력검정시험의 출제경향에 입각하여 독음달기, 한자 맞추기, 부수 맞추기, 단어 익히기, 고사성어 학습 등을 객관식과 만화, 심지어는 게임의 형태로 구성하여 학습자의 학습흥미를 유발하는데 최선의 노력을 기울인 사이트를 많이 찾아볼 수 있었다. 하지만 한자의 기초를 학습의 주요 콘텐츠로 삼고 있는 사이트들과는 한자의 형성원리, 부수 등을 설명하는 부분에서 그 깊이에 많은 차이가 있었고 더하여 고사성어를 학습하게 하는 부분에서 한자능력검정시험 대비 자료를 제공하는 사이트는 대체로 시험에 출제되는 고사성어의 뜻과 한자를 단순히 외우게 하는 학습의 형태를 많이 취하게 했다. 그러나 한자의 기초를 학습하게 하는 사이트에서는 각 성어가 생기게 된 유래와 배경에 대해서 설명하는 내용을 함께 실어놓아 성어를 자연스럽게 외울 수 있게 하는 방식의 학습이 가능하게 하도록 했다. 그 밖에 한자의 기초를 학습의 주요 콘텐츠로 삼고 있는 사이트들은 한자의 형성원리, 부수, 옥편 찾는 법, 고사 성어 등 비교적 대체로 비슷한 유형의 내용을 포함하고 있었고 구성의 순서는 다르다 하더라도 대체로 유사한 내용을 담고 있었다.

셋째, 한자 학습 사이트 운영방식의 유형적 차이를 볼 수 있었다. 아직까지는 대체로 많은 사이트의 운영방식이 자신들이 제공하고자 하는 기본적인 콘텐츠만을 제공하고 학습자가 자발적으로 학습 내용을 관리, 점검, 보완하는 방식을 취하고 있다. 사이버 공간에 학습을 위한 양질의 콘텐츠는 많이 존재한다. 그리고 인터넷의 사용이 매우 편리해진 현재 사회에서 이러한 사이트로의 접근성 역시 활짝 열려있다. 하지만 이는 학습자 스스로가 갖는 학습에 대한 열정과 시간이 허락하는 상황에서만 가능한 일이다. 그리고 이러한 학습자들의 요구에 따라 일정기간동안 학습자는 운영자가 제공하는 학습의 내용을 학습하고 운영자는 제공된 학습내용을 점검하고 성취도를 평가한 후 보완점을 제시하는 학습자의 학습상황을 관리 해주는 사이트가 생겨났다. 이러한 사이트는 다소 수동적인 학습자를 위한 시스템이라는 점에서 외면 받을 수 있지만 연령대가 낮은 학습자의 학습습관을 길러줄 수 있고 자신의 학습상황을 점검하고 싶어 하는 사람들로 하여금 환영을 받고 있으며 최근 이러한 운영방식을 취하는 사이트가 많이 출현하고 있는 경향을 보이고 있다.

Ⅲ. 사이버 한자 학습 콘텐츠의 문제점과 개선방안

사이버 학습에 대한 관심이 높아지면서 사이버 한자 학습 콘텐츠뿐만 아니라 학습이 가능한 내용 전반에 관한 콘텐츠들이 증가하고 있다. 하지만 전체 운영되고 있는 사이트 중 약 64%의 사이트가 한자능력검정시험의 대비를 위한 사이트인 것처럼 현 시대에 한자의 학습은 어쩌면 자격증 습득이라는 말로 바꾸어 말할 수 있다. 하지만 한자 학습의 본질적인 이유는 시대필요적인 자격증 습득만은 아니다. 이러한 사이트가 주의해야 할 점은 각 사이트의 운영자들에게 제공하고 있는 콘텐츠의 기준으로 삼고 있는 한자능력검정시험 각 급수의 배정한자가 적절한 것인지에 대한 우선적으로 판단해야 한다는 것이다. 또한 해당 급수의 출제문제들이 해당 급수 배정한자 내에서 출제되고 있는지에 대한 객관적인 평가가 내려진 후에 그것을 콘텐츠화 해야 한다. 또한 이러한 사이트가 너무 자격증 취득에만 초점을 맞추고 있지는 않은지에 대한 냉정한 판단도 필요하다고 본다. 하지만 가장 큰 문제점은 한자능력검정시험을 대비하기 위한 사이트가 사이트의 주목적인 자격증 획득에만 초점을 맞춘 나머지 한자의 기초지식과 부수, 자전활용 등의 학습 콘텐츠 제공에는 소홀하다는 것이다. 이는 학습자에게 학습의 이유와 동기를 설명해 주지 않고 무조건적으로 많은 한자를 외우고 자격증 획득 후에는 학습했던 한자들을 효과적으로 사용하지 못하고 잊혀 지게 만드는 좋지 못한 상황을 만들 수 있다.

한편 한자의 기본원리를 학습하는데 주력한 사이트는 한자능력검정시험의 응시에 대비하기 힘들다는 점에서 시대와 발맞춰가고 있지 못하고 있는 것처럼 여겨진다. 또한 기초 자료의 제공을 시작으로 하여 학습자의 학습목표를 어디까지 설정할 것인지에 대한 뚜렷한 설정 없이 무조건 방

대한 분량의 자료를 제공하여 사이트의 원활한 운영을 저해하고 있는 점
도 빈번하게 발견되었다. 더불어서 이러한 학습이 좋은 취지에서 시작한
학습의 흥미를 떨어뜨리고 학습효과를 저해한다는 단점을 지니고 있기에
현 시대의 학습자들에게는 외면을 받고 있는 실정이다.

필자가 검색이 가능한 상황의 모든 사이트를 찾아 콘텐츠를 확인하고
활용도를 분석한 결과 대체로 한자능력검정시험 대비 사이트의 장점인
자격증 습득에 용이한 학습자료 제공과 한자의 기초학습 사이트의 장점
인 한자의 기본학습 강조라는 장점을 조화시키지 못하는 편중현상을 지
적할 수 있다.

앞서 언급한 것처럼 한자교육의 기초소양 확립과 한자자격증 습득은
두 가지 모두 포기할 수 없는 부분이다. 따라서 각 입장에 편중하여 각자
의 목적만을 추구하는 것은 한자 학습의 본래목적과 현실성 간의 차이가
있다. 그러므로 한자 기초소양 학습에 입각한 기본 교육태도를 유지하되
한자능력검정시험 대비 사이트의 장점인 자격증 획득까지를 가능하게 할
수 있도록 하며 학습과정의 점검 및 보완점 제시를 모두 수용하는 콘텐츠
가 개발되어야 할 것이다. 기왕 하이퍼텍스트가 갖는 장점을 최대한 활용
하고, 현장 교육의 시공간적 제약이나 한계를 극복할 요량으로 구축한 사
이버 학습 콘텐츠라면 단순히 책을 인터넷에 그대로 옮겨놓은 형태라든
가 용어를 검색하는 수준의 것이라 다른 사이트와 차별성을 갖지 못하여
서는 안될 것이다.[15] 또 다른 방편으로 좋은 콘텐츠라 할지라도 내용이
방대하여 모든 내용을 두루 포괄 할 수 없다면 하나의 사이트에는 특화할
만한 몇 개의 콘텐츠를 주요 내용으로 놓고 다른 내용은 보다 잘된 다른

---

15) 위의 글.

사이트를 활용할 수 있도록 운영자간의 합의하에 사이트간의 링크를 하는 것도 하나의 방안이 될 수 있을 것이다.

좋은 사이버 학습 프로그램이란 사이버 학습 프로그램의 전문가가 사이버 공간을 통하여 제공하고자 하는 내용에 대한 충분한 이해 후에 양질의 학습 내용을 충실히 제공했을 때 그 학습 프로그램을 사용한 학습자가 목표로 하는 학습의 성과에 달성할 수 있도록 하겠다는 정성어린 마음가짐이 합쳐졌을 때 구축되는 것이 아닌가 한다.

Ⅳ. 결론

문화의 발달은 그에 상응하는 기술의 발전을 수반한다. 특히 기술의 발전을 기반으로 한 컴퓨터와 인터넷의 보급은 우리사회의 많은 부분을 변화시켰다. 그리고 이런 변화 속에서 원소스를 기반으로 많은 콘텐츠가 생겨났다. 문화와 기술의 융합이라고 할 수 있는 컨버전스의 시작은 문화 콘텐츠에서 부터라 할 수 있을 것이다. 여러 분야의 콘텐츠가 있지만 본고에서는 논의의 주제를 학습과 관련된 콘텐츠인 학습 콘텐츠, 그리고 그 하위부류로 한자 학습 콘텐츠를 꼽았는데 한자 학습 콘텐츠 중에서도 사이버 공간을 활용한 사이버 한자 학습 콘텐츠에 대한 비교 연구를 진행하였다.

사이버 한자 학습 콘텐츠는 정확성과 멀티미디어성, 쌍방향성의 활용이 가능하다는 장점을 가지고 있으며 그 전파의 속도는 컴퓨터와 인터넷의 보급 속도만큼이나 빠르게 생겨났다. 그리고 이런 변화의 흐름에 맞춰 시작된 사이버 공간의 활용은 당연히 받아들일 수밖에 없는 시류의 하나가 되었다. 그러나 필자가 본 연구를 진행하면서 세 개의 검색엔진을 통해 '한자, 한문'을 검색한 결과 현존하는 사이버 한자 학습 사이트 중에서는 서버의 불량으로 접속이 불가능 하거나 검색된 사이트가 학습의 목적과는 맞지 않는 콘텐츠의 구성을 지닌 것들이 많이 있었다. 이는 콘텐츠를 구축하는 과정에서 해당 콘텐츠에 대해 깊이 고민하지 않은 운영자들이 그저 영리를 목적으로 사이트를 만들어 운영하거나 구축해 놓은 사이트를 제대로 관리하지 못했기에 생기는 현상이라고 볼 수 있다. 그렇다면 우리가 문제 삼아야 할 점은 한자 학습의 본래적 목표달성을 가능하게 해 줄 수 있는 콘텐츠를 구축하고 그 콘텐츠를 어떻게 사용할 것인가 하는 점이다.

이에 사이버 한자 학습 사이트의 운영자는 한자 학습의 본래적 목표를 우선적으로 파악하여 이에 합당한 콘텐츠를 구축해 운영해야 하고 학습자의 입장을 고려하여 보다 정확한 정보를 제공하는 것은 물론, 목표로 설정한 학습의 성취도를 높일 수 있도록 학습자를 관리하는 시스템을 취하는 체계의 운영이 필요하다는 결론을 내렸다. 또한 학습자 자신도 학습을 시작하기 전에 한자 학습의 필요성을 먼저 이해하고 이런 콘텐츠의 사용을 통해서 보다 효율적인 학습을 하는 것은 물론, 학습의 흥미가 저하되지 않도록 스스로 꾸준한 노력과 지속적인 관심을 보여야 할 것이다. 한자의 학습은 보다 풍부한 우리말을 구사하기 위해서 반드시 필요한 일이다. 많은 시간이 흘러 기술의 발달이 거듭된다면 계속해서 새로운 매체가 생겨날 것이다. 그렇다면 이런 시대 흐름에 발맞추어 한자를 학습할 수 있는 새로운 학습 콘텐츠 개발에 더욱 노력해야 할 것이다.

이수현

추리소설의
미디어 콘텐츠화 방안 연구*
― 「타원형 거울」의 영화화를 대상으로

Ⅰ. 추리소설과 문화 콘텐츠

대중문학의 한 장르인 추리소설은 서사 전개에 대한 독자의 기대심리를 비껴감으로써 독자의 흥미와 참여를 유발하는 이야기 장르의 하나이다. 인류가 시작된 이래 이야기가 다양한 방식으로 발전함에 따라 추리소설은 연애소설과 함께 대중적으로 가장 큰 인기를 받는 대표적인 이야기 문학이 되었다. 추리소설은 나라마다 또는 작품의 강조되는 특성에 따라 '탐정소설', '범죄소설', '경찰소설' 등으로 불린다.[1] 우리나라에서는 대

---

* 『현대문학이론연구』(ISSN 1598-124X) 제36집, 현대문학이론학회, 2009, 재수록.

1) 우리나라에서 '추리소설'이라고 부르는 것은 영미의 'Detective story', 'Mystery story', 또는 프랑스의 'Roman policier'를 총칭하는 용어이다. '추리소설'과 함께 가장 많이 쓰이고 있는 '탐정소설'은 일본에 추리소설이 처음으로 도입되던 메이지 말기에 일본인이 만들어낸 용어인데, 일본에서는 '본격', '변격' 등의 용어와 열띤 논쟁을 벌이다가 1945년 이후부터 현재까지 '추리소설'이라는 용어로 통칭하고 있다. 송덕호, 대중문학연구회 편, 「추리소설의 유형」, 『추리소설이란 무엇인가?』, 국학자료원, 1997, p.32~33.

표적인 추리소설가 김내성이 자신의 작품에 '탐정소설' 이라는 명칭을 붙인 것에 따라[2] '탐정소설' 의 용어가 흔히 사용되었다. 그러나 이 용어는 모든 추리소설을 고전적 의미에서의 탐정소설, 즉 사건을 해결하기 위해 탐정이 주인공으로 등장하는 소설로 인식하게 만들 위험이 있다. 따라서 '살인' 이라는 사건이 발생하고, 범인과 여러 명의 용의자가 등장하며, 주인공으로 하여금 사건을 해결해나가는 과정을 담은 소설을 통칭하는 용어로는 '추리소설' 이 더욱 합당할 것이라 생각된다.

그러나 추리소설을 바라보는 문학연구자들의 시각은 그리 곱지 않다. 대중의 흥미를 추구하는 오락적 성격이 강한 탓에 추리소설은 대중문학 중에서도 질 낮은 장르로 인식되었고, 이에 따라 연구의 대상으로 가치를 인정받지 못한 것이다. 이는 대표적으로 한국문학사에서 추리소설에 대한 언급이 배제되고 있는 사실을 통해 잘 드러난다. 조동일의 『한국문학통사』에서 유일하게 '탐정소설' 에 대한 언급을 찾아볼 수는 있지만, 최독견의 「사형수」(1931, 미완)와 김내성의 『마인』(1939)만이 연애소설과 함께 '통속소설' 이라는 범주 안에서 짤막하게 언급될 뿐 더 이상의 논의는 진행되지 않고 있다.[3] 우리나라의 추리소설은 비교적 짧은 역사를 가지고 있기는 하지만, 소위 '암흑기', '정체기' 라 불리는 일제 강점기에도 활발한 창작과 수요가 있었던 대중적인 소설 장르였다. 따라서 추리소설 또한 대중문학 연구의 장場 안으로 들어와 연구 대상의 하나로 인식되어야 할 것이다.

2) 김내성은 일본에서 작가의 예술적 역량을 구분하기 위하여 추리소설을 '본격(本格)', '변격(變格)' 으로 구분하는 것에 대해 명칭상의 오류를 지적한다. 그는 또한 '정통적(正統的)', '방계적(傍系的)' 이란 용어를 제시하기도 했는데, 이후에는 적당한 용어를 더 이상 발견하지 못하고 '탐정소설' 이라는 명칭을 그대로 사용하였다. 김내성, 「탐정소설론」, 『새벽』, 1956. 3. p.127. : 윤정헌, 「김내성 탐정소설 연구」, 《한국문예비평연구》 4집, 한국현대문예비평학회, 1999, p.198에서 재인용.
3) 조동일, 『한국문학통사5』(제4판), 지식산업사, 2005, p.359.

추리소설이 문학 연구의 대상에서 소외되었던 것은 언급했듯이 독자의
재미를 우선시하는 오락적 기능 때문이다. 문학의 오락적인 기능은 자본
주의 시대에 필연적으로 상업성과 연관이 되고, 이에 따라 추리소설은 대
중의 흥미를 추구하는 상업주의 소설이라는 부정적 인식을 받는다. 그러
나 여기에는 모든 문학이 인간 삶에 대한 진지한 성찰과 깊은 이해를 담
고 있어야 한다는 본격문학적 시선이 내재되어 있다. 추리소설은 일어난
(범죄)사건을 논리적·인과적으로 해결하는 과정을 통해 독자의 이성에
호소하는 문학 양식이다.[4] 따라서 추리소설이 반드시 갖추어야 할 요소
는 사건을 해결하는 과정의 논리성과 개연성이지, 인간의 고뇌와 세계의
불합리한 모순이 아닌 것이다. 추리소설은 본격소설과 그 존재론적 성격
이 다른 만큼, 연구방법에 있어서도 유연한 태도를 취해야 한다. 다만, 추
리소설이 지니는 오락성에 함몰된 나머지 예술적 형상화를 도외시한 작
품을 선별하는 작업이 수반되어야 할 것이다.

이 글은 기존의 문학 연구 방법이 아닌, 추리소설에 대한 새로운 연구
방법론을 문화 콘텐츠 담론에서 찾고자 한다. 문화 콘텐츠 담론은 최근
들어 문화 산업의 중요성이 커짐에 따라 원소스로서의 문학에 대한 관심
과 함께 급부상하고 있다. 실제로 문학이 다른 장르로 콘텐츠화 되는 현
상은 매우 오랜 역사를 가지고 있지만, 본격적으로 논의가 시작된 것은
1990년대 후반부터라고 할 수 있다.[5] 그러나 대부분의 논의가 이미 콘텐
츠화가 된 텍스트를 원작과 비교하여 무엇이 달라졌는지에만 초점이 맞

---

4) 조성면이 적절하게 지적한 대로, 과학적 합리주의로 설명되는 이성理性의 시대가 근대라고 한다면, 독
  자의 이성에 호소하는 추리소설이야말로 근대의 과학적 합리주의에 가장 잘 부합하는 소설양식이 된다.
  조성면은 탐정소설에서 궁극적인 주체는 작가도, 탐정도, 독자도 아닌, "전능한 이성"이라고 말한다. 조
  성면, 「탐정소설과 근대성」, 《민족문학사연구》 13집, 민족문학사학회, 1998, p.355 참조.
5) 문학의 콘텐츠화에 대한 연구는 1990년대 중반부터 불거진 '문학위기론'을 타개할 하나의 방안으로 논
  의되기 시작했는데, 1990년대 후반에 들어서면서 학위논문을 비롯한 본격적인 연구가 진행되었다.

추어져 있기 때문에, 이에 대한 더 이상의 새로운 연구 방법론은 부재한 실정이다. 문화 콘텐츠와 관련된 논의에서 논자들이 공통적으로 지적하고 있는 것은 다른 장르로 변용되어 성공할 수 있는 원소스를 개발해야 한다는 것이다. 그렇다면 문학 연구 또한 원소스의 개발이라는 측면에서 이루어질 필요가 있다고 본다. 이때 추리소설이 지니는 대중적 오락성은 문화 콘텐츠와 관련된 문학 연구에 새로운 방법론을 제시할 수 있는 중요한 요건이 된다. 예술과 산업을 접목하는 문화 콘텐츠적 시각에서 본다면, 문학성과 오락성을 동시에 지니는 추리소설이야말로 훌륭한 원소스가 될 수 있기 때문이다. 이때 원소스가 되는 추리소설이 뛰어난 예술성을 지니고 있다면, 이는 콘텐츠화가 되었을 때 성공 가능성이 그만큼 크다고 할 수 있다.

이 글에서는 문화 콘텐츠의 원소스로서 추리소설에 대한 연구 방법의 하나로, 김내성의 「타원형 거울」(1935)이 미디어로 전환될 때 고려되어야 할 사항을 제작 요소의 분석을 통해 살펴보고자 한다. 「타원형 거울」은 우리나라의 대표적인 추리소설가 김내성의 등단작으로, 뛰어난 추리소설적 특성을 지닌 것에 반해 연구가 거의 이루어지지 않은 작품이다. 김내성은 이 작품에서 통상적인 추리소설의 도식적인 기법을 배제하고, 플롯이나 인물의 구현에서 자신만의 독특한 기법을 선보이고 있다. 새로운 내용으로의 각색 여지가 풍부한 단편소설이라는 점, 범인으로 의심되는 등장인물들 간의 심리적 긴장감이 독자의 흥미를 유발시키는 점 등도 「타원형 거울」이 미디어로 콘텐츠화될 수 있는 원소스의 특징이 된다. 이러한 작업을 통해 추리소설의 문화 콘텐츠화 가능성을 탐색하고, 아울러 『마인』에만 한정되어 있는 김내성 소설에 대한 연구도 확장되기를 기대해 본다.

Ⅱ. 「타원형 거울」의 서사적 특성

「타원형 거울」은 한국 추리소설을 대표하는 작가로 평가받는 김내성[6]의 등단작으로, 1935년 일본의 추리소설 전문잡지 《프로필》에 소개된 작품이다.[7] 발표 당시에는 일본어로 표기되었으나, 이후 「살인예술가」란 제목으로 조선어로 개작되고, 1949년에는 조선어 개작본을 다시 「타원형 거울」이라는 제목으로 바꿔 소설선집(『비밀의 문』, 1949)에 실었다. 일본어 표기의 「타원형 거울」과 조선어 개작본인 「살인예술가」 사이에는 결말을 제외하고는 추리소설로서 기본 서사에 큰 변화가 없다.[8] 이 글은 김내성 자신이 "가장 작열된 정열이 한 곳에 結晶된 창작집"[9]이라고 소개하는 소설선집에 실린 「타원형 거울」을 대상으로 삼는다. 먼저, 김내성이 「타원형 거울」에서 어떠한 플롯을 구사하고 있는지 살펴보고, 다음으로 사건의 해결과정에서 등장인물이 어떻게 기능하고 있는지를 알아보기로 한다.

---

6) 김내성(金來成, 1909~1957)은 1909년 평양 대동군에서 출생, 평양공립고등보통학교를 졸업한 후 일본으로 유학을 떠난다. 와세다대학에 재학시절, 일본 추리소설 전문잡지 《프로필》에 「타원형 거울」, 「탐정소설가의 살인」을 발표하고, 이후 조선으로 돌아와 장편 『마인』을 포함하여 십여 편이 넘는 추리소설을 발표함으로써 한국문단에서 독보적인 위치를 차지한다.

7) 정혜영은 「타원형 거울」이 《프로필》의 현상공모에 당선된 작품으로 소개하는 일부 글에 대해 오류임을 지적한다. 정확히 말해 「타원형 거울」은 '신인소개' 형식으로 발표된 것이고, 현상공모에 당선된 작품은 김내성의 두 번째 작품 「탐정소설가의 살인」이라는 것이다. 정혜영, 「근대를 향한 왜곡된 시선」, 《현대소설연구》 31집, 한국현대소설학회, 2006, p.200.

8) 일본어 표기의 「타원형 거울」은 사건의 전말을 알게 된 주인공이 경찰서로 달려가 K경감에게 자초지종을 설명하는 것으로 끝나는 반면, 후에 개작된 「타원형 거울」(조선어 표기의 「살인예술가」)은 주인공이 사건의 전말을 담은 편지를 범인에게 보내고, 범인이 스스로 자취를 감추고 마는 결말을 보인다. 결말의 차이 외에 묘사와 서술의 부분적 차이에 대해서는 정혜영, 앞의 글, pp.201~204를 참조한다.

9) 김내성, 『비밀의 문』 서(序) : 1949, 명지사, 1994, p.6.

1. 스토리 충위의 균등한 분할

1935년이라는 발표 시기가 무색할 정도로 「타원형 거울」은 내용이나 형식면에서 뛰어난 추리소설적 특성을 지닌다. 김내성은 이 작품에서 전형적이고 도식적인 추리소설의 플롯[10]에서 벗어나 다양한 이야기 층위를 구사함으로써 결말에서 반전을 꾀하고 있다. 「타원형 거울」이 비교적 널리 알려지지 않은 작품이므로, 논의의 편의상 줄거리를 요약해 보면 다음과 같다. 1~3장의 제목은 작품 내에 표기된 소제목을 따른 것이며, ①~⑦은 줄거리를 시퀀스[11]별로 분절한 것이다.

1) 추리소설현상모집

① 추리잡지《괴인》의 편집자 백상몽은 창간 1주년을 기념하여 미결로 남아 있는 '김나미 살인사건'을 토대로 하는 추리소설을 현상공모 한다.

② 게재된 광고의 내용을 정리하면 이렇다. 약 십년 전 한 가정집에서 부인이 잔혹하게 살해되는 사건이 일어난다. 소설가 모현철의 아내인 김나미가 1층 침실에서 의문의 살해를 당한 채 발견된 것이다. 1층에는 사랑방, 침실, 하녀의 방, 화장실이 있으며, 2층에는 모현철의 서재와 시인 유시영이 기거하는 방이 있다. 집의 내부 구조로 보

---

10) 보통의 추리소설은 범죄가 일어나고, 이성적인 주인공(탐정소설의 경우에는 탐정)이 등장하여 사건의 전말을 조사하며, 결국엔 범인이 밝혀지고 사건이 해결된다는 식의 플롯을 취한다. 레너드는 탐정소설에서 보이는 플롯, 즉 모든 사건이 해결되는 결말에 의해 앞의 서사단위의 의미가 역전적으로 재구성되는 플롯을 '목적론적 플롯'이라고 부른다. Lennard J. Davis, Resisting Novels, Methuen, 1987, pp.206~219. : 심진경, 「여성 성장소설의 플롯」, 한국소설학회 편, 『현대소설 플롯의 시학』, 태학사, p.146에서 재인용.

11) '시퀀스(sequence)'는 "서사의 계기성 혹은 서사요소들의 연쇄를 지칭하는 용어"로, "플롯을 진행시키는 필수적인 단위"이다. 한용환, 『소설학 사전』, 고려원, 1992, p.277. 텍스트에서 시퀀스는 서사물을 감상하고 분석하는 자에 따라 자의적으로 분절될 수 있다.

아 외부인이 침입할 수 없게 되어 있으며, 침실에는 살해 무기로 추정되는 김나미의 양말과 커다란 거울이 하나 걸려 있을 뿐이다. 두 명의 하녀, 모현철, 유시영의 진술 결과 하녀들은 알리바이가 분명하고, 유시영은 김나미를 사랑하고 있었으며, 모현철이 이 사실을 알고 있었음이 드러난다. 조사 결과 유시영은 무혐의로 석방되고 모현철은 아내를 따라간다는 유서를 남기고 투신자살 한다.

2) 유시영 현상응모

③ 사랑하는 여인 김나미가 죽은 것에 대해 죄책감을 갖고 있는 유시영은 광고를 보고 고민한다. 범인이 모현철이라고 믿고 있는 유시영은 고민 끝에 응모하기로 결심하고, 우연히 영화 〈장한몽〉의 촬영 현장을 본 후 모현철 범인설에 기초하여 다음과 같은 작품을 쓴다.

④ '살인극'이라는 제목으로 유시영이 쓴 작품의 내용은 이러하다. 모현철은 유시영과 김나미의 관계를 알고 김나미를 살해하기로 결심한다. 김나미가 전직 배우였다는 점을 이용하여 모현철은 김나미에게 희곡 대본 창작을 위한 것이라고 하며 여주인공 연기를 부탁한다. 김나미는 남편이 건넨 희곡 내용이 자신과 유시영의 이야기와 흡사한 것을 알지만 모른 척하고 연기에 몰입한다. 모현철은 한창 비극적인 여주인공의 연기에 몰입한 김나미를 양말로 목 졸라 살해한다.

3) 공포경恐怖鏡

⑤ 유시영은 《괴인》의 현상공모에 당선되고, 친구들과 함께 자축의 의미로 술자리를 연다. 술자리가 한참 진행될 무렵, 유시영은 기생이

실수로 거울을 깨뜨리는 모습을 보고 하얗게 질린다.

⑥ 급히 《괴인》의 광고 면을 찾아본 유시영은 모현철이 살아 있음을 알게 되고, 그가 다름 아닌 《괴인》의 편집자인 백상몽임을 알게 된다. 유시영의 기억에 김나미의 침실에 있었던 거울은 사건 발생일 아침에 깨졌는데, 광고 면에는 버젓이 거울이 그려져 있었던 것이다. 거울이 깨졌음을 모르는 모현철이 자신의 기억에 의존하여 《괴인》의 광고에 거울이 있는 침실의 그림을 실은 것이다.

⑦ 유시영은 백상몽(모현철)에게 이 모든 사실을 기록한 편지를 보내고, 며칠 후 백상몽(모현철)은 유시영에게 답장을 남기고 자취를 감춘다.

모두 3장으로 구성된 이 작품에서 온전히 현재 시점의 사건으로만 이루어진 것은 마지막 장이다. 1-②는 십년 전에 일어난 실제 살인 사건에 대한 정보이고, 2-④는 유시영이 창작한 희곡의 일부로서 실제 일어난 사건은 아니기 때문이다. 추리소설이 두 개의 이야기 층위, 즉 '범죄의 스토리'와 '조사의 스토리'가 존재한다고 했을 때,[12] 「타원형 거울」은 여기에 한 가지 이야기 층위(2-④)가 더 존재하고 있음을 알 수 있다. 이때 2-④는 '속 이야기(intradiegetic)'에서 이야기되는 사건, 즉 이차적 수준의 서사인 '두 겹 속 이야기(metadiegetic)'[13]가 된다. 이는 「타원형 거울」이 여

---

12) 토도로프에 따르면 추리소설은 하나의 스토리가 아닌, 두개의 스토리를 포함한다. 첫 번째 범죄의 스토리는 '무엇이 실제로 일어났는가'를 설명하고, 두 번째 조사의 스토리는 '어떻게 독자(화자)가 그것에 대하여 알게 되는가'를 설명한다. 츠베탕 토도로프, 신동욱 역, 『산문의 시학』, 문예출판사, 1998, pp.50~51.

13) 주네뜨는 "서사가 어떤 사건을 이야기하든 그것은 이 서사를 만들어 내는 서술 행위가 놓여진 차원보다는 이야기 구조에서 바로 한 단계 더 높다"고 하면서 서술의 차원을 세 층위로 나눈다. 첫 번째 서사인 '겉 이야기(extradiegetic)'에서 이야기되는 사건은 '속 이야기(intradiegetic)'이고, '속 이야기'에서 이야기되는 사건은 '두 겹 속 이야기(metadiegetic)'이다. 이때 '겉 이야기'와 '속 이야기'는 일차적 수준의 서사에, '두 겹 속 이야기'는 이차적 수준의 서사에 속한다. 제라르 주네뜨, 권택영 역, 『서사담론』, 교보문고, 1992, pp.217~221.

타의 추리소설과 달리 이중의 플롯을 구사함으로써 독자의 긴장감을 고조시키고 있음을 의미한다. 기존의 추리소설이 조사의 스토리를 바탕으로 '범죄의 스토리'를 다루고 있다면, 「타원형 거울」은 '조사의 스토리' 안에 또 다른 이야기 층위를 삽입함으로써 '조사의 스토리'와 '범죄의 스토리'를 균등하게 분할하고 있는 것이다.

위의 줄거리에서 현재와 과거(혹은 가상)의 조합으로 되어 있는 1장과 2장이 동일한 이야기 구성을 취하고 있음은 주목할 만하다. 특히, 2-④가 실제 일어난 사건이 아닌, 가상의 사건이라는 것은 「타원형 거울」이 다른 추리소설들과 차별되는 지점이다. 현재에서 과거로 소급해가는 이야기 구조와 동일하게 현재에서 가상으로 넘어가는 이야기 구성을 취함으로써 독자는 그러한 가상이 실제 살인사건과 동일할 수도 있다는 생각을 하게 된다. 여타의 추리소설이 범죄사건과 이를 해결해가는 과정을 순차적으로 제시하고 있는 것에 반해, 「타원형 거울」은 유사한 이야기 구조의 반복을 통해 현재와 과거의 경계를 희미하게 만드는 것이다. 주네뜨는 서사물에서 스토리와 담론의 시간 불일치를 언급하면서, 시간 변조를 '회상(analepsis)'과 '예상(prolepsis)'으로 분류한다.[14] 「타원형 거울」의 경우, 1장과 2장에서 보이는 시간 변조는 각각 '회상'과 '예상'에 대응된다고 볼 수 있다. 이러한 시간 변조는 미디어, 특히 영상으로 전환되었을 때 수용자에게 혼동을 줄 수 있는 요인이 된다. 이에 대해서는 3장에서 구체적으로 살펴볼 것이다.

---

14) 위의 책, pp.25~30.

2. 반전을 위한 이중인격 부여

「타원형 거울」은 이성적인 주인공이 등장하여 사건을 해결하는 일반적인 추리소설과 달리, 사건을 풀어가는 주인공이 범인의 의도대로 움직이게 만듦으로써 결과적으로 범인에게 무게중심을 두고 있다. 2장에서 주인공 유시영은 범인일 것이라고 확신한 모현철의 살해 방법을 밝히는 데 주력한다. 그런데 유시영이 밝히는 살인 사건의 전말(2-④)은 현상공모에 응모한 창작 희곡이고, 이 공모는 《괴인》의 편집자인 백상몽의 주도하에 이루어진다.

여기에서 독자는 백상몽이 곧 범인인 모현철임을 알지 못한다. 백상몽과 모현철이 동일인물이란 사실은 소설의 결말부에서 밝혀지기 때문에, 서사의 초반 독자는 백상몽이 제시하는 사건의 정보를 객관적 사실로 받아들인다. 즉, 「타원형 거울」은 범인 모현철에게 '백상몽'이라는 또 다른 인격을 부여하고 작품의 초반에 등장시킴으로써, 독자가 범인이 제시하는 서사의 순서대로 따라가게 만드는 것이다. 백상몽(모현철)이 제시하는 살인 사건의 정보는 어디까지나 그의 주관에 기초한 것이지만, 다음과 같이 '현상공모'라는 광고의 형식으로 서술되기 때문에 객관적인 양상을 띠게 된다.

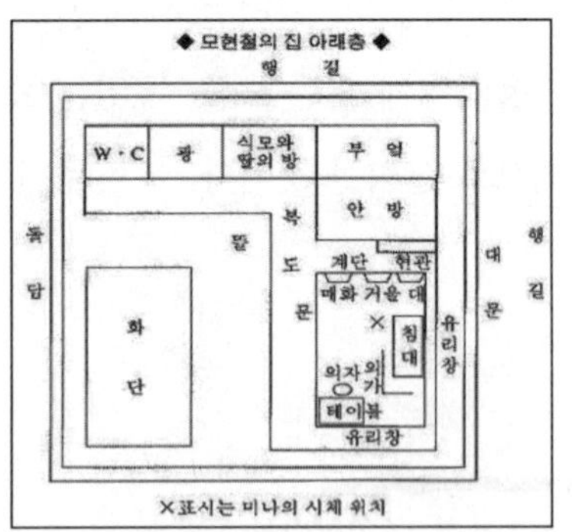

모집 규정-
문제-(A) 범인은 누구인고?
　　　(B) 살인 동기는 무엇인고?
　　　(C) 살인 방법은 어떠한고?
상금-3백원. (중략)
관계인물-모현철(38) 소설가.
　　　　김나미(28) 모현철의 아내.

유시영(27) 신진 시인.
식모(51) 전신불수의 노파.
이쁜이(17) 식모의 딸. 하녀. (하략)[15]

　미해결의 사건으로 남아 있는 살인 사건에 대한 정보는 인용문과 그림에서 보이듯이 객관적인 형태로 제시된다. 비록, 이것이 백상몽(모현철)이 내는 문제인 것은 사실이지만, 독자는 광고 형식이 지니는 객관성으로 인해 이 정보를 사실로 받아들이게 되고, 유시영의 희곡이 당선되는 순간까지도 백상몽이 범인이란 사실을 눈치 채지 못한다. 따라서 유시영에 의해 백상몽과 모현철이 동일인임이 밝혀지는 결말은 독자의 예상과 어긋남으로써 「타원형 거울」의 반전을 형성한다. 이는 백상몽이 범인임을 끝까지 드러내지 않기 위해 작가가 '현상공모'라는 트릭(trick)을 사용하고 있음을 의미한다.[16] 「타원형 거울」에서 작가가 사용하고 있는 트릭은 '현상공모'와 범인에게 부여된 이중인격이라 할 수 있다. 이러한 트릭은 모두 작품의 결말부에서 보이는 반전을 위한 것이다. 즉, 김내성은 예상치 못한 결말의 반전을 위해 애초부터 유시영이 아닌, 범인 백상몽(모현철)으로 하여금 서사를 이끌어나가도록 치밀한 계산을 하고

---

15) 김내성, 앞의 책, pp.218~220. 그림 속 "×표시는 미나의 시체 위치"에서 '미나'는 '김나미'의 오자 誤字로 보인다.
16) 조성면에 따르면, 「타원형 거울」에는 두 개의 트릭, 즉 모현철이 김나미를 살해할 때 사용한 트릭과, 백상몽이 범인 모현철이라는 작가의 트릭이 존재한다. 그는 추리소설의 승패가 사건의 논리적 해결방식이라 할 수 있는 이 트릭에 따라 좌우된다고 말한다. 조성면, 앞의 글, p.351.
　그러나 엄밀히 말해서, 조성면이 말하는 모현철의 트릭은 사건 해결에 직접적인 관계가 없으므로 트릭이라고 볼 수 없다. 연극연습을 빙자해 살인을 하는 모현철의 행동은 트릭이라기보다 살인계획에 가깝고, 따라서 독자를 혼란에 빠뜨리면서 사건해결에 열쇠가 되는 트릭은 백상몽이 범인 모현철이라는 작가의 설정에만 해당된다. 「타원형 거울」에서 볼 수 있는 또 다른 트릭은 서사의 초반에 등장하는 백상몽이 제시한 '현상공모'이다. 백상몽이 범인인지 알지 못하는 독자에게 '현상공모'를 통해 제시되는 살인사건의 정보는 객관성을 띠는 것으로 비춰지고, 독자는 백상몽의 주관적 정보와 객관적 사실에서 혼란을 일으키게 되기 때문이다.

있는 것이다.[17]

그렇다면, 이상에서 살펴본 「타원형 거울」의 서사적 특성은 과연 문화 콘텐츠의 원소스로서 가치를 지닐 수 있을까? 이에 대해서는 '충분히 가능성이 있다'는 답안을 제시할 수 있다. 「타원형 거울」은 이중의 플롯을 구사하여 조사의 스토리뿐만 아니라 범죄의 스토리도 비중 있게 다루고 있는데, 이는 수용자가 범죄 현장에 있는 듯한 인상을 갖게 함으로써 흥미를 유발한다. 또한 추리소설의 승패를 결정하는 트릭이 「타원형 거울」에는 서사의 초반부터 치밀하게 구성되어 있어 수용자의 적극적인 참여를 유도한다. 특히, '두 겹 속 이야기'인 유시영의 희곡은 그것 자체로 독자적인 서사를 형성하기 때문에, 각색 과정에서 창조적인 해석이 가미될 수 있는 공간이 풍부하다. 이제 남은 것은 미디어 제작 요소의 분석을 통해 「타원형 거울」이 원소스로서 충분한 가능성이 있는지를 구체적으로 밝히는 일이다.

Ⅲ. 「타원형 거울」의 미디어 제작 요소

이 장에서는 「타원형 거울」을 미디어로 전환할 때 고려해야 할 사항을 도출하기 위하여 제작 요소를 분석한다. 이때 미디어는 대중예술의 대표적 장르라 할 수 있는 영화를 바탕으로 한다. '문자'와 '영상'으로 대표되는 소설과 영화의 기호체계에 따라 「타원형 거울」이 콘텐츠화 될 때에

---

17) 범인에게 이중인격을 부여하고 서사를 이끌어가게 만듦으로써 독자가 혼란을 느끼도록 하는 김내성의 전략은 후에 발표된 『마인』에서도 동일하게 드러난다. 『마인』에서는 서사를 이끌어가는 주은몽이 파계 승이자 범인인 혜월과 동일 인물이라는 사실이 후반부에 밝혀짐으로써 반전을 형성한다.

는 필연적으로 여러 가지 변화를 수반한다. 우선, 1절과 2절에서는 소설과 영화의 표현 형식을 두 개의 범주(플롯, 편집/시점, 초점)로 나누어, 「타원형 거울」을 미디어로 전환할 때 적용되는 요소를 하나의 가안假案으로 분석한다. 그리고 마지막으로 연출에서 부가되는 사항, 즉 장면화(mese-en-scene)에서 기대할 수 있는 효과 등을 제시하고자 한다.

1. 이중적 플롯과 편집

추리소설에는 '범죄의 스토리'와 '조사의 스토리'라는 두개의 이야기 층위가 존재한다. 이때 사건의 전말을 밝히는 과정이 얼마나 논리적이며 치밀한가에 따라 독자가 느끼는 재미의 정도는 달라진다. 추리소설 작가는 플롯을 구사할 때 사건 해결 과정을 강조하기 위해 가급적 '범죄의 스토리'를 억제한다.[18] 범죄가 누구에 의해 어떻게 이루어졌는지에 대한 정보를 상세하게 보여주는 것은 주인공이 사건을 해결해나가는 것을 방해하기 때문이다.

하지만 전장前場에서 살펴보았듯이, 「타원형 거울」은 '범죄의 스토리'와 '조사의 스토리' 모두를 강조하는 이중의 플롯을 구사하고 있다. 김내성은 결말의 반전을 위해 백상몽을 작품의 초반에 등장시키고, 그에게 향후 서사를 이끌어나가는 역할을 부여한다. 전체 줄거리에서 1-②가 비교적 많은 비중을 차지하는 것은 이 때문이다. 독자는 1장을 읽어나가는 동안 '범죄의 스토리'에 집중하게 되고, 여기에서 제공되는 정보를 객관

---

18) 역사적인 관점에서 추리소설은 사건 해결 과정의 이야기를 강조하면서 동시에 범죄의 이야기들을 억제한다고 할 수 있다. 말하자면, 추리소설은 "사건 해결의 방법론적인 측면과 조사의 합리성에 비중을 두는 것"이다. 이브 뢰테르, 김경현 역, 『추리소설』, 문학과지성사, 2000, pp.76~79.

적인 것으로 인식한다. 말하자면 작품에 표면적으로 드러나지 않는 살인 사건은 제시된 정보를 통해 독자의 머릿속에서 재구성되는 것이다.

그런데 「타원형 거울」에서 제시되는 살인 사건에 대한 정보, 정확히 말해 독자의 상상 속에서 재구성되는 사건은 영화에서 구체적인 장면으로 형상화되어야 한다. 문자언어가 주 기호체계인 소설은 독자에게 상상의 공간, 즉 '불확정 영역(areas of indeterminacy)'[19]을 형성하지만, 영화는 이를 시각적으로 보여주어야 하기 때문이다. 이때 실제의 살인사건은 작품 속에서 표면화되지 않기 때문에 영화로 전환할 때 새로운 사건으로 삽입되어야 한다. 영화의 성공 여부를 판단할 수 있는 단계가 도입부(opening)임을 생각할 때, 살인 사건은 서두에 배치하는 것이 효과적이다. 영화에서 이러한 플롯의 재구성은 편집[20]에 의해 이루어진다. 다음은 「타원형 거울」에서 보이는 이중적 플롯이 영화로 전환되었을 때 편집을 통해 재구성되는 양상의 예를 도표로 정리해 본 것이다. 영화의 제목은 편의상 〈타원형 거울〉로 한다.

소설 「타원형 거울」의 플롯		영화 〈타원형 거울〉의 편집		
		①,②	살인 사건(opening)	
	《괴인》의 현상공모			
범죄의 스토리	광고의 내용 ①사건 개요 ②사건 현장의 평면도 ③관련자의 진술	③	이쁜이의 진술	사건 Ver. 1
			식모의 진술	사건 Ver. 2
			모현철의 진술	사건 Ver. 3
			유시영의 진술	사건 Ver. 4
	유시영의 응모			

---

19) 로만 잉가르덴은 문학작품에서 서술된 공간은 "부분적으로만 결정된 하나의 도식구조"이기 때문에, 항상 "독자들에게 공간으로 남겨진 수많은 불확정 영역(areas of indeterminacy)"을 지니고 있다고 말한다. 프란츠 칼 슈탄젤, 김정신 역, 『소설의 이론』, 문학과비평사, 1990, p.177.

20) 미디어에서 편집은 "정보의 선택과 배열"을 의미한다. 제작 요소의 하나인 편집은 내용과 관련된 "많은 요소들을 한데 짜 맞추어 작품에 의미를 부여하는 과정"이라 할 수 있다. 아트 실버블랫 · 제인 페리 · 바바라 피난, 송일준 역, 『미디어 리터러시 접근법』, 도서출판 차송, 2004, p.344.

조사의 스토리	④'살인극'의 내용	④	가상의 사건 (유시영의 상상 혹은 꿈)
	유시영의 당선		
반전	⑤사건의 전말	⑤	전말을 알아버린 유시영의 충격
	백상몽(모현철)의 사라짐		(closing)

영화는 '편집의 예술'이라고 불릴 정도로 편집 능력에 따라 예술적 완성도가 결정된다. 추리물은 무엇보다 관객의 긴장과 흥미를 놓치지 말아야 하는데, 영화의 경우 시공간의 편집을 통해 긴장감의 속도를 조절할 수 있다. 「타원형 거울」에서 사건의 전말을 밝히는데 도움이 되는 중요한 단서는 범죄의 스토리 중에서 '③관련자의 진술'이다. 이쁜이, 식모, 모현철, 유시영은 모두 사건 발생 현장에 있었다는 점에서 용의자의 범주에 속한다. 그런데 이들이 들려주는 사건 정황은 각각 다른 모습을 하고 있기 때문에 독자는 추리과정에서 혼란을 겪게 된다. 이 혼란은 추리물을 감상하는 수용자들의 흥미를 유발시키기 때문에 영화로 전환될 때 반드시 필요하다.

영화에서 관객에게 혼란을 줄 수 있는 첫 번째 트릭은 등장인물의 진술에 개연성을 부여함으로써 성취될 수 있다. 그러므로 소설의 '③관련자의 진술'은 영화에서 구체적인 사건으로 시각화 되어야 한다. 추리물로서 영화 〈타원형 거울〉의 서사가 긴장감을 획득하는 부분은 바로 이 지점이다. 용의자의 범주에 속하는 이쁜이, 식모, 모현철, 유시영의 진술은 표에서 보는 바와 같이 각각 버전을 달리 함으로써 전혀 다른 사건들로 관객에게 보인다. 하나의 사건을 두고 등장인물들이 저마다 다른 상황을 진술함으로써 어느 것이 진실인지 관객들로 하여금 직접 판단하게 만드는 것이다. 이때 영화의 편집은 사건의 정황들이 실제 있었던 것처럼 '그럴 듯하게' 보이는 효과를 만들 수 있다. 예컨대, ③에서 이쁜이, 식모, 모현

철, 유시영의 진술 사이로 각각 그들이 기억하는 살인 사건의 모습을 교
차로 이어붙이고(공간편집) 이를 플래시백(시간편집)으로 보여준다고 하
자. 공간편집은 인물과 장소의 관계를 확립하고, 시간편집은 주관적 성질
을 드러내는 방법의 하나이다.[21] 이럴 경우, 각각 버전이 다른 4개의 살인
사건은 사건의 정황을 기억하는 인물의 논리에 맞게 재구성되므로, 관객
은 자연스럽게 이들의 진술을 타당하다고 인식한다. 네 명의 인물이 들려
주는 사건들이 얼마나 타당성 있게 형상화 되느냐의 문제는 영화 〈타원형
거울〉의 서사적 완결성과 직접적으로 연관된다는 점에서 매우 중요하다.

관객이 혼란을 느낄 수 있는 두 번째 트릭은 유시영이 창작하는 '④살
인극의 내용'의 형상화에서 구현될 수 있다. 소설에서 이 부분은 독자가
가상의 사건임을 분명하게 인지할 수 있다. 언어 서사물에서 시간 변조는
식별이 가능하기 때문이다. 그러나 몽타주나 커팅을 일반적으로 사용하
는 영화에서는 관객이 시간의 변조를 쉽게 인지하기 어렵다. 때문에 채트
먼은 주네뜨가 말한 '회상'과 '예상'의 용어가 특정한 영성적 매체에 한
정되어야 한다고 지적한다.[22] 그렇다면 영화 〈타원형 거울〉에서는 가상
과 현실의 경계를 모호하게 함으로써 관객이 직접 사건의 전말을 밝히는
과정에 참여하도록 만드는 것이 좋다. 예컨대, 위의 표에서 '④유시영의
상상 혹은 꿈'에서 그려지는 사건을 도입부의 살인 사건(①,②)과 비슷하
게 장면화 한다고 하자. 이때 관객은 유시영이 상상하는 사건과 실제 살
인 사건을 동일시하게 되고, ③에서 보였던 각각의 진술들과 통합하여 독

---

21) 위의 책, pp.352~353.
22) 채트먼은 주네뜨의 '회상(analepsis)'과 '예상(prolepsis)'의 용어를 각각 '플래시백'과 '플래시포워
드'라고 바꿔 말한다. 영화에서는 때로 주어진 커트가 플래시백이나 플래시포워드를 알리는 것인지,
아니면 단순한 사건의 이동을 위한 생략을 알리는 것인지 어려울 수 있다고 지적한다. S. 채트먼, 한
용환 역, 『이야기와 담론』, 푸른사상, 2003, pp.78~79.

자적으로 사건의 진실을 추리하게 된다. 사건의 해결은 이와 같이 퍼즐을 맞추는 과정을 통해 이루어지고 관객은 범인이 모현철임을 확신하게 된다. 이렇듯 혼란 속에서 사건의 전말을 파헤치는 동안 관객의 머릿속에 백상몽의 존재가 희미해지는 것은 당연하다. 그러므로 백상몽이 곧 범인 모현철임이 밝혀지는 결말의 반전(⑤)은 소설보다 더욱 극대화될 수 있다. 이때 영화의 결말 또한 소설과 달리 백상몽이 모현철임을 알게 된 유시영의 충격에서 끝나는 것이 좋다. 유시영이 백상몽에게 사건의 전말을 밝히고 백상몽이 자취를 감추는 소설의 결말은 충격적인 반전에서 볼 때 다소 잉여적이기 때문이다. 영화에서 반전의 효과는 관객이 전혀 예측하지 못했던 사실을 깨닫는 바로 그 순간, 서사가 종결됨으로써 극대화 된다.

2. 시점과 초점의 변이

소설이 영상으로 전환될 때에는 매체의 특성상 필연적으로 많은 변화가 따른다. 그중에서도 시점과 초점[23]의 문제는 '문자'와 '영상'이라는 기호체계가 다른 소설과 영화의 차이를 드러내는 일차적 요소라 할 수 있다. 소설에서 시점은 등장인물들 사이를 자유롭게 이동할 수 있기 때문에, 하나의 작품 안에서도 다양한 변주나 이동이 가능하다. 보통 추리소

---

23) 시점 이론은 화자와 초점자의 문제와 연관되어 논자마다 다양하게 논의되는데, 그 용어에서도 통일을 보이지 못하고 있다. 이 글은 소설이 영상으로 전환되었을 때 등장인물의 시선(gaze)이 어떻게 달라지는지를 살펴보는 것이기 때문에, '시점'을 우선적으로 사용하기로 한다. 단, 카메라의 중개로 인해 외부시점의 특성을 지니는 영화에서는 시점의 사용이 부적절하다고 판단될 경우 초점(화)의 용어를 사용할 것이다. 이때 초점(화)의 유형은 '보는 자'와 '말하는 자'의 구분을 통해 초점화 이론을 제시한 주네뜨의 이론을 따른다. 제라르 주네뜨, 앞의 책, pp.174~182.
　　한편, 리몬 케넌은 주네뜨의 초점화 유형이 상이한 분류기준을 사용하고 있다는 미케 발의 지적에 동의하면서 초점화 유형을 새롭게 정리한다. 리몬 케넌, 최상규 역, 『소설의 현대 시학』, 예림기획, 2003, pp.134~147 참조. 물론, 리몬 케넌의 지적은 논리적으로 타당하지만, 그의 주장대로 주네뜨의 무초점화와 동일한 의미로 외적 초점화를 사용하기에는, 용어의 보편성 문제로 인해 오히려 혼란을 야기할 수 있는 문제가 생긴다.

설에서는 외부시점(객관적 시점)을 사용하기는 하지만, 장章을 나누어 등
장인물의 시점으로 서술할 수도 있다. 하지만 영화는 대상과 영상(화면)
사이에 '카메라' 라는 매개물이 존재하기 때문에 엄밀한 의미에서는 외부
시점만 허용된다. 만약, 소설에서 등장인물의 심리가 그려진다면, 이는
영화에서 시점숏(POV shot)[24] 등의 연출을 통해 내적 초점화[25]로 변용되
어야 한다.

「타원형 거울」은 초반부 백상몽(모현철)의 시점으로 시작되어 중반부
에는 유시영의 시점으로, 다시 종반부에는 백상몽의 시점으로 이동하는
모습을 보인다. 그런데 초반부에서 보이는 백상몽의 내부시점(제한적 시
점)은《괴인》의 현상공모에 오면 외부시점의 양상을 띤다. 이는 전장前章
에서 살펴보았듯이 살인 사건의 정보가 광고형식으로 제시되고 있는 것
과 연관된다. 즉, 실제 일어난 범죄에 대한 정보는 전적으로 백상몽의 내
부시점에 기초한 것이지만, '현상공모' 라는 광고 형식으로 서술되기 때
문에 독자는 외부시점으로 인식하는 것이다.

「타원형 거울」의 이러한 시점의 특성은 영화로 각색되었을 때 비교적
용이하게 전환될 수 있다. 외부시점의 양상을 띠는 사건 관련자의 진술은
각각의 인물들의 시점숏 등을 통해 내적 초점화가 가능하기 때문이다. 다
만, 「타원형 거울」을 영화로 전환했을 때, 백상몽의 경우는 처음부터 내

---

24) '시점숏(POV shot)' 이란 "극중 인물의 시점 위치에서(또는 그 근처에서) 촬영하여 그 인물이 보고 있
는 것을 보여준다." 데이비드 보드웰·크리스틴 톰슨, 주진숙·이용관 역, 『영화예술』, 이론과실천,
1997, p.587. 대개 시점숏은 그 인물이 바라보고 있는 숏 이전이나 이후에 커트됨으로써 해당 인물의
시각을 드러낸다.

25) 내적 초점화는 서술자가 인물이 알고 있는 것만 말하는 경우, 즉 초점이 해당인물에게 맞춰져 있는 경
우를 말한다. 영미 신비평가들이 말하는 '3인칭 제한적 시점' 이 이에 해당한다. 이때, 초점은 한 사람
에게 고정될 수 있도 있고, 한 인물로부터 다른 인물로 이동할 수도 있으며, 여러 인물들에게 복수적
으로 주어질 수도 있다. 제라르 주네뜨, 앞의 책, pp.177~178. 리몬 케넌 또한 주네뜨의 내적 초점화
용어를 같은 의미로 사용하고 있다. 리몬 케넌, 앞의 책, p.134. 소설 「타원형 거울」의 경우 초점은 백
상몽과 유시영 사이에서 반복적으로 이동하는 모습을 보인다.

적 초점화가 이루어지지 않는 것이 좋다. 만약 서사의 초반에서 백상몽의 내적 초점화가 이루어진다면, 그가 제시하는 살인사건의 정보는 관객에게 편향된 것으로 비춰질 수 있고, 따라서 결말의 반전에도 무게가 실리지 않을 수 있기 때문이다. 소설 「타원형 거울」을 영화로 전환했을 때 나타날 수 있는 시점과 초점의 변이 양상을 정리하면 다음과 같다.

「타원형 거울」의 시점 및 초점(화)	
소설 「타원형 거울」	백상몽(내부)→현상공모(내부/외부)→유시영(내부) →살인극(내부)→유시영(내부)→백상몽(내부)
영화 〈타원형 거울〉	살인사건(외적 초점화)→이쁜이, 식모, 모현철, 유시영(내적 초점화) →유시영(내적 초점화)→살인극(외적 초점화) →유시영(내적 초점화)→백상몽(내적 초점화)

　소설 「타원형 거울」의 '현상공모'는 언급했듯이 백상몽(모현철)의 내부시점에 따른 것이지만, 광고의 형식으로 제시되기 때문에 외부시점의 형태를 띤다. '살인극'의 경우는 이와 약간 다르다. 살인극 또한 희곡의 형태로 서술되고는 있지만, 독자는 유시영이 모현철의 살해 방법을 밝히기 위해 이 살인극을 창작했음을 인지하고 있다. 독자의 머릿속에 유시영의 창작물임이 각인되는 것은 서사의 초반부 백상몽이 추리소설을 현상공모하고 있기 때문이다. 즉, 소설 「타원형 거울」은 처음부터 백상몽(모현철)이 서사를 이끌어가는 위치에 있기 때문에 살인극이 독자에게 객관적인 정보로 인식되지 않는 것이다.

　이렇듯 백상몽(모현철)과 유시영의 내부시점 경계가 비교적 뚜렷한 소설 「타원형 거울」을 영화로 전환할 경우에는 등장인물의 내적 초점화가 많이 이루어지는 것이 좋다. 「타원형 거울」이 범인은 누구이고 살인의 동기나 방법이 무엇인지를 추적해가는 추리물임을 감안할 때, 특정 인물에게 초점이 고정되는 것은 긴장감을 떨어뜨리는 결과를 불러오기 때문이다. 예컨대, 표에서 보는 바와 같이 현상공모에서 제시되는 사건 관련자들의 진술은 각각의 해당인물의 내적 초점화의 방식으로 형상화할 수 있다. 동일한 사건을 바라보는 이쁜이, 식모, 모현철, 유시영의 시점이 저마다 다르기 때문에 이들 모두에게 초점이 맞춰진다면 관객은 그만큼 사건의 전말을 파악하기 어려워진다. 더구나 도입부에서 보이는 살인사건의 정보는 철저하게 외적 초점화로[26] 제시되기 때문에 관객은 여러 정보를 수합하여 그 안에서 퍼즐을 맞출 수밖에 없다. 이를 위해서 유시영이 창작하는 '살인극' 역시, 도입부에서 보이는 살인사건과 마찬가지로 외적 초점화로 제시되는 것이 좋다. 말하자면, 살인사건(혹은 가상의 살인사건)을 제외하고는 주인공뿐만 아니라 사건과 관련된 인물들 모두에게 초점을 맞춤으로써 관객에게 객관적인 정보를 제공하는 것이다.

마지막으로, 백상몽의 내적 초점화는 그가 범인 모현철임이 밝혀지는 결말부분에서 이루어지는 것이 효과적이다. 누구도 예측하지 못했던 반전의 묘미를 살리고자 한다면, 영화의 초반부에 등장하는 백상몽은 카메라의 외부시점으로 묘사되어야 한다. 관객은 영화를 보는 내내 등장인물의 내적 초점화에 따른 사건의 단서들, 그리고 카메라의 외부시점으로 보이는 정보들을 가지고 나름대로 사건의 전말을 구성하게 된다. 그리고 영화의 종반부에서 밝혀지는, 즉 백상몽이 범인 모현철이라는 사실에 이르러 관객의 머릿속에서 재구성된 사건은 단번에 무너지게 되는 것이다. 추

---

26) 외적 초점화는 서술자가 인물이 알고 있는 것보다 적게 말하는 경우, 즉 초점화 대상이 외부에서 지각되는 것을 말하는 것으로, 흔히 '객관적 시점'이라 부르는 것에 해당한다. 제라르 주네뜨, 위의 책, p.178.
　한편, 소설과 영화의 통합적 서사구조를 지향하는 채트먼은 인물의 시점과 서술자의 관점을 분류하여, 이를 각각 '필터(filter)'와 '시선(slant)'의 용어를 대체할 것을 주장하는데, 이 '시선(slant)'의 의미가 영화에서 외적 초점화를 이해하는 데 도움이 된다. 시모어 채트먼, 한용환·강덕화 역, 『영화와 소설의 수사학』, 동국대학교출판부, 2001, pp.220~222.

리물에서 관객이 재미를 느끼는 반전의 효과는 바로 이렇게 독자가 조합한 퍼즐을 뒤집는 데서 비롯된다.

3. 살인 사건의 장면화

'추리물'이라는 장르적 특성상, 「타원형 거울」이 영화로 전환되었을 때에는 이미지 형상화 방식에 따라 미스터리 효과나 공포 분위기가 달라질 수 있다. 즉, 장면화(mise-en-scene)[27]를 어떻게 하느냐가 「타원형 거울」의 미디어 콘텐츠화에서 중요한 요소로 작용되는 것이다. 영상의 독특한 화면 구성은 어디까지나 감독의 세계관과 연출력에 따른 것이기에 객관적인 틀이 따로 존재하지는 않는다. 다만, 이 글에서는 「타원형 거울」이 추리영화로 각색되었을 때 장르영화의 특성을 효과적으로 드러낼 수 있는 장면화의 일례를 가안假安으로 제시하고자 한다.

앞서 언급했듯이, 「타원형 거울」에 나타난 범죄의 스토리는 영화로 각색되었을 때, 가급적 도입부(opening)에 배치하는 것이 좋다. 소설에서는 살인 사건의 현장이 백상몽이 현상공모 한 광고의 내용으로 소개되는데, 이를 영화의 오프닝 시퀀스로 각색하면 다음과 같다.

살인 현장의 상황—
응모자 여러분의 편의를 도모하기 위하여 설인 현장인 소설가 모현철의 문화 주택을 극히 간단하게 그려 보면 다음과 같습니다. (중략) 돌담을 따라 포플라나무가 나란히 서 있고, 들에는 커다란 화단이 있는데, 먼저 대문을 열고 들

---

27) '장면화(mise-en-scene)'는 원래 연극에서 유래한 용어로, "사건을 무대화 하는 것"을 뜻한다. 이후 영화학자들은 이 용어를 확장시켜서 "감독이 영화 화면에 나타나는 것들을 통제한다는 의미"로 사용하였다. 데이비드 보드웰·크리스틴 톰슨, 앞의 책, p.188. 영화의 장면화에는 세팅, 조명, 배우들의 행위 등이 포함된다.

어가면 현관, 현관에서 복도를 따라 각방으로 통합니다.

　이 2층으로 된 주택은 바로 침실과 현관 위층이 주인 모현철의 서재고, 층층대를 건너 바로 안방 위층이 시인 유시영의 기거하는 방인데 김나미가 살해당한 곳은 현관에 딸린 아래층 침실입니다.

　이제 이 침실의 현황을 대략 추려서 써 보면 남쪽과 동쪽에 유리창이 몇 개씩 있는데 양편 다 물빛 커튼이 늘어져 있고, 그 동쪽 담 유리창 밑에 더블베드가 놓여 있으며, 베드 위에는 세계문학전집 가운데 있는 『춘희椿姬』한 권이 반만큼 펼쳐져 있었습니다. 베드 옆에 한 개의 의가衣架가 서 있으며, 그 의가에는 피해자 김나미의 치마와 저고리, 그리고 초콜렛빛 양말이 한 짝 기다랗게 늘어져 있었습니다.[28]

※ 영화 〈타원형 거울〉의 장면화의 예:

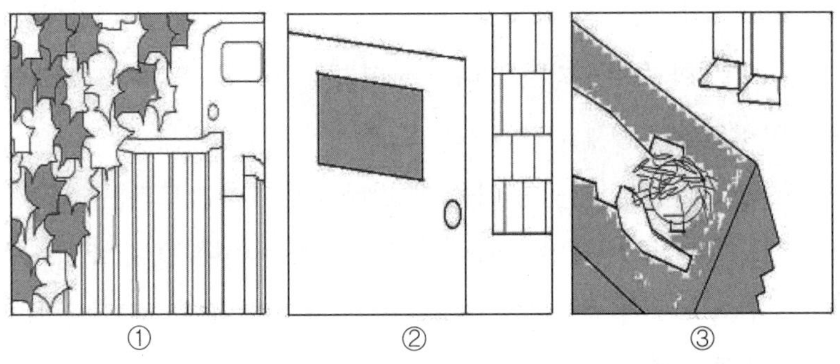

①　　　　　②　　　　　③

　소설 「타원형 거울」에서 살인 현장은 전장前章에 제시된 평면도와 함께 위의 인용문에서 보는 것처럼 구체적인 서술로 제시된다. 이를 영화 〈타원형 거울〉의 오프닝 시퀀스로 배치한다고 했을 때 다음과 같은 장면화를 고려해 볼 수 있다.

　카메라는 돌담을 따라 빽빽이 둘러싸인 포플러나무를 비춘 다음 그대로 이동하여 대문을 비춘다. 이때 화면은 ①과 같이 비교적 안정된 구도를

28) 김내성, 앞의 책, pp.219~220.

취한다. ①에서 대문과 현관의 모양은 수평과 수직으로 일정한 모양을 나타내고 있어 평온한 느낌을 불러일으킨다. 영화 〈타원형 거울〉이 추리물이기는 하지만, 오프닝의 초반에는 가급적 평온한 분위기와 색감을 유지하도록 한다. 말하자면, 추리물이라는 장르적 특성이 영화의 첫 화면에 드러나지 않도록 하는 것이다. 이는 오프닝 시퀀스에서 가장 중요하다고 할 수 있는 김나미의 살인 사건에 대한 충격을 극대화하기 위한 배치이다. 카메라는 다시 이동하여 집안 내부로 들어가 현관에서 가까운 김나미의 침실 앞에서 멈춘다. ②에서 카메라는 김나미의 침실 문을 열어 보이는데, 이때 김나미가 누워 있는 침대는 화면에 담지 않는다. 문틈으로 보이는 침실 내부 또한 ①과 마찬가지로 안정된 구도를 취한다.

이와 같이 영화의 초반부를 ①과 ②처럼 안정된 구도와 평온한 분위기로 연출한다면, 죽은 김나미가 등장하는 장면 ③에서 관객이 느끼는 충격의 정도는 배가될 수 있다. 따라서 ③의 화면 구성은 영화 〈타원형 거울〉의 오프닝 시퀀스에서 가장 중요하게 신경 써야 할 부분이 된다. 김나미의 시체가 놓여 있는 침대는 ③에서 보는 바와 같이 사선의 형태로 불안정하게 배치된다. 이때 침대는 화면의 왼쪽에 위치하고 아래를 향하도록 놓여 있다. "화면 위쪽에서 아래쪽으로의 움직임은 흔히 부정적인 함의를 갖고 있어 위반, 실패 또는 불행을 암시한다."[29] ③에서 카메라는 하이 앵글(high-angle)로 김나미의 시체를 비춘다. 하이 앵글은 보통 "무력함이나 약점 혹은 덫에 걸린 듯한 느낌을 부각시킨다."[30] 이때 범인으로 보이는 인물의 다리가 화면의 상단부에 보인다. 범인의 신체 일부를 보여주는 것은 김나미가 타살임을 분명하게 하기 위한 것이며, 또한 보이지 않

---

29) 아트 실버블랫 · 제인 페리 · 바바라 피난, 앞의 책, p.401.
30) 루이스 자네티, 김진해 역, 『영화의 이해』, 현암사, 2005, p.23.

는 것에 대한 관객의 궁금증을 유발하기 위함이다. 항상 그런 것은 아니지만, 대개 "화면 위쪽에 위치한 인물이나 사물은 프레임 내의 다른 것들보다 더 중요하다는 느낌을 자아낸다."[31] 그러므로 관객은 ③에서 심화된 충격과 함께 자연스럽게 범인에게 집중하게 된다.

영화 〈타원형 거울〉의 오프닝 시퀀스에서 사용되었던 음악이나 색감 등은 유시영이 추리하는 가상의 살인극에서도 동일하게 적용한다. 다만, 살인극에서는 좀 더 연극적인 분위기를 연출하기 위하여 조명에 변화를 주는 것이 좋다. 예컨대, 범인의 얼굴은 어둡게, 김나미의 얼굴은 상대적으로 밝게 하고, 이들이 위치한 배경은 반대로 비추는 하이 콘트라스트(high-contrast) 조명[32]을 사용하는 것이다. 이와 같은 장면화는 소설 「타원형 거울」에 보이는 살인 사건을 영화의 도입부에 적용시켰을 때 생각해볼 수 있는 하나의 가안假安이다. 물론, 영화 연출에 반드시 적용되어야 하는 규칙이 따로 존재하는 것은 아니다. 다만, 추리물의 장르적 성격을 감안하여 화면 구성이나 분위기, 배경 음악 등에서 이러한 예시는 하나의 참고가 될 수 있다.

Ⅳ. 결론

대중문학의 한 장르인 추리소설은 독자의 재미를 중요하게 여기는 오락적 성격에 따라 그동안 문학연구자들로부터 외면을 받아왔다. 그러나

---

31) 아트 실버블랫 · 제인 페리 · 바바라 피난, 앞의 책, p.354.
32) '하이 콘트라스트(high-contrast)'는 "거친 광선과 명암의 극적 대비를 강조하는 조명 스타일"을 말한다. 영화에서 하이 콘트라스트 조명은 "대담하고 연극적인 상황을 연출하여 시각적인 강렬한 감각으로 대상을 촬영하도록" 해주기 때문에 범죄영화, 스릴러, 미스터리물 등에 전형적으로 사용된다. 루이스 자네티, 앞의 책, p.30, p.527.

추리소설 또한 연애소설과 마찬가지로 오래전부터 대중의 사랑을 받아온 대표적인 대중문학이므로 본격적인 연구의 장場 안으로 들어와야 한다. 추리소설은 대중문학의 존재론적 성격이 본격문학과 다르기 때문에 연구 방법 또한 본격문학과는 달라야 한다. 이런 의미에서 최근 급부상하고 있는 문화 콘텐츠 담론은 추리소설에 대한 새로운 연구 방법론을 제시한다는 점에서 주목할 만하다. 예술과 산업을 접목하는 문화콘텐트적 시각에서 봤을 때, 문학성과 오락성을 겸비한 추리소설은 원소스의 가능성을 충분히 함유하고 있기 때문이다.

이 글은 문화 콘텐츠의 원소스로서 추리소설이 변용될 수 있는 가능성을 김내성의 「타원형 거울」을 대상으로 살펴보았다. 「타원형 거울」에는 도식적인 추리소설의 기법을 배제한 김내성 특유의 플롯과 인물 형상화 방식이 드러나는데, 이는 「타원형 거울」이 문학성과 오락성을 갖추고 있음을 보여준다.

「타원형 거울」은 전형적인 여타의 추리소설과 달리, 이중적 플롯을 구사하여 '범죄의 스토리'와 '조사의 스토리'에 모두 초점을 맞춘다. 또한 범인을 소설의 도입부에 등장시켜 전체적인 서사를 이끌어가도록 만드는 한편으로, 범인에게 다른 인물의 외피를 덧씌우는 트릭(trick)을 사용하여 결말의 반전을 꾀하고 있다. 「타원형 거울」을 미디어로 전환했을 때에는 소설과 영화의 매체 차이에 따라 여러 가지 변화를 수반한다. 소설에서 백상몽의 주관에 기초하여 제시되는 살인 사건은 영화의 도입부에서 객관 시점으로 보여주는 것이 좋다. 또한 광고의 내용으로 소개되는 사건 관련자의 진술은 영화에서 개개인의 시점숏을 통해 초점화 되는 것이 보다 효과적이다. 이렇듯 소설에서 작가가 구사하고 있는 플롯이나 시점은 영화의 편집과 카메라의 촬영 기법을 통해 재구성된다. 끝으로 시각적 이미지를 구현하는 영화는 「타원형 거울」이 추리물이라는 점을 감안하여 장면화를 통해 미스터리의 효과나 공포 분위기를 조성할 수 있다. 이 글에서는 대표적으로 소설에서 살인 사건의 현장을 서술하는 부분을 영화의 오프닝 시퀀스로 각색했을 때 형상화될 수 있는 사례를 제시하였다.

이 글에서 제작 요소의 분석을 통해 제시하고 있는 「타원형 거울」의 미디어 콘텐츠화 실례는 어디까지나 하나의 가안假案이므로 당위성을 띠지 않는다. 소설을 미디어로 전환했을 때 '이러이러한 요소는 반드시 이렇게 적용해야 한다' 라는 객관적인 틀이 존재하는 것은 아니다. 그러나 추리물이라는 장르적 특성을 살려 미디어로 전환했을 때 염두에 두어야 할 요소를 분석하는 작업은 매우 중요하다. 실제의 각색 작업에서 이러한 콘텐츠화 실례가 하나의 유용한 참고적 기준이 될 수 있기 때문이다.

또한 「타원형 거울」의 분석에서 드러나듯이, 김내성이 구사하고 있는 추리소설적 기법은 현대의 게임서사에서도 충분히 활용될 수 있다. 그 어떤 매체보다도 수용자의 참여도가 높은 게임서사에서는 다른 장르보다도 추리소설이 원소스로서 활용되기에 유리하다. 복잡하고 공교하게 제시된 퍼즐을 풀어나가는 듯한 추리소설의 기법이 다양한 게임서사의 변용을 가능케 하기 때문이다.

이 글에서는 소설이 영화로 전환되었을 때 나타나는 여러 변화들 중에서 대표적인 것으로 플롯/편집, 시점/초점, 장면화 등을 분석하였다. 이러한 논의는 이론상의 작업이므로 실제 콘텐츠화 과정에서 보이는 제작 환경, 마케팅, 자본 등을 고려했을 때에는 필연적으로 거리가 생길 수밖에 없다. 이러한 이론과 실제 상의 거리는 학제 간 연구가 긴밀하게 이루어졌을 때만이 좁혀질 수 있을 것이다.

신혜원

치매 노인을 위한
전통놀이 콘텐츠 개발 연구

Ⅰ. 서론

1. 연구의 필요성과 목적

의학의 발전과 생활수준의 향상 등으로 인간의 평균수명이 연장됨으로써 노인 인구가 증가하고 있는 것은 세계적인 추세이다. 노인인구의 급격한 증가로 노인성 질환 역시 비례하여 증가하고 있다.

최근 주목을 받고 있는 질환중 하나가 치매인데 노인성 치매는 기질적인 정신질환으로 대부분 원인적인 치료가 불가능하고 다년간 만성 경과를 취하면서 환자 자신은 물론 가족의 삶의 질을 떨어뜨리고 전 가족을 황폐화시킬 정도로 많은 부담과 고통을 동반하고 있어 사회적으로도 심각한 문제가 되고 있다. 고령사회의 진입을 눈앞에 두고 있는 우리나라 역시 고령노인의 증가와 더불어 급증하고 있는 치매 노인의 수발문제가

157

사회의 큰 문제로 대두되고 있다.[1]

치매는 아직 원인이나 발병 기전이 정확히 규명되지 못해 치매의 증상 완화 및 악화 방지 중심으로 치매관리가 이루어지고 있고 주로 약물치료가 일차적인 선택이 되고 있다. 최근에는 약물의 남용과 이상 반응의 우려가 있어 치매 노인의 남아있는 기능을 최대한 보존하면서 문제행동을 예방하거나 관리하여 삶의 질을 증진시키는데 목표를 둔 심리 사회적인 접근을 동시에 활용하는 것이 중요시되고 있다. 이들의 삶의 질을 보호하고 가족의 부담을 덜어주기 위한 사회적 서비스가 늘어남에 따라 치매 노인을 위한 프로그램의 중요성과 필요성에 대한 인식이 증가하고 있다.

점차 치매 노인을 위한 프로그램의 중요성과 필요성에 대한 인식이 증가하고 있지만 아직까지 체계적인 프로그램의 개발이 활발히 이루어지지 못하고 있는 실정이며 현재 노인복지관이나 전문 요양시설, 병원 등에서 실시하고 있는 프로그램 역시 그 내용과 질적인 면에서 매우 미흡한 단계에 있다. 최근 발표된 노인시설의 만족도와 관련한 연구들에서도 시설노인의 프로그램 관심도는 매우 높았으며 노인들의 심리적 욕구를 중심으로 프로그램 개발이 매우 시급하다고 보고되고 있다.[2][3]

또한 노인복지관의 역할과 방향에 대해 시설과 서비스의 확충, 접근성 개선, 노인 프로그램의 전문성 확보, 지역노인의 특성을 살린 프로그램의 개발, 등을 과제로 제시한 연구들이 발표되었으며[4] 노인을 돌보는 실무자들의 훈련과 연수 등을 통한 프로그램의 다양화, 입소 노인의 특성과

1) 한국치매협회 http://www.silverweb.or.kr
2) 강영식 · 박병관, 「노인의 욕구영역에 따른 노인복지관 노인교육프로그램의 선택 속성」, 《노인복지연구》 통권41호, 공동체, 2008, pp.327~351.
3) 이상구 · 박인수 · 김지은, 「노인종합복지관 여가프로그램 참가유형에 따른 이용만족도, 고독감 및 성공적 노후의 관계」, 《한국스포츠사회학회지》 제19권 제1호, 한국스포츠사회학회, 2008, pp.133~153.
4) 서울시노인종합복지관협회, 「노인복지관의 역할과 방향 2001」, 서울시노인종합복지관협회, 2001.

활동성에 기초한 프로그램과 서비스의 제공이 시급함을 역설하고 있다.[5]

더군다나 치매 노인의 인간으로서 즐거움과 행복감에는 무관심한 경우가 많았다. 치매라는 증상으로 인해 여러 가지 장애가 있고 어려움이 있다고 하더라도 남은 인생을 보다 즐겁고 행복하게 지낼 수 있는 권리가 그들에게도 있을 것이다. 이 연구는 치매 노인의 남아있는 능력을 최대한 보존하면서 문제행동을 적절히 관리하여 기쁨과 즐거움을 느끼고 그들의 삶의 질을 향상시키는데 중점을 두고 접근하고자 한다.

연구의 목적은 치매 노인들을 대상으로 접근이 용이한 전통놀이를 활용하여 각 기관과 병원 그리고 가정에서 실행할 수 있는 흥미로운 놀이 프로그램들을 개발하고 현장에서 활용할 수 있도록 각 서비스 기관에 보급하기 위함이다.

치매나 중풍으로 인한 장애를 가진 노인들의 경우 새로운 프로그램을 받아들이고 활용하는데 많은 어려움이 따르기 마련이다. 따라서 오랜 세월 이미 기억 속에 학습되어져 있는 것들을 끌어내고 활용하는 전통놀이는 노인들에게 접근이 용이한 이점이 있다. 견우와 직녀의 옛이야기를 통해 치매 노인들은 어렴풋이 잃어버린 첫사랑을 기억해내기도 하고 그 시절을 떠올려 보기도 한다. 체조의 음악으로 사용되는 노들강변과 같은 민요는 이미 오랜 세월 몸에 익숙하여 저절로 몸이 움직여지는 효과를 가져와 체조에 흥겨움을 더할 수 있다.

노인들이 쉽게 다가서며 즐기며 스트레스를 해소하고 만족감을 느낄 수 있도록 삶의 질을 향상시키는 일에 관심을 갖고자 재미있고 흥미로운 전통놀이 프로그램들을 구체적으로 메뉴얼로 만들어 제공하고자 한다.

---

5) 김정수, 「노인복지시설 프로그램의 참여현황과 삶의 만족도에 관한 연구 : 노인주거복지시설과 노인여가복지시설을 중심으로」, 한영신학대학교 박사학위논문, 2007.

인지 인정요법, 회상요법, 음악요법, 운동요법 등이 모두 통합된 다양한 전통놀이로 접근함으로써 치매예방과 치료에 보다 상승된 효과를 얻고자 한다.

2. 선행연구

최근 들어 치매로 인해 고통 받는 노인에 대해 정신적 사회적인 건강을 도모하고 노년기 삶의 질을 향상시키고자 하는 서비스의 대안으로 치매 노인에 대한 프로그램의 중요성이 강조됨에 따라 이에 대한 다양한 프로그램이 개발되고 그에 따른 연구가 활발하게 이루어지고 있는 것은 고무적인 일이다.

그동안 노인시설이나 재가노인을 대상으로 실시되었던 프로그램은 운동 프로그램 등 신체 활동영역에 대한 프로그램이 주로 실시되어왔으며 음악치료, 원예치료, 요가, 미술요법, 치료 레크리에이션 등의 프로그램들이 주로 치매 노인 집단을 대상으로 강사들에 의해 일회성으로 시행되어 왔다.

또한 고령화 사회의 노인인구의 급증으로 대두되기 시작한 치매 노인의 치료와 재활에 대해서도 음악요법을 활용한 다양한 연구들이 수행되었다. 최애나, 류기광은 음악치료가 인지결함으로 인해 언어적 의사소통이 어려운 치매 환자들에게 비언어적 의사소통의 한 방식을 제공함과 동시에 내적 갈등을 배출할 수 있는 중요한 통로를 마련해 줌으로써 치매 환자들의 정신행동 증상들을 호전시킬 수 있는 중요한 치료적 방법으로 이용될 수 있음을 시사하고 있다.[6]

심향미, 정승희는 음악요법이 치매 노인의 인지기능, 행동, 정서에 미치는 효과에서 음악치료가 치매환자의 정서 영향에 효과적인 영향을 미치는 것으로 나타난다는 결과를 발표하였으며[7] 시설노인을 위한 실천프로그램 개발에 관하여 지혜련은 경증 치매 노인들을 대상으로 인지적 자극을 위한 개념 기억훈련, 정서적 자극을 위한 음악활동, 미술활동 및 뇌 건강 증진을 위한 손 운동요법으로 구성된 프로그램을 개발하여 인지기능, 우울, 인상생활수행능력 및 사회적 행동에 긍정적 효과를 미쳤다는 보고 하였다.[8]

미술활동에 있어서도 치매 노인에 대한 미술치료의 효과를 논의한 다수의 선행연구가 있다. 양한연[9] 박선민[10] 김정순과 정정심[11] 김동연과 윤영옥[12] 김미라, 박영애 등은 대부분 치매 노인의 의사소통 및 사회적 행동, 정신건강에 집단미술치료 프로그램이 효과적이라는데 공통된 의견들을 제시하였으며 미술작품의 도움을 받아 알츠하이머 형 치매 노인이 그들의 상실된 능력들을 자각하게 되었고 그들 자신의 정체성, 자아의식을 향상시킬 수 있다고 주장하였다.

단정와와 이재모는 치매 노인에 대한 집단미술치료 연구가 진행되는 도중 대상자중 이부 자기중심적인 행동과 자신에 대한 비하적인 언어 사

---

7) 심향미 · 정승희, 「음악요법이 치매 노인의 인지기능, 행동, 정서에 미치는 효과」, 《성인간호학회지》 제13권 제4호, 성인간호학회, 2001, pp.591~600.
8) 지혜련, 「치매간호중재 프로그램이 경증치매 노인의 인지기능, 우울, 일상생활 수행능력 및 사회적 행동에 미치는 효과」, 전남대학교 간호학 박사학위논문, 2003.
9) 양한연, 「집단미술치료가 치매 노인의 자기표면에 미치는 효과」, 《한국가족복지학》 제13권 2호, 한국가족복지학회, 2008, pp.107~129.
10) 박선민, 「집단미술치료가 노인성 치매환자의 인지기능 개선에 미치는 효과」, 영남대학교 환경보건대학원 석사학위논문, 2005.
11) 김정순 · 정정심, 「민속놀이 프로그램이 치매 노인의 인지기능, 일상생활 수행 능력 및 문제행동에 미치는 효과」, 《대한간호학회지》 제35권 제6호, 한국간호과학회, 2005, pp.1153~1162.
12) 김동연 · 윤영옥, 「미술치료가 노인성 치매 환자의 일상생활 제반 문제 해결 능력에 미치는 효과」, 《美術治療研究》 제7권 제2호, 한국미술치료학회, pp.115~140.

용으로 프로그램 초기 갈등을 격기도 했으나 프로그램이 수행되는 동안 공동작업과 작업에 대한 토론으로 긍정적인 피드백을 주고받는 것이 관찰되었다고 보고 하였다. 또한 자기중심적인 행동이 줄어들고 자신의 창조적인 에너지를 재발견하고 높은 만족감을 나타내는 것을 발견하였다는 결과를 제시했다.[13]

이와 같이 시설이나 재가노인을 대상으로 하는 다양한 프로그램들, 음악 미술 율동 원예 등의 활동에 대한 효과를 연구한 선행 연구결과를 검토해 볼 때 노인의 인지적인 면, 정서적인 면, 사회적인 면, 신체적인 면에서 노인의 기능을 유지 또는 향상시키고 삶의 질을 높여 준다는 효과성 검증은 다수의 연구자들에 의해 확인 되었다. 그러나 노인 프로그램의 경우 운영에 있어서 비체계적이며, 오락 위주로 운영되어 노인들의 다양한 요구를 반영하지 못하고 실생활에도 도움을 주지 못하고 있고 무엇보다 프로그램의 연속성이 없다고 조사 되었으며 대부분 외부에서 온 강사들에 의해 산발적으로 행해지고 있는 일회성 프로그램이 각기 다른 강사에 의해 활동 간에 연결이 되어 지지 않은 채 일과가 구성되고 있다는 대부분의 지적이 있었다.[14]

이밖에 신미경[15], 류정자[16], 정정심[17] 등 앞서 검토한 대부분의 연구자들은 자신의 연구의 결과를 평가하며 시대의 변화에 맞는 다양한 실천프로그램 개발이 필요하다고 주장하면서 추후 연구에서는 노인복지시설 내

---

13) 단정와 · 이재모, 「집단미술요법 프로그램이 치매 노인의 인지기능과 의사소통 증진에 미치는 효과」, 《노인복지연구》 통권33호, 서울 평화당, 2006, pp.71~102.
14) 김현숙, 「경로당기반 노인주간보호 프로그램 개발 및 평가」, 서울대학교 대학원 박사학위논문, 2005.
15) 신미경, 「체력에 따른 운동 프로그램이 노인의 인지기능, 우울, 지각된 건강 상태 및 체력에 미치는 효과」, 이화여자대학교 대학원 간호과학 박사학위논문, 2008, pp.65~66.
16) 류정자, 「집단미술치료가 노인의 학습된 무기력 및 우울정서에 미치는 효과」, 경성대학교 대학원 교육학 박사학위논문, 2000.
17) 김정순 · 정정심, 앞의 책, pp.1153~1162.

에서 실시하는 실천프로그램에서 음악·무용·미술·원예 등을 접목하여 개인·가정·학교·지역사회 등 여러 분야로 접근하는 실험정신에 입각한 시대의 변화에 맞는 흥미로운 실천프로그램 개발 연구를 기대한다고 제언했다.

치매 예방프로그램의 효과에 대한 연구를 위해 치료 레크리에이션, 원예요법, 음악요법, 미술요법 등의 선행연구를 비교 검토한 장숙희는 정서적인 자극 및 운동 자극을 통합한 프로그램을 적용함으로써 개인의 흥미와 즐거움을 유발한다고 하였다. 결과적으로 대상자가 프로그램에 적극 참여하도록 유도하여 더욱 효과적일 수 있다고 보고함으로써 통합적 프로그램의 필요성을 주장하였다.[18]

지금까지의 선행연구에서 지적 했듯이 치매 노인의 프로그램에 있어서는 치매 노인 특유의 인지기능과 일상수행능력 저하와 문제행동 등을 고려하여 개별적인 심리 사회적인 접근보다는 각 프로그램이 지닌 장점을 상승시키고 단점을 보완하는 통합적인 접근법이 필요하다고 볼 수 있다. 무엇보다 치매 노인의 흥미를 자극하고 재미를 느낄 수 있도록 프로그램을 구성하는 것이 보다 효과적일 것이다.

이와 같은 연구 결과들을 통해 볼 때 우리의 정서에 맞는 전통놀이는 종류가 다양하고 흥미로운 점과 함께 프로그램으로 적절히 활용한다면 장기간 지속되어도 지루하지 않게 실시할 수 있으며 즐거움과 기쁨을 주고 쉽게 따라할 수 있어 정서적 순화와 인지기능의 향상에 기여할 수 있어 치매 노인의 활동으로 적합하다고 평가되고 있다.[19]

---

18) 장숙희, 「치매예방프로그램의 효과에 관한 연구」, 조선대학교 대학원 박사논문, 2007, p.91.
19) 김정순·정정심, 앞의 책, pp.1153~1162.

Ⅱ. 이론적 배경

1. 치매의 증상 및 특징

1) 치매의 증상

'치매(dementia)'라는 말은 라틴어에서 유래된 말로서 "정신이 없어진 것"이라는 의미를 갖고 있다. 치매는 정상적인 지적능력을 유지하던 사람이 다양한 원인으로 인해 뇌기능이 손상되면서 기억력, 언어 능력, 판단력, 사고력 등의 지적기능이 지속적이고 전반적으로 저하되어 일상생활에 상당한 지장이 초래되는 상태를 가리킨다. 이러한 진행성 치매는 뇌의 질환이며, 나이가 들어감에 따라 발병률이 증가한다.[20]

이와 같은 치매의 증상의 특징은 첫째, 기억 장애를 들 수 있다. 이는 모든 치매 유형에서 공통적으로 발생하는 증상으로 초기에는 단기 기억력 장애로 보이나 중기에서는 건망증이 잦아지거나 과거의 사건만을 기억할 수 있게 된다. 적응력 저하나 우울증으로 인한 사회적 고립이 생길 수 있으며 가족이나 자신을 기억하지 못하는 경우도 있다. 둘째, 지남력 장애가 있다. 지남력이란 장소·시간·주변 인물을 파악하는 능력을 말하는데 치매가 진행됨에 따라 지남력은 점차 떨어지게 된다. 시간·장소·사람·거주지 등을 기억하지 못하고 자아를 상실하게 된다. 셋째, 언어장애를 들 수 있다. 착어증(음운音韻을 틀리게 발음하거나 어의語義에 어긋나게 말하는 병. 단독으로 생기거나 실어증에 잇따라 일어남), 반향어(상대방이 말하고 한참 지난 후에 상황에 맞지 않는 말을 따라서 하는

---

20) 한국치매가족협회, http://www.alzza.or.kr/sub/dementia/sub_01.asp(2006/10/3)

증세), 실어증失語症, 함구緘口 등의 증세가 나타나며 초기에는 정확한 단어를 구사하지 못하는 정도이나 점차 새로운 말을 조작하게 되거나 한 단어를 반복하는 현상이 나타나서 대화 능력이 저하된다. 넷째, 일상생활 수행능력 장애가 나타날 수 있다. 일상생활에서 해오던 세수, 양치 등의 행위를 할 수 없게 된다. 다섯째, 배회할 수 있다. 목적이 없어 보이는데 자주 걸어 다니는 특성이 있어서 치매 노인을 위한 시설에는 노인들이 안전하게 마음껏 걸어 다닐 수 있는 공간이 마련되어야 한다. 여섯째, 시간·공간능력 저하가 나타날 수 있다. 길을 잃어버리거나 옷을 스스로 입지 못하게 되는 경우가 이에 해당한다. 일곱째, 계산능력이 감소하게 된다. 물건을 구입할 때 돈을 얼마를 지불해야 하는지 모르는 등 계산능력이 감소되어 어려움이 생긴다. 여덟째, 판단력·문제 해결능력 저하가 나타난다. 여름에 밍크코트를 입는다든지 혹은 잠옷을 입고 외출을 한다든지 현실에 맞지 않은 행동을 하기도 한다. 마지막으로 망상을 들 수 있다. 물건을 도둑맞았다고 주장하거나 물건을 잃어버렸다고 하면서 계속 무엇인가를 찾는 증상을 보인다.[21]

2) 치매 노인의 심리

치매 노인을 돌보거나 치매 노인을 위한 프로그램을 계획하고 진행할 때 우리가 우선적으로 이해해야 할 부분이 치매 노인의 심리이다. 치매가 어떤 질병이고 그 원인과 증상 및 치매 노인에 대한 여러 가지를 알고 있다고 하더라도 그분들의 심리를 이해하지 못한다면 그분들을 충분히 수용하고 돕기 어려울 것이기 때문이다. 치매 노인은 최근 기억장애로 인해

---

21) 신혜원·전미애, 『치매 노인을 위한 전통놀이 프로그램』, 양서원, 2006.

하루에도 많은 심리적인 변화를 가져오게 된다. 무엇을 보거나 들어도 곧 잊어버리게 된다. 생활의 연속성이 없어지게 되고 마치 영화의 단편 속에서 살아가는 것 같은 느낌으로 매일 매일 불안하게 생활하고 있다.[22]

(1) 불쾌감

치매 노인의 건망 특징은 체험의 일부분이 아니고 체험 전체를 모두 잊어버리는 것이며 또한 발병의 초기에는 최근의 일을 잊어버리는 일이 많다. 치매 노인이 같은 말을 되묻는 것은 '질병' 때문이라고 이해하는 것이 중요하다.

치매 초기에 건망이 빈번히 생기는 것을 본인이 자각하고 느끼는 불쾌감이 있을 수 있다. 초조감이 격화되고 늘 스트레스가 해소되지 않는 불쾌감을 갖게 될 것이다.

(2) 불안과 초조

치매 노인은 바로 전의 일도 잊어버린다. 치매 노인은 무엇을 보거나 듣고 있어도 곧 잊어버리기 때문에 생활에 한 순간 한 순간의 연속성이 없는 상태를 살아간다고 할 수 있다. 치매 노인이 매일 이와 같은 상태를 경험하고 있다면 끊임없이 마음의 안정을 찾지 못하고 초조하고 불안한 상태에 놓이게 된다.

(3) 우울

치매 노인은 주변 사람들로부터 자신의 부적절한 행동을 지적당하거나 질책을 받으면 자신감을 잃어버리고 자존심을 상해하여 자발성이 저하되

22) 이해영, 「케어복지개론」, 양서원, 2004, pp.188~189.

며 우울해지는 일이 자주 있다.

(4) 혼란

기억력 상실로 장소와 시간에 대한 판단력이 없어지므로 주변에서 일어나는 일들을 정확히 이해하는 것이 어렵게 되고 정신적으로 혼란해지기 쉽다. 특히 한 번에 여러 가지 일을 듣거나 재촉을 받으면 더 혼란스럽게 되어 무엇을 해야 할지 모르게 된다.

노인이 혼란 상태에 빠지지 않도록 일련의 작업을 하나하나 요소별로 나누어서 설명하는 것이 필요하다. 또한 요리와 빨래 등에 대해서도 하지 못하게 된 동작만을 도와주고 노인으로부터 모든 일을 빼앗지 않도록 주의해야 한다.

(5) 감정 변화

치매 노인은 건망증, 판단력 장애, 혼란, 불안, 초조감 등 여러 가지 심리적인 문제를 안고 있어서 스트레스가 악화되는 일이 많다. 따라서 사소해 보이는 일에도 치매 노인은 과민반응을 하고 흥분해서 공격적인 언동을 하는 경우도 있다. 그러나 자세히 살펴보면, 그 노인 나름대로 이유가 있고 더욱이 자신의 괴로움을 완전히 전달하지 못하는 안타까움이 숨어 있는 것이다.

(6) 피해의식

치매 노인은 기억력의 장애에 의한 착각으로부터 망상에 빠진다. 보통 치매 노인의 경우 착각을 사실로 확신하기 때문에 주변 사람들이 바르게 정정해 주더라도 좀처럼 믿지 않는다. 반지, 지갑, 고급 안경 등 물건을 잃어버렸을 경우 도둑맞았다고 주위의 사람을 의심하는 경우도 종종 있다. 이러한 일까지도 치매 증상의 하나로 이해하고 노인의 행동을 이해하고 공감해 주도록 해야 한다.

(7) 작화

치매 노인은 자신의 끊어진 기억의 필름을 연결시키기 위해 말을 만들어서 이야기 한다. 가족들은 거짓말을 한다고 속상해 하는 경우가 종종 있는데 이것은 노인의 기질적인 병변으로 인해 생기는 것이므로 이해해야한다.

위에서 고찰한 치매의 증상과 부정적인 치매 노인의 심리를 이해하는 것은 치매 노인을 위한 프로그램 구성에 있어 가장 필요한 요소라 할 수 있다. 노인들에 대한 서비스의 최대 목표는 그들의 고통과 무료함을 조금이라도 덜어주고, 행동을 호전시키고 대인간의 불화를 감소시켜 타인의 불평의 대상이 되는 것을 최소한으로 줄여 주는데 있다. 그리고 재활에 힘써 보다 활동적으로 일도 다시 시작할 수 있게 하고 주위 환경에 보다 많은 흥미를 가지고 주위의 사람들과 잘 어울릴 수 있도록 하는데 있다.[23]

2. 놀이의 정의와 치료적 요인

놀이는 노인의 모든 것을 치료할 수 있는 특효법은 아니어도 자신의 생활을 독립적으로 살아가는데 필수적 조건이며 생의 의미를 인식하게 하는 힘을 지니고 있다. 삶의 기본적인 형태로서 기쁨과 창조적인 힘을 가진 놀이는 이미 내재된 치료적인 요소들로 노인들 자신의 삶에 대한 가치

---

23) 윤태원, 『치료레크리에이션』, 하나의학사, 1993, pp.221~225.

와 보람을 느낄 수 있도록 그들을 도울 수 있다

호이징하는 『놀이하는 인간(Homo Ludens, Man the Player)』이라는 책에서 인간이나 동물에게 모두 놀이하는 기능이 중요하다고 보아 생각하는 인간(Homg sapiens)과 같은 차원에 속하는 술어로 호모루덴스(Homo Ludens), 놀이하는 인간을 주장하였다. 즉 놀이는 문화 그 자체가 존재하기 이전부터 일정한 크기로 존재해 왔으며, 태초부터 현재 우리가 살고 있는 문명기에 이르기까지 항상 문화 현상 속에 함께 있었고, 그 속에 충만해 왔음을 발견할 수 있다고 하였다. 또한 인간 사회의 풍요한 원형적 행위에는 처음부터 놀이가 스며들어 있다는 것이다.[24]

Garvey는 놀이의 특성을 다음과 같이 설명하였다. 첫째, 놀이는 즐겁고 기쁜 것이다. 둘째, 놀이는 어떤 외적인 목적을 지니지 않는다. 셋째, 놀이는 무의식적이고 자발적이다. 넷째, 놀이는 놀이자의 적극적인 참여가 있어야 한다. 다섯째, 놀이는 놀이가 아닌 것과 어떤 체계적인 관계를 유지한다.[25]

Berlyne은 놀이 활동을 놀이 그 자체를 위해서 혹은 즐거움을 추구하기 위해 수행되는 행동으로 보며, 진지한 활동과는 대조된다고 하였다. 그는 내적 결과를 보상으로 느끼는 동기적 조건이 있을 때를 내재적으로 동기화된 행동이 일어나며, 놀이가 이런 내재적 동기화 특성을 지닌다고 하였다.

이밖에 여러 학자들이 제시하는 놀이의 정의는 다양하지만 결과적으로 학자들은 놀이는 기쁘고 즐거운 것이며 과정 지향적이고 내적 동기로 이루어지며 비현실적이며 융통성이 있고 긍정적 정서를 가진다는데 동의하고 있다.

---

24) J.호이징하, 金潤洙 譯, 『호모 루덴스』, 까치, 1981, pp.317~320.
25) 이숙재, 『유아를 위한 놀이의 이론과 실제』, 창지사. 1997.

그렇다면 놀이가 특수한 행동이나 특별한 유형이 아니라면 사람들은 어떻게 일과 같은 다른 유형의 행동과 놀이를 구별하고 확인할 수 있을까? 놀이는 그 행동의 어떤 지향성 즉 참여의 방법을 결정하는 정신 상태에 의해 결정된다고 할 수 있다. 학자들의 주장을 살펴보면 놀이는 다음과 같은 공통적인 특징을 가지고 있다.

① 내재적으로 보상받는 것
② 자발성
③ 즐거운 것
④ 몰두하는 것
⑤ 자기표현의 수단
⑥ 가상이나 도피의 속성[26]

치매 노인의 프로그램에 놀이를 도구로 활용하는 것은 놀이는 치료적인 힘 때문이다. 이러한 치료적 힘으로 인해 놀이는 심리치료에 적극 활용되어 정서적 부적응 문제의 치료 및 정서적 자기통찰과 부적응을 예방하는 데 활용되고 있다.[27]

치료적 요인은 내담자에게 특별한 영향을 주는 요인들이다. 만약 어떤 한 요인이 내담자의 임상적인 개선을 가져왔다면 그것은 치료적이라 할 수 있다. 이와 같은 개선은 증상을 줄이거나 바라는 행동을 늘이는 효과를 가져오기 때문이다. 따라서 놀이의 치료적 요인은 긍정적 결과에 도움을 주

26) Gene Bammel·Lei Lane Burrus Bammel 공저, 하헌국 역, 『여가와 인간행동』, 白山出版社, 1993, pp.51~67.
27) 박찬옥·정남미·임경애, 『유아놀이지도』, 학문사, 2004.

는 놀이의 중요한 요인으로 힘, 역동, 기제, 성분이라고 부르기도 한다.[28]

쉐퍼(Schaefer)는 아동이 놀이로부터 이익을 얻을 수 있는 기제에 대해 14요인을 설정하고 이 요인에 의해 생성된 치료적 성과(괄호 속의 화살표 방향)를 제시하였다. 다음은 쉐퍼가 제시한 놀이치료의 치료요인이며 각 놀이치료학파에서 중시하는 치료기법과 관련지어 살펴보고자한다.[29][30]

1) 저항(Over Comming Resistance)의
극복 요인(→작업동맹을 맺게 됨)

노인이 지도사와 함께 모든 활동에 임하게 되도록 활동 속으로 끌어들이는 것을 말한다. 집을 떠나 노인시설이나 복지관 요양원등 단체생활을 접하게 되거나 치료나 상담을 위해 시설을 처음 방문하는 노인들은 낯선 환경에 저항감이나 거부감을 느끼게 되고 소극적인 자세로 임하게 된다. 이때 관심 있어 하는 놀이를 제공하여 분위기를 부드럽게 함으로써 초기에 가질 수 있는 저항감이나 거부감을 완화시킬 수 있다.

2) 의사소통(Communication)요인(→이해를 하게 됨)

놀이는 의사소통의 특별한 형식이다. 근본적으로 놀이는 비언어적이고 구어와는 아주 다른 언어로 규정되었다. 놀이는 보다 환상적이고 이미지와 감정으로 가득 찬 의사소통 형식이다. 의식적인 수준에서 놀이는 말로

28) 송영혜, 「놀이치료 이론과 놀이치료 요인분석 연구」, 《特殊教育硏究》 20, 대구대학교 장애인 종합연구소, 1997, pp.205~242.
29) Schaefer, C.E. 송영혜역, The therapeutic powers of play, N.J. : Jason Anderson, 1993.
30) 송영혜, 「놀이치료이론」, 대구대학교 출판부, 1997, pp.27~40.
　이숙 · 최정미 · 김수미, 「현장중심 놀이치료 = Play therapy」, 학지사, 2002.
　고지희, 「놀이치료 이론의 고찰」, 《인문사회과학연구》제12집, 2003, pp.175~203.

표현할 수는 없지만, 인식하고 있는 그들의 생각과 감정들을 행위 하도록 허락한다. 놀이를 통해 사고, 감정, 그리고 자신이 전혀 의식하지 못했던 갈등들을 나타내기 때문에 교사는 놀이를 통해 노인의 내적 세계와 주변 환경을 들여다 볼 수 있다.

3) 능력(Competence)요인(→자아 존중감을 형성함)

놀이는 내적 욕구를 탐색하고 환경을 만족스럽게 터득하게 하는 동기화된 활동이다. 환경을 탐색하고 익숙해지며 마침내 자신이 컨트롤할 수 있다는 느낌을 갖는 것은 자아 존중감 발달에 매우 중요한 요소이다. 새로운 것에 대한 두려움이 있는 노인들에게 놀이 활동은 실제 활동에 비해 실패에 대한 부담감 없이 숙달감에 대한 욕구를 충족시켜 줄 수 있는 도구가 된다.

4) 창조적 사고(Creative Thinking)요인
(→자신의 문제에 대한 해결방법을 스스로 획득)

놀이는 아동들의 문제해결 능력을 향상시키도록 격려한다. 놀이를 통해서 실제라면 시도해보기 어려울 다양한 문제 해결법을 시도해 보고 그 중에 가장 적절한 해결책을 선택하게 될 것이다. 즉 놀이 속에서는 실패에 대한 두려움 없이 여러 번의 시행착오가 가능하고, 이를 통해 편안하고 안전한 분위기 속에서 창의적인 사고와 융통성을 발전시킬 수 있다.

5) 정화(Catharsis)요인(→감정적인 이완이 일어남)

정화는 많은 심리학자들이 공통적으로 제시하는 핵심적인 치료요인이다. 브루너와 프로이드는 심리치료에서 정화의 개념을 처음 소개하고 외상의 경험과 관련된 억눌린 정서를 표출하는 것은 그러한 정서로부터 그 사람을 자유롭게 만들어서 더 적응적인 기능을 갖게 만든다고 보았다. 놀이를 통해 이전에 표출하기 힘들었던 강렬한 분노, 슬픔, 불안과 같은 감정을 이완할 수 있다. 억압된 정서의 방출은 흔히 이완에서 일어난다.

6) 억압된 감정의 해소(Abreaction)요인(→외상이 조절됨)

소산이란 과거의 스트레스 사건과 관련되어 있는 감정을 재생시켜 경험하며 이사건과 관련된 정서가 이완되는 것을 말한다. 놀이를 통해 감정을 적절하게 해소함으로서 서서히 외상경험을 동화하고 정신적으로 해소할 수 있다. 소산은 정화보다 정서의 방출이 더 크다는 점에서 강력한 과정이라 할 수 있다.

7) 역할극(Role play)요인
(→새로운 행동의 연습과 획득, 공감을 하게 됨)

가장놀이는 역할극을 통해 다른 대안적인 행동을 할 기회를 제공한다. 사회극 놀이에서 배역을 맡는 능력-환상놀이의 유지와 창출-은 가장놀이의 발달된 형태로 간주된다. 역할놀이를 통해서 다양한 인물이 되어볼 수 있다. 새로운 인물이 되어보는 경험은 새로운 행동을 습득할 수 있는 기회가 될 것이다. 또한 역할놀이를 통해 자기중심적인 사고에서 벗어나 타인의 관점에서 자신이나 타인을 바라볼 수 있는 공감 능력을 키워나가게 된다.

8) 환상/상상(Fantasy/Visualization)요인(→환상적 보상을 받음)

놀이의 주된 치료기능 중의 하나는 개인의 유연하고도 다양한 상상력의 이용을 향상시키는 것이다. 상상을 통해 스스로에 관해 배우고 자신들의 세계를 확장한다. 상상력을 동원한다면 현재 자신이 처한 현실로부터 벗어나 무엇이든 자신이 원하는 방향으로 이야기를 진행시키고 결과를 만들 수 있다. 현실 세계에서는 미약하고 힘이 없는 노인이지만, 상상의 세계에서는 또 다른 나를 경험하며 얼마든지 보상받을 수 있다.

9) 암시적 교훈(Metaphoric teaching)요인(→통찰을 가져옴)

인간은 자신들이 들었던 이야기를 믿음으로서 현실을 창조해내는 신화를 만들어 냈다. 신화는 구조화, 활력, 삶의 의미를 부여하는 신념체계를 형성하는데 도움이 된다. 동화, 신화, 전설 등을 통해서 미지의 세계에 대한 동경, 이루어질 수 없는 일에 대한 막연한 희망 등과 같은 메시지를 경험하게 되고 이를 통해 무의식의 세계와 대화할 수 있다. 또한 이야기속의 인물들은 경험하면서 다른 사람에게도 문제가 있음을 알게 되고 또 해결될 수 있음도 깨닫게 된다.

10) 애착형성(Attachment Formation)요인(→애착이 형성됨)

접촉과 미소를 포함하는 즐거운 상호작용은 애착을 형성할 때 가장 자연스러운 방법이다. 이때 사용되는 것이 치료놀이 기법으로 아동의 발을 간질이거나 목마를 태우거나 재미있다고 느끼는 다양한 신체적인 방식으로 놀아주는 즐거운 활동 자체에 초점을 맞추는 것이다. 이처럼 다른 사람과의 신체적 접촉이라는 강하고 즐거운 경험을 통해 타인과 즐겁게 지낼 수 있다는 자신감을 얻는다.

11) 관계증진(Relationship Enhancement)요인
(→자기존중, 다른 사람과 가까워짐)

놀이를 통해 즐거움과 흥미를 느끼게 되고 함께 놀이하는 타인과 긍정적인 관계를 형성하게 된다. 즐거운 놀이의 상호작용은 유대관계를 더욱 탄탄하게 만들어준다. 이를 통해 친밀한 관계를 경험하게 되고 행복감을 느끼며 나아가 자기 자신을 사랑받을 가치가 있는 소중한 존재로 인식하게 된다.

12) 긍정적 정서(Positive Emotion)요인(→자아를 활성화시킴)

놀이에 수반되는 긍정적인 면은 두 가지 강력한 치료적 장점을 가지고 있다. 첫째, 행복감을 준다. 둘째, 즐거움은 생활에서 오는 스트레스의 강력한 해독제이다. 생활에서 오는 스트레스와 긴장이 많을수록 우리는 놀이가 주는 피난처를 더 원하게 된다. 놀이는 외적 요구, 의무, 심각함, 불안으로부터 자유롭다.

13) 공포의 극복(Mastering Developmental Fears)요인
(→성장과 발달이 됨)

자신감을 상실한 노인들에게 놀이는 정서적으로 이완되는 가운데 두려움을 극복할 수 있게 도와준다. 즉, 반복적 놀이경험으로 두려움을 감소시켜 바람직한 행동을 하도록 도와주는 것이다.

14) 게임놀이(Game play)요인(→자아의 강화, 사회화를 가져옴)

게임은 놀이를 통해 사회화를 시키는 과정이다. 게임의 법칙은 정정당당하게 놀기 순서 바꾸기, 정중하게 승리하고 패배하게 만든다. 이러한 규칙을 따라야하는 법칙은 일상생활에도 적용되며 모든 놀이자들은 이 규칙을 반드시 지켜야한다. 이를 통해 자아통제가 강화된다. 또 게임은 경쟁적이기도 하고 사회적인 환경 속에서 타인과 협력적이 되도록 한다.

3. 전통놀이의 특징과 교육적 가치

우리 민족은 수 천 년의 삶을 이어오는 과정에서 우리만의 고유한 놀이문화를 창조하고 그 전통을 이어왔다. 전통놀이란 오락성을 띤 놀이의 형태를 빌어 전통사회가 기리고자 했던 신념과 가치를 담고 있는 하나의 문화 프로그램이다.[31] 따라서 전통놀이는 고대로부터 일반적으로 행해지면서 민간에 의해 전승되어 온 여러 가지 놀이로서 전통성, 역사성, 고유성, 지속성을 지닌다. 이 밖에 전통놀이의 다양한 특징을 고찰하고, 전통놀이의 교육적 가치를 논의해봄으로써 치매 노인의 여가 및 치료 활동에 전통놀이를 도입하고 이를 활용하는 데에 이론적 배경을 마련하고자 한다.

1) 전통놀이의 특징[32]

전통놀이의 특징은 크게 세 가지로 나누어 이야기해보고자 한다. 첫째, '풍부한 서민성'을 들 수 있다. 대부분의 놀이가 서민에 의해 만들어졌고 그들 자신이 놀고 즐긴 것이다. 예를 들어 씨름이나 그네뛰기가 전 민족적 놀이로 오랫동안 대중 속에서 널리 보급되었던 것처럼 거의 대다수의 놀이는 서민의 일상생활과 깊은 연관을 갖고 발전해 왔다. 그러므로 전통

31) 이유훈·정인숙·유준연·정현진, 『민속놀이를 이용한 유아 지각-운동 학습지도 프로그램』, 교육과학사, 2003.
32) 최영란, 『전통놀이 문화의 이론과 실제』, 서울기획, 2002.

놀이는 방법이 쉬우면서도 내용이 풍부하며 흥미진진하다. 우리 서민들은 수많은 아름답고 훌륭한 전통놀이를 남겼다. 둘째, '건전한 취미와 높은 문화성'을 이야기할 수 있다. 전통놀이는 노동의 즐거움과 생활의 기쁨을 반영한 것이 많다. 일터에서는 사람들의 일을 더 흥겹게 했고 나라를 지키는 싸움터에서는 모두가 단결하여 용감히 싸우도록 도왔다. 우리나라 전통놀이들은 집단적 성격이 강하므로 단결과 친목의 고상한 품성을 기르는 데 큰 힘이 되었다. 마지막으로 '낙천적인 기상과 풍부한 정서'를 말할 수 있다. 우리나라 서민들은 호미와 낫을 바꾸어 쥐면 누구나 북 장단을 칠 줄 알았다고 할 정도로 춤판이 벌어지면 모두가 그 속에 뛰어들어 한바탕 춤을 출 정도였다. 또 운동 경기나 겨루기를 놓고 보더라도 기교가 무궁무진하기 때문에 재미있게 놀 수 있으면서도 그것을 통하여 침착성, 대담성 같은 훌륭한 기질을 배양하였다. 이러한 낙천적인 기상과 풍부한 정서는 생활이 풍성하고 품성이 슬기로운 서민들이 가질 수 있는 고상한 정신적 재산이다.

그렇다면 이와 같은 특징이 있는 전통놀이는 교육적으로 어떠한 가치가 있는지 구체적으로 어떻게 교육적으로 활용할 수 있을지 고찰해 보도록 한다.

2) 전통놀이의 교육적 가치

김미애와 류경화(2000)는 전통놀이의 교육적 가치를 다음과 같이 들고 있다.

① 전통놀이를 통해 여럿이 함께 놀이하는 즐거움을 줄 뿐 아니라, 온 몸으로 놀면서 신체적으로 성장해 간다.

② 한국인의 정서가 담겨있는 전통놀이 동요 등을 통해 언어발달 및 상상력 발달을 촉진시키며, 민족정서를 쉽게 공유할 수 있게 한다.

③ 수數, 과학개념이 포함된 전통놀이를 통해 사고발달을 촉진하여 인지적 자율성을 기른다.

④ 놀이과정에서 사회적 규칙을 몸소 체험하며, 공동체 의식을 기른다.

⑤ 주어진 자극을 창의적으로 해석하고 다양한 형태로 표현할 수 있는 창의적인 표현능력을 기른다.

전통놀이는 어린이 뿐 아니라 노인들의 신체적 · 지적 · 정서적 · 사회적 제 능력의 성장과 발전에 많은 영향을 미친다고 할 수 있다. 특히 수 천년을 이어져 내려오고 있는 전통놀이는 그 종류가 다양하고 활동방법도 다양하며, 큰 도구 없이도 재미있게 활동할 수 있고, 전통놀이의 상호작용을 통하여 협동심과 사회성을 기르며 신체적 발달을 도모할 수 있다. 뿐만 아니라, 우리 민족의 전통문화를 통하여 민족의 자긍심을 기를 수 있다.

따라서 전통놀이의 이 같은 효과를 살려 다양한 전통놀이를 유아의 수준과 비슷한 치매 노인들에게 적합하게 프로그램화하여 활용한다면 치매 노인의 인지적 · 정서적 · 사회적 · 신체적 건강을 유지하는데 매우 효과적이라고 생각된다.

Ⅲ. 치매 노인을 위한 전통놀이 콘텐츠 개발

1. 치매 노인을 위한 전통놀이의 역할과 효과

치매나 중풍으로 인한 장애는 새로운 프로그램을 받아들이고 활용하는

데 많은 어려움이 있고 기분과 행동이 자주 변해서 한곳에 집중하거나 그것을 오래 집중하거나 지속하는 것이 힘들고 수동적으로 변해서 자발적인 행위가 어려운 특징이 있다.

따라서 치매 노인을 위해서는 새로운 방법보다는 이미 학습되어져 있는 것을 회상해서 사용하면 배움에 대한 스트레스가 적고 동작과 절차가 쉬우면 수행하는데 어려움도 없으며 게다가 즐겁고 재미를 느낄 수 있는 내용이라면 참석도 잘하고 지속적으로 시행하는 것도 가능하므로 중재의 효과가 확실하게 나타날 수 있다.[33]

때문에 이미 기억 속에 학습되어져 있는 것들을 기억하고 활용하는 전통놀이는 노인들에게 접근이 용이한 이점이 있다. 이미 우리정서와 친근한 민속놀이는 새롭게 배울 필요가 없고 재미도 있으며 그 자체가 공간과 수의 개념을 발달시키고 손발 및 눈의 협응력도 길러주므로 인지기능을 증진시킬 뿐 아니라 운동의 수단이 되어 인지기능을 높이면서 체력도 증진시켜 일상생활 수행능력을 높일 수 있다.

노인 생활에 있어서 놀이는 치료적인 역할로써 다양한 노년의 문제에 하나의 해결 방안으로 커다란 역할을 수행할 것이다. 물론 치료대상과 치료방향 치료목표에 따라 강조하는 점이 다를 수 있지만 노인의 삶의 질을 향상시키는 의미 있는 역할을 담당할 것이다.

1) 신체적, 정신적 건강을 증진시킨다.

적절하고 기분 좋은 운동은 긴장완화를 위해 불필요한 신체의 약화와

---

33) 류정자, 「집단미술치료가 노인의 학습된 무기력 및 우울정서에 미치는 효과」, 경성대학교 대학원 교육학 박사학위 논문, 2000.

신체의 노화를 막는데 도움을 준다. 특히 생의 후반기에 접어들어 지각이 나 신체적으로 무기력하고 노쇠해지는 노인들에게 활력과 생기를 주는 역할을 한다. 전통놀이는 보다 흥미롭고 효과적인 치료방법으로 노인들 의 정신기능에 가장 문제가 되고 있는 기억력을 자극하고 활성화시키며 기초적인 지각활동으로 인지기능의 회복과 집중력 향상의 치료적인 역할 을 한다.

2) 상호 인간관계를 통한 사회성을 증진 한다.

사회적으로 고립된 노인들에게 전통놀이를 통해 집단생활에서 자신을 표현하고 개방할 수 있는 기회를 갖게 해준다. 더불어 타인을 수용하고 환경을 이해하는 기회를 제공한다. 전통놀이 활동의 대부분이 타인과의 상호작용에 기초하고 있기 때문에 사람들과의 관계회복과 자아 존중감, 자아 신뢰감, 자아 책임감 등 자신의 태도를 증진시킨다.

3) 창조적인 기회를 제공한다.

전통놀이를 통해 노인들은 기억을 되살려 습득된 기술을 사용하게 된 다. 노인 시설에서 접할 수 있는 놀이치료의 영역별 프로그램은 노인들에 게 주체적인 체험을 주어 남아있는 잠재력을 일깨우고 창의성을 개발하 는 역할을 한다. 오랫동안 느끼지 못한 창조적인 충동을 느끼고 주체적인 존재감을 느끼게 해준다.

4) 정서적인 행복을 증진시킨다.

상호적이며 육체적이고 창조적인 전통놀이프로그램들은 노인들에게 우정을 증진시키고 소외를 극복하고 결과적으로 외로움과 우울을 극복하는 역할을 제공한다. 억제된 감정을 표출함으로써 자신들이 갖고 있는 선입견, 질병, 문제들을 잊어버리고 정서적인 정화를 경험하게 한다. 이것을 통해 남은 인생에 대해서도 긍정적인 시각을 갖게 된다.

5) 진단과 평가의 역할을 한다.

놀이 활동은 다양한 상황에서 노인을 관찰할 수 있는 많은 기회를 제공한다. 노인이 가지고 있었으나 파악하지 못했던 문제점이나 원인 등을 밝혀내는데 도움을 줄 수 있다. 투호놀이를 하거나 단어놀이를 하는 모습 등 활동의 과정 속에서 노인의 상태나 문제점들을 찾아낼 수 있다. 이를 통해 나타난 노인의 태도와 정신적 신체적 흥미와 표현력 등이 노인의 전체적인 재활을 위해 사용되는 역할을 한다.[34]

6) 현실생활에 적응하도록 한다.

전통놀이를 통한 새로운 역할에 대한 의미를 부여하며 이미 사라져 버린 사회에서의 의미 있는 역할에 대한 욕구를 만족시킬 수 있다. 나아가 놀이를 통한 연습과정을 통해 일상생활의 활동 동작을 익숙하게 하는 역할을 하며, 사회적으로 다른 서비스를 이용할 수 있는 길을 열어주는 역할을 한다.

이상과 같이 놀이치료의 역할에 대해 살펴보았다. 이러한 노인놀이치료를 시설에서 또는 재가의 노인들을 대상으로 효과적으로 실현하였을

---

34) 이근모 · 김윤숙 · 남희은, 「노인의 wellness 향상을 위한 노인 치료 레크리에이션활동의 역할」, 《體育科學硏究所 論文集》, 釜山大學校 附設 體育科學硏究所, 1999, pp.63~78.

경우 기대되는 효과는 다음과 같다.[35]

첫째, 노인의 우울했던 심리적인 상태가 밝아질 것이고 소외와 외로움 등 적응하기 힘든 현실로 인해 주어진 스트레스를 많이 해소할 수 있을 것이다.

둘째, 노인놀이치료로 인하여 노화로 저하되어가는 기억력, 통찰력, 인지적인 기능도 유지되며 점차 회복할 수 있을 것이라 기대된다.

셋째, 노인놀이치료 프로그램들을 접하며 창조활동의 기회를 갖게 되고 자신의 취미를 개발시켜 흥미를 갖게 됨으로써 자기 존중감을 회복하는 시간이 될 것이다.

넷째, 무엇보다 타인과의 상호 교류로 행복감을 느끼게 될 것이고 생활에 대한 만족감도 증가할 것이다

2. 치매 노인을 위한 전통놀이의 영역

1) 전래동화

치매 노인에게 있어서는 전래동화는 오랜 세월 들어왔던 이야기이기도 하고 자신이 들려주었던 이야기이기도 하다. 친근한 소재와 정서로 다가가는 이야기들은 노인의 정서를 순화시키고 기분을 전환시키며 집중력을 증진시키고 상상력을 자극한다. 또한 카타르시스를 경험하여 성취감과 능동성을 기를 수 있다.[36]

35) 이근모, 「노인의 건강증진을 위한 치료레크리에이션 프로그램모델개발」, 師大論文集－釜山大學校 師範大學, 釜山大學校 師範大學, 2001.
36) 김춘경, 「동화의 치료적 힘을 이용한 놀이치료」, 《놀이치료연구》, 한국아동심리재활학회, 1998, pp.3~27.

2) 음률영역

노인에게 있어서 음악은 현재의 고통을 최대한 감소시키는 역할을 하여주며 과거의 좋은 기억을 되살려 정신적인 회복을 가져다줄 수 있다. 소리를 내어 노래를 부름으로써 쌓여있던 감정을 밖으로 표현하고 우울한 마음을 감소시켜 기분을 전환시키기도 한다.

3) 민속놀이영역

윷이나 구슬 투호 등 놀이도구를 사용하는 게임은 두 명 이상의 놀이자가 사전에 규칙을 정하여 이기려고 경쟁하면서 진행하는 놀이로 두 가지의 핵심 요소가 포함된다. 두 명 이상의 놀이자 간에 이루어지는 경쟁적인 요소와 놀이자 간에 합의된 일련의 규칙에 의해 운용 된다는 것이다.[37]

손에 익숙한 놀이도구로 혼자 있는 시간이 많은 노인들에게 게임은 집단의 경험을 제공하고 공동체 의식과 협동하기 자율적인 규칙 지키기, 다른 사람 이해하고 존중하기, 문제해결을 위한 협상하기 등의 사회적 능력을 향상시킨다. 무엇보다 신체를 움직일 수 있는 기회가 주어지고 다른 사람과 함께 노는 것이기 때문에 재미있다.

4) 작업영역

재능이나 취미와는 상관없이 비언어적 시각적 표현을 통하여 노인들의 심리적 정서적 갈등과 병에 대한 문제들을 극복하는 것을 도와주며 노인성 질환으로 인한 신체적 생리적 기능의 문제들을 보완한다. 그리기나 만

---

37) 이숙재, 『유아를 위한 놀이의 이론과 실제』, 창지사, 1997.

들기 등 다양한 재료와 전통기법을 이용한 작업으로 뇌 활성을 유도하여 노인심리 건강문제로 인한 일상생활에서 나타나는 문제점을 해결하고 치매나 우울증 등 노인성 질환을 예방하여 노인의 삶의 질 향상에 이바지한다.[38]

5) 언어영역

치매로 인해 언어의 구성과 어휘력 등이 많이 저하되는 노인들에게 시와 이야기 그리고 극 놀이 등을 이용한 언어적 접근은 노인들의 잠재욕구를 표현하는데 중요한 수단이 될 것이며 단어 문장들의 어휘력 훈련 게임들을 통해 언어적 기능 향상에 크게 도움이 될 것이다.

6) 생활영역

노인들이 주거하며 지내는 노인 요양원, 노인 주간보호소, 단기 보호소, 노인병원등의 노인시설에서 일상생활의 활동을 놀이 활동의 틀 속에 짜 넣어 그 사람에게 맞는 활동으로 조절 해나가는 것이다. 일상의 생활영역에서 노인에게 주어질 수 있는가능한 활동의 종류로는 산책, 원예와 같은 정원일, 청소, 송편 만들기, 김치 담그기, 글자 쓰기 등 다양한 생활활동이 포함될 수 있다.

3. 치매 놀이 지도자의 역할과 자질

놀이지도사의 자격은 무엇보다 치매 노인에 대한 전문적인 이해능력을 요구한다. 즉 치매 노인의 심리에 대한 역동적인 관계 진단과 그밖에 인

---

38) 김동연 외, 『치매예방 및 인지재활 프로그램』, 서현사, 2004.

간을 도울 수 있는 심리학적인 배경을 요구하며 관련된 충분한 임상적 경험이 필요하다.[39]

치매놀이지도사의 자격은 크게 지적인 측면, 인성적인 측면, 태도적인 측면, 세 가지로 구분하여 생각할 수 있다.

1) 지적인 측면

① 놀이 지도사는 무엇보다 노인과 치매에 대한 일반적인 지식들과 특성들을 이해하고 있어야 한다.

② 또한 자신이 담당하고 있는 노인들에 대한 개별적인 이해 즉 치매의 정도, 건강상의 특징 정서적 상태 가족관계 등도 숙지하고 있어야 한다.

③ 전통놀이의 기초이론에 관한 올바른 지식을 가져야하며 프로그램에 관한 지식 그리고 적용의 원리를 이해할 수 있어야 한다.

④ 노인과 치매에 대한 전반적인 이해와 배려를 바탕으로 노인에게 적합한 프로그램을 구성하고 진행해 나갈 수 있는 능력을 갖추어야 한다.

2) 인성적인 측면

① 놀이 지도사는 치매 노인과 신뢰적인 관계를 가질 수 있는 바람직한 성격과 안정된 정서를 가지고 있어야 한다. 이 신뢰관계는 노인들의 마음을 열어 놀이에 적극적으로 참여하도록 돕는다.

② 무엇보다 치매 노인에 대한 따뜻한 애정과 포용력을 필요로 하며 동시에 올바른 판단과 신속한 사고를 할 수 있는 정신적인 능력을 가

---

39) 유미숙, 『놀이치료이론과 실제』, 상조사, 2003, pp.59~66.

지고 있어야 한다.

③ 놀이 지도사는 효과적인 지도를 가능케 하는 원만한 인간성이 요구
된다. 치매 노인의 다양한 특성과 욕구를 수용하고 용납할 수 있어
야 한다.

3) 태도적인 측면

① 놀이지도사의 친근감과 밝은 성격은 노인의 마음을 여는데 중요한
역할을 한다. 늘 밝은 표정과 목소리로 노인의 놀이참여를 이끌어내
고 유쾌한 분위기를 만들어야 한다.

② 놀이지도사의 끊임없는 격려와 지지는 치매 노인에게 심리적인 안
정감과 기쁨을 주며 노인들 자신을 개방하고 표출할 수 있는 기회를
제공한다.

③ 놀이지도사와 노인과의 공감대를 형성하여 노인의 입장에서 느끼고
생각할 수 있어야 하며 공감적인 반응, 즉 부드러운 눈길과 다정한 말,
머리를 끄덕임 등으로 관심과 이해의 감정을 전달할 수있어야 한다.

충분한 놀이지도사의 자격을 가지고 있다고 하더라도 노인을 이해하고
수용하는 태도 못지않게 지도사 자신의 자아를 끊임없이 개발하고 성장
시키려는 능력과 태도를 요구하므로 지도사로서의 인격적인 성숙을 중요
한 자질로 꼽고 있다.[40]

40) 최지영, 「놀이지도사의 자기효능감 및 사회적 지지와 역전이 관리능력과의 관계」, 숙명여자대학교 사
회교육대학원 석사학위논문, 2008.

4. 노인을 위한 놀이치료사의 지도지침

치매 노인을 위한 놀이지도는 치매환자의 심신의 상태와 욕구, 생물학적인 차이에 따라 지도하는데 있어서 세심한 주의와 배려가 있어야한다. 치매 노인에게 놀이의 치료로서의 효과를 높이고 지속적인 참여도를 높이기 위해서는 다음과 같은 주의가 필요하다.

① 치매 노인의 신체 인지 정서 상태에 따라 폭넓고 다양한 프로그램을 제공해야 한다.

② 참여하고 있는 노인 모두가 안전하게 받아들여지고, 남들이 자신을 좋아한다는 느낌을 받을 수 있는 우호적 분위기를 창조해야 한다.

③ 치매 노인의 특수한 취약점을 언제나 고려하여 활동을 계획하고 실현한다.

④ 놀이의 즐거움과 재미, 동료애를 느끼도록 밝고 환한 분위기를 만들어야 한다.

⑤ 노인들의 흥미를 유발시키는 것이 놀이의 출발이다.

⑥ 가능한 눈높이를 맞추어서 차근차근하고 친절한 태도로 이해하는 입장에서 지도 한다.

⑦ 노인들이 자신의 가치를 인정받고 있다고 느낄 수 있게 한다.

⑧ 치매 노인들은 집중력과 기억력, 시력, 청력이 감퇴된 것에 유의한다.

⑨ 노인들은 집중력이 떨어지고 피로하기 쉬우므로 시간배분과 활동량을 조절한다.

⑩ 노화로 인한 활동의 장애가 있기 때문에 자신의 무능력을 느낄 수 있는 게임은 삼가도록 한다.

⑪ 놀이지도는 서두르지 않으며 노인 스스로 해결할 수 있도록 도와준다.

Ⅳ. 전통놀이 프로그램의 내용구성과 사례

다양한 가치를 지닌 놀이 중에서 노인들에게 오랜 세월 몸에 익숙하며 접근이 용이하고 정서상 친숙함을 주는 전통놀이를 활용, 치매 노인의 활동능력과 인지능력 등을 고려하여 치매 노인의 특성과 상황에 맞게 재구성하고 현장에서 적용하고자 한다. 무엇보다 치매 노인의 인지장애로 인해 새로운 것을 배우는 것이 어려우며 기분과 행동이 순간적으로 자주 변해서 한곳에 집중하는 능력이 떨어져 있음을 고려하여 프로그램을 구성하여야한다.

구체적인 프로그램의 구성에 있어서 치매 노인의 지각, 인지, 사고, 감각기능이나 운동 능력 등을 고려할 때 5, 6세 유아들의 인지능력과 비슷한 수준을 가지고 있다는 연구결과들을 바탕으로 치매 노인을 위한 교구를 고안하고 활동방법을 연구하였고 또한 일상생활 수행 능력의 저하 및 문제행동의 증가로 인한 치매 노인의 특성상 각 프로그램이 지닌 장점을 강화하고 단점을 보완하는 통합적인 접근을 시도하였다.

전통놀이의 교육적 의의를 반영하여 개발한 〈표 1〉에 제시된 치매 노인을 위한 전통놀이 프로그램의 실제적 활동유형(신혜원·전미애, 『치매 노인을 위한 전통놀이프로그램』, 2006)을 살펴보면 다음과 같다.

내용 \ 순서	활동1	활동2	활동3	활동4	활동5	활동6
생활	주말 지낸 이야기 나누기	나는 무엇일까요	김치 담그기	송편 빚기	갑돌이 갑순이	
전래이야기	칠월 칠석	금도끼 은도끼	심청전	흥부 놀부	해님달님	우렁각시
음률	민요체조 (닐리리야)	의자체조 (노들강변)	전통악기 합주 (군밤타령)	우리 집에 왜 왔니		
민속놀이	투호놀이	사방치기	윷놀이	비석치기	제기차기	화살 던지기
작업	무궁화 꽃이 피었습니다	부채	태극기	낚시 놀이	하회탈 각시탈	
언어	시 감상과 재구성	이거리 저거리 각거리	숫자놀이	원숭이 엉덩이는	오자미 던지기	

<표 1> 전통놀이 프로그램의 실제적 활동 유형

전통놀이 프로그램의 실제 프로그램은 각 영역별로 다양하게 구성할 수 있다. 실제의 활동을 모두 지면상 기록할 수 없어서 <표 1>에 제시된 전통놀이 프로그램의 다양한 활동 중 5가지의 놀이프로그램의 사례들을 구체적인 활동목표 및 활동 내용 후기 등을 같이 제시하고자 한다.[41]

1. 송편빚기

1) 활동 목표

한가위를 기억하며 정서적 안정과 만족감을 갖는다.

송편을 만들며 소근육 기능을 향상시키고 상호 교류 한다.

노래를 반복하여 따라 부름으로 리듬감과 언어표현능력을 향상시킨다.

---

41) 신혜원, 『노인놀이치료』, 공동체, 2009.

2) 활동자료

추석과 관련된 그림자료(한복, 송편, 보름달……), 송편 빚을 재료(쌀가루 반죽, 송편 소, 솔잎), CD(강강수월래, 달타령, 쾌지나칭칭나네)

3) 활동방법

① 한가위 이야기를 나눈다.

추석의 날짜를 기억해본다.

융판자료 (추석과 관련된 그림 자료)를 이용해 추석의 풍습과 각자의 추억을 나눈다.

추석에 먹는 음식을 이야기해본다.

② 송편을 만든다.

송편 만드는 순서를 이야기해본다.

직접 송편을 만들어 본다.

추석에 관한 배경음악을 들려준다. (강강수월래, 달타령 등 민요)

③ 강강수월래(혹은 쾌지나칭칭나네)를 불러본다.

송편을 찌는 동안 한가위에 관련된 민요를 불러본다.

간단한 노랫말을 지어 부르거나 이름을 부르고 후렴부분을 다 같이 따라 부른다.

언제나 어여쁜 경자 할머니~ 쾌지나칭칭나네~
이름도 고우신 곱단이 할머니~ 쾌지나칭칭나네~
늠름하신 남석 어르신~ 쾌지나칭칭나네~

2. 칠월 칠석

1) 활동목표

① 전래 동화를 통해 정서적 안정을 갖는다. 색칠하기를 통해 눈과 손
의 협응력을 키우고, 소근육 사용 등을 유지하게 한다.
② 다리의 대근육을 사용하고 몸 전체의 균형감을 유지한다. 협동작품
을 완성함으로써 상호 작용을 하며 만족감과 성취감을 준다.

2) 활동자료

견우와 직녀 융판자료, 색화방지, 까치 그림본, 크레파스, 풀, 가위

3) 활동방법

① 견우와 직녀 이야기를 들려준다. 이야기 중간 중간에 노인들이 하는
이야기를 경청하며 적절한 반응을 보이면서도 이야기의 흐름을 놓
치지 않도록 한다.
② 까치 · 까마귀를 색칠하여 오린다. 쉽게 색칠할 수 있도록 예쁜 까치
와 까마귀 선도안이 되어 있는 종이를 나누어 준다. 색칠한 후 가위
질에 도움이 필요한 경우 옆에서 도와 드린다.
③ 뒷면에 이름을 쓴다. 혼자서 이름을 쓰시도록 한다. 도움이 필요한
경우 옆에서 도와 드린다.
④ 오작교를 만든다. 한 분씩 자기가 만든 까치 · 까마귀를 들고 나와
융판에 붙인다.
⑤ 만든 작품을 감상한다. 융판 위에 만든 오작교에서 견우와 직녀를

만나게 한다.

3. 금도끼 은도끼

1) 활동목표

① 퍼즐을 통한 눈과 손의 협응력을 유지한다.
② 옛이야기를 통해 기억력, 사고력을 유지한다.
③ 대사를 외움으로 언어능력을 증진시킨다.
④ 극놀이를 통하여 흥미를 유발하고 자신의 역할에 성취감을 느낀다.
⑤ 발표력, 표현력을 높이고 자신감을 회복시킨다.

2) 활동자료

금도끼 은도끼 이야기 완성그림, 금도끼 은도끼 이야기 완성그림 퍼즐
(완성그림을 6조각으로 구성한 후 뒷면에 찍찍이를 붙여놓는다), 도끼그
림 3개, 산신령과 나무꾼 막대인형, 찍찍이.

3) 활동방법

① 퍼즐을 맞춘다.
　완성된 그림 보여주며 2~3조각 정도의 퍼즐을 교사와 함께 맞춰본다.
　남은 퍼즐조각은 어르신들이 한분씩 나와서 맞춰보게 한다.
　퍼즐 맞추기가 다소 어려운 어르신들은 곁에서 도와 드린다.
② 「금도끼 은도끼」 이야기를 들려준다.
　금도끼 은도끼 이야기 그림에 도끼를 바꿔 붙이며 동화를 들려준다.

이때 주의 집중과 흥미를 잃지 않도록 유의한다. 들려준 동화 중 산신령과 나무꾼의 대사를 다시 한 번 들려준다. 교사가 먼저 시범을 보여 역할을 해본다.

산신령 : 이 금도끼가 네 도끼냐?
나무꾼 : 아닙니다. 그것은 제 도끼가 아닙니다.
산신령 : 이 은도끼가 네 도끼냐?
나무꾼 : 아닙니다. 제 도끼가 아닙니다. 제 도끼는 나무로 만든 낡은 도끼입니다.
산신령 : 착한 나무꾼아 이 도끼를 모두 선물로 주겠다.

③ 극놀이를 해본다.

두 사람씩 짝을 지어 역할을 분담한다. 극놀이에 들어가기에 앞서 대사를 다시 구연해준다. 한 사람의 대사는 세 구절 정도가 적당하다. 손들고 자원하는 분을 먼저 놀이하게 한다.

④ 극놀이에 대해 평가해본다.

서로의 연기에 대해 이야기하고 칭찬하는 시간을 갖는다.

4. 우리 집에 왜 왔니

1) 활동목표

어린 시절의 놀이와 음률을 통해 정서적 만족감을 갖는다.

함께 큰 소리를 냄으로써 소리를 내는 훈련을 한다.

일대일 게임을 통하여 친근감을 형성한다.

줄을 맞추어 움직임으로 팀원 간의 협동심과 사회성을 키운다.

2) 활동자료

빈 깡통, 사람 모양 본(깡통 사이즈에 맞춘 종이 본), 크레파스

3) 활동방법

① 깡통 인형을 만든다.

사람 모양 본에 색칠한다. 주로 자기 자신의 모습을 나타낸다. 빈 깡통에 감싸 붙인다.

구멍에 콩이나 팥을 넣고 구멍을 막는다.

② 깡통 인형을 이용하여 게임을 한다. 탁자를 가운데 두고, 두 팀으로 나누어 앉는다.

깡통을 손으로 잡고 줄 맞추어 "우리 집에 왜 왔니" 노래를 부르며 밀려갔다 밀려온다.

> 우리 집에 왜 왔나 왜 왔니 왜 왔니, 꽃찾으러 왔단다 왔단다 왔단다
> 무슨 꽃을 찾으러 왔느냐 왔느냐, '영희' 꽃을 찾으러 왔단다 왔단다

앞에 앉은 사람과 가위, 바위, 보를 하여 이긴 사람이 깡통을 갖게 된다. 깡통을 많이 가진 팀이 이긴다. 둘씩 나와서 일대일 게임도 해 본다. (이때 깡통을 뺏기는 걸 너무 싫어하실 경우 게임방법을 바꾼다. 예를 들어 앞에 앉은 사람과 가위, 바위, 보를 해서 이긴 사람이 진 사람에게 뽕망치로 살짝 때려거나 진 사람이 깡통인형을 기울여 인사를 하거나 이긴 사람이 깡통인형을 흔들며 '환영합니다' 하고 말을 하는 등 경우에 맞는 놀이방법을 택한다.)

5. 의자체조(노들강변)

1) 활동목표

① 거동이 불편한 노인들이 의자에 앉은 채로 몸을 움직여 근육의 유연
성을 유지한다.

② 팔과 어깨의 운동 범위를 향상시킨다.

③ 민요를 따라 부름으로 우울한 감정을 조절하고 기분전환을 한다.

④ 즐기면서 자연스럽게 운동능력을 향상한다.

2) 활동자료

북, 장구, 음악 CD(노들강변)

3) 활동방법

① 동그랗게 의자를 놓고 앉는다.

② 동작을 설명한다. 선 자세조차 불안정한 노인들이 대부분이므로 주로
상체를 이용하고 앉아서 안전하게 할 수 있도록 동작을 구성해야 한다.

③ 처음에는 음악 없이 교사의 구령에 맞추어 정확한 동작을 반복해 본다.

④ 음악을 틀어놓고 교사가 시범으로 동작을 한다. 이때 교사는 구두로
동작을 설명하며 다소 과장되게 동작을 한다.

⑤ 음악을 틀고 동작을 해본다. 체조방법을 다음과 같다.

전 주	발을 찬다.
노들강변	오른팔 왼팔을 V자로 차례로 올린다.
봄 버들	고개와 상체를 숙이며 팔을 모았다가 다시 일으켜 세우며 팔을 V자로 벌린다.

휘휘 늘어진 가지마다	위와 같은 동작으로 반복한다.
무정 세월 한허리를	나뭇가지가 흔들리는 것처럼 위로 올린 팔을 좌우로 움직인다.
칭칭 동여 메여나볼까	팔을 양쪽으로 뻗고 손바닥을 아래로 위로 움직인다.
에헤이야 봄 버들	무릎, 손뼉, 무릎, 손뼉을 교대로 친다.
못 잊을 이로다	팔을 양쪽으로 뻗고 손바닥을 아래로 위로 움직인다.
푸르른 저기 저 물만	무릎, 손뼉, 무릎, 손뼉을 교대로 친다.
흘러 흘러서 가노라	양팔을 앞으로 뻗고 손바닥을 아래로 위로 움직인다.
간주	무릎이 쭉 펴지도록 번갈아 가며 발을 들어찬다.
2절도 같은 동작으로 반복한다.	

6. 이거리 저거리 각거리

1) 활동목표

① 익숙한 전래동요로 회상능력을 향상한다.

② 다리를 펴고 굽히는 신체조절을 한다.

③ 언어 표현 능력을 키운다.

④ 함께 몸을 부딪쳐 놀이함으로 서로 상호작용 하는 기술을 키운다.

2) 활동방법

> 이거리 저거리 각거리 천사만사 다만사
> 조리김치 장독간 총채비 파리딱
>
> 한알대 두알대 세알대팔 대장군 고두래뽕
> 제비싹싹 무 감주 보리짝 납작 흰기 땡
>
> 한갈래 두갈래 각갈래 인사만사 주머니끈
> 노주나 찍찍 장두께 어망갑주 허리띠

① 신체 놀이를 하는 대형으로 앉는다. 양편으로 갈라 앉아서 다리를

196

쭉 뻗거나 의자에 서로 마주보고 앉는다. 의자에 서 나란히 앉아 계
실 때는 차례대로 다리를 짚어드릴 수도 있다.

② 전래동요를 부른다. 교사가 노래 부를 때 이미 알고 계신 어르신들도
함께 부른다. 노래가 어려우시다면 쉬운 노랫말로 바꾸어 부른다.

③ 놀이를 한다. 박자에 맞추어 왼쪽 끝부터 다리를 하나씩 짚으며 오른
쪽 끝까지 왔다가 다시 왼쪽 끝까지 간다. 노래의 끝부분에서 짚이는
다리는 하나씩 뺀다. 다리가 끝까지 남아있는 사람이 이긴다.

V. 결론 및 제언

치매 노인에 대한 놀이는 치매 증상의 경감을 목적으로 하는 것만은 아
니다. 치매라는 증상으로 인해 여러 가지 장애가 있고 어려움이 있다고
하더라도 남은 인생을 보다 즐겁고 행복하게 지낼 수 있다면 우리는 그
방법을 찾아 노인들을 도와야 한다.[42] 놀이 활동을 통해 치매 노인들의
남아있는 능력을 동원하여 즐거운 시간을 갖도록 도와드리는 것이 치매
노인에 대한 놀이의 목적중 하나라고 하겠다. 치매 노인에게도 남아있는
관심이 있고, 유지하고 있는 기술이나 활동 능력, 그리고 치매 노인들이
즐겼던 옛 것에 대한 기억들이 있다. 이처럼 치매 노인들 안에 남아있는
것들을 찾아내고 그와 연관된 놀이 활동을 통해 치매 노인들의 잔존 능력
을 유지시킬 뿐 아니라 정서적 즐거움을 줄 수 있다면 놀이는 충분히 그
목적을 달성하는 것이다. 치매 노인을 행복하고 즐겁게 만들 수 있는 활

---

42) 신혜월 · 전미애, 『치매 노인을 위한 전통놀이 프로그램』, 양서원, 2006.

동은 그 노인들을 알고 존중하며 수용하는데서 시작한다. 본인이 좋아하는 것을 하면서 다른 사람들에게 인정을 받고 수용된다고 느끼게 된다면 누구나 행복감을 느낄 것이다. 치매 노인도 마찬가지이다.

이 프로그램들이 시설에서 거동이 가능한 경증 치매 노인들을 대상으로 한다는 한계를 안고 있다. 또한 앞으로 치매의 증세와 접근방법에 따라 프로그램 개발이 이루어져야 할 것이며 효과성에 대한 평가와 연구가 진행되어야 한다는 부담도 안고 있다.

하지만 이미 검증된 놀이의 효과를 치료에 활용하고 특히 오랜 세월 기억 속에 학습되어져 있는 것들을 활용하는 전통놀이는 치매나 중풍으로 인한 장애로 새로운 프로그램을 받아들이고 활용하는데 많은 어려움이 있는 노인들에게 활력을 주고 자신감을 회복시켜 줄 것이다. 정부 시책에 따라 급증하고 있는 각종 노인시설, 병원의 종사자들은 물론 그리고 각 가정에 부양가족들도 누구나 쉽게 활용할 수 있는 전통놀이를 이용한 프로그램과 교수법은 치매 노인들의 인지적 신체적 능력을 유지 발전시킴은 물론 정서적 안정감을 주어 치매 노인들의 삶의 질을 높이는데 역할을 담당할 것이다.

또한 이 프로그램들을 디지털화 콘텐츠로 접목시킨 전통놀이프로그램의 개발은 시간과 비용을 절감하여 누구나 어디서나 쉽게 활용할 수 있다는 장점과 함께, 급증하는 노인시설이나 병원 가정 등에서 치매 노인의 돌봄에 대한 부담을 경감시킬 수 있는 지침서로서의 역할을 담당하게 될 것이라 기대한다.

매체변용과 스토리텔링

양선미

『마지막 박쥐공주 미가야』의
애니메이션 스토리텔링화 방안

I. 서론

1976년 개봉되어 서울에서만 18만의 관객을 동원한 〈로보트 태권V〉가 2007년 만 삼십 세가 되어 관객에게 돌아왔다. 그리고 전국에서 75만 명의 관객을 동원하는 저력을 과시하며 화려하게 부활했다. 83세의 곰돌이 푸, 80세의 미키마우스까지는 아니더라도 적어도 13세의 포켓몬이나 11세의 해리포터가 어린 나이에도 불구하고 세계적으로 화려한 조명을 받는 것을 고려할 때 성인이 된 애니메이션 캐릭터를 소유하고 있다는 점은 한국 애니메이션이 지금까지의 부진을 딛고 화려한 비상을 할 수 있는 가능성을 제공한다는 점에서 의의를 갖는다.

콘텐츠에 관심이 없더라도 앞으로의 산업이 문화산업 중심으로 확장될 것이라는 것은 누구나 예상할 수 있는 일이다.[1] 그 중에서도 특히 애니메이션 분야는 확장의 끝을 짐작조차 할 수 없다. 다른 콘텐츠 분야에 비해 애니메이션은 상대적으로 적은 매출을 기록하고 있다. 그러나 반대로 시작하면 애니메이션 산업은 이제 겨우 첫발을 내딛었다 할 수 있다. 앞으로는 걷고 뛰어갈 일만 남은 것이다.

애니메이션 산업이 무한대로 확장될 것이라는 근거는 애니메이션이 과거와 달리 더 이상 아이들의 전유물이 아니라는 데 있다. 아이(kid)와 어른(adult)의 합성어인 키덜트(kidult)라는 용어는 이미 익숙한 용어가 되었다. 키덜트는 프라 모델을 사고 레고를 조립하는 일에 시간과 돈을 아끼지 않는다. 그들은 캐릭터가 프린트된 티셔츠를 입고 팝콘을 먹으며 애니메이션을 즐긴다. 그들이 관심이 갖는 분야는 애니메이션 캐릭터, 인형, 전투기, 항공모함 등 매우 다양하다. 따라서 기본적으로 애니메이션을 즐기는 아동 층과 아동 층을 위해 투자를 아끼지 않는 부모까지 생각해볼 때 애니메이션의 향유층은 거의 모든 계층에 포진해 있다고도 할 수 있을 것이다.

문제는 여기서 출발한다. 냉정하게 말해 〈로보트 태권 V〉의 성공은 자

1) 〈문화산업 매출액 내역 (단위 : 백만원)〉

기준년도	2003	2004	2005	2006
출 판	15,521,150	18,921,018	19,392,156	19,879,255
만 화	759,100	505,867	436,235	730,072
음 악	1,793,500	2,133,155	1,789,875	2,401,309
게 임	3,938,700	4,315,000	8,679,800	7,448,900
영 화	2,344,418	3,022,403	3,294,820	3,683,627
애니메이션	269,980	265,015	233,855	288,564
방 송	7,136,569	7,772,805	8,635,200	9,719,862
광 고	7,063,954	8,026,040	8,417,779	9,118,059
캐릭터	4,808,519	4,219,258	2,075,893	4,550,932
에듀테인먼트	–	878,973	992,488	117,989
합 계	43,635,890	50,059,534	53,948,101	57,938,569

〈한국 문화 콘텐츠 진흥원 자료〉 www.kocca.kr

체 캐릭터가 가진 힘에서 비롯된 것이 아니다. 그것은 "수백 억 원의 자금을 들여야만 구축되는 인지도, 어렸을 적 향수, 세대를 이어오는 세대 공감"[2]에 힘입은 바 크다. 한마디로 어렸을 때 태권 V를 보았던 세대가 성인이 된 뒤에도 여전한 충성심을 발휘했기에 성공적인 부활이 가능했다는 말이다.

그러나 〈로보트 태권 V〉의 신화는 부활 이후 재편성되거나 확장되지 않는다는 느낌을 감출 수가 없다. 그 원인은 서사의 부족 때문으로 여겨진다. 정우성·박경민의 논문에 의하면 태권 V의 가치로 관객이 꼽고 있는 것은 "교훈성, 애국심, 용감성"[3]을 들고 있다. 그러나 교훈성은 자칫 애니메이션의 즐거움을 반감시키는 요소로 작용할 수 있다. 아동에게 교훈성은 필요한 요소이기는 하지만 그와 같은 성격을 노골화하지 않고 내재화시키기 위해서는 화려한 서사와 장면이 필수적으로 요구된다. 또한 애국심은 문화 콘텐츠의 글로벌화 전략에 비추어볼 때 매우 부적절한 요소로 작용할 수 있으므로 주의가 요망된다. 반면 그럼에도 불구하고 〈로보트 태권 V〉가 성공했다는 것은 충분한 서사만 보강되어 시리즈화 된다면 좀 더 화려한 성공을 예측할 수 있다는 말에 다름 아니기도 하다.

결국 문제는 서사이다. 완벽한 서사는 가장 강력한 무기가 될 수 있다. 세계적으로 성공한 애니메이션에는 촘촘한 서사가 보석처럼 박혀 있다. 디즈니사와 드림웍스는 치밀한 전략아래 서사를 구축한다. 미야자키 하야오로 대표되는 일본의 애니메이션 역시 단단한 서사가 성공의 원동력이 되고 있다.

그에 반해 한국의 애니메이션은 다른 양상을 보인다. 야심찬 기획 아래

---

2) 정우성·박경민, 「국내 애니메이션 글로벌 경쟁력 강화 방안」, 《경영학 연구》제36권 제6호, 2007.
3) 위의 글.

개봉되었고, 작품성 면에서도 높은 점수를 받았으나 흥행 면에서는 거의 참패 수준에 머물고 있는[4] 여러 작품들에서 한결같이 제기되는 문제는 '서사'에 관한 것이다. 원작의 탄탄함으로 흥행을 장담했던 〈아마겟돈〉의 실패 역시 애니메이션 전문 각색가가 없기 때문[5]으로 기획자는 보고 있다.

이 글은 이와 같은 문제의식에서 시작되었다. 애니메이션 업계의 관련자들은 이구동성으로 한국 애니메이션이 당면한 문제를 '서사의 부재'로 꼽는다. 그러나 그뿐이다. 구체적으로 무엇이 부족한지에 대한 고찰은 전혀 하지 않는다. 따라서 필자는 이 글에서 보다 실증적인 애니메이션화 방안을 제시하고자 한다.

방안은 이경혜의 『마지막 박쥐공주 미가야』를 중심으로 진행될 것이다. 『마지막 박쥐공주 미가야』는 2000년에 출간된 뒤 꾸준한 사랑과 함께 작성을 인정받고 있는 작품이다. 계간 《아침햇살》에서 선정한 좋은 어린이 책에 들어갔고 2005년 프랑크푸르트 국제 도서전 주빈국 조직위원회로부터 '한국의 책 100선'에 선정되었다. 또한 제 42회 한국 백상 출판 문화상 어린이 단행본 부분을 수상하기도 하였다.

4) 2001년에서 2003년까지 국내에서 제작된 주요 극장용 애니메이션과 흥행실적.

제목	개봉일자	제작사	배급사	관객수
더킹	2001. 5	투티파크	필름뱅크	10,807명
별주부해로	2001. 8	한신코퍼레이션	브에나비스타	7,580명
런딤	2001. 11	디지털드림스튜디오	시네마서비스	31,185명
마리 이야기	2002. 1	씨즈엔터테인먼트	청어람	54,404명
오세암	2003. 5	마고 21	시나브로엔터테인	25,574명
원더풀데이즈	2003. 8	틴하우스	아우라엔터테인	140,080명
엘리시움	2003. 8	빅필름	아우라엔터테인	1,400명

　박기수, 『애니메이션 서사 구조와 전략』, 논형, 2004에서 재인용.
5) 위의 책, p.22.

　무엇보다도『마지막 박쥐공주 미가야』의 장점은 아이들을 위한 동화로 출간되었지만 어른들에게도 좋은 반응을 얻고 있다는 데 있다. 한국 애니메이션이 당면한 문제가 '서사의 부족'에 있다고 할 때 단단한 서사로 무장된 장편 동화는 '서사의 부족'이라는 단점을 보완하는 중요한 역할을 담당할 것으로 기대된다. 이때 애니메이션의 권좌를 지키고 있는 디즈니의 서사 전략은 좋은 본보기가 될 수 있다. 디즈니는 '서사'에 관한한 모험을 하지 않는다. 그들은 오랜 시간동안 충분히 검증된 서사만을 타깃으로 삼는다. "그들이 차용한 설화들은 짧게는 몇 백 년에서 길게는 몇 천 년에 이르는 기간 동안 수많은 사람들에 의해 첨가와 삭제의 수정 과정을 거치면서 오늘날까지 전해진 이야기들"[6]이다. 최근의 창작품인 경우에도 충분히 검증받은 작품을 선택함으로써 '서사의 부족'이라는 문제를 사전에 차단한다. 따라서 한국의 애니메이션 역시 폭넓은 계층에게 비교적 오랫동안 사랑받은, 서사가 풍부한 작품을 선택한다면 어느 정도 문제를 해결할 수 있을 것으로 전망된다. 그러므로 이 글은『마지막 박쥐공주 미가야』를 애니메이션에 적합한 스토리로 변화시키는 방안에 집중할 것이다. 먼저『마지막 박쥐공주 미가야』에 담겨 있는 애니메이션적 요소를 살펴본 뒤 장점은 강조하고 단점은 보완하는 방식으로 진행할 것이다. 그 과정에서 기존 스토리텔링이 보여주었던 한계를 반성의 기회로 삼은 뒤 실제로 예시를 써보는 작업도 병행할 것이다. 그런 뒤 기대되는 효과와 도출되는 한계에 대해서도 살펴볼 것이다.

---

6) 노시훈,『할리우드 애니메이션의 스토리텔링 전략』, 심미안, 2008, p.38.

Ⅱ. 『마지막 박쥐공주 미가야』의 애니메이션적 특징

"환상을 미적 구성의 원리, 창작 원리로 삼는 문학"[7]이라는 점에서 동화는 많은 장점을 소유한다. 우선 환상을 내포하고 있기에 동화는 최대한의 '이상성'을 추구할 수 있다. '이상성'[8]을 추구한다는 것은 꿈의 파랑새를 찾는 어린이거나, 더 이상 파랑새를 믿지 않는 어른들을 새로운 세계로 이끌 수 있다는 것을 의미한다. 특히 잃어버린 세계의 문을 여는 작업은 어른에게 있어 지난한 삶의 고통을 잠시나마 잊게 해주는 신비로운 치료제의 기능을 하기도 한다. 동화를 읽는 어른들이 많아지고, 캐릭터가 그려진 옷을 입거나 피규어를 구입하는 어른들이 점점 늘어나고 있다는 사실이 이를 증명한다.

또한 동화는 어떤 장르보다도 자연스럽게 자연과의 교감을 표현할 수 있다. 이는 환상이 지배적인 요소로 자리 잡았기에 가능한 일이다. 자연과의 교감을 통해 독자는 사랑이나 정의에 관한 보편성을 친숙하게 받아들인다. 동화가 다소 교훈적인 성향을 띠고 있는 것은 보편성에 힘입은 바 크다고 할 수 있다. 그러나 일방적 전달이 아닌 환상으로 가득 찬 서사의 구현이기에 동화가 들려주는 이야기들은 자연스럽게 독자의 가슴에 내재화될 수 있다.

범박하게 말하자면 애니메이션은 환상성이 확장된 동화의 변형판이라고 말할 수 있다. 한마디로 말해 읽는 동화가 아닌 보는 동화인 것이다. 동화에 쓰여 있는 글들을 읽으며 독자는 환상을 경험하고 사랑과 모험을

---

7) 김자연, 『한국 동화문학 연구』, 서문당, 2000, p.49.
8) 위의 책, p.35.

경험한다. 그러나 읽는 동화는 자칫 이성이라는 차단 장치에 의해 감동이 절감될 소지가 있다. 그에 반해 보는 애니메이션은 오감으로 동화의 환상성을 받아들이게 한다. 동화를 읽기 위해 관객은 이성적으로 준비를 갖추어야 할 필요를 느끼지 않는다. 애니메이션이 들려주는 이야기에 편안하게 몸을 맡기면 모든 것이 끝난다. 애니메이션은 환상이 가득한 서사로, 장면으로, 음악으로 관객의 온 몸에 스며들기 때문이다.

따라서 애니메이션은 앞으로 진행될 문화 산업의 핵심적 역할을 할 것임이 분명해 보인다. 현대인들은 여가를 중요시한다. 가족과 함께 시간을 보내는 일은 이제 특수한 가정에서만 일어나는 일은 아니고 여가의 많은 부분을 영화 관람에 할애하는 경향을 보인다. 최근에 한국문화 콘텐츠 진흥원에서 제공한 자료9)를 보더라도 2006년 극장용 애니메이션 산업은 2000년도에 비해(관객 수 : 1,665,285명, 매출액 : 11,656,995,000원) 5배 이상의 성장률을 보이고 있다. 특히 눈에 띄는 것은 한국 애니메이션 분야는 개봉 편수는 그다지 늘어나지 않았음에도 불구하고 관객 수와 매출액은 평균 성장률 5배를 훨씬 웃도는 8배의 성장을 보이고 있다는 점이다. 이는 한국 애니메이션에 대해 관객들이 애정을 가지고 지켜보고 있다는 것으로 이해될 수 있다. 다행히 한국은 오랜 하청 경험으로 애니메이션에 관한 한 뛰어난 기술력을 확보하고 있는 상태이다. 그러므로 전술한 바와 같이 이미 서사적 완성도에서 인지도를 확보하고 있는 장편 동화를 애니

---

9) 2006년 극장 애니메이션 개봉 현황 (한국문화콘텐츠진흥원 제공)

구분	편수	관객수(명)	매출액(원)
한국 애니메이션	3	376,393	2,822,947,500
외국 애니메이션	20	7,770,111	58,275,832,500
계	23	8,146,504	61,098,780,000

메이션으로 변용하는 일이 시급하다.

그런 의미에서『마지막 박쥐공주 미가야』는 많은 가능성을 담고 있는 작품이다. 비단 『마지막 박쥐공주 미가야』(이하 『미가야』로 지칭)뿐만 아니라 비약적인 발전을 거듭하고 있는 동화 시장에서 서사구조가 튼튼한 작품들은 많이 발견할 수 있다. 그럼에도 『미가야』여야 하는 이유는 아래와 같이 작품이 담고 있는 많은 애니메이션적 요소들 때문이다.

1. 등장인물로 동물 캐릭터를 이용하고 있다

세계적으로 성공한 애니메이션들을 살펴보면 주요 등장인물이 동물인 경우를 많이 발견할 수 있다.[10] 동물 캐릭터가 관객들에게 사랑을 받는 이유는 그들에게서 환상을 엿볼 수 있기 때문이다. 같은 말이라도 사람이 하는 것과 동물이 하는 것은 다른 의미로 받아들여질 뿐 아니라 관객들은 쉽게 애니메이션이 안내하는 환상 속으로 빠져 들어갈 수가 있다.

특히 『미가야』는 기존의 동화 캐릭터에서는 찾아보기 힘든 '토끼박쥐'를 소재로 서사를 진행시키고 있다. 기껏 박쥐가 등장하더라도 기존의 애니메이션에서 중요한 위치를 확보하지 못하고 있을 뿐 아니라 박쥐의 이미지는 어둠, 불의, 암울 등과 같이 부정적 이미지를 나타내는 경우가 대부분이었다. 그에 반해 『미가야』는 주인공을 '토끼박쥐'로 내세움에 따라 관객들에게 신선함과 충격을 안겨줄 수 있고 충격은 애니메이션에 대한 관심으로 이어질 것으로 예상된다.

응용인문의 현장

---

10) 동물 캐릭터를 주요 등장인물로 삼고 있는 애니메이션으로는 〈미녀와 야수〉, 〈곰돌이 푸우〉, 〈슈렉〉, 〈정글북〉, 〈원령공주〉 등 헤아릴 수 없이 많은 편이고 대부분 성공을 거둔 것으로 평가된다.

2. 잃어버린 추억을 환기시킨다

『미가야』는 왕국의 이야기를 다루고 있다는 점에서 잃어버린 추억을 되살리게 한다. 왕국과 공주 이야기는 관객들에게 잊을 수 없는 판타지의 세계이다. 누구라도 어렸을 적엔 왕자와 공주 이야기를 읽고 자랐으며 왕자와 공주가 되는 꿈을 꾸기도 했다. 따라서 왕국의 이야기는 아이들에게는 꿈을 어른들에게는 잊혀진 추억을 상기시켜줄 수 있는 좋은 소재가 될 수 있다.

3. 고아모티프를 차용하고 있다

전래동화는 내면을 비춰주는 "마술거울"[11]이라 할 수 있다. 동화를 통해 우리는 잃어버린 내면을 성찰하고 동화를 읽으며 삶을 탐사해나간다. 특히 고아모티프는 어린 시절 우리의 내면을 흔들었던 두려움과 의존심을 자연스럽게 벗어던지고 도전을 통해 성장해나가는 이야기를 다룬다. 따라서 필연적으로 모험적 요소가 수반되어 동화를 읽는 어린이들로 하여금 독서를 함으로써 한층 성숙한 성장을 경험할 수 있게 한다. 『미가야』 또한 고아모티프를 차용하고 있다. '미가야' 는 박쥐 제국의 공주로 태어났지만 채 자라기도 전에 어머니를 잃는다. 그러나 슬픔을 이겨내고 의젓한 여왕으로 성장해나간다.

---

11) 오탁번 · 이남호, 『서사문학의 이해』, 고려대학교출판부, 1999, p.110.

4. 생태계의 파괴를 주제로 하고 있다

『미가야』는 보기 드물게 인간에 의한 생태계의 파괴를 다루고 있다. '토끼박쥐 제국'이 멸망의 위기에 처하게 된 것, 공주 '미가야'가 어머니를 잃고 고아가 된 것도 인간의 횡포 때문이다. 미가야가 어머니와 백성을 잃고 역경에 부딪치는 장면은 관객들에게 몰입을 유도할 수 있으며 미가야의 슬픔을 내재화시키는 과정에서 생태계의 중요성 또한 자연스럽게 익힐 수 있게 될 것이다.

5. 진실한 우정과 사랑을 다루고 있다

외로운 미가야, 가시돌이(고슴도치)와 꼴깍이(오소리)가 펼치는 아름다운 우정 이야기 또한 슬픔 가운데서도 훈훈함을 느낄 수 있게 하는 좋은 소재가 될 수 있다. 언뜻 전혀 어울릴 것 같지 않은 고슴도치와 오소리와 토끼박쥐의 사랑은 관객으로 하여금 호기심을 유발시킬 수 있다. 그런 뒤 세 동물이 펼치는 조건 없는 우정은 "미가야"가 어려움에 처했을 때 빛을 발함으로써 관객에게 감동을 줄 수 있다.

또한 미가야가 달빛나라의 박쥐인 달밤의 칼과 나누는 사랑 이야기도 애니메이션을 한층 풍성하게 하는 요소가 될 것이다.

이처럼 『미가야』는 왕국이야기를 비롯해, 고아의 역경, 우정, 사랑과 같이 시대를 초월해 널리 사랑받는 소재로 이루어진 장편 동화로 풍부한 서사를 구축하고 있다. 동물들이 이야기를 이끌어가되 곰이나, 호랑이, 오리 등 기존에 많이 활용되었던 캐릭터와 달리 토끼박쥐, 고슴도치, 오소리와 같이 낯선 캐릭터를 창출함으로써 호기심을 자극하고 박쥐가 주인공으로 등장함에 따라 '선' 이나 '긍정' 의 이미지였던 '밝음' 이 오히려 공포와 두려움의 시간이 되고 '부정' 의 이미지로 작용했던 '어둠' 이 안락함과 편안함으로 바뀌는 낯선 경험을 유도함으로써 관객들을 보다 자유로운 상상의 세계로 끌어들일 가능성이 높을 것으로 기대된다.

Ⅲ. 디즈니사와 『오세암』의 스토리텔링 분석

1. 디즈니의 스토리텔링

세계적 애니메이션 제작사인 디즈니는 2007년까지 총 46편[12]의 애니메이션 클래식을 제작하였다. 그 목록을 자세히 살펴보면 디즈니사의 독특한 전략을 파악할 수 있다. 그것은 전혀 새로운 스토리를 창출해내기보다는 기존에 작품성과 보편성을 인정받은 작품들을 주로 차용하는 스토리텔링 전략을 사용하였음을 알 수 있다. 작품의 소재는 다방면에서 차용되었는데 그것은 주로 신화[13], 전설[14], 민담[15], 창작품[16] 등으로 분류된다. 이는 애니메이션을 제작할 때 디즈니사가 자체의 스토리를 개발해내기보다는 기존의 검증받은 스토리를 소재로 차용하고 있다는 것을 의미한다. 특히 제작된 애니메이션들의 경우에는 오랜 시간동안 작품성과 흥미를 인정받은 작품들로 구성되었다는 것을 알 수 있다.

검증받은 작품들은 디즈니에 의해 여러 가지 각색을 거쳐 새롭게 태어나

---

12) 노시훈, 앞의 책.
13) 〈헤라클레스〉
14) 〈아더왕의 검〉,〈로빈훗〉, 〈포카혼타스〉, 〈뮬란〉, 〈아틀란티스〉
15) 〈백설공주〉, 〈신데렐라〉, 〈잠자는 숲 속의 공주〉, 〈알라딘〉
16) 『피노키오』, 『덤보』, 『밤비』, 『이상한 나라의 앨리스』, 『피터팬』, 『정글북』 등

는데[17] 노시훈의 연구 중 눈여겨 볼 것은 '우화화'와 '플롯의 강화'이다.

'우화화'는 디즈니의 작품 중 많은 애니메이션이 동물 캐릭터를 사용하는 이유가 될 수 있다. 동물은 주관객층인 동물을 좋아하는 아이들에게 자연스러운 친근감을 느끼도록 유도한다. 동물이 하는 말을 아이들은 아무런 거부반응 없이 받아들이게 되고 따라서 주인공이 유도하는 바에 아이들은 딸려 들어간다. 아이들을 교육시키고자 하는 부모 역시 애니메이션이 전해주는 교훈성을 아이들이 자연스럽게 습득함을 인지하고 함께 영화관에 가게 되는 효과를 낳는다. 동물을 이용한 교훈의 전달이 유효한 것은 이미 많은 부분에서 경험한 바이기 때문이다.

우화화는 아이들의 상상력을 자극하기도 한다. 동물이 인간처럼 말을 하고 행동을 하고 우정과 사랑을 나눈다는 것에 대해 아이들은 호기심을 느낀다. 이를 극대화하기 위해 디즈니에서는 때로 동물이 등장인물이 아닌 원작마저 동물로 바꾸는 경우를 종종 볼 수 있다.[18] 이러한 전략은 장점과 한계를 동시에 갖는다. 인간처럼 사고하는 동물을 등장시킴으로써 앞에서 말한 바와 같이 어린 관객이 애니메이션을 보다 자연스럽게 즐기고 교훈을 받아들일 수 있다. 그러나 지나친 동물 캐릭터의 등장은(게다가 익숙한 서사의) 관객층을 한정적이 될 우려가 있다. 어린 관객과 그 부모는 관람을 유도할 수 있되 나머지 청소년층에게는 외면당할 염려가 있는 것이다. 또한 관념화된 동물의 이미지를 쉽게 이용함으로써 어린 관객들에게 동물에 대한 편견을 심어줄 수가 있다. 어린 관객들은 보여주는

---

17) 노시훈은 디즈니사의 스토리텔링 전략을 1. 검증된 스토리의 채택, 2. 저작권으로부터의 자유, 3. 스토리의 다양화, 4. 주관객층을 겨냥한 각색, 5. 우화화, 6. 플롯의 강화 등으로 정리하고 있다. 노시훈, 앞의 책.
18) 〈로빈훗〉이 대표적인 예이다. 〈로빈훗〉의 주인공은 원래 사람이었으나 디즈니는 동물에게 고정된 이미지를 이용하여 애니메이션을 제작하였다.

대로 받아들인다. 그런 관객에게 한정된 동물의 이미지를 주입시키는 것은 보다 폭넓은 사고를 할 수 있는 가능성을 차단하는 결과를 낳을 수도 있는 것이다.

두 번째로 눈여겨볼 것은 '플롯의 강화'이다. 애니메이션을 제작할 때 디즈니는 모험의 플롯을 선호한다.[19] 모험은 어린이의 성장을 돕는 중요한 소재이다. 모험에 당면한 전래동화의 주인공들은 대개의 경우 안온한 삶에서 어느 날 갑자기 모험을 해야 하는 상황에 내던져진다. 주인공들은 처음에는 두려워하지만 결국 자신의 앞에 놓인 모험에 발을 들여놓는다. 역경을 극복하면서 주인공들은 더 높은 인간성으로 발전하게 되고 모험으로 거침으로써 더 나은 사람으로 다시 태어난다.[20] 그럼으로써 삶이 보다 가치 있고 훌륭하다는 인식을 내면화하게 된다.

모험에 직면한 주인공들을 보며 어린 관객들은 주인공과 자신을 동일시한다. 주인공이 겪는 아픔에 관객도 기꺼이 아파하며 주인공이 기뻐할 때 관객도 기뻐한다. 그와 같은 동일시가 반복되며 관객들은 애니메이션 속으로 빨려 들어간다. 이와 같은 경험을 겪은 관객들은 앞에서 밝힌 바와 같이 애니메이션이 전달하는 교훈을 자연스럽게 체득하고 미래에 대해 긍정적인 사고를 가지게 되는 것이다.

2. 『오세암』의 스토리텔링

『오세암』은 2003년도에 영화화되었다. 개봉당시 작품성 면에서 인정을 받았으나 작품성이 관객의 수를 보장하는 것이 아니라는 것을 증명하듯

---

19) 노시훈, 앞의 책.
20) 오탁번·이남호, 앞의 책.

많은 관객을 확보하는 데는 실패하였다. 그리고 관객 확보의 실패는 조기 종영으로 이어졌다.

영화 〈오세암〉은 화려함을 지향하는 디즈니의 영화와는 다른 길을 선택하였다. 영화 〈오세암〉의 분위기는 전반적으로 차분하고 흥미보다는 감동을 유도하는 쪽으로 진행되었다. 실제로 〈오세암〉의 관객들은 관람평에서 감동과 슬픔 쪽에 많은 표를 던져주었다. 아름답다는 평가도 적지 않았다. 그러나 긍정적인 평가는 주로 어린 관객보다는 성인층에서 많이 나온 것으로 보인다. 대신 중학생 이하의 관객은 지루하거나 어렵다는 평가를 주로 내리고 있다.[21] 이는 영화 〈오세암〉이 어린 관객을 확보하는데 실패했다는 것을 의미한다. 주지하다시피 애니메이션의 주관객은 어린이들이다. 그런 어린이들을 유도하는데 실패하였다는 것은 전반적인 실패를 의미한다.

『오세암』은 정채봉의 동화로 1986년에 초판이 발행된 뒤 2008년 현재까지 총 52쇄 발행이라는 기록을 보여주고 있다. 이는 『오세암』이 20여년이라는 긴 시간동안 많은 독자들에게 사랑받아왔음을 증명하는 것이다.

필자는 앞에서 『미가야』가 애니메이션화 되기에 적합한 이유를 오랫동안 많은 독자들에게 사랑받았다는 것과 작품성을 인정받았다는 것에 두었다. 그러나 영화 〈오세암〉의 관객 확보 실패를 살펴보면 애니메이션의 성공이 반드시 독자의 사랑과 작품에만 기인하는 것이 아니라는 것을 알 수 있다. 그렇다면 〈오세암〉에는 무엇이 부족했던 것일까. 그것은 애니메

---

21) 평들의 예 : 재미없다. 만화를 싫어함. 난 정말 얼마나 지겨웠는데. 맑아지고 싶다면. 아름답고 너무 슬퍼서 흠이 되는 영화. 재미있는데 왠지 어색한 영화. 따뜻한 말로는 부족한. 애니메이션을 엄청 좋아함에도 보다 잤음. 가장 감동. 너무 감동적이며 슬픈 이야기. 부드러운 나의 자식들. 너무 많이 울었어요. 사랑하는 사람에게 권해주고 싶어요 등
http://movie.empas.com/movie/movieinfo?page=3&cinema_id=17726&tab=review

이션의 중요한 요건이라 할 수 있는 '서사'의 부족에 있다고 할 수 있다.

『오세암』은 길손이를 주인공으로 세운 구도 동화이다. '구도'라는 말은 『오세암』의 주 독자층이 어린이가 아니라는 것을 알게 한다. 만약 많은 어린이들이 『오세암』을 읽었다면 많은 경우 부모의 영향이 컸다는 것으로 해석될 수 있다. 실제로 『오세암』은 어린이가 이해하기에 심오한 내용을 담고 있다.

길손이는 장님인 누이 감이와 함께 구걸을 하며 살아가다 우연히 스님을 만나 절에 가게 된다. 심성이 고운 감이는 성실하게 절 생활을 이어가나 말썽꾸러기 길손은 스님들과 신도들의 눈 밖에 나게 된다. 그 사실을 아는 스님은 구도를 위해 관음암에 가는 길에 길손도 함께 데려간다. 산 정상에 위치한 관음암에서 길손은 스님과 함께 외로운 시간을 보낸다. 그러나 길손은 보살상을 발견하고 엄마라 부르며 진심으로 보살상을 위하게 된다. 어느 날 볼일이 있어 산에 내려온 스님은 갑자기 몰아닥친 폭설에 발이 묶여 관음암에 오르지 못하게 된다. 그동안 보살상과 함께 지내던 길손은 득도를 하고 관세음보살의 품에 안겨 하늘로 오른다. 부처의 은혜를 받은 감이는 눈을 뜬다. 기적을 일어났다는 소문을 들은 신도들이 관음암으로 몰려온 가운데 길손의 장례식이 치러진다. 이후 관음암은 다섯 살짜리 아이가 부처가 됐다는 뜻의 오세암이라 불려진다.

이처럼 『오세암』은 득도한 어린 부처의 이야기를 다루고 있다. 어린이가 이해하기에는 난해하고 무거운 주제로 이루어진 것이다.

애니메이션에서는 이러한 구도적 분위기를 배제하고 있다. 맑고 찬찬한 분위기는 그대로 유지하되 길손이 부처가 되는 구도적 내용 대신 고아인 길손과 감이의 외로움과 슬픔을 전면에 내세우고 있다. 따라서 마지막 길손이 부처가 되는 부분은 스님을 기다리다 지친 길손이 굶주림으로 인해 보살상 앞에서 죽은 것으로 끝을 맺고 있다. 애니메이션의 마지막 장면에서 관객들이 감동을 받음과 동시에 슬픔을 느끼는 것은 부모도 없이 살다 굶어 죽은 어린 길손에 대한 측은함 때문이다.

기존의 애니메이션에서는 볼 수 없는 잔잔한 감동을 불러 일으켰다는 점에서 영화 〈오세암〉은 인정받을만하다. 그러나 원작의 가장 중요한 소재인 '구도'가 철저히 배제되었다는 점에서는 한계가 드러난다. 가장 중요한 요소가 빠졌다면 그에 상응할만한 다른 요소가 첨가되어야 할 것이다. 그러나 영화 〈오세암〉은 '구도'의 요소를 빼는 것 말고는 이렇다 할 새로운 스토리텔링을 시도하지 않았다. '고아모티프'를 차용하고는 있지만 고아여서 겪는 슬픔과 외로움은 부각되지 않았다. 관객이 공감을 느끼게 하는 대신 어린 길손이와 감이를 측은하게 보도록 설정되었을 뿐이다. 이는 애니메이션의 주관객인 어린이의 눈높이를 맞추지 못한 결정적인 원인이 된다. 2000년대의 아이들과 주인공 길손과의 거리가 너무 먼 것이다. 인터넷과 피자와 스파게티에 익숙한 아이들이 스님과 장님과 고아의 이야기를 받아들이기엔 다소 무리가 있어 보인다. 물론 『알프스의 소녀 하이디』나 『빨강머리 앤』을 보고도 아이들은 충분히 흥미를 느낄 수 있다. 그러나 엄밀히 말하면 현대의 아이들에겐 구도를 행하는 스님과 한없이 착한 장님 소녀보다는 좌충우돌하며 말썽을 피우거나 우유를 짜는 이국의 주인공이 친숙하게 느껴질 수도 있다. 감이가 말썽꾸러기로 설정되어 있긴 하지만 사실상 애니메이션에서 감이의 말썽은 그다지 중요하게 부각되지 않는다. 오히려 외롭게 굶주림에 지쳐 죽어가는 모습만 부각될 뿐이다. 당연히 영화를 보는 아이들은 외로움도 굶주림도 이해하지 못한다. 먹을 것이 없다는 게 무얼 뜻하는지 알지 못하는 것이다. 이 장면에서 관객의 반응은 달라질 수 있다. 육아를 경험한 부모들은 감이의 고통을 충분히 공감할 것이다. 그러나 아이들은 그렇지 않을 수 있는 것이다.

이처럼 『오세암』의 스토리텔링은 감이의 순결한 마음과 관음암의 고적함, 눈발의 먹먹함 등만 부각되어 평면적으로 진행되었다. 따라서 어린 관객들의 흥미를 유도하기에는 다소 무리가 뒤따를 수밖에 없었다. 물론 청년층 이상에게서는 좋은 평가를 받을 수 있었지만 애니메이션의 주관객층이 어린이라는 점을 생각할 때 스토리텔링 면에서는 성공하지 못했다고도 할 수 있다.

그런 점에서 『미가야』는 위와 같은 단점을 극복할만한 요소를 지니고 있다 할 수 있다. 『오세암』의 길손과 마찬가지로 미가야도 고아이다. 그러나 미가야는 길손보다 훨씬 아이들의 친근감을 이끌어내는 행동을 되풀이한다. 엄마를 잃은 슬픔을 미가야는 감추지 않는다. 의젓하게 행동하려 애쓰지도 않는다. 슬픈 와중에도 친구들을 만나면 깔깔대기도 하고 피곤에 지쳐 잠에 빠져들기도 한다. 한마디로 미가야는 어디서나 흔히 볼 수 있는 전형적인 아이이다. 그런 미가야에게서 아이들은 동질화를 느낄 것이고 드디어 미가야가 성숙해가며 박쥐제국을 건설하려 할 때 자기 일처럼 기꺼이 기뻐하게 될 것이다. 또한 성장과 사랑, 우정과 같은 이야기를 『미가야』는 결코 교훈적으로 보여주지 않는다. 풍부한 서사로써 자연스러운 몰입을 유도할 뿐이다.

Ⅳ. 『마지막 박쥐공주 미가야』의 스토리텔링 시안

『마지막 박쥐공주 미가야』는 총 200페이지의 분량으로 이루어진 장편 동화이다. 동화는 주인공 미가야를 중심으로 하여 전형적인 영웅 서사의 구조를 보여준다. 내용은 대체적으로 미가야가 특별한 신분으로 태어남-고난을 겪음-조력자를 만남-위기를 극복하고 성공하는 이야기로 진행된다.

앞에서 언급한 바와 같이 애니메이션의 구성 요소 중에서 가장 중요한 것은 '서사'라 할 수 있다. 그런 면에서 아이들에게 익숙한 영웅 서사의 구조에 의해 미가야가 겪는 고난과 우정 사랑, 고난의 극복을 적절하게 배치하면 단단한 서사 구조를 확보할 수 있을 것이다. 또한 근간화소 사이사이에 잔잔한 재미를 느낄 수 있는 자유화소를 배치함으로써 서사를 한결 윤택하게 진행시킬 수 있을 것이다. 그와 같은 관점에서 우선 『미가야』를 시퀀스별로 분절하면 다음과 같다.

① 박쥐 제국의 마지막 생존자인 공주 미가야가 깊은 잠에 빠져 있다. 꿈을 꾼다.
② 여러 박쥐들의 축복을 받으며 미가야가 탄생한다. 박쥐들은 공주의 탄생을 세상에 알리고 숲의 짐승들은 박쥐들의 축제를 지켜본다.
③ 다른 박쥐들과 함께 미가야는 행복한 유년 시절을 보낸다. 아무런 부족함이 없다.
④ 엄마의 품에서 떨어져 나와 미가야는 새로운 시간을 보낸다. 엄마의 혹독한 훈련을 받으며 종족을 보존해야 하는 임무를 지닌 공주의 사명을 인식해나간다.
⑤ 긴속눈썹과 떠난 여행에서 선한 사람과 악한 사람을 경험하게 된다.
⑥ 공주로 성장한 미가야를 여왕 박쥐가 지혜의 동굴로 인도한다. 그곳에서 미가야는 박쥐제국의 찬란한 역사를 공부하고 새삼 공주의 직분을 인식하며 잠이 든다.

⑦ 잠에서 깨어나 동굴을 빠져나온 미가야는 자신의 제국이 참혹하게 찢겨져 있음을 발견하고 절망한다. 엄마와 함께 신하들은 사람들에게 포획되어 산을 떠나게 된다.

⑧ 미가야는 슬픔에 젖는다. 그러나 곧 자신이 해야 할 일을 깨닫고 여왕으로 거듭나기 위한 준비를 한다.

⑨ 마지막 생존자인 긴속눈썹마저 사람들에게 죽임을 당하고 미가야는 온전히 혼자가 된다.

⑩ 절망한 미가야는 지혜의 동굴을 찾고 겨울잠에 빠져든다.

⑪ 봄이 되어 동굴을 나선 미가야는 새로운 친구 꼴깍이와 가시돌이를 만난다.

⑫ 새로운 친구들을 사귀게 된 미가야는 각자 아픔이 있는 이야기를 듣고 그들과 새로운 우정을 펼쳐나간다.

⑬ 미가야마저 사람들에게 포획 당한다. 그러나 꼴깍이와 가시돌이가 목숨을 걸고 미가야를 구해준다.

⑭ 미가야는 달밤의 칼을 만나 사랑에 빠진다.

⑮ 미가야는 출산을 하고 새로운 박쥐 제국의 건설을 기약한다.

이상과 같이 『미가야』는 미가야가 태어나고 성장해가는 이야기다. 성장해가며 역경을 만나고, 그 가운데에 우정과 사랑을 경험한 뒤 딸을 낳음으로써 종족을 보존해야 하는 여왕의 임무를 수행하게 되는 이야기다. 이와 같은 동화를 애니메이션으로 거듭나게 하기 위해서는 기본 틀은 유지하되 서사 면에서 아래와 같이 몇 가지 변형을 가하는 것이 필요할 것으로 여겨진다.

1. 원작 동화는 인간에게 잡혀간 박쥐들이 무기력하게 죽어가는 것으로 이야기를 마친 뒤 미가야가 박쥐 제국을 이어나가는 것을 단순한 출산에 맞추었다. 그러나 이야기의 박진감을 위해서는 박쥐를 구하기 위해 미가야가 인간들 세상에 잠입하는 장면을 첨가해야 할 것으로 보인다. 잠입한 미가야와 잡혀 있는 박쥐들, 미가야까지 잡으려는 인간들의 팽팽한 긴장을 박진감 있게 다룬다. 이 과정에서 엄마는 비장한 최후를 맞게 되고 몇몇 박쥐가 살아남게 되지만 계속되는 역경을 극복하지 못하고 결국 구출 작전은 실패하게 되는 것으로 하면 긴장감 있는 서사로 인해 관객의 몰입도가 증가될 것으로 기대된다.

2. 원작에서는 긴속눈썹의 역할을 단순히 미가야에게 박쥐 제국에 몰아닥친 역경을 전해주는 역할만 담당하도록 하고 있다. 그로 인해 긴속눈썹이 죽고 미가야가 새로운 친구를 만나게 될 때까지의 시간은 잠을 자는 것으로 처리되고 있다. 이를 애니메이션화 할 경우 자칫 지루한 느낌을 줄 염려가 있으므로 작품의 후반까지는 긴속눈썹이 계속적으로 살아 미가야와의 모험을 계속 진행하는 것이 좋을 것으로 보인다. 그리하여 가시돌이와 꼴깍이까지 만나 우정을 함께 쌓고 그 과정에서 미가야를 사이에 두고 좌충우돌하는 모습을 그려내도 좋을 것으로 생각된다.

3. 인간의 횡포를 단순히 박쥐가 아닌 숲 속의 모든 동물들의 문제로 확대시켜 나가도 좋을 것 같다. 그렇게 되면 다른 동물과의 연대가 필연적으로 요구되어 그 과정에서 서사가 더욱 박진감 있게 진행될 것이다. 단, 애니메이션이 생태계 문제로 인해 지나치게 인간과 동물이 대결하는 구도로만 진행되어서는 안 될 것이다. 미가야의 문제를 함께 고민하는 선

한 인간도 포함시켜 함께 고민하고 연대하는 구도로 나가는 게 좋을 듯하다. 예를 들어 산에 사는 스님이 선한 인간이라는 말을 들은 미가야가 가장 안전한 안식처를 절로 삼는 장면이 나오지만 절을 증축하는 과정에서 미가야는 다시 고난을 겪는다. 그 과정에서 스님은 전혀 역할을 담당하지 않기 때문에 작품 초반에 스님에 대한 좋은 이미지를 굳힌 것에 대한 의문이 든다. 그러므로 스님에게도 역할을 주어 숲 속의 동물들과 함께 생태계 문제를 고민하도록 하는 것이 좋을 듯하다.

4. 동화에서 가장 희망적인 메시지를 전달하는 부분은 미가야와 달밤의 칼이 사랑을 나누는 부분이다. 사랑이라는 보편적인 주제는 나이, 연령과 상관없이 많은 사람들에게 감동을 줄 수 있는 주제이다. 미가야 역시 달밤의 칼을 만나 사랑을 하며 자신에게 끊임없이 몰아닥친 역경을 극복하고 소녀에서 성숙한 여인으로 변모해간다. 그러므로 끝부분에서 짧게 언급된 동화와 달리 애니메이션에서는 이 부분을 보다 심도 있게 다루는 것이 좋을 듯하다. 우선 아무런 무리 없이 진행된 달밤의 칼과의 사랑, 결혼, 출산을 좀 더 볼륨 있게 다루는 것이 좋을 듯하다. 예컨대 사랑의 시작이 녹록치 않게 진행되거나 결혼이 못된 인간에 의해 위기를 맞게 하는 것도 좋을 듯하다. 그렇게 하면 마지막 아기를 출산하는 장면은 보다 감동적으로 다가올 것이다. 이상 언급한 내용을 도표로 정리해보면 아래와 같다.

	장편 동화 『마지막 박쥐공주 미가야』	장편 애니메이션 〈미가야〉
서사의 변형①	인간에게 잡혀간 박쥐들이 별다른 저항 없이 시장에 팔려가거나 죽음.	미가야가 엄마와 백성들을 구하기 위해 인간 세상에 잠입함. 잡혀간 박쥐들과 합심하여 인간에게 대항함. 엄마는 비장한 최후를 맞고 다른 박쥐들은 팔려감. 미가야는 구사일생으로 살아나 도망쳐 나옴.

서사의 변형 ②	미가야와의 달밤의 칼이 아무 런 갈등 없이 진행되어 열매를 맺음.	달밤의 칼과의 사랑, 결혼, 출산을 좀더 볼륨 있게 다룸. 예를 들어 결혼이 못된 인간에 의해 위기를 맞게 하는 것도 좋을 듯함.
구도의 확대	박쥐와 인간의 대결.	생태계를 파괴하는 인간과 좋은 인간을 포함한 숲 속의 모든 동물과의 대결로 변형.
역할의 변형	긴속눈썹: 미가야에게 박쥐제 국의 역경을 전달해준 뒤 죽음.	끝까지 살아 미가야와의 모험을 계속적으로 진행함.

이상과 같이 몇 개의 변형을 시도한 뒤 애니메이션이 제작된다면 서사의 한계를 드러내는 애니메이션의 단점을 어느 정도 보완할 수 있을 것으로 기대된다.

그 중 보다 자세한 이해를 위해 서사의 변형 ①에 해당하는 스토리텔링을 기술해보면 다음과 같다. 아래의 장면은 총 15개의 시퀀스 중 8~9에 삽입할 내용이다. 기술한 바와 같이 원작에서는 여왕을 비롯한 박쥐들이 인간에게 잡혀갔다는 소식을 들은 미가야는 슬픔에 잠긴다. 게다가 마지막 생존자인 긴속눈썹마저 허무하게 죽자 깊은 잠에 빠지는 것으로 슬픔을 극복하고자 한다. 그러나 상황에 맞지 않는 미가야의 깊은 잠과 긴속눈썹의 허무한 죽음은 자칫 관객들의 공감을 획득하는 대신 지루함이나 맥빠짐을 안겨줄 수 있을 것이다. 그러므로 미가야와 속눈썹이 인간 세상으로 잠입하는 것으로 아래와 같이 서사를 변형하면 좀 더 박진감 있는 애니메이션이 탄생할 수 있을 것이다.

S#8-1인간 세상으로 잠입한 미가야. INT.

미가야와 긴속눈썹은 잡혀간 여왕 박쥐와 백성들을 찾아 인간 세상으로 날아간다. 낮에 날아다니는 박쥐들을 본 숲속 동물들이 갸우뚱 고개를 흔든다. 미가야와 긴속눈썹이 숲 밖으로 나오자 이를 발견한 사람들도 의아하게 생각한다. 동네에서 돌던 몇몇 개구쟁이들이 미가야를 향해 돌을 던진다. 하마터면 돌에 맞을 뻔한 미가야와 긴속눈썹은 당황하여 재빠르게 한 집으로 숨는다.

긴속눈썹 : 큰일 날 뻔 했어요. 공주님.

미가야 : 그러게 말이야. 그런데 왜 사람들은 우리만 보면 저렇게 못살게 굴까.

긴속눈썹 : 다 그렇진 않은데 아까 큰 돌을 던지던 그 아이가 유독 심한 것 같아요.

미가야와 긴속눈썹은 가쁜 숨을 몰아쉰다. 그때 사람 소리가 들려 미가야 일행은 황급히 지붕 밑으로 숨는다.

S#8-2 아이의 출현. INT.

아이 : 엄마, 엄마(아이가 집안을 돌아다닌다.)

긴속눈썹 : 아까 돌을 던지던 그 아이예요, 공주님. 아무래도 잘못 들어온 것 같아요. 우릴 보면 잡으려고 난리 칠 텐데. 무서워요.

미가야 : (자신도 무서운 것을 애써 참으며) 쉿 조용히 해. 여기 있으면 아이도 모를 거야. 저 애가 나가면 우리도 빨리 나가자. 나가서 엄마를 찾아야 해.

아이 : 아이 씨! 근데 대체 엄마가 어딜 간 거야. 아참 아빠가 잡아온 박쥐들을 팔러 갔나?

중얼거리던 아이가 무엇이 생각난 듯 재빨리 집 뒤쪽으로 달려간다.

긴속눈썹 : (흥분하며) 들으셨어요, 공주님? 분명 박쥐라고 했죠? 여왕님이랑 백성들이 다 여기에 있나 봐요.

미가야 : 조용히 해. 아이가 들으면 어쩌려고. 그런 것 같아. 빨리 아이를 따라가자. 다들 힘들어서 벌써 쓰러졌을지도 몰라.

S#8-3 고통스러워하는 엄마와 백성들. INT.

미가야, 비장한 표정으로 숨죽이며 날아간다. 긴 속눈썹이 그런 미가야를 보고 갸우뚱하다 이내 믿음직스러워하는 표정을 짓고 미가야를 따른다. 역시 집

뒤쪽에 여왕 박쥐와 백성 박쥐들이 망태에 묶인 채로 처마에 걸려 있다. 박쥐들의 모습은 비참하고 고통스러워 보인다. 심심한 아이가 박쥐들을 빙빙 돌리며 괴롭힌다. 그 모습을 본 미가야, 솟구치는 눈물을 이를 악물로 간신히 참는다.

긴속눈썹 : 이제 어떻게 해요, 공주님. 저 얄미운 녀석을 가서 쪼아버릴까요?
미가야 : 절대 안 돼. 그러다 잡히고 말거야. 머리를 써야 해.

미가야는 여러 가지 궁리를 한다. 긴속눈썹이 유인을 하고 자신이 망태를 풀 생각을 한다. 아이의 머리에 똥을 싸고 아이가 날뛰는 사이에 풀 궁리를 하기도 한다. 날카로운 연장을 입으로 물어 망태 끈을 자를 생각을 하기도 한다. 아무리 궁리를 해도 좋은 생각이 나지 않아 미가야는 괴로워한다. 그때 아이의 아버지와 어머니가 집 뒤쪽으로 오다가 미가야를 발견한다.

남자 : 아니 박쥐가 또 있잖아.(남자가 흥분하여 소리친다.) 여보, 여보, 망태 좀 가져와 봐. 저건 토끼박쥐 중에서도 희귀한 박쥐야. 저걸 팔면 몇 배로 돈을 줄 거야.

마음이 급해진 미가야. 닥치는 대로 처마 밑의 벌레를 잡아 남자에게 던진다. 긴 속눈썹도 합류한다. 벌레들이 머리에서 떨어지자 남자가 허우적댄다. 긴 속눈썹에게 계속 하라는 신호를 보내고 미가야는 망태 쪽으로 날아간다.

위와 같이 미가야가 제국의 복원을 위해 노력하고 그 가운데 실패하는 장면이 추가되는 것이 서사를 한층 풍부하게 하는 요인이 될 것으로 보인다. 불행한 일이 진행될 때 관객은 긴장하게 되고 애니메이션 속으로 빨려 들어가게 된다. 따라서 제국의 복원을 위한 미가야의 노력을 한층 극적으로 처리하고 에피소드를 추가하면 한층 관객의 호응도를 높일 수 있을 것으로 기대된다. 특히 인간의 집에 잠입한 미가야가 결과적으로는 백성들을 구출하는데 실패하지만 소소한 성공을 거둔다면 미래의 성공을 기약하는 중요한 단서가 될 수 있을 것이다.

V. 결론

　원작이 있는 스토리텔링은 제2의 창작이다. 어쩌면 순수한 창작보다 더 어려운 작업이 될 수도 있다. 원작이 품고 있는 장점을 놓치지 않음과 동시에 원작에는 없는 요소들을 창출해야 하기 때문이다. 그런 점에서 『마지막 박쥐공주 미가야』를 애니메이션화 하기 위한 스토리텔링은 결코 녹록치 않은 작업이 될 수 있다. 그럼에도 감히 시도를 감행하는 것은 다른 작품이 갖고 있지 않은 애니메이션적 요소를 『마지막 박쥐공주 미가야』가 충분히 확보하고 있기 때문이다. 따라서 이 글은 원작이 가지고 있는 장점과 주제 의식을 최대한 극대화하되 애니메이션화 했을 때 관객들이 몰입의 끈을 놓지 않도록 서사적 재미를 확장하는데 주안점을 주었다.

　그를 위해 먼저 『마지막 박쥐공주 미가야』에 담겨져 있는 애니메이션적 요소들을 살펴보았다. 새로운 것을 창출하는 것보다는 이미 보유하고 있는 요소들을 극대화하는 것이 서사의 완결도를 위해 보다 필요하기 때문이다. 그런 뒤 성공적인 스토리텔링을 위해 디즈니의 스토리텔링 전략과 〈오세암〉에 적용된 스토리텔링에 대해서도 살펴보았다. 그 결과 디즈니는 무모한 모험을 하지 않은 것을 알게 되었다. 그들은 오랜 시간동안 서사 구조에 기존의 이야기를 삽입하는 전략을 구사하고 있었다. 반면 〈오세암〉은 기존의 원작에 서사를 삽입하는 대신 주제만을 빼는 방식을 택해 잔잔한 감동을 주는 데는 성공했음에도 서사의 부족이라는 결과를 낳았음을 부정할 수 없었다. 그와 같은 점을 살펴본 뒤 『마지막 박쥐공주 미가야』

가 성공한 애니메이션으로 제작될 수 있는 가능성을 타진해보았다. 그 결과 보다 완벽한 스토리텔링 작업 과정을 거친다면 『마지막 박쥐공주 미가야』가 하나의 가치 있는 원소스로 작용할 수 있는 가능성을 찾아볼 수 있었다.

주지하다시피 풍부한 서사를 보유하고 있는 동화는 애니메이션 제작을 위한 중요한 원소스가 될 수 있다. 작품성도 확보되어 있다면 두말할 나위가 없다. 그럼에도 불구하고 국내의 애니메이션에서 동화를 기반으로 제작된 작품은 〈오세암〉 하나에 그치고 있는 실정이다. 이는 동화에 대한 전반적인 고찰이 부족하거니와 동화에 담겨져 있는 애니메이션적 요소에 대한 깊이 있는 이해가 부족하기 때문인 것으로 이해된다.

또한 뛰어난 기술력에도 불구하고 국내의 애니메이션이 좀처럼 활성화되지 못하는 이유는 전문적인 애니메이션 기획자가 부족한 때문으로 여겨진다. 그러나 무엇보다도 중요한 것은 치밀한 스토리텔링의 부족에 있는 것으로 보인다.

애니메이션은 궁극적으로 서사를 지향한다. 따라서 서사의 부족은 치명적인 결점으로 작용할 수 있다. 그러므로 성공적인 애니메이션을 제작하기 위해서는 풍부한 서사를 창출하는 것이 매우 중요하다 할 수 있다. 그런 점을 염두에 두고 『마지막 박쥐공주 미가야』를 스토리텔링화 한다면 훌륭한 한편의 애니메이션이 탄생할 수 있을 것이다. 그러나 앞에서 기술한 방안은 하나의 가안에 그치고 있으므로 완전한 시나리오로 거듭나기 위해서는 전문적인 보완 작업이 필수적으로 요구된다 할 수 있다.

안남일 · 이용승

〈리니지2〉의 스토리텔링에 관한 연구

I. 서론 : 스토리텔링, 디지털 스토리텔링

문자의 시대에서 인쇄 미디어의 시대로, 그리고 전자 미디어 시대를 거쳐 디지털 미디어 시대에 이르는 매체의 발전은 우리의 사고와 삶의 방식에 많은 영향을 주었다. 특히 커뮤니케이션을 기반으로 하는 모든 학문적 분야에서 매체의 발전 단계를 간과하고서는 오늘날의 제반 현상들에 대한 이해나 해석은 어렵다. 따라서 서사학에서 스토리텔링이라는 용어가 텍스트 중심의 구술적 측면으로 사용되었다면 디지털 미디어 시대에서의 스토리텔링은 전통적인 스토리텔링과는 다른 측면으로 해석[1]되어져야 할 것이다.

디지털 미디어 시대의 스토리텔링을 디지털 스토리텔링이라고 할 때, 이는 전통적인 이야기 방식을 새로운 매체와의 교섭을 통한 변화되는 이야기라고 할 수 있을 것이다. 권영운[2]은 이러한 디지털 스토리텔링의 특징으로 유연성과 탄력성, 보편성과 상호교환성, 그리고 공동체를 형성하는 힘을 들고 있다. 여기에 반복의 용이성, 이야기 환경의 신뢰성, 실시간에 가까운 현장성, 피드백의 요구와 용이성 등 디지털 스토리텔링의 다양한 특징들을 언급하였다.

오늘날 디지털 미디어의 특징이 쌍방향의 상호작용 커뮤니케이션을 가능하게 한다는 것과 디지털 정보를 사용한다는 것이라는 측면에서 본다면 디지털 스토리텔링의 특징 역시 위에서 언급된 다양성이 확보될 수 있다고 판단된다. 여기에 완전복제성과 즉각적인 접근가능성, 그리고 조작가능성으로 대표되는 디지털 정보의 특성을 가진 디지털 매체는 상호작용성(interactivity), 네트워크성(networkability), 복합성(multimodality)이라는 특징을 가지는데 이같은 특징은 인터넷 게임 매체에서 보다 명료하게 드러나고 있다고 하겠다.

일반적인 관점에서, 디지털 스토리텔링은 전통적인 선線형의 이야기 방식에서 벗어나 이야기 진행 방향의 다양성, 하나의 사건 속에 다수의 줄거리, 그리고 복수의 버전을 제공한다. 새로운 멀티미디어 기술들에 의

---

1) 전통적 의미의 스토리텔링과 디지털 시대의 스토리텔링의 차이를 『스토리텔링과 내러티브』(최예정·김성룡 공저, 글누림, 2005. p.30)에서는 아래의 도표로 제시하였다.

	전통적 스토리텔링	디지털 스토리텔링
매체	구술 / 문자	디지털 미디어
화자와 청중	화자 / 저자 1인 ; 다수 청중	다수 화자 ; 다수 청중
서사구조	선형성	비선형성, 다기성
엔딩	종결성	개방성
구성요소	서사	서사, 비주얼, 음향의 결합
감각기관	청각 / 시각	다감각성, 다매체성
전달방식	일방적	상호적

〈표 1〉 전통적 스토리텔링과 디지털 스토리텔링의 차이

2) 권영운, 「디지털 스토리텔링 특성의 광고 적용 가능성」, 《영산논총》 11, 2003. pp.394~395.

해 시각적, 청각적 효과들이 더욱 다양해진 것은 물론이고 작가의 설정이나 독자들의 요구에 따라 변화하는 유연성을 가진다. 컴퓨터가 보편화 되고 더 이상 전문가가 아니더라도 쉽게 응용할 수 있는 소프트웨어들이 개발되면서 이제 누구나 디지털 스토리를 만들어 자신의 생각이나 감정을 표현할 수 있다. 인터넷 웹사이트는 디지털 스토리텔링의 상호작용과 공유의 원동력이며 확장과 발전의 증폭제이다.[3]

특히 많은 유저들이 동시에 플레이할 수 있는 온라인 롤플레잉 게임, 즉 MMORPG(Massive Multi−player Online Role Playing Game)는 디지털 스토리텔링을 가능하게 하는 대표적인 예라고 할 수 있을 것이다. 우리나라의 대표적 MMORPG는 엔씨소프트의 리니지라고 할 수 있다. 엔씨소프트의 리니지는 1999년 국내 최고의 온라인 네트워크 게임으로 등극하면서, 온라인게임의 선두주자로 나선 이후 오늘에 이르기까지 그 맥을 잇고 있다.[4]

이러한 측면에서 본고는 현재 온라인게임 중 MMORPG의 대표격인

---

3) 정혜승, 「인터넷 환경에서의 디지털 스토리텔링에 관한 연구」, 《디자인포럼21》 제5집, 2002. p.239.
4) 게임리포트(gamereport.netimo.com) 온라인게임 순위표 참조(2007년 10월 기준)

순위	게임명	장르	개발사
1	서든어택	FPS	게임하이
2	스타크래프트	RTS	블리자드
3	월드오브워크래프트	RPG	블리자드
4	리니지2	MMORPG	NC소프트
5	스페셜포스	FPS	드래곤플라이
6	리니지	RPG	NC소프트
7	던전앤파이터	RPG	네오플
8	워크래프트3	RTS	블리자드
9	오디션	아케이드	티쓰리엔터테인먼트
10	카트라이더	레이싱	넥슨

〈표 2〉 온라인 게임 순위표

〈리니지2〉를 스토리텔링의 관점에서 해석하는 것을 목적으로 한다.

Ⅱ. 〈리니지2〉의 스토리텔링

일반적으로 MMORPG에서는 실제 게이머들이 체험하는 이야기, 즉 통합체는 제작기 다른 것이며 이야기에 대한 체험의 방식도 객관적인 것이 아니라 주관적이 형태로 나타난다.[5] 그렇기 때문에 MMORPG의 스토리는 전통적인 이야기와는 다른 배경이나 시·공간, 아이템 등의 이야기 요소가 큰 비중을 차지하게 되는 것이다. 따라서 스토리 라인의 구성은 MMORPG에서 상호작용성을 가지면서도 독특한 개성을 취할 수 있는 요소들의 배치가 필수적이다. 이 부분이 MMORPG의 스토리텔링을 주목하게 만든다.

이러한 관점에서 본격적인 〈리니지2〉의 스토리텔링에 앞서 우선 〈리니지2〉의 소설[6]에서의 스토리 라인을 살펴보기로 하자.

프렐류드(혼돈의 시대 연대기)의 '서장'에서 혼돈의 시대 원년의 배경을 제시한다.

크로니클1(전란을 부르는 자들)의 '기란공방'에서는 지그하르트와 에리카가 이끄는 황금양 용병단은 에스더스 남작이 안타라스 정벌을 위해 병력을 파견한 틈을 타 리오나가 지키고 있던 기란성을 공격하여 점령한다. 그리고 '지룡알현'에서는 '기란의 영주 발트너 남작을 중심으로 많은

응용인문의 현장

5) 전경란, 『디지털 게임의 미학』, 살림, 2005. p.38.
6) 주요 등장 종족을 도식해 보면 다음과 같다.
　　여명의 군주단 ; 기란, 황금양 용병(지그하르트, 에리카) / 오렌(바츠, 에릭 렘하트, 세리엘)
　　황혼의 혁명군 ; 리오나 + 아이린 / 엘모어(카인) / 프리키오스(다크엘프)

사람들이 안타라스 정벌을 떠나고, 다크엘프 대장로 시피엘의 명령으로 '카이저의 묵시록'을 운반하던 프리키오스는 묵시록을 탈취하여 도망치는데 쉬켄은 이 배신자를 징벌하고 책을 회수하기 위해 지룡의 둥지까지 그를 추적한다.

크로니클2(풍요의 시대)의 '혼돈의 연대기 2장'에서는 기란성을 차지한 지그하르트는 무슨 이유에서인지 성주가 되기를 포기하고 부하들과 자취를 감춘다. 뒤를 이은 영주가 기란과 인나드릴의 무역을 다시 시작함으로서 재화가 넘쳐흐르는 시기가 아덴 월드에 도래한다. 봉인된 다크엘프 족장 미트라엘의 연인이었던 아리아는 미트라엘의 봉인을 풀기위해 어느 흑마술사의 거짓 정보를 믿고 마법의 유산을 찾아 여행을 떠나게 되지만 바이움의 봉인만을 풀어버린채 자신의 목적은 이루지 못하고 파벨에서 파견된 추적대에게 쫓기는 신세가 된다.

크로니클3(혼돈의 연대기 3장)의 '왕의 시해'에서는 풍요의 시대 이후 여명의 군주들과 황혼의 혁명가는 각각 음지에서 나와 공식적으로 신자를 찾으며 세력을 키우고, 아리아가 오만의 탑을 공략하기 위해 모은 성자의 세 가지 유물은 지그하르트의 손에 들어간다. 프리키오스는 지그하르트에게 바이움의 피가 의미하는 바(실렌의 일곱 봉인을 풀기 위해 바이움의 피가 필요함)를 가르쳐 주고 지그하르트는 자신이 입수한 성자의 세 가지 유물을 기반으로 할라트와 손잡고 오만의 탑에 도전한다. 결국 바이움의 피를 입수한 그는 그 공을 인정받아 여명 군주들의 수뇌부 일원이 된다. 오만의 탑 공략에 동참했던 프리키오스 역시 바이움의 피를 입수한다. 하지만 그는 무슨 이유에서인지 그것을 황혼의 혁명군들에게 전달한다. '달이 뜨다'에서는 지그하르트는 죽음의 여신 실렌의 봉인 중 계시의 봉인, 탐욕의 봉인, 전란의 봉인을 풀었다. 기다렸다는 듯 두 조직(여명의 군주들과 황혼의 혁명군)은 본격적 싸움을 시작한다. '새벽의 달'에서는 황혼의 혁명군은 여명의 군주들에게 공격을 가하고, 세상을 전복시켜 영주의 자리를 꿈꾼다. 하지만 이들 역시 힘과 권력을 맛보며 타락해 그들을 따르던 사람들을 실망시킨다. 지배하는 자와 지배받는 자들의 싸움은 계속된다. 오렌의 램하트 가문의 바츠는 아버지 뒤를 이어 군주가 된다. 하지만 황혼의 혁명군들의 공격으로 죽음을 맞이한다.(샤크둔) 이후 동생인 에릭 램하트가 뒤를 이어 군주가 되어 황혼의 혁명군의 공격을 방어하는데 성공한다. 바츠의 우군이었던 세리엘(실버레인져─소드싱어)은 바츠의 복수를 위해 성을 떠난다.

크로니클4(운명의 계승자들)의 '운명의 개척자'에서는 아텐과 엘모어 사이에 국경의 문이 다시 열리고, 또 한 번 대륙은 변혁을 맞이한다. 아비게일 성주가 지배하는 고다드 성에 황혼의 혁명군이 공격해 온다. 같은 시기, 대립 세력이던 케트라 오크가 약해진 틈을 이용해 바르카 실레노스 역시 고다드 영지를 차지하기 위해 공격해온다. 성주는 자신의 안전만을 생각한 채 마을을 버린다. 그것은 황혼의 혁명군 역시 마찬가지였다. 이에 아이린은 성주의 명령을 어기고 황혼의 혁명군 중 뜻 있는 자들과 함께 마을 사람들을 바르카 실레노스의 공격으로부터 구한다. '깨어나는 의지'에서는 지그하르트에 의해 기란성을 빼앗긴 리오나는 새로운 힘을 얻기 위해 여행을 하고 있다. 자신의 어두운 과거를 떠올리며 새로운 세계를 만들 힘을 찾는다. 여행 도중 그녀는 아이린 일행을 만나게 되고, 그들은 리오나를 돕는다. 새로운 힘(드레드노트)을 얻은 리오나는 자신과 뜻을 같이하는 사람들과 혈맹을 결성한다.

크로니클5(영웅들의 결의)에서는 엘모어의 귀족 출신의 서자 카인은 돌아온 고향에서 가족이 몰살당하고 사랑했던 여동생 지젤이 뱀파이어가

되었다는 것을 알게 된다. 여동생을 다시 사람으로 되돌리기 위해 성배를 가지고 있는 바이옴의 아들 프린테사를 공격한다. 같은 시간 지그하르트와 에릭 램하트 역시 여명의 군주단의 지시로 프린테사를 공격한다. 결국 프린테사는 쓰러지게 되지만 카인이 원하던 성배는 얻을 수 없었다.

　이상의 스토리 라인을 '친교－경쟁－성장'의 구도로 각 크노니클별로 정리해 보면 다음과 같다.

	프렐류드	크로니클1	크로니클2	크로니클3	크로니클4	크로니클5
친교	지그하르트 , 에리카		기란과 인나드릴	바츠, 에릭	아이린, 리오나	에릭 램하트 카인
경쟁	황금양 용병단 vs 기란성(리오나)		아리아 vs 추적대	여명의 군주 황혼의 혁명	고다드 영주민 vs 바르카실레노스	프린테사 vs 카인
성장	기란성의 차지/ 안타라스 정벌		풍요로운 아덴경제	에릭 램하트 (오렌 영주)	리오나 (드레드노트)	에릭, 카인 (영웅)

〈표 1〉 크로니클 별 '친교－경쟁－성장' 구조

　다음으로 〈리니지2〉에 대한 스토리텔링을 살펴보기로 하자. 리니지 게임은 1999년에 엔씨소트트에 의해서 개발된 MMORPG이다. 리니지는 만화잡지 《윙크》에 화려한 중세 유럽풍의 그림과 영웅담을 기저로 한 판타지를 바탕으로 연재한 신일숙의 만화 『리니지』를 원작으로 하는 온라인 머그게임으로, 고품질의 3D 캐릭터와 뛰어난 그래픽 엔진, 울티마 온라인을 모델로 한 가상사회가 특징이다. 특히 중세 유럽 사회의 사회 경제 제도 이미지를 차용하여 왕과 영주, 기사가 영토로 계약을 맺는 봉건제도를 재현하였다. 리니지는 국내 온라인 머그게임 중 많은 유저들의 인기를 받아왔는데, 이러한 인기를 바탕으로 총제작비 약 200억원을 투입해서 2000년 6월에 〈리니지2〉 개발에 착수, 2003월 5월에 개발 완료했다. 〈리니지2〉는 기본적으로 리니지와 같은 세계관을 공유하고 기본 시스템의 요소들을 따르고 있지만, 게임성이나 시스템, 아덴 월드 내의 다양한 요소들은 많은 부분 차이를 보이며 〈리니지2〉라는 독립체로 구축되었다. 또한 기존의 리니지 보다 약 150여년 전의 배경으로 설정함으로써 리니지에서 전설로 인식되었던 영웅들의 세계가 〈리니지2〉의 배경이 되기 때문에 서사적 묘미가 한층 증대하는 효과를 가져온다.

엔씨소프트 측은 자아의 성장과 완성을 표현하고 영화보다 더 영화 같은 게임, 그리고 다양한 플레이 스타일을 구축하여 "혼돈의 시대로 모든 왕들이 세상을 차지하기 위해 싸우던 시대, 혈맹과 성장시스템을 통해 힘과 권력을 얻고 제왕이 되어 세상을 가져라"는 컨셉을 마련하였다고 하였다.

〈리니지2〉의 기본 스토리텔링을 살펴보면, 시간적으로 리니지의 150년 전으로 거슬러 올라간다. 창조의 신 아인하사드와 파괴의 신 그랑카인이 세계를 다스릴 때 거인들이 반란을 일으키나 실패로 돌아가고, 거인의 노예에 불과했던 인간들이 번창해 인류 최초의 성 글루디오를 축조한다. 이때 반왕의 싹이 자라게 되면서 두 개의 큰 대륙 위에 세워진 세 왕국을 중심으로 〈리니지2〉의 스토리가 시작된다. 젊은 왕 라울이 내란을 규합한 신흥왕국 아덴, 고대 엘모아덴 왕국의 직계임을 내세운 대륙 북부의 군사대국 엘모어, 그리고 바다 저편 서쪽에는 혈육간의 왕위계승 다툼으로 혼돈의 한가운데 빠져있는 그레시아. 이들 왕국은 서로를 견제하면서도 영지단위의 강한 자치의식 때문에 내분의 위험에 노출되어 있다. 게이머들은 이러한 혼돈의 역사 속에 던져져 자신의 캐릭터를 성장시켜 힘을 기르면서, 자신의 의지를 세상에 관철시킬 수 있는 힘을 기르게 된다. 게이머는 스스로 세상을 다스리는 제왕이 되고자 하며, 그 스스로의 역사가 게임의 스토리가 된다.[7]

7) 윤지현, 「국내 온라인 게임 그래픽에 관한 연구」, 한양대학교 석사학위논문, 2004, pp.46~47.

그러므로 기본적으로 〈리니지2〉의 스토리텔링의 3가지 코드는 '친교'(혈맹), '경쟁'(혼란과 대립), '성장'으로 오프닝 동영상의 기반적 스토리(Back story)와 퀘스트/시스템을 통한 이상적 스토리(Ideal story), 그리고 플레이어가 만드는 우발적 스토리(Random story)의 진행을 통해 게이머들을 유도하고 있다.

〈리니지 2〉의 전반적인 전개과정은 아래 표와 같다.

	프렐류드	크로니클1	크로니클2	크로니클3	크로니클4	크로니클5
친교의 전개 (동영상)	2인/9인(용던)	혈맹/레이드 파티	동맹/군주단 vs 혁명군		도시 거주자/사회적 계급	
친교의 전개 (시스템)	레이드 몬스터등장	안타라스/아지트	혈맹 퀘스트/바이움	세븐 싸인	혈맹, 단체 퀘스트	결혼제도/사회적 계급
경쟁의 전개	경매형 아지트		인나드릴성/콜로세움	세븐 싸인	영웅/올림피아드	슈트가르드/루운성 추가 사회적 계급
성장의 전개	1차 전직/2차 전직			서브 클레스	3차 전직/영웅	사회적 계급
바츠 해방전쟁	DK혈맹 결성 레이드 몬스터 사냥		DK동맹 독재실시/바츠 해방전쟁(내복단)		DK혈맹의 반격/다시 시작된 탄압	
리니지2소설	기란공방(공성전) 지룡알현(레이드몬스터)		장원시스템	달이 뜨다 (세븐 싸인)	운명의 개척자/서브 클레스 깨어나는 의지/3차 전직	

〈표 2〉 〈리니지2〉의 전개과정

〈리니지2〉의 스토리 속의 배경신화와 역사는 다음과 같다.

〈리니지2〉의 세계는 두개의 큰 대륙 위에 세워진 세 왕국을 중심으로 이루어진다. 젊은 왕 라울이 내란을 규합한 신흥왕국 아덴, 고대 엘모아덴 왕국의 직계임을 내세운 대륙 북부의 군사대국 엘모어, 그리고 바다 저편 서쪽에는 혈육 간의 왕위계승 다툼으로 혼돈의 한가운데 빠져있는 그레시아. 이러한 세계관을 바탕으로 중세 여러 국가가 있으며 선과 악의 대립과

국가간 분쟁 그리고 리니지만의 시스템인 혈맹간의 경쟁이 주된 스토리이며 유저는 이 속에서 각자의 신을 섬기는 자신만의 종족과 그 가운데에서 고유한 직업을 가지고 〈리니지2〉의 세계에 살게 된다.

그럼 여기에서 '신화와 역사 부분'[8]을 나누어 〈리니지2〉에서는 어떤 방식의 스토리텔링을 구성하고 있는지를 살펴보기로 하자.

우선 〈리니지2〉에서의 신화는 게임의 판타지적 요소를 더욱 강조하고 있으며, 또한 일반인들에게 친숙한 그리스 로마 신화의 요소가 적절히 가미되었다. 〈리니지2〉의 신화는 강한 설득력과 개연성으로 초기 게임을 시작하는 플레이어로 하여금 흥미를 유발하고, 이러한 단순한 개인의 게임의 대한 흥미, 호기심은 게임이 진행 될수록 탄탄한 게임 전개과정, 제작자의 '보이지 않는' 의도 등 여러 요소와 결합하게 되며 마침내 게임으로 더욱 몰입하게 하는 요인이 된다. 이것은 각각의 에피소드(Episode)에서 부분별로 나타나고 있는데, 에피소드별 신화 관련 내용의 예를 몇 가지 살펴보면 다음과 같다.

에피소드 01(창세기)에서 '태고에 모든 것이 뒤섞인 구가 존재하고 있었다' 라는 것은 '혼돈은 달걀 모양을 하고 있었다' 는 중국의 창조신화와 관련이 있다. 그리고 '구는 산산이 흩어지며 온갖 것이 되었다. 일부는 위로 올라가 하늘이 되었고, 일부는 아래로 내려가 땅이 되었다' 라는 것 역시 '가벼운 것은 떠올라 하늘이 되었고 무거운 것은 가라앉아 땅과 바다가 되었다' 라는 중국신화와 연관을 지을 수 있다. 또한 '빛과 어둠'[9]은

---

8) http://lineage2.plaync.co.kr/board/history/ArticleList

9)

	리니지2	슬라브 신화	북유럽신화	조로아스터교
빛	아인하사드	벨로보그	스펜타 마이뉴	우라노스
어둠	그랑카인	체르노보그	앙그라 마이뉴	가이아

슬라브 신화나 북유럽신화 모티프 그리고 조로아스터교에서 근원을 찾을 수도 있다.

에피소드 02(신들의 탄생)에서 '실렌'(물/엘프)은 '포세이돈', '파아그리오'(불/오크)는 불과 화로의 여신 '헤스티아', '사이하'(바람/아르테리아)는 그리스 신화의 풍신 '아이올로스', '에바'(시, 음악)는 '아폴론'과 연관을 지을 수 있다.

에피소드 03(그랑카인의 자손)에서 '그랑카인이 찌거기를 모아서 피조물(인간)을 만들었으나 그 결과 나약하고, 어리석고, 교활하며, 겁쟁이였다'는 것은 제우스의 지시로 프로메테우스가 대지에서 흙을 조금 떼어내 물로 반죽하여 인간을 신의 형상과 같이 만들었지만 만물의 영장이 될 인간의 차례가 오자 프로메테우스가 지금까지 그의 자원을 몽땅 탕진하였으므로 인간에게는 줄 것이 남아 있지 않았다는 이야기와 견주어 볼 수 있을 것이다.

에피소드 05(죽음의 여신, 실렌)에서 '그랑카인은 자신의 장녀 실렌을 유혹하여 그녀에게 아이를 갖게 하는데 이 사실을 알게 된 아인하사드가 분노한다'는 것은 제우스의 바람기와 헤라의 질투를 연상시키고, '실렌이 용을 낳고 신들을 공격하게 한다'는 것은 가이아의 사주를 받은 기간테스들이 올림푸스를 공격하는 것에 그 맥이 닿아 있다. 이는 '실렌'이 그리스 신화에 나오는 명계의 신 '하데스'와 연관지어 볼 수 있는 부분이다.

에피소드 07(피조물의 기만)에서 '거인들이 신들에 대항할 군대를 만든 것'은 북유럽 신화에서 신족과 거인족의 대립을 연상시키고, 에피소드 08(신들의 분노)에서 '아인하사드가 그랑카인의 별의 해머를 빌려 거인들을 벌하는 것' 역시 북유럽 신화에 나오는 오딘의 아들 토르의 '묘르

닐의 쇠망치'와 관련성이 있으며, 특히 '아인하사드가 도망치는 거인들을 번개로 태워서 죽이는 것'은 제우스의 무기가 번개라는 점에서 같은 맥락으로 이해할 수 있을 것이다.

이처럼 살펴본 에피소드에서 연관 지을 수 있는 신화뿐만이 아니라 다른 고대 신화도 사용한 흔적을 볼 수 있다. 성경의 바벨탑 모티프를 에피소드 19(오만의 탑)에 적용시킨 것이 그 한 예가 될 수 있는데, 이를 통해서 좀 더 우리에게 친숙한 신화적 소재를 등장시키려한 것으로 볼 수 있다. 그러나 〈리니지2〉의 스토리텔링 중심에는 그리스 신화가 있다. 좀 더 구체적으로 〈리니지2〉 신화와 그리스신화의 유사성을 단계별로 분석해 보면, 아래 표와 같다.

	에피소드1~3	에피소드4~6	에피소드 7	에피소드8	에피소드9
리니지2 신화	창세기 : 창조주와 창조물의 탄생	신들의 유희와 갖가지 기행	신들의 권위실추와 더불어 거인들의 오만	분노한 신들이 거인들과 전쟁	거인족의 멸망과 신들의 은둔
그리스 신화	태초의 카오스와 가이아의 등장, 이들에 의해서 세상만물이 창조되고, 이와 함께 고대 신들이 탄생	가이아, 우라노스, 크라노스 등 고대 신들의 기행	기존 고대신세력과 새로운 신들 사이의 대립	제우스의 권력 투쟁 ; 기간테스와의 전쟁튀폰과의 전쟁	제우스를 비롯한 올림푸스 신들의 체제 확립

〈표 3〉 〈리니지2〉 신화와 그리스 신화의 비교

다음으로, 〈리니지2〉 역사는 기본적으로 유동적, 능동적인 흐름이 중심이 되고 있다. 다시 말해서, 처음에는 일정한 계층적 구조를 유지하고 있다가 어떠한 사건을 계기로 해서 초기에는 종족끼리 새로운 질서 확립을 위한 '경쟁'을 벌이고, 후반에는 인간들이 무리를 모아서 공동체를 형성하여 서로의 이해관계를 중심으로 '경쟁'을 벌인다. 절대 정적이거나 수동적인 모습은 찾아볼 수가 없다.

이러한 〈리니지2〉의 역사에 주목할 점은 두 가지이다. 하나는 '혈맹'이요, 또 하나는 서로간의 '경쟁'이다. 〈리니지2〉는 '혈맹'을 형성하여 공동체적 친교를 형성하고, 이를 더욱 확장시키는 과정에서 타 종족, 또는 같은 종족간의 충돌, 대립, 혼란 등 많은 사건들이 발생하며, 절정에 다다르면 '전쟁'으로 서로간의 경쟁이 표출되고, 이러한 '전쟁'의 결과 갈등이 해소되는데, 이것이 시간이 흘러감에 따라 '유지, 분열, 충동, 대립, 긴장, 갈등의 표출, 절정' 다시 '전쟁'이라는 순환적인 모습을 보인다.[10]

이처럼 〈리니지2〉에서 게임 플레이어에게 게임을 진행하면서 '혈맹'과 '경쟁'은 하나의 필연적 과정이며, '영원한 평화'는 없다는 것을 자연스럽게 인식시키는 것이다. 이는 〈리니지2〉의 배경이 중세시대라는 점과 잘 맞아 떨어진다. 중세시대에는 전쟁이 빈번하게 발생하였고 이에 따라 강조되는 것이 (기반)토지, 무력, 공동체(혈맹)였다. 따라서 자연스럽게 난세의 상황이었을 것이고, 혼탁한 세상에서 자신을 보호하기 위해서는 이해타산에 따라서 이합집산의 필연성이 제기되었을 것이다. 〈리니지2〉는 이러한 상황적 인식에 따라 힘을 중심으로 뭉쳐야 산다는 것을 보다 확실하게 느낄 수 있게 해주며, 자신이 속한 공동체의 안녕이 자신의 평화라는 것을 대리 각인시키는 것이다. 아울러 종족과 혈맹을 위해서는 필연적으로 타 종족과의 전투가 있다는 것을 강조하고 있다.

이상에서 살펴본 것처럼 〈리니지2〉의 혈맹을 중심으로 한 신화와 역사

---

10) 〈표 4〉의 순환부분 참고.

의 총체적 분석은 아래 표와 같이 정리해 볼 수 있다.

발달과정	Ⅰ 발단	Ⅱ 전개	Ⅲ 위기	Ⅳ 절정	Ⅴ 결말
신화의 성립과정 : '그리스 신화적' 요소					
(1)신화	에피소드1~3	에피소드4~6	에피소드 7	에피소드8	에피소드9
단순한 지배,피지배 층간의 대립 시기: 혈맹의 맹아	창세기 ; 창조주와 창조물의 탄생	신들의 유희와 갖가지 기행	신들의 권위실추와 더불어 거인들의 오만	분노한 신들이 거인들과 전쟁	거인족의 멸망과 신들의 은둔
혈맹의 성립과정 : 중세시대의 사회 시스템적 요소					
(2)역사 part1	에피소드 10	에피소드11	에피소드12	에피소드13	에피소드14
본격적인 혈맹의 중요성 인식과 확립 시기	혼돈 ; 종족대립의 서막	거인족 멸망 후, 6종족의 힘의 균형이 깨짐	새로운 지배계층 확립을 위해 기존의 엘프 세력과 새로운 오크족 간의 다툼	인간족과 엘프족이 연대함으로써 오크족과 싸움에서 승리함	인간족의 계산된 배신으로 엘프족 역시 패배하고 자신들의 자리를 인간들에게 뺏김
진행과정	종족들 사이의 관계변화	종족들간의 대립	종족들간의 다툼 ; 혈맹의 필요성 대두	혈맹의 성립과 위기극복	혈맹의 중요성과 경쟁
역사 part2	에피소드 15	에피소드16~18	에피소드19~20	에피소드21~22	에피소드 23
혈맹을 중심으로 한 갈등 분열 통합	인간들의 결집 초기 엘모아덴/페리오스 (페르시아/아테네연맹)	인간들의 도시 왕국이 무리를 모여 형성	인간들 연합체의 분열 →엘모아덴의 붕괴(바이움 황제 때)	새로운 왕국들의 탄생 아덴/엘모어/그라시아	현재 인간들의 왕국들이 건재하면서 서로를 견제
진행과정	혈맹의 형성기	혈명 or 종족의 '경쟁, 대립, 혼란' → '유지, 분열, 충동, 대립, 긴장, 갈등의 표출, 절정' → '다시 전쟁'			혈맹과 혈맹간의 흡수→새로운 혈맹의 탄생
순환					

〈표 4〉〈리니지2〉의 신화와 역사의 총체적 분석 ; 혈맹을 중심으로

이상의 신화와 역사의 총체적 분석에서 파악되는 것처럼, 게임의 서사는 기존 소설의 스토리 라인을 형성하고 있으면서도 크로니클 별로 진행되는 상호작용 요소가 첨가됨으로 인해서 선형적 서사에 머무르지 않고 복합적인 서사, 선형적 서사와 비선형적 서사를 함께 포함하고 있다. 한혜원[11]은 『디지털 게임 스토리텔링』에서 이같은 새로운 서사의 틀을 구축하는 게임의 서사는 오프닝 동영상의 기반적 스토리(Back story), 퀘스트를 통한 이상적 스토리(Ideal story), 플레이어가 만드는 우발적 스토리(Random story)의 세 가지 층위를 형성하고 있다고 보았다.

그렇다면 〈리니지2〉에서는 이러한 세 가지 층위가 어떻게 구성되고 있는지 살펴보기로 하자.

먼저 오프닝 동영상[12]의 기반적 스토리는 1인 시작의 '리니지의 신화와 역사'로부터 시작된다. 미트라엘의 연인이었던 아리아(잊혀진 역사의

---

11) '기반적 스토리'(Back story)는 게임에 처음에 속하는 3분 내지 5분 분량의 오프닝 동영상과 중간에 삽입되는 컷씬으로 구성된다. 기반적 스토리는 기존의 영화나 애니메이션과 동일한 방식으로 구성된다. 기반적 스토리가 진행되는 상황에서는 플레이어가 능동적으로 할 수 있는 일은 없고, 플레이어는 다만 완벽하게 만들어진 스토리를 수동적으로 소비하게 된다. 플레이어에게 게임의 캐릭터와 스토리에 대해서 축약된 정보를 제공하는 기반적 스토리는 기존의 영화나 애니메이션의 선형적 구조를 충실히 따르고 있다. '이상적 스토리'(Ideal story)는 플레이어가 게임을 플레이하는 순간 발생하는 스토리로서, 기반적 스토리가 끝나는 지점에서 시작된다. 따라서 기반적 스토리처럼 작가가 완결된 스토리를 플레이어에게 일방적으로 전달하는 것이 아니라, 게임 디자이너가 플레이어로 하여금 제한된 영역 내에서 플레이어의 선택과 행동을 통해서 스토리를 전개시키도록 유도하는 방식으로 이루어진다. 기반적 스토리가 5단계 극적 구성의 방식을 채용한다면, 이상적 스토리는 에피소드식 구성을 취하고 있는데 이것이 플레이어들을 몰입하게 만드는 요소이다. '우발적 스토리'(Random story)는 게임 디자이너의 제한 영역을 넘어서서 발생하는 스토리로 게임의 온라인화가 전제된 상황에서 플레이어 대 플레이어의 차원에서 생성될 수 있는 스토리다. 이는 MMORPG가 가능해지면서 게임을 공유하는 플레이어들 간의 컴퓨터 매개 커뮤니케이션(computer medidited communication, CMC)이 가능해졌기 때문으로 사람과 사람이 만나서 만들어내는 이야기는 무궁무진하며 예측을 불허한다. 사람 간의 의사소통은 커뮤니티를 만들어내고 커뮤니티는 자체적인 문화를 만들어내기 마련이다. 이와 같이 플레이어들이 한 곳에 집합하게 됨으로써 게임의 제한 영역 안팎에서 동시다발적으로 생성될 수 있는 모든 이야기들이 우발적 스토리에 속한다. 출처 : 한혜원, 『디지털 게임 스토리텔링』, 살림, 2005. pp.25~44 참조.
12) 오프닝 동영상에서 '친교'는 '전사와 법사의 2인 파티' → '용던의 9인 파티' → '혈맹' → '레이드 파티' → '동맹' → '같은 도시 거주자'로 확장 과정을 거친다.

봉인을 풀게 되는 다크 엘프)는 어떤 흑마법사의 거짓정보를 믿고서 미트라엘의 봉인을 풀어주려 오만의 탑에 오게 된다. 특이사항은 (1)〈리니지2〉의 첫 동영상으로 혼자서 오만의 탑에 오는 1인 플레이라는 점, (2)신들의 권위에 도전하는 인간(신화적 모티프)과 오만의 탑(성경의 바벨탑 모티프)의 등장, (3)친교와 혼란의 코드(신화와 역사의 에피소드14와 관련)로 구성된 점이다. '프렐류드(전사와 법사의 2인 파티)'는 '용던의 9인 파티'로의 확장으로, 최소 규모이면서 동시에 친밀성이 높은 전사와 법사 커플이 등장하여 죽은 남자 전사를 부활시키려다 절망하고 결국 복수를 위해 연인의 칼을 들고 일어서는 여자 법사의 이야기이다. 특이사항은 (1)현실에 필적하는 강력한 감정적 결합이 나타나는 점, (2)동영상 끝 부분에 용던 9인 파티의 등장, (3)판타지에 등장하는 마법과 중세적 분위기의 장비와 배경, (4)성장과 친교의 코드로 구성된 점이다. '크로니클1'은 '혈맹'으로 '레이드 파티'로의 확장이다. 군주가 안타라스를 향해 출전하자 은밀히 시작되는 다크엘프의 배신과 같은 시각 적혈의 군대 침입 등 사랑과 배신의 감동 메시지를 전해준다. 특이사항은 (1)40명 이상의 혈맹의 등장, (2)레이드 보스 몬스터 사냥 그룹의 소개(안타라스/용), (3)친교와 경쟁의 코드로 구성된 점이다. '크로니클2·3'은 '동맹'(군주단/혁명군)으로 실렌이 깨어나는 것을 막기 위해 한때 사랑했던 엘카디아에게 검을 들어 올리는 카인과 이때 등장한 쉬켄이 그의 검을 막아서고 드디어 첫 번째 봉인이 풀리기 시작한다. 특이사항은 (1)사신의 봉인이 풀려 세븐사인이 시작되는 것, (2)친교와 경쟁의 코드로 구성된 점이다. 그리고 봉인의 힘을 노리는 여명과 황혼, 두 양대 결사대가 거대한 움직임을 보이기 시작하면서 일곱 봉인의 힘을 둘러싼 여명과 황혼의 불꽃 튀는 경쟁이 시작된다. 특이사항은 (1)여명의 군주단과 황혼의 혁명군으로 갈라짐으로 인한 선택과 경쟁이 대두되는 점, (2)친교와 경쟁과 성장의 코드로 구성된 점이다. '크로니클4'는 '같은 도시 거주자'의 사회적 계급이 형성되는데, 루운성 마을에서 행복이 넘치는 결혼식이 거행된다. 그런데 결혼 파티 중 난입한 일련의 무리들에의해 결혼식은 망쳐지고 결국 신부는 희생되고 만다. (고다드 성 영주는 신들의 화로) 특이사항은 도시간의 대립이 시작된다는 점이다.

다음으로 퀘스트/시스템을 통한 이상적 스토리는 헤라클레스의 12가지 과업 모티프를 통해서 드러나고 있다.[13] 퀘스트는 MMORPG의 스토리를 진행하기 위해서 필수적인 요소이다. 이것은 일종의 수수께끼 풀이와 같은 것으로, 온라인 게임뿐만 아니라 이미 오래 전부터 다양한 장르의 게임 속의 재미거리로 자리 잡아왔는데, 〈리니지2〉의 경우에는 〈리니지2〉의 기본 스토리에 기초한 퀘스트와 부가적인 스토리의 퀘스트[14]로 구분되고 있다. 다음의 표는 〈리니지2〉의 퀘스트/시스템을 통한 이상적 스토리텔링의 형성을 보여준다.

13)

	프렐류드 (79개)	크로니클1 (신규 8개)	크로니클2 (신규 18개)	크로니클3 (신규 33개)	크로니클4 (신규115개)	크로니클5 (신규 35개)
스토리관련	40	1	5	13	82	14
혈맹퀘스트(파티형)	0	3	5	20(+3)	73	23(5+18)
솔로퀘스트	39	5	8	13(−3)	21	5

〈표 5〉 〈리니지2〉 퀘스트 구성

14) 정관철, 『온라인게임 이용자 유형 연구』, 고려대학교 석사학위논문, 2006, p.31.

	혈맹 퀘스트	아이템 획득을 위한 반복성 퀘스트	스토리 관련 퀘스트	특이 퀘스트	특이사항
프렐류드 ; 79개의 퀘스트	0개	39개	40개 ; (게임의 세계관 이해중심/ 오크와의 접전/엘프미션)		− 레이드[15] 몬스터 3종(개미던전의 여왕개미, 쿠루마탑의 코어, 바다의 오르펜) − 소규모 파티나 솔로잉이 불가능하고 대규모인원 동원이 필요함
크로니클 1; 8개의 신규 퀘스트[16]	3개 ; 지룡알현/혈맹,결의를 다짐(혈맹레벨4)/ 혈맹 야망을 쫓음 (혈맹레벨5)	5개	1개 ; 지룡알현	지룡알현[17]	− 아지트 제도 ; 혈맹주가 경매를 통한 아지트 매매가능 − 80여종의 레이드 몬스터 추가(파티플레이가 필요) − 동맹을 맺을 수 있는 최대혈맹수가 동맹주가 포함되어 있는 혈맹 포함하여 3개에서 5개로 늘어남
크로니클 2; 18개의 신규 퀘스트 / 장원 시스템 등장/ 미니게임 몬스터 레이스	5개 ; 산채쟁탈전 외 4개	8개	5개 ; 마물들의 준동 / 운명의 속삭임(오렌성) / 오만한 탐색(바이움) / 지금, 그 칼날에 힘을 실어 / 검은 백조	오만한 탐색(바이움)	− 타인평가 시스템 추가[18] − 파티/혈맹플레이에 도움이 되는 스킬의 증가(전문화) − 연합마법(2인 이상 시연가능) 추가 동맹을 맺을 수 있는 최대 혈맹수가 동맹주가 포함되어 있는 혈맹을 포함해서 5개에서 12개로 늘어남 − 성을 소유한 혈맹주(성주)의 징세 권한 강화

15) '레이드'의 사전적 의미는 습격, 급습으로, 리니지2에서의 의미는 보스급 몬스터를 사냥하는 것을 말한다.

16) 기존의 퀘스트는 영지의 지리를 익히게 하거나 시스템적인 부분에 빨리 익숙해지게 함으로써 플레이어들에게 리니지2를 즐기는 데 있어 도움을 주는 것이 주목적이었다면, 이번 8종 세트 퀘스트는 본격적인 리니지2의 역사와 정치, 그리고 영지간의 이해관계, 지룡 알현, 아이템 제작, 혈맹 발전 등에 대한 구체적인 내용들이 배경으로 깔려 있다.

17) 안타라스의 둥지로 들어가는 입장 티켓을 얻기 위한 퀘스트. 안타라스는 6~7시간에 걸쳐야 잡을 수 있는 몬스터로 지룡알현이라는 퀘스트를 통해 포탈스톤(1회용)을 얻어야 함.

18) 타인평가란 상대방을 추천할 수 있는 기능으로 상대방을 추천한다고 해서 추천 대상의 능력치나 그 외의 시스템에 영향을 줄 수는 없지만 다수의 사람들에게 많은 추천을 받은 캐릭터는 캐릭터명이 파란색으로 변하게 된다.

크로니클 3 ; 33개의 신규 퀘스트 / 세븐사인	20개 ; 파티형 퀘스트 17개(+3)	솔로형 퀘스트 16개 (−3)	15개	13개 ; 미르의 샘물[19](서브클래스), 화염 속으로(발카라스) 외 11개	오만한 탐색(바이움)	−세븐사인[20] −장원시스템의 보강 −복권 / 몬스터 레이스 추가
크로니클 4 ; 115개의 신규 퀘스트 / 영웅 시스템(올림피아드), 결혼	73개 ; 파티형 퀘스트 73(−31)	솔로형 퀘스트 21개 (+31)	33개	83개 ; 불의 마력 외 82개	결혼 관련 퀘스트 추가	−서브클레스 ; 영웅[21] 시스템 확장 −화룡 발라카스[22] −크로니클4에서 혈맹이 바뀜[23] −장원 제도의 변경[24] −낚시 시스템 등장
크로니클 5 ; 35개의 신규 퀘스트 / 혈맹 (사회적 계급)	5개	솔로형 퀘스트 5개	18개	14개 ; 보스 몬스터 프린테사[25] 의 등장	혈맹 명성치 관련 퀘스트 추가	−혈맹 ; 사회계급[26] 제도의 등장 −성의 추가로 하루 5성의 동시 공성전 가능 −심도 있게 다룬 주제는 '혈맹강화' 와 '사회의 세분화' −낚시왕 선발 대회
인터루트 ; 12개의 신규 퀘스트(제련 시스템 추가)	5개	솔로형 퀘스트 0개	5개	4개 ; 레이드 보스 몬스터 사이렌 등장	미니게임 퀘스트 추가	−장소에 관계없이 일대일, 파티 대 파티 대결 가능 −요새의 추가

<표 6> 퀘스트/시스템을 통한 이상적 스토리 구성

19) 서브클래스란 추후 구현될 영웅시스템과 연동되는 시스템으로, 영웅이 되기 위해서는 한 가지 이상의 서브클래스가 75레벨에 도달하여야만 메인클래스가 영웅으로 전환 가능함.

20) '세븐사인'(Seven Signs)이란 죽음의 여신 실렌의 힘을 속박하는 7개의 봉인이 하나 둘씩 열리면서 세상이 점점 혼돈으로 치닫는다. 봉인 하나하나에는 세상 전체를 뒤흔들 만한 강력한 힘이 담겨있다. 봉인을 연 자는 그 안에 담긴 힘을 제어할 수 있게 된다. 봉인의 힘을 차지하기 위해 황혼의 혁명군과 여명의 군주들이라는 두 결사단이 대결을 벌인다. 플레이어들은 두 결사단 중 하나에 가입하여 봉인의 힘을 지배하기 위해 다른 플레이들과 경쟁하게 된다. 불특정 다수의 플레이어들이 참여할 수 있으며 1회성이 아니라 2주 간격으로 끝없이 반복되는 시스템으로 세븐사인의 결과에 따라서 자신이 속한 서버의 환경을 다르게 변화 시킨다. 세븐사인에 참여하는 플레이어들은 자신들의 이해관계에 따라 세력을 모으고 자신들에게 유리한 결과를 얻기 위해 서로 대결을 벌이게 된다. 즉, 성을 가지고 있는 자와 그렇지 못 한자들 간에 대립의 양상을 띠게 되는 것이다.

21) '영웅'이란 노블레스 간에 이루어지는 PVP 게임인 '그랜드 올림피아드' 경기에서 한 달 동안 각 직업별로 최고 득점을 기록한 캐릭터를 말한다. 영웅으로 선발된 사람은 영웅만이 사용할 수 있는 강력한 영웅 전용 무기와 능력을 부여 받게 되며, 자신의 몸을 감싸는 독특한 오라가 드러난다.

이처럼 퀘스트는 〈리니지2〉 플레이어들이 게임에서 캐릭터의 성장이라는 과제와는 별도로 필수 또는 선택하여 수행해야 하는 과제이면서 동시에 또 하나의 플레이어들이 추구하는 충족이 된다. 퀘스트를 통해 무한히 경험치를 올릴 수 있는 방법은 일반적으로 MMORPG가 퀘스트를 캐릭터의 성장을 돕기 위한 부가적인 장치로 사용된 것과 같은 맥락에서 이해할 수 있을 것이다. 그러나 〈리니지2〉는 다른 MMORPG 게임과는 달리 반복성 퀘스트뿐만 아니라 단계별로 의도된 퀘스트를 제공하여 게임 환경을 보다 흥미롭게 만듦으로써 플레이어들의 몰입을 유도하고 있다. 이 점이 기존의 MMORPG 게임들과의 차이점이라고 하겠다.

끝으로 플레이어가 만드는 우발적 스토리는 게임의 온라인화가 전제된 상황에서 플레이어 대 플레이어의 차원에서 생성되는 스토리이다. 〈리니지2〉 이전에 볼 수 없었던 컴퓨터 매개 커뮤니케이션(Computer Mediditated Communication, CMC)을 강화시킴으로써 개방적이고 우발적인 스토리를 증폭시켰다. 플레이어 간의 원활한 커뮤니케이션은 스토리 라인의 획일성을 탈피하게 하고 가입 커뮤니티를 통해서 다양한 스토리를 전개할 수 있는 마당을 만들었다고 할 수 있다. 〈리니지2〉의 강점인 소위 만렙이라고 불리는, 최고 단계에 이르는 플레이어들이 게임에서 이탈하지 않고 계

22) '화룡 발라카스'는 리니지2l월드에 등장하는 6대 용 중 하나이다. 발라카스는 고다드 영지 내 '신들의 화로'라고 불리는 화산지대에 둥지를 틀고 있다. 실렌의 자식들 중 첫 번째 에인션트 드래곤 중 하나이며, 인간들을 비호하고 있는 그랑카인을 두려워해 인간을 해치지는 않지만 자신의 영역을 침입한 인간에게는 가차 없이 화룡의 불길로 보복을 가한다.
23) 크로니클4에서는 플레이어가 사용하고 있는 필드전의 형태를 혈맹전 시스템으로 지원하여 플레이어가 보다 편리하고 원활히 사용할 수 있도록 보완하였다. 따라서 혈맹 전쟁 시스템의 보완으로 기존에 존재하였던 동맹전쟁 시스템은 사라지게 되었다.
24) 장원제도의 변경으로 모든 성에서 모든 생산 아이템을 제작할 수 있게 되었다. 하지만 각 성 마다 수매 가능한 수확물에 따라서 최대 생산량에는 차이가 있다.
25) 엘모아덴의 황제 바이움의 아들.
26) 방랑자(혈맹 미가입)—영지민(혈맹 가입)—종사(혈맹 레벨 5이상의 혈맹원)—기사(혈맹레벨 4인 혈맹주)—현자(혈맹레벨 5이상의 혈맹주)—남작(노블레스)—자작—백작—후작(영웅) 드러난다.

속해서 게임에 몰입해서 플레이를 할 수 있게끔 만든 것이다.[27]

　그런데 이인화[28]는 『한국형 디지털 스토리텔링』에서 자발적 갈등 형성의 스토리텔링이 우리나라 MMORPG의 특징이라고 했다. 그의 말을 따르면 〈리니지2〉 같은 한국형 MMORPG에서는 개발자가 만든 스토리와 갈등상황은 일반 플레이어에게 영향을 미치지 않으며 그런 스토리를 몰라도 게임을 진행하는데 전혀 지장이 없다는 것이다. 플레이어 스스로가 갈등의 상황을 구성하며 스토리를 진행해 나간다는 것이다. 이 논지를 견지하기 위해서 그는 〈리니지2〉와 같은 스토리가 빈약한 한국형 MMORPG의 반대의 예로 서구의 월드오브워크래프트를 들고 있다. 월드오브워크래프트는 3000여개 이상의 퀘스트가 짜임새 있게 구성되어 있으며 그 스토리 라인이 게임의 재미를 결정짓는다는 것이다. 이러한 논지에 대해서 일면 타당한 부분이 있지만 한국형 MMORPG에서 개발자의 스토리 라인이 의미를 가지지 못한다는 것에는 쉽게 동의하기가 어렵다. 왜냐하면 어찌되었건 플레이어들이 모이기 위해서는 퀘스트가 제공되어야만 하기 때문이다. 이는 〈리니지2〉가 각각의 클로니클로 분리된 게임 환경을 가지고 있는 것에서 미루어 짐작할 수 있다. 앞서 언급한 것처럼, 〈리니지2〉를 살펴보면 모든 것은 〈리니지2〉의 개발자의 의도대로 진행되고 있음을 알 수 있다. 다만 플레이어들이 이 점을 인식하지 못한 채 플레이하고 있는 것은 그것이 월드오브워크래프트의 스토리텔링의 라인처럼 선명하게 플레이어들에게 인지되지 않았기 때문이다. 〈리니지2〉는 게임의 공간과 퀘스트/시스템을 통한 스토리텔링이라는 기법을 통해 친교와 갈등구조를 이루어 내고 있는 만큼, 이것은 다분히 개발과정에서 의도된 것으로

---

27) 한혜원, 『앞의 책』, p.41.
28) 이인화, 『한국형 디지털 스토리텔링』, 살림, 2005.

보인다. 그렇기 때문에 플레이어들은 자발적인 갈등 형성의 스토리텔링을 만들어 내는 것이 아니라 개발 과정에서 형성된 스토리텔링을 바탕으로 진행되면서 플레이어간의 우발적 갈등 형성의 스토리텔링이 발현된다고 보는 것이 타당하다.

Ⅲ. 결론

한국의 대표적 MMORPG라고 할 수 있는 〈리니지2〉는 게임 개발자와 많은 수의 플레이어의 다양한 플레이 스타일에 따라서 상호작용 되고 있는데, 이는 바로 〈리니지2〉의 스토리텔링이 그만큼 한정짓지 않은 이야기 그리고 개방적인 서사를 가지고 있기 때문이다. 따라서 플레이어들은 단순히 게임을 하는 것이 아니라 〈리니지2〉가 제공하는 현실 공간과 유사한 사이버 공간 속에서 〈리니지2〉의 스토리텔링을 바탕으로 자신만의 스토리텔링을 만들어가는 능동적인 플레이를 구축하게 되는 것이다.

다시 말해서 〈리니지2〉의 스토리텔링은 기반적 스토리를 통해서 선형적으로 플레이어들에게 충분한 정보를 제공하고, 제한된 영역 안에서 스토리를 선택하고 그것을 조합해 나가면서 이상적 스토리로 나갈 수 있게 하며 이상적인 스토리의 엔딩을 경험한 플레이어들이 우발적 스토리를 통한 게임을 진행할 수 있도록 만들고 있다.

이처럼 〈리니지2〉가 제공하는 스토리텔링을 통한 플레이어들이 게임에서 경험하게 되는 것은 Agon의 요소로 다양한 형태의 경쟁과 협력이 가능하다는 점, Alea의 요소로 아이템의 획득과정에 있어 요행적인 요소들이 포함되어 있다는 점, Ilinx 또는 Vertigo의 요소로 판타지를 근간으로 하는 환경을 접한다는 점, 그리고 Mimicry의 가상세계에서 다양한 경험을 하게 되다는 점을 들 수 있다.[29]

결국 "스토리텔링은 의미를 모색하는 인간 활동의 토대가 된다"는 메리 캐서린 베이트슨의 말처럼 각자의 의미를 모색하고자 하는 플레이어들의 활동이 계속되는 한 〈리니지2〉에서 경험하게 되는 요소들은 새로운 의미망을 통한 다양한 스토리를 가진 스토리텔링으로 진화해 나갈 것이다. 이것은 게임을 통한 단순한 시너지효과에 그치는 것이 아니라 전반적인 스토리텔링에 관한 지경의 확대를 의미한다고 할 수 있다.

다만 본 연구에서는 〈리니지2〉의 스토리텔링에 한정된 연구로 인해 다른 MMORPG의 스토리텔링과의 비교를 하지 못한 한계를 가진다. 이는 향후 다양한 MMORPG 게임과의 비교를 통해 극복해 나갈 것이며, 이를 통해서 기본적인 MMORPG의 스토리텔링 구조와 원리를 찾을 수 있을 것으로 기대한다.

---

29) 이동욱, 「리니지2 이용자가 추구하는 충족과 몰입, 중독에 관한 연구」, 한양대학교 석사학위논문, 2005, p.28.

박미희

칙릿 영화에
나타난 스토리텔링 연구

I. 서론

문화 콘텐츠 산업에 있어서 출판 콘텐츠는 원소스멀티유즈의 가능성으로 가장 큰 시장을 형성하고 있다. 출판 콘텐츠의 소재는 드라마나 영화뿐 아니라 광고, 게임 등으로 활용될 수 있으며 또 다른 출판 콘텐츠를 재생산하기도 한다. 이렇듯 출판 콘텐츠가 문화 콘텐츠 산업에서 갖고 있는 영향력은 막강하다. 이것은 문자라는 매체를 통한 출판 콘텐츠의 제한된 상상력을 여러 매체의 특성을 활용하여 구현시킬 수 있기 때문이다. 1930년대부터 이루어진 문학의 영상화는 출판 콘텐츠의 매체 변용 가운데 대표적인 사례이다. 인쇄 매체에서 영상 매체로의 변용은 시청각 효과를 활용하여 활자 중심인 출판 콘텐츠의 단점을 보완할 수 있었다. 읽기 텍스트를 보여주기 텍스트로 변형하는 데 있어서 매체에 맞는 소재의 선택은 필수적이다. 이러한 과정에서 원 텍스트의 추가나 생략, 변형은 당연한 결과이다. 따라서 출판 콘텐츠의 영상화에 있어 영상화에 맞는 스토리텔링이 적용된다. 본 연구의 목적은 출판 콘텐츠가 영상 매체로 변용하는 과정에서 스토리텔링이 어떻게 구성되는가를 살펴보는 것에 있다.

본 연구에서는 출판 콘텐츠 가운데 여성 문학으로 대두되고 있는 칙릿(chick-lit)의 영상화에서 나타나는 스토리텔링을 찾고자 한다. 현재 칙릿은 문학의 한 장르로 주목될 뿐만 아니라 칙릿을 영화화한 베이브버스터(babebust) 역시 영화 산업에서 남성 영웅 중심의 블록버스터와 비교되는 장르로 주목받고 있다. 이것은 칙릿과 베이브버스터가 대상으로 하는 젊은 여성들이 소비문화의 주체를 형성하고 있다는 사실을 반영한 결과이다. 이들은 출판과 영화계에서 주요 타깃으로 하는 산업적인 영향력을 갖고 있으며 이들의 소비문화에 적합한 콘텐츠가 문화 콘텐츠 산업에서 주목받고 있는 것이다. 이러한 현상으로 다양한 칙릿이 출판되고 이들은 영화라는 매체로 변용되고 있다.『브리짓 존스의 일기』를 시작으로『악마는 프라다를 입는다』,『내니의 일기』,『섹스 앤 더 시티』등의 칙릿은 영화나 드라마로 제작되었다.

칙릿이 활발한 영상 제작에 있다는 것은 문화 콘텐츠 산업에서의 수익 창출이 가능하다는 전제에서이다. 그리고 이러한 전제는 수용자의 기대를 만족시킬 수 있을 때 가능한 일이다. 칙릿과 베이브버스터가 문화 콘텐츠 산업에서 주목되는 것 역시 수용자의 기대를 만족시킬 수 있는 콘텐츠이기 때문이다. 수용자의 기대를 만족시키기 위해서는 다양한 장치들이 필요하다. 여러 장치 중 하나가 스토리텔링이 된다. 이에 본 연구에서는 칙릿의 영화 변용에서 나타나는 스토리텔링에 대하여 살펴보고자 한다. 이를 위하여 2008년 5월 현재 영화로 완성된 칙릿인『브리짓 존스의 일기』,『악마는 프라다를 입는다』,『내니의 일기』와 이들을 영화화한〈브

리짓 존스의 일기〉, 〈악마는 프라다를 입는다〉, 〈내니 다이어리〉를 연구 대상으로 하겠다.[1]

Ⅱ. 스토리텔링과 칙릿

스토리텔링에서 가장 중요한 요소는 이야기이다. 이야기는 메시지, 갈등, 등장인물, 플롯으로 구성된다.[2] 이야기를 통하여 중심 메시지를 전달하게 되는데 이 과정에서 갈등을 통하여 조화로움을 복구하려는 행동을 유발한다. 갈등이 전환점의 역할을 제대로 하기 위해서는 여러 등장인물이 필요하며 흥미를 유지할 수 있는 사건들이 배열되어야 한다는 것이다. 이를 위하여 이야기에서는 여러 인물들이 등장하며 인물들은 사건을 통하여 갈등을 가지고 플롯을 이어나간다. 이것이 이야기를 구성하게 된다. 최혜실(2007)[3]에 따르면 스토리텔링은 story, tell, ing의 세 요소로 구성된 단어로 이야기와 말하다와 현재진행형의 의미를 담고 있다고 하였다. story는 과거 완료의 것으로 이야기되어진 것이다. tell은 구연자가 청취자와 같은 맥락 속에 포함됨으로써 구연되는 현재 상황이 강조된다. ing는 상황의 공유, 그에 따른 상호작용성의 의미를 내포한다. 스토리텔링은 단순히 이야기를 전하는 것이 아니라 그 상황을 공유하는 데 의미가 있다는 것이다.

---

1) 본 연구에서는 소설은 『브리짓 존스의 일기』, 『악마는 프라다를 입는다』, 『내니의 일기』로 표기하고 이를 변용한 영화는 〈브리짓 존스의 일기〉, 〈악마는 프라다를 입는다〉, 〈내니 다이어리〉로 표기한다.
2) 클라우스 포그·크리스티안 부츠·바리스 야카보루 지음, 황신웅 옮김(2008), 『스토리텔링의 기술』, 멘토르, pp.40~59.
3) 최혜실 외(2007), 『문화산업과 스토리텔링』, 다홀미디어, pp.12~13.

　이야기의 요소와 스토리텔링의 개념에서 본다면 스토리텔링은 이야기를 현재 상황에서 공유할 수 있어야 한다는 것으로 이해할 수 있다. 결국 스토리텔링은 이야기를 이어나가기 위한 하나의 장치로 기능한다. 이야기에 스토리텔링이라는 하나의 장치를 이용하여 이야기에 현장성과 상호작용성을 부여하는 것이다. 어떠한 메시지를 전달하는 것이 이야기의 목적이라고 할 때 스토리텔링은 이러한 목적을 달성하는 데 효과적인 역할을 하게 된다. 효과적인 메시지의 전달을 위하여 스토리텔링의 기능이 부각되고 있는 것이다.

　칙릿이라는 용어는 젊은 여성을 뜻하는 chick과 문학을 뜻하는 literature가 합쳐진 신조어이다. 칙릿은 1990년대 영미권을 중심으로 등장한 대중문학의 한 장르로 용어에서도 알 수 있듯이 전제하는 독자는 젊은 여성들이다. 칙릿은 런던이나 뉴욕 등 세계 대도시를 배경으로 일과 사랑 모두에서 성공하기 위해 분투하는 싱글 직장 여성들의 일상과 삶이 중심이 된다.[4] 한 신문기사에서는 칙릿의 규정을 20 · 30대 여성 주인공, 고급 · 특이한 직업 세계, 연애 · 취향 · 화법 등 젊은 세대 풍속 등으로 보고 있다.[5] 이러한 칙릿의 시작은 헬렌 필딩의 『브리짓 존스의 일기』로 논의된다. 1995년 영국에서 발간된 소설로 주인공 브리짓은 출판사에 근무하는 30대 싱글 여성이다. 브리짓은 커리어우먼으로 성공하고 싶고 멋진 애인을 갖고 싶어한다. 하지만 일에 완전히 몰두하거나 남자에 흠뻑 빠지지 않은 채 자신의 인생을 자유롭고 멋지게 살고자 한다. 이 소설은 영국 30대 독신녀의 상징으로 여겨지며 인기를 얻었고 2001년 영화로 제작되었다. 『브리짓 존스의 일기』의 성공 이후 『쇼퍼 홀릭』, 『섹스 앤 더 시티』,

4) 모현주, 「20, 30대 고학력 싱글 직장 여성들의 소비의 정치학」, 연세대학교 대학원 석사학위논문, 2007.
5) 〈한국일보〉 2008. 4. 7.

『악마는 프라다를 입는다』, 『내니의 일기』등 뒤를 잇는 많은 칙릿이 등장하였다.

　이러한 칙릿의 성공은 2,30대 싱글 여성이 문화 시장에서 가장 큰 소비 세대로 주목받고 있다는 사실과 무관하지 않다. 2035(20세~35세) 여성들의 사회활동이 활발해지고 소비계층의 주된 축이 되면서 이들을 타깃으로 하는 매체가 하나 둘씩 생겨나기 시작했다.[6] 칙릿이라는 출판 콘텐츠의 장르나 베이브버스터라는 영화 콘텐츠의 장르가 만들어진 것이다. 2,30대의 여성들이 문화 콘텐츠 산업에서 강력한 영향력을 행사하고 있으며 이들의 경제력은 칙릿에 나타나는 소비 트렌드를 실현할 수 있게 한다. 칙릿을 문학성이 없는 대중 문학으로 치부하고 있지만 이들의 감성과 욕망을 담고 있기 때문에 인기 장르 소설이 될 수 있었던 것이다. 주인공들의 화려한 생활을 보면서 젊은 여성들은 자신의 욕망을 대리 만족하였다. 뿐만 아니라 경제적인 성공이라든가, 직장에서 인정받는 커리어우먼, 당당한 사랑의 성취와 같은 이야기들은 젊은 여성들이 원하는 삶이었다. 당당한 주인공들의 모습은 새로운 여성 주체성으로 평가되기도 하였다. 또한 일이나 사랑에서 성공을 성취하는 주인공들의 모습은 자기계발의 성격도 일부 갖고 있기 때문에 칙릿을 젊은 여성들의 성장 소설로 보는 시각도 있다. 출판 콘텐츠에서 칙릿의 성공은 영상화로 이어진다. 『브리짓 존스의 일기』가 2001년 영화 〈브리짓 존스의 일기〉로 만들어졌다. 『섹스 앤 더 시티』는 드라마로 제작되어 전 세계적으로 큰 인기를 얻었다. 『악마는 프라다를 입는다』 역시 2006년에 영화 〈악마는 프라다를 입는다〉가 개봉하였고 『내니의 일기』는 영화 〈내니 다이어리〉로 2007년 상영

6) 미다스, 『익사이팅 마케팅』, 미래의 창, 2007, p.114.

되었다. 드라마에서 인기를 얻었던 『섹스 앤 더 시티』는 영화로도 제작되어 2008년 6월 개봉을 앞두고 있다. 『쇼퍼 홀릭』도 현재 영화 제작 과정에 있다.

이렇게 칙릿이 활발히 영상화가 되고 있는 것은 화면 구성이 용이하다는 장점 때문이다. 칙릿의 주된 공간은 뉴욕, 런던과 같은 대도시를 배경으로 한다. 세계적으로 유명한 공간을 가져와 시각적인 효과를 극대화한다. 두 번째는 에피소드 중심으로 사건이 전개된다는 점이다. 이것은 소설의 영상화 과정에서 변용이나 생략, 추가가 쉬울 수 있다. 세 번째는 칙릿에 나타나는 많은 브랜드들이 하나의 상징으로 표현하여 화면에서 보여주기 쉽다는 것이다. 그리고 여성의 일상을 나열한 것으로만 인식되는 칙릿이지만 마지막에는 주인공이 진실한 깨달음을 얻어 성장하게 되는 것으로 일정한 주제를 담고 있다는 것에서 이야기의 힘을 가지고 있기 때문이다.

스토리텔링이 중요한 까닭은 화면 구성이 용이한 장점과 에피소드 중심의 사건 전개와 밀접하다. 에피소드 중심의 방대한 내용[7]을 영상으로 옮기면서 몇 개의 에피소드만을 선택하거나 변형하게 된다. 이러한 과정에 있어서 매체 차이를 반영할 수 있는 장치가 필요하고 이것이 스토리텔링으로 표현되는 것이다. 사건의 전개가 빠르고 구어체 중심의 칙릿이 영상화에 유리하지만 이를 부각할 수 있는 장치가 필요하다. 스토리텔링은 영상화를 부각할 수 있는 장치로 칙릿 영화의 이야기를 만들어가는 기능을 하게 되는 것이다.

---

7) 대부분의 칙릿은 상, 하로 나누어져있거나 한 권으로 되어있더라도 400여 페이지의 분량으로 되어 있다.

III. 선행연구

칙릿에 대한 연구는 사회학적 관점에서 하나의 현상으로 제시한 논의되는 몇 편의 연구[8] 외에는 아직까지 칙릿이나 칙릿의 영상화에 따른 논의를 다룬 연구는 없다. 하지만 문학과 영상화의 변용을 다룬 연구는 많이 이루어져 왔다. 칙릿이 정통 문학의 범주에서 벗어나 있지만 장르 문학의 하나로 영상화하는 하는 과정은 일반적인 문학의 영상화와 다르지 않을 것이다. 따라서 문학의 영상화에 따른 여러 선행 연구 가운데 본 연구의 목적에 맞는 논의들을 살펴보기로 한다.

첫 번째로 소설과 영화의 관계에 대한 논의는 송현호(1999), 방재석(2002), 최성민(2006), 이영미(2006) 등이 있다. 송현호(1999)에서는 소설의 변용은 감성적 사고를 즐기고 영상을 선호하는 사회적 요구를 수용하는 것이며 다매체를 배제한 문학은 존립할 수 없다고 하였다. 방재석(2002)에서는 소설과 영화의 관계 양상을 다루고 있다. 그는 문학 위기론의 대체 방식으로 영화를 거론하며 소설과 영화의 호환 가능성을 논의한다. 그 결과 소설이 영화화 되는 과정에서는 플롯의 변형을 피할 수 없고 인물과 인물간의 관계가 단순화된다고 하였다. 또한 문자 언어가 전달하려는 사유적인 부분을 영상만으로는 충분히 전달할 수 없다고 하였다. 최성민(2006)에서는 신매체 등장에 따른 서사 텍스트의 소통 관계를 다룬다. 서사 텍스트가 새롭게 등장하는 매체와의 경쟁 관계에서 생존하기 위하여 서사 텍스트만이 가질 수 있는 양상들을 살펴보았다. 이영미(2006)

---

8) 여기에는 모현주(2006), 정가영(2007) 등이 있다. 모현주(2006)에서는 고학력 싱글 여성의 소비 정치학과 관련한 현상의 하나로 칙릿을 보고 있다. 정가영(2007)에서는 칙릿의 일반적인 정의가 아니라 포스트페미니즘에서의 담론으로 보고 있다.

에서는 소설의 각색에서 발생하는 문제점을 지적하고 있다. 그는 각색에서 이루어지는 훼손의 문제를 감독과 작가의 문제, 소설의 원작 구성의 재배치, 경제성 문제를 동반한 원형 단절이라는 측면에서 논의하였다. 이들은 소설과 소설의 매체 변용에 대한 일반론적인 접근을 시도하며 문학과 영상의 매체 특성이 갖는 차이점을 설명한다. 이것은 문학의 위기론과 관련하여 영상 매체와의 경쟁을 염두하고 있다.

두 번째는 소설의 영상화 사례에 대한 논의로 김중철(2000), 황영미(2001), 박기범(2003), 이정은(2005), 황영미(2006) 등이 있다. 김중철(2000)에서는 「삼포 가는 길」을 중심으로 소설의 영상화 과정에서 나타나는 변화 인자들을 찾고자 하였다. 그는 소설의 영상화 과정에서 인물의 움직임 강조, 희극적 요소, 선정성, 감상성 등 대중적인 성격으로 변모한다고 하였다. 황영미(2001)에서는 화자 서술과 심리 묘사가 두드러지는 1인칭 소설과 영화적 방식의 차이를 설명한다. 그는 「우리들의 일그러진 영웅」을 분석 자료로 삼았는데 1인칭 소설의 영상화 방법으로 보이스 오버 나레이션, 인물과 사건의 구체화, 감독의 세계관에 따른 변화를 들고 있다. 박기범(2003)에서는 『하얀 전쟁』의 영화화를 비교하고 있다. 회상과 사유 중심의 소설이 영화로 변모하면서 주인공들의 극적 사건을 구성하고 이를 위하여 많은 부분을 생략하거나 변용하였다고 하였다. 이정은(2005)에서는 소설의 드라마 변용을 「곰팡이 꽃」을 중심으로 논의한다. 그는 소설과 드라마의 서사구조, 사건, 인물 등의 비교를 통하여 드라마에서 활용된 영상 기법의 특징을 설명하고 있다. 황영미(2006)에서는 소설 「천지간」의 드라마 변용을 다룬다. 그는 드라마의 영상적 특징으로 소설에 나타나는 시청각의 이미지화, 여로 구조의 공간 이동이 정보의 제한을 주는 카메라의 주관성, 구체적인 장면의 추가, 연극적 특성의 강화 등으로 보았다. 이들의 연구는 소설의 변용 사례를 중심으로 분석된 결과를 제시하기 때문에 소설의 영상화에 따른 특성을 구체적으로 나타낸다.

세 번째는 영상화를 문화 콘텐츠 산업이라는 측면에서 접근한 논의로 김태웅(2005), 홍현정(2006), 김권재(2008) 등이 있다. 김태웅(2005)에서는 문화 콘텐츠의 스토리텔링을 영화 〈스타워즈〉와 〈반지의 제왕〉을 중심으로 다루었다. 그는 두 영화의 스토리텔링을 영웅 서사라는 구조에서 분석하였다. 홍현정(2006)에서는 출판 콘텐츠의 다목적 활용(OSMU : One Source Multi Use) 사례를 다루고 있다. 그는 출판의 소재가 다양한 형태로 변형되면서 문화콘텐츠의 핵심이 되고 있다고 하였다. 이와 관련하여 문학 출판 콘텐츠의 OSMU의 사례를 분석하였다. 김권재(2008)에서는 문학 텍스트가 영상 분야에서 어떻게 콘텐츠화 되고 있으며 영상 콘텐츠로 전환에서 유의할 내용을 「소나기」를 통하여 분석한다. 그는 논의 전개를 위하여 시청자 반응 조사를 중심으로 하였고, 문학 텍스트를 발굴, 개발할 수 있는 스토리텔러의 양성이 필요하다고 하였다. 이들의 연구는 기존의 앞의 논의들이 단순히 소설의 영상화에 따른 문제를 다루었던 것과 비교하여 콘텐츠 산업이라는 측면에서 영상화를 다루었다는 차이점을 갖고 있다. 김태웅(2005)는 일반적인 서사 구조가 영화에서 어떻게 스토리텔링되었는지를 살피고 홍현정(2006)은 출판 콘텐츠의 다양한 변형을 사례로 하여 문화 콘텐츠 산업 내의 중요성을 이야기한다. 김권재(2008)은 시청자 반응을 중심으로 영상화를 분석하여 콘텐츠와 수용자와의 관계를 고려하고 있다.

그 밖에 논의로는 김중철(2004)이 있다. 김중철(2004)에서는 소설의 영상화 전환 과정 중에 나타나는 이야기 변형의 유형과 원인을 사회문화적 관점에서 살펴본다. 실제 분석 자료로 「사랑손님과 어머니」를 각색한 60

년대 영상물과 80년대의 영상물을 비교하여 시대 상황의 차이를 설명하였다.

Ⅳ. 칙릿의 구성

칙릿은 여성을 위한 장르 문학으로 분류된다. 이러한 장르 문학에는 몇 가지의 구성 요소들이 필요하다. 구성 요소는 다음과 같다.[9]

주인공	직장 생활을 하는 20~30대의 독신여성으로 주로 전문직에 종사 출판 · 광고 · 홍보 · 패션 분야가 많이 나타남 뚜렷한 자기 생각을 가지며 일말의 순정을 간직함
주요 인물	못된 직장 상사(암암리에 악마 · 마녀 따위로 비유) 서로의 비밀을 공유하는 여자친구 Mr. Right(외모 · 능력 · 매너를 완비한 데다 신비스러운 구석도 있는 반듯한 남자)
갈등 구조	직장에서의 성공 Mr. Right와의 연애
결말	해피 엔드 직장에서 마녀를 축출하고 Mr.Right와의 로맨스 쟁취
서술	주로 1인칭으로 나타나며 수다 형식의 문체
무대	대도시. 뉴욕, 런던, 청담동과 같이 최신 유행이 시작되는 곳

칙릿의 이야기는 2,30대의 독신 여성이 직장 생활을 하면서 못된 직장 상사와의 갈등이나 Mr.Right로 표현되는 남자친구와의 갈등을 보이다 결

9) 칙릿의 구성 요소는 다음의 자료들을 참고하여 필자가 재정리한 것이다.
동아일보 2006. 7. 21 "2030女 프라이드를 입다", 로맨시안 2006. 9. 29 "칙릿에 대한 오해와 진실 혹은 대담", 중앙일보 2008. 4. 10 "한국소설 최초의 칙릿 '스타일'", "Chick Lit for Tweens: What It Is. Why Girls Like it. Why You Should Read It.", "The Case for Chick Lit in Academic Libraries", http://en.wikipedia.org/wiki/Chick_lit, http://www.altx.com/EBR/EBR3/diane.htm, http://www.chicklitchicks.com/about.html, http://www.chicklitbooks.com/whatis.php

국 해피엔딩으로 마무리된다. 6가지 칙릿의 구성 가운데 갈등 구조와 결말은 이야기의 중심이 된다. 주인공이 어떠한 갈등을 겪고 어떻게 해결되는지가 이야기에 있어 직접적인 사건을 만들어가는 것이다.

갈등이 없다면 이야기는 존재하지 않는다.[10] 인간은 갈등이 생기면 이를 해결할 수 있는 방법을 찾으려고 한다. 갈등은 조화로움을 깨트리게 되는데 다시 안정을 되찾기 위해서는 갈등을 해소할 수 있는 변화가 일어나야 한다. 변화는 인물들의 행동으로 이루어지며 이러한 행동들이 사건을 형성하여 이야기를 만들어간다. 일반적으로 고전 동화의 갈등은 선과 악, 영웅과 악당의 대립으로 명확하게 나타나고 갈등이 완전히 해소된다.

갈등이 완벽하게 해소되면 이야기의 해피엔딩을 가능하게 한다. 행복한 플롯은 세 유형으로 나타난다.[11] 첫 번째는 사악한 주인공의 성공이다. 그러나 이것은 우리의 개연성에 대한 감각과 위배되기 때문에 혐오감을 불러일으킨다. 두 번째는 무조건적으로 선한 주인공의 성공이다. 이것은 우리에게 도덕적인 만족감을 준다. 세 번째는 고결한 주인공이 일시적으로 잘못된 판단을 하지만 결국 궁극적인 정당성은 만족된다.[12] 칙릿의 해피엔딩은 두 번째와 세 번째의 경우이다. 공감할 수 있는 결말이 되어야 하는 것이다.

칙릿에서 평범한 여주인공은 끊임없는 갈등을 겪는다. 결국 그녀는 모든 갈등을 본인의 뚜렷한 생각을 갖고 해결하게 된다. 이렇게 얻어지는 해피엔딩은 전형적인 동화의 이야기 구조이다. 칙릿은 왕자님을 기다리던 공주님이 평범한 여성으로 바뀌었고 장소나 서술 방식의 차이를 보이

---

10) 클라우스 포그 · 크리스티안 부츠 · 바리스 야카보루 지음, 황신웅 옮김, 앞의 책, 2008, pp.44~46.
11) S. 채트먼, 한용환 옮김, 『이야기와 담론』, 푸른사상, 2003, p.107.
12) S. 채트먼, 앞의 책에 따르면 아리스토텔레스는 무조건으로 선한 인물, 무조건적으로 악한 인물, 고귀한 인물의 세 가지 유형으로 나누었다고 하였다.

지만 갈등 구조나 결말은 동화의 구조를 따르고 있다.

	브리짓 존스의 일기	악마는 프라다를 입는다	내니의 일기
주인공	브리짓 -출판사에서 근무하는 30대 독신 여성	앤드리아 -대학을 졸업하고 저널리스트가 되기 위하여 뉴욕으로 온 20대 여성 원하는 잡지사에 들어가기 위하여 런웨이의 편집장 어시스트로 들어감	낸 -뉴욕의 명문대 아동학과 학생으로 학비를 벌기 위해 내니를 지원
주요 인물	마크 다아시 -Mr. Right 다니엘 클리버 -브리짓의 직장 상사로 마크 다아시의 경쟁자 쥬드, 샤론, 톰 -브리짓의 모든 이야기를 알고 있는 친구들	미란다 프리스틀리 -런웨이의 편집장으로 앤드리아에게 시련을 주는 적대적 인물 알렉스 -앤드리아의 남자친구로 런웨이에 적응해가는 앤드리아를 걱정하며 올바른 선택을 하도록 충고함 릴리 -앤드리아의 오래된 친구로 사고를 당하면서 앤드리아가 런웨이를 그만두게 되는 결정적인 사건을 제공함	X부인 -낸을 고용한 그레이어의 엄마로 낸에게 내니 일 이외의 일까지 모든 맡겨버리며 낸을 자신의 경쟁자로 인식 그레이어 -낸이 돌보는 아이로 X가를 떠나지 못 하는 결정적인 원인 하버드 킹카 -X가의 11층에 사는 잘 생기고 돈 많고 하버드에 다니는 낸의 남자친구로 내니 고충을 들어줌
갈등 구조	브리짓-마크-다니엘의 삼각관계 브리짓-다니엘-수키의 삼각관계 브리짓-마크-나타샤의 삼각관계	앤드리아와 미란다를 통한 직장에서의 갈등 앤드리아와 알렉스를 통하여 연애와 인간관계에 대한 갈등	낸과 X부인을 통하여 내니 일에 대한 갈등 낸과 그레이어의 정이 깊어지면서 X가를 떠나지 못 하는 낸의 갈등
결말	브리짓과 마크의 사랑	자신이 원하던 잡지에 글을 쓰는 일을 하는 앤드리아	X부인에게 해고를 당하고 그레이어에게 혼잣말로 인사하는 낸
서술	브리짓의 일기 형식	앤드리아의 1인칭 시점	시기적인 구분을 가지고 낸의 1인칭 시점
무대	런던	뉴욕	뉴욕

세 편의 칙릿은 6가지의 구성 요소를 모두 포함하고 있다. 이 세 편의 칙릿을 차별화하는 것은 갈등 구조와 결말을 통한 이야기이다. 주인공이 어떠한 갈등을 갖고 이것이 어떻게 해소되는가에 독자들은 기대를 하게 되고 이러한 호기심을 충족시킬 수 있는 것이 전체적인 이야기가 된다.

1. 『브리짓 존스의 일기』

소설에서 가장 중심 사건이 되는 것은 브리짓의 연애이다. 소설의 전반부에 브리짓은 장래성이 있는 직장을 구하고자 한다. 그리고 이러한 내용은 이력서를 쓰다가 직장 동료에게 들키는 것으로 나타나기도 한다. 브리짓은 일과 사랑, 모두 성공하고 싶지만 일보다 연애가 비중있게 다루어진다.

1월 1일의 일기는 브리짓이 마크를 만나는 것으로 시작한다. 엄마가 초대한 칠면조 커리 뷔페 파티에서 브리짓은 마크를 만난다. 마크는 일류 변호사로 이혼남이다. 하지만 그는 영국의 나이 든 스포츠 기자들이 즐겨 입는 연한 노랑과 파란색 다이아몬드 무늬의 브이넥 스웨터를 입고 노란 땡벌 무늬가 있는 하얀 양말을 신고 나타난다. 브리짓은 그에게 매력을 느끼지 못 하고 쓸데없는 이야기만 하다 마크에게 무시를 당한다. 이렇게 마크와 브리짓의 첫 만남은 어떠한 사건도 만들지 못 한다.

브리짓의 연애 사건은 브리짓이 좋아하는 직장 상사인 다니엘과 시작된다. 브리짓의 짧은 치마와 관련하여 다니엘은 브리짓에게 메시지를 보낸다. 이 메시지를 시작으로 하여 브리짓은 몇 개의 메시지를 주고받으며 다니엘의 구애를 받게 된다. 이렇게 시작된 둘의 연애는 7월까지 이어진다. 하지만 '탕녀들과 목사들의 파티'에 참석하기로 했던 다니엘은 먼저 런던으로 돌아간다. 파티에 혼자 참석하고 런던으로 돌아온 브리짓은 다니엘을 만나러 가는데 다니엘의 집에서 수키라는 여자와 마주친다.

다니엘과의 이별 후 브리짓은 회사를 옮기고 다시 마크와 만나게 된다. 여기에서 마크는 브리짓에게 데이트 신청을 하지만 브리짓이 드라이어로 머리를 말리다가 마크의 방문 벨소리를 듣지 못한다. 나중에 이러한 오해는 풀리고 브리짓은 12월의 남은 며칠을 새로운 남자친구 마크와 보내며 이야기는 끝난다.

『브리짓 존스의 일기』에서 브리짓에게 시련을 주는 적대적인 세력은 나타나지 않는다. 이 소설에서 갈등은 인물들의 경쟁 관계에서 기인하기 보다는 사건 자체로 존재한다. 적대적인 세력은 없지만 우연한 사건들이 갈등을 만들고 있다. 이러한 사소한 사건들은 이야기의 중심이 되는 브리짓의 연애와 관련하여 전개되는 것이다. 이야기의 결말은 브리짓과 모든 것이 반듯한 마크의 사랑으로 완성된다. 평범한 여성이 완벽한 남자를 만난다는 결말은 동화의 결말과 일치한다. 하지만 브리짓이 가만히 앉아 마크의 사랑을 기다린 것이 아니라 열심히 자신의 상대를 찾은 끝에 성취한 사랑이라는 면에서 동화와는 차별성을 갖고 있다.

2. 『악마는 프라다를 입는다』

코네티컷에서 대학을 졸업한 앤드리아는 잡지사에 취직하기 위하여 뉴욕으로 왔다. 하지만 그녀는 '백만 명쯤 되는 여자들이 너무나도 하고 싶어 하는' 런웨이의 편집장 미란다 프리스틀리의 개인 어시스트로 일하게 된다. 앤드리아는 미란다의 추천서를 얻어 원하는 잡지사에 들어가겠다는 일념으로 미란다의 변덕스러운 요구를 견뎌낸다. 하지만 릴리의 사고 소식과 올바른 선택을 하라는 알렉스의 충고에 앤드레아는 '백만 명쯤 되는 여자들이 하고 싶어 하는' 이 일에 자신의 영혼을 바칠만한 것인가 하는 고민을 하게 된다. 결국 그녀는 런웨이를 떠나고 작은 잡지에 글을 싣는 것으로 이야기는 끝이 난다.

『악마는 프라다를 입는다』의 주된 갈등은 앤드리아가 미란다의 요구를 견디는 것이다. 미란다의 요구를 견디는 것은 런웨이에서 살아남기 위해서가 아니라 미란다의 추천서를 얻어 다른 잡지사로 가고 싶은 앤드리아의 계획 때문이다. 여기에서 미란다는 앤드리아에게 시련을 주는 적대적인 인물로 제목에서 상징하는 악마이다. 이 소설의 갈등은 악마적인 미란다와 수직적인 관계에서 무조건 미란다의 말에 복종해야하는 앤드리아의 위치에서 시작된다.

앤드리아와 미란다의 갈등은 단순히 직장에서의 갈등만을 유발하는 것이 아니다. 미란다는 앤드리아에게 말도 안 되는 일들을 시키고 앤드리아는 미란다의 요구를 들어주기 위하여 자신의 모든 시간을 미란다에게 할애하게 된다. 오로지 추천서를 얻어 잡지사에 들어가고 싶은 앤드리아는 가족, 애인, 친구와 조금씩 소원해진다. 릴리가 조금씩 변화하는 모습을 대수롭지 않게 넘기며 알렉스의 충고도 귀담아 듣지 않는다. 앤드리아가 백만 명쯤 되는 여자들 중 한 명이 되어 런웨이와 미란다에 익숙해질수록 앤드리아의 사적인 관계도 갈등이 발생하는 것이다.

알렉스는 릴리의 변화하는 모습에 위험을 감지하고 앤드리아에게 충고를 거듭하고 런웨이에서 일하는 것이 옳은 선택이 아님을 알려주려고 노력한다. 미란다가 앤드리아를 시련에 빠트리는 적대자라면 알렉스는 앤드리아의 갈등 해소를 위해 도움을 주는 조력자의 역할을 한다. 알렉스는 앤드리아와 미란다의 관계에서는 조력자의 역할을 하지만 한 편으로는 앤드리아와 직접적인 갈등을 갖고 있는 인물이기도 하다.

『브리짓 존스의 일기』가 우연한 사건에 의한 갈등이 중심이 되고 있다면 『악마는 프라다를 입는다』는 인물들에 의한 갈등이 중심이 되고 있다. 앤드리아가 미란다의 요구를 들어주는 관계도 사건보다는 미란다의 성격적인 부분이 강조된다. 자신의 성공을 위하여 완벽한 이기적인 모습을 보이는 미란다가 앤드리아와 갈등을 빚는다. 소설에서 나타나는 미란다의 사건들은 대부분 비슷비슷한 패턴을 보인다. 앤드리아에게 말도 안 되는 명령을 내리고 앤드리아는 미란다의 요구가 합당하지 않다는 것을 알면서도 어떻게든 임무를 완성하는 것이다. 이렇게 뻔한 사건들이 연속적으로 이어지고 있지만 그럼에도 주인공과 시련을 주는 적대적인 인물이 뚜렷하게 제시되기 때문에 이야기를 이어가는 갈등 구조가 가능하다. 그리고 알렉스와의 갈등 역시 소신있는 알렉스의 성격을 부각하는 이야기를 끌어가면서 갈등을 유발하는 것이다.

3. 『내니의 일기』

뉴욕의 명문대 아동학과 학생인 낸은 학비를 벌기 위해 시간제 내니 일을 지원하던 가운데 X가의 그레이어를 돌보게 된다. 파트타임으로 시작한 내니였으나 어느 순간 낸은 풀타임 내니가 되어버리고 X부인의 심부름까지 하는 하녀로 전락한다. 낸은 내니일을 당장이라도 그만두고 싶지만 그레이어와의 정 때문에 선뜻 그만두지도 못 한다. 하지만 결국 낸을 경쟁자로 생각했던 X부인은 낸을 해고한다. 낸은 X부인이 설치한 몰래카메라에 X씨와 X부인에게 메시지를 남기지만 결국 다 지우고 그레이어에게 혼잣말로 작별 인사를 하며 X가를 떠나는 것으로 이야기는 끝난다.

X부인에 의한 시련은 낸이 X가를 떠나는 것으로 해소될 수 있지만 그레이어와의 정으로 인하여 낸은 쉽게 X가를 떠나지 못 한다. 이러한 갈등

을 들어주고 X가를 떠나라고 충고하는 사람은 낸의 남자친구인 하버드 킹카이다. 낸은 아파트 11층에 사는 돈 많고 잘 생기고 하버드에 다니는 그를 엘리베이터에서 마주치고 그와 데이트를 시작한다.

X부인과 낸의 관계 역시 『악마는 프라다를 입는다』에서의 미란다와 앤드리아의 관계처럼 수직적인 관계에 있다. 하지만 낸과 앤드리아는 약간의 입장 차이를 갖고 있다. 둘 다 적대자에 의한 시련을 경험한다. 앤드리아는 시련을 극복하면 미란다의 추천서로 원하는 잡지사를 갈 수 있다. 그렇지만 낸에게는 X부인의 시련을 극복하는 것이 학비 이상의 절대적인 것을 보상하는 것이 아니다. 그럼에도 불구하고 낸이 X가를 떠나지 않는 것은 그레이어와의 관계 때문이다. 말썽만 피우던 그레이어가 낸에게 조금씩 마음을 열고 낸은 X씨나 X부인과 달리 그레이어를 대한다. 낸이 X가를 떠나지 못 하는 것은 학비 문제나 X부인 때문이 아니라 그레이어 때문이다. 그레이어는 X부인과의 갈등 해소를 저지하는 인물이 되고 있는 것이다. 결국 갈등은 X부인에 의해 해소된다. 낸을 일방적으로 해고한다. 낸이 X씨의 불륜을 이야기하자 자존심이 상한 X부인은 해고라는 방법을 선택한 것이다. 갈등 구조는 해소되었지만 『내니의 일기』는 전형적인 해피엔딩의 구조를 갖지 않는다. 하지만 낸이 그레이어에게 혼잣말로 인사를 하는 것으로 낸의 궁극적인 정당성을 획득한다.

V. 칙릿의 영상화에 나타난 스토리텔링

칙릿을 영화로 변용하는 경우 소설의 여러 사건을 선택적으로 가져온다. 선택된 사건은 영화의 전체적인 이야기를 이어가는 데 중요한 요소가 되는 것은 당연하다. 관념적인 부분까지 문자로 서술되는 소설에서 영화

라는 매체로 변용되면서 이들의 서술 방식은 달라지게 되는데 여기에 이
야기를 만들어가는 장치인 스토리텔링이 적용되게 된다. 각 영화는 전체
적인 영화의 서술을 위하여 여러 스토리텔링을 구성하게 된다. 하지만 여
기에서는 세 영화에서 공통적으로 나타나고 있는 의상과 파티라는 요소
에 대해서만 이야기를 하게 될 것이다. 이것은 칙릿의 영상화를 부각시키
는 스토리텔링이 가능하다는 전제에서이다. 각 영화에서 의상과 파티가
어떻게 스토리텔링으로 구성되는지에 자세히 살펴보겠다.

1. 〈브리짓 존스의 일기〉

〈브리짓 존스의 일기〉에서 중심 사건은 사랑의 성취이다. 사건에 대한
갈등이나 결말은 소설의 구성과 거의 일치한다. 세 편의 영화 가운데 원
작을 가장 충실하게 영상화하였다. 중심 이야기가 되는 브리짓의 사랑을
영화에서도 중심 이야기로 전개한다.

브리짓의 사랑을 위하여 의상을 통한 스토리텔링이 이루어진다. 소설
에서는 브리짓의 연애는 마크와의 만남을 짧게 언급하고 1월부터 7월에
걸쳐 다니엘과의 연애가 중심이 되고 있다. 그리고 다니엘과의 연애가 끝
난 후에 브리짓이 마크와의 데이트를 결심하게 된다. 하지만 영화에서는
처음부터 브리짓과 마크, 다니엘의 관계를 비슷하게 보이며 삼각관계를
나타내고 있다. 이러한 관계 형성은 의상으로 스토리텔링되고 있다.

브리짓은 크리스마스 파티에서 마크를 만나게 된다. 브리짓은 마크의
뒷모습을 보고 어쩌면 마음에 드는 상대일지도 모른다고 생각하지만 가슴
에 루돌프가 커다랗게 그려진 마크의 옷을 보고 실망한다. 마크 역시 브리
짓이 입고 있는 할머니 옷과 같은 차림에 대하여 불만을 표시한다. 브리짓
과 마크의 의상으로 둘의 만남이 엇나가는 것으로 사건이 시작된다.

이 부분에서 영상화에 유리한 스토리텔링이 이루어진다. 소설에서도 마크의 옷에 대한 언급이 나오고는 있지만 소설 속 마크는 다이아몬드 스웨터와 땡벌 무늬 양말을 신었다고 설명된다. 하지만 영화에서는 이러한 상황을 극대화하기 위하여 〈그림 1〉과 같은 마크의 의상을 보이고 있다. 또한 소설에서는 브리짓의 옷에 대한 설명이 없음에도 불구하고 〈그림 2〉에 나타나는 브리짓의 옷으로 마크가 브리짓을 맘에 들어 하지 않는 것을 설명한다.

〈그림 1〉

〈그림 2〉

소설에서 브리짓의 일기를 통하여 설명되던 의상을 영화에서는 보다 뚜렷하게 나타내고 있는 것이다.

브리짓과 마크의 첫만남에서 평가된 의상은 둘의 관계를 진전시키지 못 한다. 하지만 브리짓과 다니엘의 경우 의상은 데이트의 시작을 가져오는 계기를 마련한다. 늘 말끔한 정장을 차려입고 나오는 다니엘은 브리짓에게 완벽한 남자로 인식된다. 이 둘의 관계는 브리짓의 의상으로 발전한다. 〈그림 3〉과 같이 짧은 치마를 입고 출근한 브리짓에게 다니엘은 브리짓의 치마와 관련한 메일을 보낸다. 그리고 브리짓은 다니엘의 메일에 대한 답을 보내게 되고 둘은 치마와 관련한 몇 통의 메일을 주고받는다. 이를 시작으로 브리짓과 다니엘은 데이트를 시작한다. 〈그림 3〉과 〈그림 4〉에서 나타나는 브리짓의 의상은 브리짓과 다니엘의 관계 형성에서 중요한 장치로 작용한 것이다.

〈그림 3〉

〈그림 4〉

〈브리짓 존스의 일기〉에서 이야기의 중심 사건은 등장인물들의 의상과 밀접한 관련을 갖고 전개된다. 마크에게 브리짓은 할머니같은 옷차림으로 매력을 주지 못 하였으나 다니엘에게는 짧은 치마와 속이 비치는 상의로 매력을 발산한 것이다. 그리고 마크의 의상이나 다니엘의 의상 역시 브리짓의 연애 상대인가에 대한 판단에 중요한 요소로 작용한다. 마크의 루돌프가 그려진 옷과 다니엘의 깔끔한 정장은 대조적으로 브리짓의 선택에 영향을 미치게 되는 것이다.

〈브리짓 존스의 일기〉에서 파티는 브리짓의 갈등을 심화시키는 장치로 작용한다. 영화 중반에 나오는 '탕녀와 성직자' 파티는 브리짓의 연애 사건에 있어 가장 큰 갈등을 가져오게 된다. 원래 이 파티에는 다니엘과 동행을 하기로 하였지만 다니엘은 먼저 런던으로 돌아간다. 브리짓은 혼자 〈그림 5〉와 같이 바니걸 차림으로 파티에 참석하였으나 '탕녀와 성직자' 주제는 취소되었고 마크의 파트너인 나타샤에게 비웃음을 사게 된다. 그리고 다니엘과 마크의 과거에 대하여 브리짓이 사실과 다르게 알고 있었던 사실을 말하며 마크와의 오해가 깊어진다. 파티의 드레스 코드가 취소된 연락을 받지 못하여 바니걸 차림으로 참석했다는 사실과 나타샤를 비롯한 다른 사람들의 시선이 힘들었던 브리짓은 먼저 런던으로 돌아간 다니엘을 찾아간다. 하지만 일이 많아 먼저 돌아간 다니엘이 다른 여성과 함께 보내기 위하여 돌아갔다는 사실을 알게 된다. 이 파티는 브리짓과 마크의 갈등이 심화되고 다니엘의 배신을 알려주는 결정적인 장치가 되고 있다.

　브리짓과 마크, 다니엘의 삼각관계에서 브리짓과 다니엘의 여행을 통해 일시적인 갈등 해소를 가져왔다. 하지만 다니엘의 파티 불참에서 둘은 갈등 조짐을 보이며 급기야 다니엘의 집에서 다른 여자와 마주치게 된다. 브리짓과 다니엘의 관계는 이 파티를 통하여 연애 사건에 대한 갈등이 심화되고 바니걸 차림의 브리짓이 혼자 걸어가는 모습으로 브리짓의 심리 상태를 보여준다. 다니엘과의 일시적인 갈등 해소는 다시 긴장 상태로 돌아간다. 그리고 이 과정은 브리짓과 마크의 관계에서도 부각된다. 파티에서 브리짓과 마크는 브리짓이 마크와 다니엘의 관계에 대하여 오해하고 있는 부분을 언급한다. 이로 인하여 마크와 브리짓의 관계도 오해가 깊어지게 된다. 따라서 '탕녀와 성직자' 파티는 일시적인 갈등 해소에서 다시 갈등이 심화되는 것을 보여주는 장치이다. 브리짓은 다니엘과의 연애에서 배신감을 느끼고 마크와는 돌이킬 수 없는 갈등을 만들어낸 것이다. 이 파티는 영화 전체 이야기에 있어서 갈등을 고조시키는 기능을 한다.

〈그림 5〉   〈그림 6〉

또한 결말 부분에 나오는 〈그림 6〉의 마크 부모님의 금혼식 파티는 그동안 브리짓이 가지고 있던 마크에 대한 오해가 풀리고 마크에 대한 마음을 전하는 매개가 되는 장치이다. 금혼식에 참석하지 않으려던 브리짓은 어머니로부터 마크의 과거에 대하여 듣게 된다. 마크의 이혼이 전처와 다니엘의 불륜으로 인하였던 것을 알게 되고 자신이 지금까지 마크를 오해하고 있었다는 사실을 깨닫는다. 브리짓은 금혼식에 참석하고 마크에게 그동안의 오해를 사과하고 자신이 마크를 좋아하고 있음을 고백한다. 브리짓과 마크, 다니엘의 삼각관계는 브리짓이 마크를 선택하는 것으로 마무리된다. 그러나 이 파티에서 마크와 나타샤의 약혼이 발표되면서 브리짓과 마크의 관계가 이루어질 수 없음을 보여준다. 그래도 금혼식 파티를 통하여 브리짓과 마크는 서로에 대한 진심을 알게 되고 둘 사이에 있었던 갈등은 해소되는 것이다. 결국 뉴욕으로 떠났던 마크는 런던으로 다시 돌아오게 된다. 금혼식 파티는 브리짓과 마크의 오해가 완전히 없어지고 서로의 진심을 확인하는 장치가 되는 것이다. 〈브리짓 존스의 일기〉가 사랑이라는 메시지를 전하는 데 초점이 맞춰진 만큼 이 둘의 관계에서 일어난 갈등이 완벽하게 해소되는 스토리텔링이 금혼식 파티를 통해서 부각된다. 금혼식 파티는 브리짓과 마크의 연애 결말에 대한 이야기를 만드는 스토리텔링이다.

2. 〈악마는 프라다를 입는다〉

〈악마는 프라다를 입는다〉에서 앤드레아[12]가 런웨이에서 경험하는 주
된 사건들이 의상으로 스토리텔링 된다. 소설에서는 앤드레아가 경험하
는 모든 일들은 하나의 에피소드를 형성하며 서술된다. 하지만 영화에서
는 이러한 많은 사건들을 앤드레아의 변화하는 의상의 차이로 전개하는
것이다.

〈그림 7〉

〈그림 8〉

〈그림 9〉

앤드레아는 런웨이에 들어가서 굳이 자신의 옷을 변화시키려고 하지
않는다. 〈그림 7〉, 〈그림 8〉, 〈그림 9〉와 같이 그녀는 패션에 관심이 없고
런웨이의 경력은 저널리스트가 되기 위한 수단일 뿐이다. 그렇기 때문에
앤드레아는 자신이 진실로 원하지 않는 일을 위해 외모를 변화시키려는
노력을 하지 않는다. 다른 여성들이 간절히 원하는 일이지만 앤드레아는

13) 『악마는 프라다를 입는다』에서는 주인공의 이름이 '앤드리아'로 표기되어 있지만 영화에서는 '앤드레
아'로 표기된다. 본고에서는 주인공의 이름을 텍스트에 따라 다르게 표기할 수 있다.

그렇지 않다는 것을 평소의 의상에서 보여준다. 그녀는 외모를 바꾸는 노력보다 일을 잘 하는 것이 중요하다고 생각하였기 때문이다. 평범한 패션 감각을 가졌던 앤드레아는 런웨이에 입사함과 동시에 패션 감각이 전혀 없는 시골뜨기로 평가된다. 그녀의 부스스한 머리와 6호라는 옷 사이즈는 런웨이의 사람들과는 반대인 앤드레아를 보여준다.

〈그림 10〉　　　　　　　　〈그림 11〉　　　　　　　　〈그림 12〉

앤드레아는 지금까지 자신이 입었던 옷 그대로 런웨이에서 버티기를 결심한다. 하지만 예전 옷차림 그대로인 앤드레아는 미란다에게 칭찬만 받을 뿐 키스해주지 않는다는 사실을 깨닫게 된다. 그리고 미란다에게 키스를 받기 위해서는 단순히 일만 잘 처리한다고 되는 것이 아니란 것을 알게 된다. 그녀는 미란다에게 자신의 노력을 호소할 수 있는 방법으로 의상 변화를 시도한다. 외모를 변화시키는 것이 미란다에게 신임을 얻을 수 있는 노력 가운데 하나라고 판단한 것이다. 이 과정에서 앤드레아는 나이젤의 도움을 요청한다.[14] 6호짜리인 앤드레아가 입을 수 있는 옷이

---

14) 소설에서 앤드레아의 의상을 변화시키는 것은 클로짓을 담당하는 제피이다. 제피는 앤드레아가 명품을 입지 않을 경우 런웨이에서 살아남을 수 없다고 판단하여 앤드레아의 의사와 상관없이 명품 옷을 제공하기 시작한다.

클로짓에 많지는 않다. 하지만 〈그림 10〉처럼 나이젤의 도움으로 앤드레아는 런웨이에 어울리는 외모로 변화한다. 미란다는 〈그림 11〉의 모습으로 변화한 앤드레아를 믿기 시작한다. 더 이상 앤드레아를 에밀리로 부르지 않고 모컵이라는 책을 집으로 가져 오는 일을 앤드레아에게 맡기게 된다. 그리고 결국 파리 패션 주간에 에밀리 대신 앤드레아와 함께 가기로 결심한다. 〈그림 12〉는 파리 패션 주간에 참여한 앤드레아의 모습니다.

〈악마는 프라다를 입는다〉에서 앤드레아가 런웨이에서 미란다를 버티는 과정이 여러 에피소드를 대신하여 의상으로 보여진다. 이러한 것은 위의 사진들 뿐 아니라 미란다가 아침마다 던지는 코트와 백, 런웨이의 옷으로 변한 앤드레아의 출근 모습을 부각시켜 표현하고 있다. 영화에서 의상을 전체적인 사건 전개에 중요한 장치로 활용하고 있는 것이다.

〈악마는 프라다를 입는다〉에서 파티는 성공을 상징한다. 앤드레아가 면접을 보러 갔을 때 선임 어시스트는 자신이 선임으로 승진하였음을 앤드레아에게 말한다. 선임으로의 승진 이유는 미란다가 파리 패션 주간에 자신과 함께 간다는 사실 때문이다. 선임 어시스트에게 파티는 일정한 지위의 성취를 의미하는 것이다. 이와 같은 사실은 미란다가 주최한 자선 파티에서도 이어진다. 미란다는 파일 두 개를 꽉 채우는 초대 명단을 선임 어시스트에게 외우게끔 한다. 그녀의 초대를 마다할 사람은 없고 미란다는 어시스트의 도움으로 그들의 정보를 얻는다.

자선 파티는 미란다의 엄청난 영향력을 보여주지만 앤드레아의 갈등을 심화시키는 원인이 된다. 자선 파티는 앤드레아의 남자친구 생일과 같은 날이다. 원래 이 파티에는 선임 어시스트만 참석하기로 하였으나 감기에 걸린 선임 어시스트로 인하여 앤드레아의 참석도 요구된다. 남자친구의 생일이 있으나 미란다의 명령에 앤드레아는 복종한다. 미란다의 영향력을 보여주는 자선 파티는 상대적으로 앤드레아와 남자친구의 갈등을 유발하는 것이다. 자선 파티로 인하여 앤드레아에게 절대적인 영향력을 행사하는 미란다의 힘이 강조되고 이로 인하여 앤드레아의 시련은 커진다. 미란다가 패션계에서 차지한 엄청난 권력이 앤드레아의 개인적인 생활까지 개입하게 된 것이다. 이렇게 〈악마는 프라다를 입는다〉에서 파티는 미란다의 영향력을 보여주며 앤드레아의 갈등에 직접적인 작용을 하고 있다.

〈그림 13〉

〈그림 14〉

파리 패션 주간의 파티에서도 미란다가 성취한 지위가 부각된다. 그녀가 가는 곳곳은 기자들로 가득 차 있고 여러 패션 거장들의 환영이 이어진다. 그리고 항상 어시스트와 함께 한다. 〈그림 13〉와 〈그림 14〉에서 보이는 것처럼 그녀의 권력은 그녀의 뒤에 위치한 어시스트의 위치로도 확인된다. 미란다는 항상 중심에 서 있고 그 뒤를 어시스트가 보조한다. 미란다의 배치가 그녀가 성취한 지위를 상징하는 것이다.

파리의 패션 주간 파티는 패션계의 사람들에게 가장 중요한 파티로 인식된다. 이 파티에서도 미란다는 호스트의 역할을 한다. 그녀는 완벽한 팀워크를 위하여 선임 어시스트를 빼고 앤드레아의 동행을 요구한다. 미란다의 영향력은 여기에서도 앤드레아의 갈등과 밀접한 관련을 갖게 된다. 미란다는 선임 어시스트의 제외를 앤드레아에게 전달하라고 한다. 선임 어시스트에게 있어 파리의 파티 참석이 어떠한 의미를 갖는지 알고 있는 앤드레아는 자신이 선택되었음을 알려야하는 갈등을 겪게 된다. 그리고 자선 파티 이후 갈등이 심화된 남자친구와의 관계 역시 파리를 가게 되면서 잠정적인 이별로 이어진다. 미란다의 강력한 영향력이 파티로 상징되며 앤드레아의 갈등을 심화시키는 요소로 작용한다.

3. 〈내니 다이어리〉

〈내니 다이어리〉는 앞의 두 영화와 달리 주인공의 배경 설정이 많이 달라졌다. 『내니의 일기』에서는 낸이 시간 대비 소득이 높은 내니를 스스로 선택하지만 〈내니 다이어리〉에서는 X부인의 오해로 애니가 내니가 된다. 전혀 고려하지 않고 있었던 애니의 내니 역할은 소설보다 더 큰 극적 구성이 된다. 또한 소설에서는 낸이 일방적인 해고를 당하고 그레이어에게 혼잣말로 인사를 하는 것으로 이야기가 끝이났지만 영화에서는 낸이 몰래카메라에 X씨와 X부인에게 메시지를 남기고 떠난다. 그리고 하버드 킹카와의 지속적인 만남과 자신이 원하는 꿈을 찾기 위하여 고민하는 부분, X부인의 변화된 모습을 담은 편지의 전달 등을 통하여 해피엔딩의 부분을 부각하고 있다.

이렇게 진행되는 중심 사건에서 애니의 의상이 스토리텔링으로 기능하고 있다.

〈그림 15〉   〈그림 16〉

재정전문가 면접을 보기 위하여 뉴욕의 여느 커리어우먼들과 비슷한 정장을 입고 있었던 애니는 내니가 되면서 티셔츠와 편한 바지로 의상의 변화를 가져온다.(〈그림 15〉와 〈그림 16〉 참조) 이것은 그녀가 그레이어를 돌보는 데 용이한 옷차림으로 바뀐 것이다. 이것은 다른 내니들의 의상과 비슷하다. 우수한 성적으로 대학을 졸업한 애니는 가난한 나라에서 어쩔 수 없이 내니를 선택한 보통의 내니들과 의상으로써 동일시된다. 애니가 겪게 되는 입장의 차이를 정장과 바지라는 의상을 통하여 스토리텔링되는 것이다. 애니가 내니로 겪는 사건들이 의상으로 구성되는 것을 극대화시키는 것은 〈그림 17〉의 독립기념일 파티 의상이다. X부인은 독립기념일 파티에 참석하면서 애니와 그레이어에게 특별한 옷을 입게 한다. 애니는 성조기를 모티브로 한 우스꽝스러운 드레스를 입게 된다. 하지만 애니는 그레이어를 달래가며 이 드레스를 입는다. 애니는 내니의 일에 익숙해지고 있지만 재정 전문가를 바라는 엄마에게는 내니의 일을 한다고 밝히지 못 한다. 이러한 상황은 엄마가 뉴욕으로 왔을 때 애니의 의상이 〈그림 18〉에 나타나는 것처럼 여느 20대와 같이 원피스를 입고 있는 것으로 나타난다.

〈내니 다이어리〉 역시 주인공의 중심 사건을 이어나가는 스토리텔링 요소를 의상으로 표현하고 있다.

〈내니 다이어리〉에서 파티를 포함한 크고 작은 여러 모임들은 X부인의

〈그림 17〉 〈그림 18〉

278

욕구를 실현시키며 이야기를 만들어간다. X부인의 파티에 대한 관심은 애니에게 직접적으로 연결된다. 그레이어를 돌봐야 하는 애니에게 파티는 하나의 임무가 되는 것이다.

　X부인은 남편과의 좋지 않은 관계 속에서도 다른 사람들에게는 화목한 가정으로 보이고자 한다. X부인이 독립기념일 파티에 참석하는 것은 상류층 사회에서 생존하기 위해서이다. 다른 상류층 사람들과의 지속적인 교류를 해야 하고 자신이 누리고 있는 사회를 나타내는 것이다. 독립기념일 파티에 애니와 그레이어에게 우스꽝스러운 옷을 입히고 남편과 무리하게 참여하는 것 역시 남들에게 행복한 가정으로 보이고 싶은 X부인의 욕구이다. 그렇기 때문에 온 가족이 참석한 파티임에도 불구하고 X씨와 X부인, 그레이어는 각자 다른 장소에서 파티를 즐긴다. 그레이어는 다른 아이들과 마찬가지로 유모와 파티를 즐기고 X씨는 불륜을 즐긴다. X부인은 남편을 찾지만 이것은 가정에 대한 애정이라기보다 남들에게 보이기 위한 과시에서 비롯된다.(〈그림 19〉 참조)

〈그림 19〉

〈그림 20〉

　그레이어를 돌보는 일은 애니에게 맡기고 파티 자체에 몰두하는 X부인에게 파티는 상류층 부인으로 살고 있다는 것을 남들에게 보여주기 위한 도구이다. X부인에게 파티는 가족 모두가 참여한다는 것보다는 남들에게 가족으로 보일 수 있는 유일한 수단이다.

이러한 X부인의 생각은 그레이어의 생일 파티에서 부각된다. 그레이어의 생일 파티는 그레이어의 실제 생일과는 상관없이 자신이 맡기고 싶은 파티 플래너의 스케줄에 맞추어 진행한다. 아들에 대한 애정에서 비롯되는 생일 파티가 아니라 그럴듯한 파티로 이야기 될 수 있는 파티가 되는 것이 중요한 문제가 되는 것이다. 〈그림20〉과 같이 그레이어의 생일 파티는 X가의 거실에서 이루어지지만 참석자는 애니와 그레이어뿐이다. 이 둘의 앞에서 프랑스 광대는 공연을 하지만 생일 파티의 주인공인 그레이어조차 재미를 느끼지 못 하는 파티이다. 그저 유명한 파티 플래너를 불러 생일 파티를 열겠다는 X부인의 욕구가 반영된 것일 뿐이다. 그레이어의 생일 파티에서 X씨와 X부인은 그레이어의 사립학교 입학과 관련하여 서재에서 말다툼을 할 뿐이다. 이것 역시 일반적인 상류층의 아이들이 합격했음에도 불구하고 그레이어만 합격하지 못 하였다는 사실에서 비롯된 것이다. 남편과 그레이어의 사립학교 입학과 관련하여 말다툼을 벌이는 일 역시 둘에게는 다른 사람들에게 자신들이 어떻게 보이겠는가가 중요한 문제가 되고 있다. 그레이어를 위한 좋은 교육 환경을 위해서 사립학교의 입학을 논의하는 것이 아니다. 이와 같이 X부인에게 파티는 그저 자신을 과시하기 위한 하나의 수단이다. 상류층의 다른 가정에서 행하는 일을 자신만 하지 않는다는 것은 X부인의 마음을 상하게 하는 일이다.

잘 포장된 상류층 사회를 보여주기 위한 X부인의 욕구는 파티를 통해 나타나고 이와 더불어 애니는 그레이어에 대한 애정이 깊어지게 된다. X씨나 X부인에게 그레이어는 액세서리로 여기고 애니는 그러한 그레이어를 진심으로 대하는 것이다. X부인의 이야기를 만들어가는 장치인 파티는 애니와 그레이어의 관계 형성과 밀접하게 관련한다. X부인의 과시를 상징하는 파티가 부각되면서 애니가 인간적으로 그레이어를 대하는 모습이 부각되는 것이다. 그리고 이러한 관계 형성은 애니가 X부인을 못 견뎌하면서도 그레이어를 떠날 수 없는 상황이라는 갈등을 만들게 된다.

이렇듯 〈내니 다이어리〉의 파티는 X부인이 남들에게 보이고 싶은 부분만을 드러내는 과시 욕구를 실현해주는 장치이다. 그리고 이로 인하여 그레이어에 대한 정으로 쉽게 X가를 떠나지 못하는 애니의 갈등을 가져오게 한다. X부인의 이야기를 만들어가는 스토리텔링이 또 다시 애니의 이야기에 개입되는 것이다.

VI. 결론

문화 콘텐츠 산업에서 출판의 영상화는 원소스멀티유즈의 대표적 사례이다. 이러한 과정에서는 소설 전체를 영상화하는 것이 아니라 소재의 선택적 사용과 차용이 이루어진다. 여기에 스토리텔링이 적용되는데 스토리텔링은 이야기를 이어가는 장치로 기능한다. 본 연구는 출판 콘텐츠의 영상화에서 스토리텔링이 어떻게 구성되는가에 목적을 두었다. 이를 위하여 최근 인기 장르로 주목되고 있는 칙릿 『브리짓 존스의 일기』, 『악마는 프라다를 입는다』, 『내니의 일기』를 영상화한 〈브리짓 존스의 일기〉, 〈악마는 프라다를 입는다〉, 〈내니 다이어리〉를 중심으로 살펴보았다.

세 편의 영화에서 공통적으로 스토리텔링되고 있는 것은 의상과 파티이다. 이를 중심으로 각 영화에서의 기능에 대하여 살펴보았다.

우선, 세 편의 영화에서 의상은 주인공이 겪는 중심 사건을 만들어가는 과정에 스토리텔링으로 구성되고 있다. 의상은 우리들의 확장된 피부로 체온 조절이 기계나 자아自我를 사회적으로 규정할 때의 수단으로 생각될 수 있다.[15] 의상은 등장인물의 성격이나 지위를 상징적으로 나타낼 수 있는 것이다. 이러한 기능을 하는 의상을 세 편의 영화에서는 영화가 전달하려는 메시지를 위한 핵심적인 사건을 전개하는 것으로 스토리텔링하고 있다. 브리짓의 연애와 앤드레아의 런웨이 적응, 애니의 내니 경험 등이 이들의 의상으로 이야기 가능하게 하고 있는 것이다. 의상은 칙릿의 주제인 일과 사랑의 성공을 나타내는 구성으로 작용한다. 〈브리짓 존스의 일기〉에서 의상은 사랑의 성공을 나타내는 스토리텔링 구성이 된다. 〈악마는 프라다를 입는다〉와 〈내니 다이어리〉에서는 주인공의 의상을 통하여 일의 성공을 나타내는 스토리텔링이 구성을 하고 있는 것이다. 따라서 칙릿이 영상화하는 과정에서 의상은 중심 사건을 서술하는 장치가 된다고 할 수 있다.

세 편의 영화에서 나타나는 파티는 주인공의 중심 이야기에 갈등을 유발하는 요소가 된다. 세 영화에서 나타나는 파티는 소설의 중심 사건에 갈등을 부각하는 역할을 하고 있다. 파티를 통해 나타나는 스토리텔링은 인물들의 행동 변화를 가져오게 하는 갈등을 형성한다. 이 영화들은 이러한 갈등이 해소되면서 영화는 해피엔딩을 가능하게 한다. 파티에서 심화된 갈등은 브리짓과 마크의 사랑이 이루어지면서 해피엔딩 된다. 앤드레아 역시 미란다의 권력을 보여주는 파티로 남자친구와 개인적인 꿈에 대한 갈등을 갖게 되지만 미란다를 떠나면서 모든 갈등이 해소된다. 그리고 그녀는 꿈을 찾고 다시 남자친구를 만나는 행복한 결말을 가져온다. 애니

---

15) 마셜맥루한 지음, 박정규 옮김, 『미디어의 이해』, 커뮤니케이션북스, 1997, p.135.

의 경우 X부인의 파티로 갈등이 심화되면서도 그레이어를 떠날 수 없었다. 결국 애니가 그레이어를 떠나게 되는 것은 X부인의 일방적인 해고였다. 영화에서는 소설과 비교하여 해피엔딩을 부각시켰는데 여러 갈등과 시련 후 애니는 하버드 킹카와 만남을 이어가고 자신의 진로를 위하여 노력하는 모습을 보여준다. 또한 그레이어를 액세서리가 아닌 자식으로 대하는 X부인의 변화를 보여주며 행복한 결말로 이야기를 마친다. 화려한 파티는 주인공의 시련을 부각하고 이야기의 갈등 구조를 극대화하며 전체적인 이야기에 힘을 실어주는 스토리텔링으로 작용하고 있다.

이처럼 칙릿이 영상화하는 과정에서 시각적인 부분이 강조되는 장치가 필요하다. 그래서 칙릿이 갖는 특성을 반영할 수 있는 장치로 의상과 파티가 부각되고 있음을 알 수 있었다.

권순정

소설과 영화의 거리 :
『발자크와 바느질하는 중국소녀』

Ⅰ. 서론

요즘 들어 문화, 콘텐츠산업에 가장 강조되는 부분은 스토리텔링이다. 이를 발전시키는 방안으로 창작 스토리개발과 함께 One Source(소설작품) 개발에도 힘을 쓰고 있다. 그러나 스토리 창작에 많은 투자를 하고 있음에도 불구하고 그보다는 더 안정적이고, 탄탄한 One Source를 발굴하여 각색을 걸쳐 매체변용을 하는 것을 선호하고 있는 것이 현재 매체변용의 추세이다. 이렇듯 현재 영화계에서도 One Source의 영화화에 심취해 있다. 그러나 작품에 대한 해석과 분석이 미흡한 상황에서 대중에게 사랑받았다는 이유만으로 각색을 하여 영화계에 던져지는 경우가 비일비재하며, 그런 결과 주어지는 것은 질타와 함께 흥행실패이다. 중국영화계도 사항은 크게 다르지 않다. 많은 영화작품들을 살펴보면 소설작품을 원작으로 하며, 그 결과도 그리 좋지가 않다. 그리하여 문화, 콘텐츠 산업을 한 단계

발전하는 과정으로 소설을 원작으로 동명영화를 제작한 다이시지에[戴思杰][1])의 장편소설 『발자크와 바느질하는 중국소녀』를 통해 소설의 작가와 영화의 감독이 동일한 작품을 통해 소설을 영화로의 매체 변형에서 오는 본질적 차이에 대해 살펴보고자 한다. 이미 여러 편의 선행논문에서 매체 변형에서 오는 차이를 분석해 왔다. 그럼에도 불구하고 다이시지에의 장편소설인 『발자크와 바느질하는 중국소녀』를 선택한 이유는 소설의 영화화하는 경우 영화의 매체 특성에 맞게끔 스토리가 각색되는 것은 너무나 당연한 작업이다. 하지만 우리가 놓치고 간 것이 있다. 이야기를 풀어가는 서술자이다. 이야기를 하는 서술자가 바뀐 것을 염두해 주지 않고 매체변용으로 인한 차이점만을 서술하고 있는 것이 대부분의 선행논문에 나타나는 오류이다.

매체변용 시 나타나는 변화 요소 중 객관적인 요소는 이미 이론으로 체계화되어 있으므로, 그 공식에 소설작품을 대입시키면 답은 나오게 되어 있다. 하지만, 작품도 영화도 그 어떤 미디어매체도 수학적인 공식만으로 풀리지 않는 부분이 있다. 그것은 철저히 주관적인 요소인 작가이며, 연출자인 것이다. 작가나 연출자의 주관적인 의도를 이론으로 체계화 한다는 것은 매 작품마다의 작가와 연출자가 다르고 그들의 관점이 다르다. 그렇다고 매 작품마다 그들을 직접 만날 수는 없는 일이다. 그렇기 때문에 기존 선행 논문이 취한 행동은 주관적인 요소를 갖고 객관화 시키려는 오류

---

1) 1954년에 중국의 푸잔에서 태어난 다이시지에[載思杰]는 문화대혁명 기간에 '부르주아 지식인'으로 지목돼 1971년부터 1974년까지 산골에서 재교육을 받고, 1976년에 고등학교 과정을 마쳤다. 마오쩌둥이 사망한 후, 대학에서 예술사를 전공했으며, 1984년에 프랑스로 유학을 떠나 영화 학교를 졸업하였다. 2000년 프랑스 언론이 극찬한 첫 장편소설 『발자크와 바느질하는 중국소녀』로 성공적인 데뷔를 마친 뒤, 2003년에는 두 번째 장편소설 『D콤플렉스』로 페미나상을 수상하며 세계적으로 주목받는 작가가 되었다. 그는 또한 영화, 〈중국, 나의 고통〉(1989) 등의 감독을 맡았으며, 『발자크와 바느질하는 중국소녀』도 영화로 만들어져 2002년 칸 영화제에서 상영되었다. 프랑스에서 영화감독과 소설가로 활약 중이다.

를 범하고 있는 것이다. 그러나 다이지시에의 『발자크와 바느질하는 중국
소녀』는 소설의 원작자와 영화의 연출자가 동일하여, 매체변용으로 인한
비교 분석하는데 있어 좋은 사례가 된다고 생각한다. 서술자가 동일하므
로 객관적인 요소를 가지고 서술할 수 있기 때문이다. 그 결과 소설에서
나타나는 추상적인 관념들은 영화 속에서 과감히 누락되고, 등장인물들의
대사나 연기로 표현될 수 있는 것만이 선별되며, 이것은 구체적으로 카메
라의 움직임, 구도, 연기, 음향 등으로 묘사되는 영화의 특성을 살피는데
좋은 사례가 될 것으로 판단된다. 이 논문에서는 그러한 과정을 소설에서
의 플롯구조와 영화에서의 플롯구조의 차이점을 소도구를 통해 이야기 전
개과정을 살펴보고, 플롯구조와 함께 매체 변형에서 오는 인물들의 확장·
축소를 살펴봄으로, 전반적인 소설과 영화의 전개과정을 살펴본다. 그리고
마지막으로 소설과 영화에서 등장하는 소도구들을 통해 동일한 서술자가
소설에서 나타나는 언어의 상징적 기호와 영상에서 표현하는 도상적 기호
의 의미를 살펴봄으로 매체변용에서 오는 차이점을 알아보고자 한다.

Ⅱ. 상호텍스트적 특징

1. 플롯의 구조변화

소설과 영화의 매체변용에 따른 플롯의 구조변화를 소설과 영화에 등장
하는 상징적인 소도구를 중심으로 살펴보고자 한다. 『발자크와 바느질하는
중국소녀』의 소설과 영화의 상징적인 소도구는 작가가 의미하는 상징성도
내포되어 있지만, 이와 같은 상징적인 소도구의 등장이 전반적인 이야기를
이끌어가는 원인으로도 작용하며 인과 플롯 구조의 형태를 갖추고 있다.

구분	소설	영화
바이올린 (웨이-올-린)	· 바이올린의 등장으로 1971년 문화대혁명[2]의 시대상을 이야기하고 있다. · 산골마을 사람들과 도시에서 온 지식청년들과의 어색한 만남을 바이올린의 선율로 문화적 차이를 좁힐 수 있었다.	
지상의긴꼬리닭 (자명종)	· 주인공 '나와 뤄' 가 산골로 하방下方될 때 가지고 온 물질문명의 사물로 '촌장'을 지배하게 된다. · 자명종의 시간을 맘대로 조종하여 두 주인공은 노동을 하는데 꾀를 부린다.	
북한영화 〈꽃 파는 소녀〉	· 이야기를 통해 남을 즐겁게 해주는 특별한 재능을 가진 주인공 '뤄' 의 재능을 높이 평가한 촌장을 통해 힘들게 일하는 대신 영화관에 가서 영화를 관람 후 문명의 혜택을 받지 못한 '하늘 긴 꼬리 닭[3]' 마을사람들에게 이야기꾼의 재능을 유감없이 발휘한다.	
재봉틀	· 바느질 소녀가 등장하여 두 주인공의 지루한 일상에 활력소를 갖게 한다. · 재봉사의 '부' 의 상징이며, 재봉사와 두 청년을 만나 물 건너 프랑스의 이야기를 전해 들으면서 그의 의상디자인이 파격적으로 변화한다.	
발자크소설 (바-엘-짜-케)	· 영화 <꽃 파는 소녀>가 유일한 세상과 소통이었던 두주인공에게 어둠 속의 밝은 빛처럼 나타난 희망이다. · 안경잡이에게 책을 훔쳐 금기시된 서양서적을 읽으면서 새로운 세계에 대해 눈을 떴으며, 바느질 소녀를 계몽하여 외모를 변화시켜 도시로 떠나게 만든다.	
향수	· 소설에서는 나타나지 않음. (소설은 과거 (1971년~1973년)만을 서술한다)	· 성년이 된 '나(馬)' 는 훌륭한 바이올린 연주자가 되었다. · 27년 이 지난 후 '하늘 긴 꼬리 닭' 마을이 댐 공사로 인해 수몰된다는 기사를 접하고 바느질 소녀를 만나러 찾아간다.
위성접시 안테나		· 27년 후 '하늘 긴 꼬리 닭' 마을의 변화된 모습을 상징적으로 보여준다. · 깊은산골도 문화적인 혜택을 받고 있다.

2) 문화혁명은 10년이 넘게 지속되었고 국가 전체를 분열시켜 지금까지도 아물지 않은 상처를 남겼다. 몇 차례 계속된 경제 정책의 실패로 1958년부터 1961년 사이에 대규모 기근이 중국을 덮쳤고 중국 지도부는 경제안정을 도모하기 위한 일련의 개혁을 시작했다. 자신의 신망에 일정 부분 타격을 입은 마오쩌둥은 젊은이들에게 기존 권력에 도전하도록 장려함으로써 만회를 시도하였다. 그는 현상에 안주하려는 것은 부르주아적인 태도이며 혁명은 계속되어야한다고 외쳤다. 문화혁명은 그의 힘을 다시 확인시켜주었고 마오에 대한 숭배는 이 시기에 절정을 맞았다.

2. 인물의 구조변화

소설에서 영화로의 매체가 변용되는 사이 서사적인 부분과 함께 중심
인물들의 생성과 소멸 그리고 팽창, 수축이 이루어지고 있다. 이것은 이
야기를 전개하는 과정에서 영화의 시간적인 제약과 함께 인물의 초점이
도시에서 재교육을 받기 위해 온 두 젊은 청년에서 '바느질 소녀'로 전환
이 된 결과이다.

구 분	소 설	영 화
나(馬)	· 1인칭 관찰자시점. · 서술자(화자). · 이름이 불리어지지 않는다. 처음부터 끝까지 '나'로 서술된다. 바느질 소녀에 대한 연민.	· 영화는 카메라의 시점으로 전개되지만, '나'의 나레이션으로 시작한다. · 마(馬)로 불리어진다. · 27년 후 바이올린 연주자가 된다. · 바느질 소녀를 잊지 못하고 그리워한다. · 27년이 지난 후 '하늘 긴 꼬리 닭'이 댐 공사로 인해 수몰된다는 기사를 접하고 바느질 소녀를 찾아 향수를 사가지고 찾아간다.
뤄(羅)	· 주인공 '나'와 함께 하방下方되어 재교육을 받는다. · 이야기를 하는 화술에 능하다. · 바느질 소녀와의 로맨스를 만든다.	· 27년 후 치과의사가 되어 가정을 꾸린다. (바느질 소녀와의 로맨스는 과거일 뿐이다.)
바느질 소녀	· <발자크>소설을 좋아하며, 소설로 인해 계몽된다. · '뤄'를 좋아하며, 자신의 감정에 충실하다.	· 영화에서는 '바느질 소녀'를 중심으로 이야기가 전개된다. · 그녀가 계몽되어 신여성의 모습으로 마을을 떠나는 장면을 현재(2000년)에서 주인공인 '마'가 회상장면으로 그린다.

3) 하늘 긴 꼬리 닭 : 시적인 이름이면서 이상한 방식으로 그 끔찍한 높이를 짐작케 하는 산골. 하찮은 참
새들이나 평원의 보통 새들은 그 산골까지 도저히 날아오를 수 없다. 오직 하늘과 가까이 지내는 강하
고, 전설적이고, 고독을 즐기는 새만이 그 곳에 이를 수 있었다. 그곳으로 이르는 길이라고는 오로지 거
대한 바윗덩어리들과 뾰족한 산봉우리, 온갖 크기와 다양한 모양을 한 산등성이들 사이로 난 좁은 두멧
길이 있을 뿐이었다.

촌장	· 마오주석에 대한 대단한 존경심을 가지고 있다. · '지상의 긴 꼬리닭(자명종)'을 신성시 한다. · 구전설화에 푹 빠져 '뤄'의 이야기 하는 재능을 높이 평가하여 영화를 관람하고 마을사람들에게 이야기 하게 한다.	· 27년 후 촌장은 여전히 자명종을 소중히 여긴다. · 시대에 적응하며 살아간다.
재봉사	· 왕처럼 호사스럽게 살았다. · '촌장'보다도 이야기 듣는 것을 더 좋아하며, 적극적이다. · 프랑스소설의 이야기를 들은 후 옷의 디자인이 지중해식으로 변했다.	
안경잡이	· 발자크를 만나게 해주는 주선자의 역할을 한다. · 현실을 탈출하고자 여러 가지 노력을 한다. '발자크(금기시된 서양서적)'의 소설을 가지고 하방下方되어 재교육을 받으러 온다.	· 비중이 현저히 낮아진다. · 주인공인 '나와 뤄'에게 발자크와 그 외에 금지된 서양서적을 제공하는 매개체 역할을 한다.
방앗간영감 (늙은소리꾼)	· '천길만길낭떠러지'에 사는 가난한 술꾼이며, 조약돌을 소금물에 담근 것을 옥소금탕이라 생각할 정도로 문맹인이다. · 이름 난 명창으로 각 지방민요를 모두 아는 유일한 사람이다. · 권력 앞에서 약한 모습을 보인다. · '안경잡이'와 '하늘 긴 꼬리닭' 마을에서 떠날 수 있도록 도와주는 역할을 했다.	· 두 주인공인 '나와 뤄'가 우울함에 달래기 위해 찾아가 그의 노래를 듣는다. · '안경잡이'과 '하늘 긴 꼬리닭'을 떠나게 해주는 역할이 삭제된다.

Ⅲ. 소설과 영화에 나타난 소도구의 상징적 의미

영화와 소설은 모두 스토리를 전달하지만 근본적인 차이를 내포한다. 영화는 영상을 통해 스토리를 서술하고 소설은 언어로써 그렇게 한다.[4] 소설에 나타내는 언어는 상징적 기호이며, 근본적으로 사고를 요하는 논리적이고 이성적인 매체이다. 그러므로 독자가 소설을 이해한다는 것은 표면적으로 드러나는 내용을 이해하는 것뿐만 아니라 글 안에 내포되어 있는 작가의 상징적인 의미를 해석해야 하는 일도 독자의 몫인 것이다. 반면에 영화의 영상은 도상적기호이며, 소설이 필요로 하는 장황한 문장들을 영상으로 단번에 대신할 수 있으며, 영화에서의 아름다움은 개념화의 과정 없이도 무매개적으로 직접 지각된다. 언어는 아무리 애를 써도 영상이 지닌 직접성과 경제성의 매혹을 따라 잡을 수는 없다.

상징기호는 기호와 지시 대상 사이의 거리가 가장 먼 기호이다. 이 거리 때문에 상징 기호는 필연적으로 수요자의 에너지와 인식의 과정을 요구한다. 도상 기호의 세계에서 상징 기호의 이런 요구는 번거로운 노동으로 여겨질 수 있다. 속도가 경쟁력인 이 시대에 언어의 매개성과 비효율성은 치명적인 약점이 된다. 그러니 오늘날 문학이 영화에 밀려 문화의 주변부로 몰려나는 상황은 어찌 보면 자연스런 현상일 것이다. 그러나 문학은 바로 그러한 원천적인 결함 위에서 자신의 고유한 존재 의의를 찾을 수 있다. 기호와 지시대상 사이에 가로놓인 지울 수 없는 거리는 모호성과 의미의 잉여를 생산하며, 언어의 이런 측면은 영상으로 온전히 복원되거나 대체될 수 없다.

오늘날 문학은 언어와 지시대상의 거리를 최대한 활용하고, 느림과 비경제성의 원리를 적극적으로 실현하는 방식으로, 다른 서사물과 구별되는 자신의 역할을 수행 할 수 있다. 소설의 언어적 사유는 구체적이고 명확한 공간의 세계로 초대해야 한다. 또한 소설은 일련의 문자들을 나열한 단선적 구성의 시간예술이며 영화는 시청각적 요소가 동시에 작용하는

---

4) 박진 · 김행숙, 『문학의 새로운 이해』, 청동거울, 2004, pp.137:1~3.

복합적 구성의 시공간 예술이다. 상징적 기호가 도상적기호로 변형될 때의 모습을 소설과 영화 동명작품인 『발자크와 바느질하는 중국소녀』를 통해 바라보고자 한다.

매 씬(Scene)마다 등장하는 소도구를 활용하여 작가와 연출자의 의도를 간접적 또는 상징적으로 나타내고 있다. 이데올로기적, 문명적, 문화욕구적인 세 가지 기준으로 살펴보고자 한다.

1. 이데올로기적 측면

1) 바이올린

〈모차르트는 언제나 마오 주석을 생각한다.〉

촌장은 바이올린을 눈높이로 들더니 검은 구멍에서 뭔가 떨어지기를 기대하는 듯 마구 흔들어댔다. 금방이라도 현들이 끊어지고 현침懸針들이 동강동강 부서져 튕겨나갈 것 같았다. (……) 이건 장난감이로군. 촌장이 엄숙한 어조로 말했다. (……) 잠깐 동안에 바이올린은 마을 사람들의 손에서 손으로 전해졌다. (……) 우리는 전투에서 패배한 뒤에 밀려드는 공산당 농민들에게 생포된, 어느 홍보영화의 반동적인 어린 병사들 같았다. "우스꽝스럽게 생긴 장난감이네요. 한 여자가 쉰 목소리로 말했다. 아니, 그건 도회지에서 쓰는 부르주아 장난감이야. 촌장이 여자의 말을 정정했다. (……) 불살라버려야 해! (……) 서로 자기 손으로 불 속에 던지고 싶은 마음에 그 장난감을 움켜잡으려고 기를 썼다. (……) 나는 제목을 물었다! (……) 모차르트… (……) 모차르트는 언제나 마오 주석을 생각한다는 겁니다. (……) "모짜르트는 언제나 마오주석을 생각한다고?" 촌장이 되뇌었다. "그렇습니다, 언제나." 뤄가 단호하게 대답했다. (……) 흡사 메마른 땅에 비가 내리기라도 하듯 좀 전까지만 해도 그토록 매정해 보이던 마을 사람들의 얼굴이 시시각각 부드러워졌다.[5]

---

5) 다이시지에, 이원희 옮김, 『발자크와 바느질하는 중국소녀』, 현대문학, 2005, pp.8:2~12:15.

가마가 옆을 지나치는 순간, 갑자기 재봉사가 내 쪽으로 몸을 기울였는데 어찌나 가까운지 그의 숨결이 훅 끼쳤다. "웨이-올-린!" 그 순간 재봉사가 '바이올린'을 영어식으로 외쳤다. (……) "젊었을 적에는 용징에서 이백 킬로미터 떨어진 야안雅安에도 간 적이 있지. 나의 스승께서는 손님들에게 깊은 인상을 주기 위해서 자네들의 것과 같은 악기를 벽에 걸어두시곤 했다네."[6]

마오주석에 의해 주도된 대약진 운동이 실패를 가져오면서 새로운 권력들이 떠오르기 시작하였으며, 권력의 위기를 느낀 마오주석은 문인, 학생들, 부르주아, 소자본가 등을 반대되는 세력으로 간주하여 자신을 지지하는 홍위병들을 이용해 중국의 구시대적 문화유산을 제거하고 정부 내의 부르주아적 요소들을 모든 축출하는 데 앞장섰으며, 다시금 지배권을 장악하게 된다.

"모짜르트는 언제나 마오주석을 생각한다."는 직접적인 표현에서도 알 수 있듯이 문화대혁명시기 마오주석을 지지하고자 조직된 홍위병들이 마오주석 정부에 반대하는 지식인과 부르주아, 소자본가와 학생들을 타도하고자하는 정치적 상징적 도구이며, 바이올린은 각 지역의 당지도자들은 물론 교사 및 학교 지도자, 지식인, 부르주아, 소자본가 그리고 전통적인 견해를 가진 사람들로 홍위병들에게 공격하고 박해 받았던 반대세력을 말한다. 서구문물을 받아들이며, 그것을 얻기 위해 노력하는 집단을 상징화한 도구로 등장하며, 그들이 공격당하고 박해 받는 모습은 공산당의 지배적인 구성원인 인민들이 바이올린을 다루는 모습을 통해서 묘사하고 있다.

---

6) 위의 책. p.35:1~17.

2) 북한영화 〈꽃 파는 소녀〉[7]

우리는 〈꽃 파는 처녀〉를 이야기해주기로 결정했다. 용징의 농구장에서 우리가 보았던 세 편의 영화중에서 가장 인기 있는 작품은 북한의 신파극으로, 주인공 이름이 '꽃 파는 처녀'였다. 우리 마을 사람들에게도 그 영화를 이야기로 들려주었고, 영화가 끝나는 순간에 나는 일부러 목구멍을 약간 진동시켜서 감정적이고 비장한 변사를 흉내 내는 것처럼 마지막 대사를 발음했다.

"정성이 지극하면 돌 위에도 풀이 난다는 속담이 있는데, 꽃 파는 처녀가 들인 정성은 충분하지 않았단 말입니까?"

그 효과는 영화관에서만큼이나 컸다. 이야기를 듣던 청중들 모두 눈물을 흘렸고, 그토록 매정하게 굴던 촌장마저 핏멍울 세 개가 맺힌 왼쪽 눈으로 감동의 눈물을 줄줄 흘렸었다.[8]

북한영화 〈꽃 파는 처녀〉는 혁명영화[9]로서 항일혁명투쟁 당시 대중들을 교양하고 혁명화하여 항일전선에 동원하기 위해 김일성이 직접 창작한 작품으로 전해지고 있다. 작품을 영화화하는 문제는 혁명적 문화예술의 전형을 고수하고 영화예술이 혁명전통을 수립하는 중요한 문제로 파악되었다.[10] 그러므로 혁명영화는 사람들에게 혁명발전과정을 보여주며 혁명투쟁의 경험과 방법을 가르쳐주는데 있어 커다란 역할을 할 것이라

7) 1930년 오가자에서 가극으로 처음 공연되었고, 이후 김일성이 만주 오가자 일대에서 농촌혁명화 사업을 전개할 당시 저술했다고 선전하고 있는 소설 『꽃 파는 소녀』를 각색하여 만든 영화로 1972년 7월 체코에서 열린 제18차 세계영화축전에서 특별상을 수상한 것으로 전해지고 있다. 김정일은 문예 정책적 방침으로 '불후의 고전적 명작'들을 영화와 가극, 소설을 옮기는 작업의 일환으로 작업한 작품 중 한편이다. 북한 영화사에서는 이 영화를 "사상성과 예술성을 결합할 때 대한 당의 요구, 특히 생활을 진실하고 풍만하게 그릴 데 대한 사실주의적 요구를 완벽하게 구현하고 있는 혁명적 문화예술의 빛나는 본보기"로 평가하고 있다.

8) 같은 책. p.51:1~15.

9) 1977년, FIAF(국제영화 알치프연맹)주체로 멕시코에서 열린 영화심포지움에 제출된 보고서에 의하면 혁명영화란 '고발과 분석의 무기로써 민중의 이익에 봉사하고, 민중의 참ㅁ여를 바탕으로 발전하며, 또한 민중 그 자체에 도달하려고 하는 영화'라고 정의했다. 호르헤 산히네스, '우카마우' 집단, 「혁명영화의 창조」, 양운모(볼리비아, 1988), p.131.

10) 조은희, 「북한 '혁명전통'의 성장화 방식」, 이화여자대학교 석사학원 논문, 2000 참조.

생각하였으며, 나아가 인민들에게 항일투쟁을 위해 고귀한 생명을 안겨주며, 혁명투쟁을 신격화하여 국민의 일체감을 형성시키고, 국가의 위대성을 확인할 수 있는 역할을 할 수 있는 매개체로 이 영화를 활용하였다.

『발자크와 바느질하는 중국소녀』에서도 두 주인공이 매번 영화를 관람하러 가는데, 그 때마다 선택하는 영화는 〈꽃 파는 처녀〉이며, 매번 감동받는 장면과 대사는 "정성이 지극하면 돌 위에도 풀이 난다는 속담이 있는데, 꽃 파는 처녀가 들인 정성은 충분하지 않았단 말입니까?"이다. 이 장면은 이 영화의 메시지임과 동시에 두 주인공 자신들의 처지를 빗대어 이야기 하는 부분이기도 하다. 본인들의 처지에 대한 암담함을 이야기함과 동시에 현실을 벗어나기 위해 노력을 하지만 언제나 아침에 눈을 뜨면 '하늘 긴 꼬리닭' 그곳의 허름한 헛간일 뿐이다.

2. 문명적 측면

1) 지상의 긴 꼬리 닭(자명종)

짙푸른 줄무늬가 진 초록빛의 공작 깃털을 가진 거만한 수탉이었다. 약간 더러운 유리관 속에서 수탉이 대가리를 숙이고, 그 칠흑 같은 뾰족한 부리로 보이지 않는 바닥을 쪼는 동안 초침이 똑딱똑딱 문자반을 돌아갔다. 이어서 머리를 쳐든 수탉이 부리를 벌리고는 가상의 쌀알들을 실컷 쪼아 먹은 후 만족스런 모습으로 깃털을 흔들고 했다. 수탉이 초침을 움직이는 '뭐'의 자명종은 얼마나 작았던지! 그 덕분에 시계는 우리가 도착했을 때 실시된 촌장의 소지품 검사에서 무사할 수 있었다. 자명종은 손바닥만 한 크기였지만, 더할 나위 없이 부드럽고 귀여운 소리를 냈다.[11] (……) 자명종이 촌사람들에게 대단한 힘을, 거의 신성하다고 할 정도의 힘을 발휘한다는 걸 알고 무척 놀랐다. "일하러 나갈 시

---

11) 위의 책. pp.22:10~23:3.

간이다. 게으름뱅이들아! 뭘 꾸물대는 거야!" (……) 그는 새끼손가락으로 자명
종 바늘을 반대방향으로 한 시간 되돌려놓았다. 그런 다음 우리는 계속 잠을 잤
다. (……) 그날 아침은 그만큼 더 꿀맛 같고 유쾌했다. 이따금 시곗바늘을 되돌
리는 대신에 그날의 일을 더 일찍 끝내기 위해 한두 시간 앞으로 당겨놓은 적도
있었다. 그렇게 해서 나중에는 진짜로 몇 시인지를 알 수 없게 되고 말아 결국
실제 시간에 대한 개념을 잃고 말았다.[12]

문맹자인 촌장의 잠재의식을 깨우는 자명종의 알람소리는 촌장의 의식
구조를 완전히 변화시키지는 못했으나 촌장의 생활습관을 변화시켰다.
자연의 섭리에 맞추어 생활을 하던 촌장은 자명종을 만나면서 자명종에
의지하게 되어버린다. 우리 지금의 모습과 별반 다르지 않음을 알 수 있
다. 편한 것만을 추구하는 현대인들은 인터넷이 대중화된 지 몇 해 지나
지 않았음에도 불구하고 현재 우리생활은 인터넷 없이는 생활이 제대로
이루어 지지 않는 실정에 이르렀다. 영화에서의 27년이 지난 후의 촌장은
여전히 27년 전의 자명종을 손에서 떼지 못하고 있다.

2) 위성방송 접시안테나

27년이 흐른 후 주인공인 '나[馬]'는 프랑스에서 바이올린 연주자로 살
아간다. 어느 날 '하늘 긴 꼬리닭' 마을이 물에 잠긴다는 뉴스를 보고 아
련한 옛 기억을 쫓아 그 깊은 산골을 다시 찾는다. 27년이라는 세월이 흘
렀음에도 불구하고 그곳은 여전히 '하늘 긴 꼬리닭' 깊은 산골이다. 그러
나 주인공인 '나'가 예전에 머물렀던 거처에 도착하는 모습을 보여주는
영상에서는 시간의 흐름과 여전히 변하지 않고 있는 것들이 공존하면서

---

12) 위의 책, pp.23:4~25:14.

살아가는 모습을 보여주고 있다. 27년 전 아무런 문화혜택을 받을 수 없었던 오직 두 주인공이 들려주는 이야기에 의존해야 했던 마을 사람들은 27년 후 두 젊은 청년을 대신해서 위성방송 접시안테나를 이용해 중국 도시를 넘어서 전 세계의 모든 이야기를 들을 수 있고, 볼 수 있게 되었다.

3. 문화욕구 측면

1) 발자크소설

우리가 돌아가려고 하자. 안경잡이가 너덜너덜하게 낡은 얇은 책 한 권을 건네주었다. 발자크의 소설이었다.

바—엘—짜—케. 중국어로 번역된 프랑스 작가의 이름이 네 개의 표의문자로 하나의 낱말을 이루었다. 번역의 경이로움인가! 갑자기, 앞의 두 음절이 주는 무거움, 그 이름이 불러일으키는 호전적이고 도전적인 울림이 사라졌다. 각각이 약간의 의미를 내포한 아주 멋스러운 네 글자가 한데 모여 예사롭지 않은 아름다움을 자아내면서 몇 백 년 동안 지하실에 보존된 술에서 나는 향기처럼 이국적이고 감각적이고 그윽한 맛을 풍기고 있었다.(몇 년 후, 나는 그 번역자가 한때 위대한 작가였으나, 정치적인 이유로 그 자신의 작품들을 출간하는 것이 금지되면서 프랑스 작가들의 작품을 번역하는 데 일생을 보냈다는 사실을 알았다.)[13] (……) 하늘 긴 꼬리 닭 산골에서 재교육을 받고 있는 동안의 우리를

---

13) 과거의 이야기를 서술하고 있음을 알 수 있는 부분이다. 위의 책, pp.78:12~79:9.

혼란에 빠뜨린 것만은 분명한 사실이다. 그 얇은 책의 제목은 『위르쉴 미루에 Ursule Mirouet』였다. 뤄는 안경잡이가 책을 준 그날 밤부터 그 책을 읽기 시작해서 새벽녘까지 모두 읽어치웠다. 책을 다 읽은 그는 남폿불을 끄고는 나를 깨워 책을 내밀었다. 나는 밥도 먹지 않고 밤이 이슥하도록 사랑과 기적으로 가득한 프랑스 이야기에 푹 빠져, 다른 아무 일도 하지 않은 채 침대에서 보냈다.[14]

발자크 소설은 주인공인 '나와 뤄'에게는 현재에 대한 탈출구이자 희망이며, 문명의 혜택을 전혀 받지 못하는 깊은 산골의 바느질 소녀에게는 물질문명의 세계와 만날 수 있는 유일한 통로였다.

발자크 소설로 인해 그들은 변화한다. 매일 보는 산과 들, 일하면서 흘리는 땀과 존재가치보다 더 위대한 공기까지 다르게 느껴지며, 세상이 아름답다고 느낀다. 두 주인공은 바느질 소녀에게 책을 읽어주며, 소녀가 변화하길 바란다. 그리고 발자크로 인해 변화한 바느질 소녀는 그 곳 '하늘 긴 꼬리닭'을 떠난다. 짧게 자른 머리와 흰 운동화를 신은 그녀를 붙잡으려고 하나, 그녀의 눈동자는 흔들림이라고는 전혀 찾아 볼 수가 없다.

주인공인 '뤄'가 묻는다. "누가 널 바꿔 놓았지." 소녀는 말한다. "발자크가 바꾸었어."

문화대혁명기에 외국금지서적을 통해 시대를 앞서간 세 젊은이들은 발자크소설과 함께 물에 잠긴다. 27년 전 '하늘 긴 꼬리닭' 그 곳에서 발자크소설을 읽고 있다.

2) 재봉틀

그녀가 재봉틀을 향해 몸을 숙이면 하얀 깃, 달걀형 얼굴, 그 지방 전체는 아니라도 용정지구에서는 틀림없이 가장 아름다운 눈이 그 반들반들한 작업대에 비쳤다. (……) 그 산골의 유일한 재봉사인 그녀의 아버지는 점포이자 살림집으로 사용하는 크고 낡은 집을 자주 비웠다. 그 재봉사에게는 주문이 아주 많이 쏟아져 들어왔다. (……) 재봉틀을 번갈아 등에 지고 나를 건장한 남자 여럿을 데리고 정중하게 재봉사를 모시러 갔다. 그 집에는 재봉틀이 두 대 있었다. 하나는 재봉사가 마을을 돌 때마다 언제나 갖고 다니는 오래된 재봉틀로서, 상표도 제조업자의 이름도 지워져 있었다. 다른 하나는 상하이에서 만든 새 재봉틀인데, '바느질 처녀'로 알려진 자기 딸을 위해 점포에 나두었다. (……) 재봉사는 왕처럼 호사스럽게 살았다. (……) 재봉사를 손님으로 맞이해서 재봉틀 소리가 드르륵거리는 집은 마을의 중심이 되었고, 그 집으로서는 부를 과시할 절호의 기회였다. 그 집에서는 재봉사를 위해 진수성찬을 준비했고, 간혹 재봉사가 방문하는 날이 마침 설날을 앞둔 연말일 경우에는 돼지까지 잡았다.[15)]

　재봉사에게 있어 재봉틀은 '부'의 상징이며, 그 재봉틀을 소유한 재봉사는 그의 유일한 기술로 인해 마을 사람들에게 존경을 받는다. 그것은 단순한 기술자에 대한 예우의 표현이 아닌 그 이상의 의미를 갖는다. 그것은 그들과 다르다는 데에 있다. 자신들이 경험하지 못한 다른 세계를 경험한 자에 대한 동경이다. 경험하지 못한 미지의 세계에 대한 동경이 존경심으로 변하고, 재봉틀로 인한 그의 뛰어난 기술이 빛을 발하는 순간 마을사

---

15) 위의 책, pp.33:1~34:10.

람들의 문화적인 욕구에 대한 열망이 명절의 축제분위기로 표현된다.

또한 재봉틀은 바느질 소녀를 연상케 한다. 두 젊은 청년의 바느질 소녀에 대한 그리움을 재봉틀과 향수로 표현하며 마음을 달래고 있으며, 바느질 소녀 본인은 또 다른 세계로의 여행을 준비하는 도구로 사용한다.

IV. 결론

『발자크와 바느질하는 중국소녀』는 동명의 소설작품과 영화작품이라는 것 이외에도 작품의 작가와 영화의 연출자가 동일 인물이라는 것이 중요하다. 소설을 영화로 매체 변용 하는 과정에서 이론서를 제외한 이야기를 이끌어 가는 서술자가 동일하다는 것은 매체변용에서 오는 차이점을 연구하고 객관화 하는 작업에 있어 크게 기여한다고 본다.

우선은 작품을 분석하는데 있어 가장 기본적인 요소인 소설과 영화의 플롯구조와 매체변용 시 일어나는 인물의 확대와 축소에 대해 살펴보았다. 소설과 영화에서 등장하는 상징적인 소도구의 출현이 이야기의 전개에 중요한 작용을 하는 인과플롯구조의 형태를 갖추고 있다. 다만 소설과 영화 모두 주인공인 '나' 가 현재(2000년)에서 과거를 회상하는 형태로 이야기가 전개되지만, 소설에서는 현재의 모습은 전혀 묘사되어 있지 않다. 반면에 영화에서는 27년 후의 모습을 보여주면서 등장하는 소도구(위성방송접시안테나와 향수)에서 과거와 현재의 급변하는 시대상을 보여주고 있다.

인물의 구조변화에서는 영상으로 전환되면서 오는 제약적인 요소들은 물론이거니와 이 작품에서는 특히 인물의 초점이 도시에서 재교육을 다기 위해 하방下方되어 온 두 젊은 청년에서 마을의 순수한 소녀인 '바느질 소녀'로 전환되었기 때문이다. 그로 인해 청년들과의 에피소드에서 등장하는 인물이 대폭 축소되었다.

마지막으로 소설과 영화에서 나타나는 소도구의 상징적인 의미를 세 분야로 나누어 살펴보았다. 첫째 이데올로기적인 측면에서 '바이올린'과 북한영화 〈꽃 파는 처녀〉를 살펴보았으며, '바이올린'과 〈꽃 파는 처녀〉에서는 중국의 문화대혁명시기의 어지러운 사회상과 더불어 인민들의 사상을 알 수 있었다. 두 번째로 문명적 측면에서 '자명종'과 '위성방송접시안테나'를 대표적인 상징도구로 살펴보았다. 문화적인 혜택을 전혀 받지 못한 이들이 물질문명의 도구와 만나서 변화하고 적응하는 모습을 통해 현재의 우리들의 모습과 다르지 않음을 알 수 있었다. 세 번째로 문화욕구적 측면에서 '발자크 소설'과 '재봉틀'을 살펴보았으며, 이 두 가지 상징적인 소도구는 도시에서 온 지식인인 두 젊은 청년과 순수한 산골 처녀인 '바느질 소녀'의 문화적인 욕구에 대한 욕망을 보여주는 중요한 소도구이자, 『발자크와 바느질하는 중국소녀』의 대표적인 상징물이다. 이 세 젊은이들은 현재의 삶을 비관하지 않고 소설책과 영화를 보면서 소극적이지만 천천히 '바느질 소녀'를 비롯한 '하늘 긴 꼬리닭' 마을 사람들을 계몽시켰다.

이상 세 카테고리로 나누어 소도구의 상징적인 의미를 살펴봄으로 해서 작가이자 연출가가 소설과 영화를 통해 무엇을 이야기 하고자 하는지를 확실히 드러냈다. 물론 상징적인 도구들의 해석이 개인차가 있을 수는 있으나, 이 소설과 영화를 이해하는 데에는 도움이 될 것이라고 생각된다.

• 디지털이미지 커뮤니케이션에 관한 이해

1. 논저 및 단행본

강길호 · 김현주, 『커뮤니케이션과 인간』, 한나래.
강태완 · 김선남역, 『커뮤니케이션학이란 무엇인가』, 커뮤니케이션북스, 2001.
김우룡 · 장소원, 『비언어적 커뮤니케이션론』, 나남출판, 2004.
김효일, 『디지털이미지』, 창지사, 2003.
롤프 옌센, 『드림 소사이어티』(꿈과 감성을 파는 사회), 한국능률협회, 2000.
마샬 맥루한, 임상원 역, 『구텐베르크 은하계 – 활자인간의 형성』, 커뮤니케이션북
    스, 2001.
방정배 외 편역, 『독일 언론학 연구』, 커뮤니케이션북스, 2001.
성완경, 『21세기 사진영상학술대회 – 디지털 시대의 사진 – 디지털 테크놀로지와
    시각예술』, 눈빛, 1998.
시정곤 편, 『디지털로 소통하기』, 글누림출판사, 2007.
유평근 · 진형준, 『이미지』, 살림, 2002.
정보통신부 · 한국인터넷진흥원, 「상반기 정보화실태조사」
피에르 레비, 김동윤 · 조준형 역, 『사이버문화』, 문예출판사, 2000.
홍기선, 『커뮤니케이션론』, 나남출판, 1984.

2. 기타

http://100.naver.com/100.nhn?docid=52701
http://ko.wikipedia.org
http://kr.dic.yahoo.com/search/term/result.html?p=gui&pk=12905&type=eco&field=id

http://www.sciencedaily.com/releases/2007/11/071119213945.htmScienceDaily(Nov. 21, 2007)

• 월드오브워크래프트(World of Warcraft)의 캐릭터 선택에 관한 연구

1. 논저 및 단행본

한국게임산업개발원,『대한민국 게임백서』, (2002~2009)
류철균,「한국 온라인 게임 스토리의 창작방법 연구 -개발 사례를 중심으로」,『한국현대문화의 연구』제28호, 2006.
문남미 외,『디지털 시대 콘텐츠 산업 발전전략 연구』, 한국방송광고공사, 2006.
문현선,「왕국에는 법도가 필요하다 - 한국형 온라인게인(MMOG)의 문법 만들기」,《중국어문학지》42집, 2007.
이선로 · 노응철,「사용자의 특성이 온라인 게임 충성도에 미치는 영향에 관한 연구: 자극추구성향을 중심으로」,『경영학연구』제35권 제4호, 2006.
장 보드리야르, 하태완 옮김,『시뮬라시옹』, 민음사, 1995.
조수란 · 문정훈 · 김치경 · 김용진,「온라인 게임 플레이어의 사회적 정체성이 지속적인 게임 행동에 미치는 영향」,『한국경영정보학회 2007 춘계대회 논문집』, 2007.
최현주 · 전승규,「디지털 시대의 신 놀이문화 MMORPG에 관한 연구」,『디자인학회 2006 봄철 학술대회논문집』, 2006.

2. 기타

http://cafe.naver.com/aoraidteam/740
http://china.mud4u.com
http://en.wikipedia.org
http://www.etnews.co.kr/
http://www.ige.com
http://www.mud4u.com
http://www.ncsoft.com
http://www.worldofwarcraft.co.kr

http://www.playforum.net/wow
http://zoharia.com.ne.kr

• 공연예술의 사이버 공간 활용 현황과 전망

1. 논저 및 단행본

김민주 외,『컬쳐 시대의 문화마케팅』, 서울문화재단, 2005.

김주호 · 용호성,『예술경영』, 김영사, 2002.

김춘식 · 남치호,『세계 축제경영』, 김영사, 2002.

남경두,『인터넷 마케팅 길라잡이』, 정보문화사, 2000.

박신의 외,『통합 · 융합의 코드로 본 21세기 문화예술경영의 새로운 지평』, 한국
         문화예술경영학회.

박일우,『서유럽의 민속음악과 춤』, 한양대학교 출판부, 2001.

처크 Y 기리 · 에두아르도 파요스솔라 엮음, 장병권 외 12명 옮김,『현대관광론』,
         일신사, 1989.

피에르 레비, 김동윤 · 조준형 역,『사이버문화』, 문예출판사, 2000.

한국공연문화학회,《공연문화 연구》제14집, 2007.

2. 기타

에든버러 프린지 페스티벌(www.edfringe.com)

예술경영지원센타(www.gokams.or.kr)

난타 홈페이지(www.nanta.i−pmc.co.kr)

점프 홈페이지(www.hijumo.co.kr)

• 사이버 한자 학습 콘텐츠 비교 연구

1. 논저 및 단행본

곽승진 · LG상남도서관,「전문 포털사이트 구축에 관한 연구」,《한국정보관리학

회》제6회, 한국정보관리학회, 1999.

김기덕, 「문화원형 디지털 콘텐츠화사업의 사회적 효용」, 《인문콘텐츠》 제5호, 인
　　　문콘텐츠학회, 2005.

남은경, 「인터넷을 통한 한문과 문학과 문자 교육」, 《한문교육연구》 제20집, 한국
　　　한문교육학회, 2003.

문창배, 「개념 학습모형을 이용한 웹 기반 한자 학습 시스템」, 고려대학교 교육대
　　　학원 석사학위논문, 2003.

미디어문화교육연구회, 『문화콘텐츠학의 탄생』, 다할미디어, 2005.

박소연, 이준호, 「국내 주요 검색 포탈들의 백과사전 서비스 비교 평가」, 《한국도
　　　서관 · 정보학회지》 제37권 제2호, 한국도서관 · 정보학회, 2005.

박준식 · 문정순, 「CD−ROM 백과사전의 평가기준 설정」, 《한국문헌정보학회지》
　　　제34권 제1호, 한국문헌정보학회, 2000.

배영동, 「문화콘텐츠화 사업에서 '문화원형' 개념의 함의와 한계」, 《인문콘텐츠》
　　　제6호, 인문콘텐츠학회, 2005.

백광호, 「한문과에 적용 가능한 웹기반 수업과 문제중심 학습」, 《한문교육연구》 제
　　　15집, 한국한문교육학회, 2000.

백광호, 「한문교과에서 ICT활용교육의 현황과 전망」, 《한문교육연구》 제18호, 한
　　　국한문교육학회, 2002.

성치경, 「e−Learning Community의 상호작용이 학습에 미치는 영향」, 《한국문학논
　　　총》 제32집, 한국문학회, 2002.

송병건, 「정보의 바다와 산업혁명 : 인터넷 백과사전류에 대한 비교검토」, 《영국연
　　　구》 제17호, 영국사학회, 2007.

신지혜, 「사이버 가정학습 영어과 콘텐츠 분석 및 학업 성취에 미치는 영향」, 고려
　　　대학교 교육대학원 석사학위논문, 2006.

심경호, 『한학 연구 입문』, 이회, 2005.

이란주, 「메타검색엔진의 특징에 관한 연구」, 《한국정보관리학회지》 제17호, 정보
　　　관리학회, 2000.

이란주 · 윤소정, 「도서관 홈페이지 설계에 관한 연구: 인터페이스와 정보자료구성
　　　을 중심으로」, 《한국문헌정보학회》 제32권 제4호, 한국문헌정보학회, 1998.

이란주 · 최경화, 「국내 웹 검색도구의 특성 및 탐색 평가에 관한 연구」, 《한국문헌
　　　정보학회》 제31권 제3호, 한국문헌정보학회, 1997.

이명희, 「인터넷 학술연구정보의 포털사이트 구축에 관한 연구」, 《한국도서관 · 정
　　　보학회지》 제31권 제4호, 한국도서관 · 정보학회, 2000.

이인화, 『한국형 디지털 스토리텔링』, 살림, 2005.

이정엽, 『디지털 게임, 상상력의 새로운 영토』, 살림, 2005.

이태희, 「한문교육에 있어서 하이퍼미디어의 활용」, 《한문교육연구》 제15집, 한국
　　　한문교육학회, 2000.

인문콘텐츠학회, 『문화콘텐츠 입문』, 북코리아, 2006.

장 보드리야르, 하태완 옮김, 『시뮬라시옹』, 민음사, 2008.

전재성, 「四書 성립과정에 관한 연구」, 《한국양명학회 논문집》 제16호, 한국양명학
　　　회, 2006.

정재철, 「한국학중앙연구원 고문헌 전산화의 성과와 한계」, 《한문교육연구》 제27
　　　집, 한국한문교육학회, 2006.

정창권, 『문화콘텐츠학강의 - 깊이 이해하기』, 커뮤니케이션북스, 2007.

조현양 · 최선희, 「학회 학술정보시스템 구축에 관한 연구」, 《한국도서관 · 정보학
　　　회지》 제30권 제3호, 한국도서관 · 정보학회, 1999.

최연구, 『문화콘텐츠란 무엇인가』, 살림, 2006.

피에르 레비, 『사이버문화』, 문예출판사, 2005.

한상완 · 김성혁 · 문성빈 · 이란주, 「국가디지털도서관 구축계획에 관한 연구」,
　　　《한국문헌정보학회》 제30권 제3호, 한국문헌정보학회, 1996.

홍성욱, 「인터넷을 활용한 漢文과 敎授 · 學習 방안 연구」, 《한문교육연구》 제21집,
　　　한국한문교육학회, 2006.

2. 기타 : 사이버 한자 학습사이트

사이버서당(http://cyberseodang.or.kr)

성균관서당(http://www.eduhanja.com)

장원한자(http://www.jangonehanja.co.kr/hanja.asp)

맛있는 한자(http://www.yamhanja.com)

짱구박사 한자공부(http://www.e-zzanggu.com/)

재미있는 한문교실(http://user.chol.com/~h0108/)

박병구의 열린 한문교실(http://www.openhanmoon.pe.kr/)

샘한자(http://www.samhanja.com)

한서당 매일한자(http://www.hanseodang.co.kr/)

한자나라(http://home.cein.or.kr/~angtos/)

21세기한문교육연구회(http://www.hanja21.com/)

한문을 생각하는 공간(http://www.cyberhanja.com/)

이야기 한자여행(http://www.hanja.pe.kr/)

사임당 한문서당(http://user.chollian.net/~k71421/)

예스이지(http://www.yeseasy.com/)

어린이 한자공부(http://www.childhanja.com/)

단산학당(http://www.dansan.net/)

즐겁고 재미있는 한자공부(http://www.hanjakorea.co.kr/)

아이교육소학당(http://www.sohakdang.com/)

한자통닷컴(http://www.hanjatong.com/)

한맥한자(http://cafe.naver.com/hanmek/)

한자여왕(http://www.hanjaqueen.com/)

한국벤쳐한문연구소(http://www.cyberhanmun.com/)

경북상주도서관 한자학습(http://e－hanja.sjlib.go.kr/)

인원서당 한문학원(http://www.yejeol.com/)

진해시립도서관 한자학습(http://digitalbook.jinhae.go.kr:8085/)

신기한 영화한자(http://www.moviehanja.com/)

언어닷컴 한자(http://www.eoneo.com/lang/hz/)

EBS에듀나인한자(http://www.edu9.co.kr/hanja)

눈덩이한자(http://www.nunhanja.co.kr)

까불지마한자(http://www.mahanja.co.kr)

1Class디지털한자(http://www.1Class.co.kr)

한자야닷컴(http://www.hanjaya.com)

한자스쿨(http://www.hanjaschool.com)

아이한자(http://www.ihanja.com)

한자365(http://www.hanja365.com.ne.kr)

이야기한자(http://www.eyegihanja.com)

한자하우스(http://www.hanjahouse.co.kr)

경북상주도서관한자게임(http://www.e－hanjagame.sjlib.go.kr)

한자사랑(http://www.ilovehanja.com)

한자119(http://www.hanja119.com)

예스이지(http://www.yeseasy.com)

황군의한문생각(http://www.kimo97.com.ne.kr/index.html)

온지당(http://www.onjidang.org)

제이한자(http://hanja.jboard.net/)

에듀홍(http://www.eduhong.co.kr)

당근과채찍 탐방탐방(http://www.tambang.co.kr)

아하북(http://www.ahabook.co.kr)

e한자(http://www.e－hanja.com)

장선생문자교실(http://www.munjasori.com)

한영교육(http://www.hanyounge여.com)

아이템풀일일학습지(http://www.itempull.com)

지산관(http://www.jisanseowon.org)

보리의 사자소학(http://www.pyungang.com.ne.kr)

천지인평화사회교육원(http://www.oyeskorea.com)

사임당한문서당(http://www.php.chol.com)

한국한문교육연구원(http://www.hanjaking.com)

한자박사(http://www.hanjadoc.com)

전북한자진흥회(http://www.jbhanja.org)

한국한자문화연구원(http://www.hanjae여.or.kr)

성운한문한자교실(http://www.swhanja.net)

한자나라(http://www.hanjanara.co.kr)

백령한문87(http://www.kwhan87.com)

송파서예한문학원(http://www.sur－ye.com)

전통문화연구회(http://www.juntong.or.kr)

Eotek58(http://blog.empas.com)

피아루나(http://www.ccyworld.com/piaruna)

일신서당(http://www.cafe.daum.net/6k5yhx)

골든키 아이템풀(http://www.gkitempool.com)

한자박사(http://www.hanjadoc.com)

365한자(http://www.365hanja.com)

한자뱅크(http://www.hanjabank.com)

춘호재사이버서당(http://www.chunhoj.new21.org/)

한자교육보급협회(http://www.ihanja.net)

즐거운한자(http://www.class4joy.com)

창천항로(http://www.cafe.daum.net/hanjaexam)

한자통(http://www.hanjatong.com)

전선생의 온전한문교실(http://user.chollian.net/~mrchun72)

맛있는 한자(http://www.yamhanja.com)

늘 함께하는 우리한문(http://www.mengzi.net)

사이버한문교육원(http://www.cyberhanmun.com)

공자왈 맹자왈(http://www.e－hanja.co.kr)

한자2000(http://www.hanja2000.com)

최종찬(http://www.cjc1883hihome.com)

한문원(http://www.hanmunwon.net)

모닝플러스(http://www.mpehanja.chosun.com)

21세기 한문교육연구회(http://www.hanja21.com)

탐방탐방(http://www.tambang.co.kr)

한연회(http://www.hanja4u.net)

홍영동(http://www.chollian.net/~h0108)

오케이한문(http://www.ok－hanmun.net)

소학당(http://www.sohakdang.com)

• 추리소설의 미디어 콘텐츠화 방안 연구

1. 논저 및 단행본

Lennard J. Davis, Resisting Novels, Methuen, 1987.

김내성, 「타원형 거울」, 『비밀의 문』, 명지사, 1994.

김내성, 「탐정소설론」, 《새벽》, 1956. 3.

데이비드 보드웰 · 크리스틴 톰슨, 주진숙 · 이용관 역, 『영화예술』, 이론과실천, 1997.

루이스 자네티, 김진해 역, 『영화의 이해』, 현암사, 2005.

리몬 케넌, 최상규 역, 『소설의 현대 시학』, 예림기획, 2003.

송덕호, 「추리소설의 유형」, 대중문학연구회 편, 『추리소설이란 무엇인가?』, 국학자료원, 1997.

S. 채트먼, 한용환 역, 『이야기와 담론』, 푸른사상, 2003.

S. 채트먼, 한용환·강덕화 역, 『영화와 소설의 수사학』, 동국대학교출판부, 2001.

심진경, 「여성 성장소설의 플롯」, 한국소설학회 편, 『현대소설 플롯의 시학』, 태학사.

아트 실버블랫·제인 페리·바바라 피난, 송일준 역, 『미디어 리터러시 접근법』, 도서출판 차송, 2004.

윤정헌, 「김내성 탐정소설 연구」, 《한국문예비평연구》 4집, 한국현대문예비평학회, 1999.

이브 뢰테르, 김경현 역, 『추리소설』, 문학과지성사, 2000.

정혜영, 「근대를 향한 왜곡된 시선」, 《현대소설연구》 31집, 한국현대소설학회, 2006.

제라르 주네뜨, 권택영 역, 『서사담론』, 교보문고, 1992.

조동일, 『한국문학통사 5』(제4판), 지식산업사, 2005.

조성면, 「탐정소설과 근대성」, 《민족문학사연구》 13집, 민족문학사학회, 1998.

츠베탕 토도로프, 신동욱 역, 『산문의 시학』, 문예출판사, 1998.

프란츠 칼 슈탄젤, 김정신 역, 『소설의 이론』, 문학과비평사, 1990.

한용환, 『소설학 사전』, 고려원, 1992.

• 치매 노인을 위한 전통놀이 콘텐츠 개발 연구

1. 논저 및 단행본

Garry L. Landreth, 유미숙, 최명선 공역, 『놀이치료 : 아동중심적 접근』, 상조사, 2006.

J. 호이징하, 권영빈 역, 『놀이하는 인간』, 기린원, 1989.

L. Diane Parham, Linda S. Fazio, 윤현숙·장기연 공역, 『놀이 작업치료』, 정담미디어, 2003.

Susan M. Knell, 박영애 외 옮김, 『인지행동놀이치료』, 나눔의집, 2001.

Terry Kottman, Charles Schaefer 편저, 김은정·정연옥 공역, 『놀이치료 사례집』, 학지사, 2006.

강영식 · 박병관, 「노인의 욕구영역에 따른 노인복지관 노인교육프로그램의 선택
　　　속성」, 《노인복지연구》 통권 41호, 공동체, 2008,

강위영, 송영혜, 변찬석 편저, 『놀이치료』, 특수교육, 1999.

교육부, 『유아 전통놀이 교육활동 지도자료』, 동양문화사, 1993.

권중돈, 『치매환자를 위한 프로그램의 실제』, 학현사, 2004.

김경철, 『여가와 레크리에이션』, 보경문화사, 1994.

김광웅 · 유미숙 · 유재령 공저, 『놀이치료학』, 학지사, 2004.

김동연 외, 『치매예방 및 인지재활 프로그램』, 서현사, 2004.

김동연, 윤영옥, 「미술치료가 노인성 치매 환자의 일상생활 제반 문제 해결 능력에
　　　미치는 효과」, 《美術治療硏究》 제7권 제2호, 한국미술치료학회, 2004.

김명 · 고승덕 · 서미경 · 서혜경, 『노인 보건 복지 이론과 실제』, 집문당, 2004.

김미애 · 류경화, 『놀이지도』, 동문사, 2000.

김미정, 「노인의 신체적 균형을 위한 율동 운동프로그램 개발」, 연세대학교 대학
　　　원 석사학위논문, 1996.

김미혜 外, 「재노인의 우울증 예방 프로그램 개발과 효과성 연구 : 사회복지관이용
　　　을 중심으로」, 《韓國社會福祉學》 44권, 韓國社會福祉學會, 2001.

김미혜 · 서혜경, 『노인복지실천론』, 동인, 2002.

김영실 · 김진영, 『언어지도』, 공동체, 2004.

김영희 · 류진아 · 송현정 공저, 『집단발달놀이치료』, 학지사, 2005.

김정규, 『문학적 접근에 의한 통합적 유아교육 프로그램』, 정민사, 2000.

김정숙, 「집단 미술치료가 요양시설 경증 치매 노인의 인지기능과 문제행동에 미
　　　치는 영향」, 원광대학교 보건학 박사학위논문, 2008.

류경화, 『유아를 위한 전통놀이 교육』, 창지사, 1999.

류정자, 「집단미술치료가 노인의 학습된 무기력 및 우울정서에 미치는 효과」, 경
　　　성대학교 대학원 교육학 박사학위 논문, 2000.

문화부, 『전통놀이모음집』, 1991.

박선민, 「집단미술치료가 노인성 치매환자의 인지기능 개선에 미치는 효과」, 영남
　　　대 학교 환경보건대학원 석사학위논문, 2005

박용란, 「놀이와 레크레이션에 대한 초기이론 연구」, 《한국 여성체육학회지》 9권,
　　　1995.

박창영, 『전통 놀이 · 민속 놀이 · 환경 놀이 레크리에이션』, 일신서적출판사, 2006.

보건복지부, 『재가치매 노인가족의 적응프로그램 개발』, 2002.

보건복지부, 『치매 노인 간호요령』, 2000.

신현옥, 『치매예방 그리고 미술치료』, 《월간 미술세계》, 2005.

신혜원, 『노인놀이치료』, 공동체, 2009.

신혜원 · 전미애, 『치매 노인을 위한 전통놀이 프로그램』, 양서원, 2006.

양영주, 『노인을 위한 놀이치료에 관한 연구』, 호남신학대 학위논문, 2001.

양한연, 「집단미술치료가 치매 노인의 자기표면에 미치는 효과」, 《한국가족복지
　　　　학》 제13권 2호, 한국가족복지학회, 2008.

예하미디어, 『놀이이론과 실제』, (주)예하미디어, 2005.

오병훈 外, 「인지재활훈련이 노인서 치매 환자의 인지 기능에 미치는 영향」, 《대한
　　　　신경정신의학회지》 제42권 제4호, 大韓神經精神醫學會, 2003.

유효순 · 조정숙, 『놀이이론과 실제』, 한국방송통신대학교 출판부, 2005.

이대균, 『전통놀이교육 프로그램』, 양서원, 2001.

이상구 · 박인수 · 김지은, 「노인종합복지관 여가프로그램 참가유형에 따른 이용만
　　　　족도, 고독감 및 성공적 노후의 관계」, 《한국스포츠사회학회지》 제19권,
　　　　제1호, 한국스포츠사회학회, 2008.

이숙재, 『유아를 위한 놀이의 이론과 실제』, 창지사, 1997.

이원유 · 권선숙, 「노인을 위한 음악요법 프로그램이 우울, 균형, 유연성에 미치는
　　　　효과」, 《지역사회간호학회지》 제14권 제1호, 2003.

이유훈 · 정인숙 · 유준연 · 정현진, 『민속놀이를 이용한 유아 지각−운동 학습지도
　　　　프로그램』, 교육과학사, 2003.

이윤로, 『치매 노인과 사회복지서비스』, 학지사, 2003.

이윤로 · 김영숙, 『치매환자의 치료와 간호』, 학서당, 1996.

이은해 · 지혜련 · 이숙재 편역, 『놀이이론』, 창지사, 1990.

이해영, 『노인복지론』, 창지사, 2006.

─────, 『케어복지론』, 양서원, 2000.

장혜순, 『유아놀이의 이론과 실제』, 학지사, 2006.

정여주, 「노인미술치료 프로그램개발을 위한 기초연구」, 《韓國老年學》 제25권 1호
　　　　통권 49호, 韓國老年學會, 2005,

정영주 · 민순 · 김기순, 「율동적 운동프로그램이 여성노인의 건강에 미치는 영
　　　　향」, 《한국노년학연구》 통권 제13권, 한국노년학연구회, 2004.

정영진, 『유아를 위한 전통놀이 교육 프로그램』, 양서원, 2004.

조추용 · 이채식, 『케어복지 실천기술론』, 학현사, 2005.

최성재, 장인협, 『노인복지학』, 서울대학교출판부, 2004.

최애나 · 류기광, 「집단음악치료가 치매 노인의 인지기능, 우울정서, 삶의 질 및 정
　　　　신행동증상에 미치는 효과」, 《特殊敎育再活科學硏究》 제46권 제3호, 大
　　　　邱大學校特殊敎育 · 再活科學硏究所, 2007.

최영란 편저, 『전통놀이 문화의 이론과 실제』, 서울기획, 2002.

최혜숙, 이지연 공저, 『작업치료학 개론』, 계축문화사, 2004.

하재연, 「치료레크레이션이 치매 노인의 인지기능, 우울, 일상생활 수행능력에 미
　　　　치는 효과」, 이화여자대학교 석사학위논문, 2002.

한경애, 『호모루덴스 놀이의 달인』, 그린비, 2007.

한국임상사회사업학회, 『노인복지론』, 양서원, 2004.

한국치매협회, 김기웅 · 강종인 편저, 『치매환자와 함께하는 작업요법』, 도서출판
　　　　원, 2003.

• 『마지막 박쥐공주 미가야』의 애니메이션 스토리텔링화 방안

1. 논저 및 단행본

John halas, Roger manvell 저, 이일범 역, 『애니메이션의 이론과 실제』, 신아사, 2000.

김자연, 『한국 동화문학 연구』, 서문당, 2000.

노시훈, 『할리우드 애니메이션의 스토리텔링 전략』, 심미안, 2008.

박기수, 『애니메이션 서사 구조와 전략』, 논형, 2004.

박성수, 『애니메이션 미학』, 향연, 2005.

오탁번 · 이남호, 『서사문학의 이해』, 고려대학교출판부, 1999.

원종찬, 「한국 동화 장르에 관한 연구」, 《민족문학사연구》, 민족문학사학회, 2006.

이경혜, 『마지막 박쥐공주 미가야』, 문학과 지성사, 2000.

이지은, 「동물 소재의 애니메이션 캐릭터 수용에 관한 연구」, 『디자인학연구집』,
　　　　서울디자인포럼학회, 2001.

전윤경, 「성공하는 창작 애니메이션을 만들기 위한 전략 연구」, 《인문콘텐츠》, 인
　　　　문콘텐츠학회, 2003.

정우성·박경민, 「국내 애니메이션 글로벌 경쟁력 강화 방안」, 《경영학 연구》 제36
권 제6호, 2007.

정채봉, 『오세암』, 창비, 2008.

조미라, 「애니메이션 〈오세암〉과 〈반딧불의 묘〉의 서사 비교」, 《만화애니메이션연
구》, 한국만화애니메이션학회, 2003.

조은하·이대범, 『애니메이션 스토리텔링』, 북스힐, 2007.

한창완, 「애니메이션 상품의 틈새시장 개발 연구」, 《만화애니메이션연구》, 한국만
화애니메이션학회, 2000.

2. 기타

http://movie.empas.com/movie/movieinfo?page=3&cinema_id=17726&tab=review
www. kocca.kr

• 〈리니지 2〉의 스토리텔링에 관한 연구

1. 논저 및 단행본

권영운, 「디지털 스토리텔링 특성의 광고 적용 가능성」, 《영산논총》 11, 2003.

김만수, 『문화콘텐츠 유형론』, 글누림, 2006.

류정원, 『리니지2 공식가이드북』, 제우미디어, 2003.

윤지현, 「국내 온라인 게임 그래픽에 관한 연구」, 한양대학교 석사학위논문, 2004.

이동욱, 『리니지2 이용자가 추구하는 충족과 몰입, 중독에 관한 연구』, 한양대학교
석사학위논문, 2005.

이인화, 『한국형 디지털 스토리텔링』, 살림, 2005.

이정엽, 『디지털 게임 상상력의 새로운 영토』, 살림, 2005.

정경란, 『디지털 게임의 미학』, 살림, 2005.

정경란, 『리니지1 완벽가이드북』, 제우미디어, 2001.

정관철, 『온라인게임 이용자 유형 연구』, 고려대학교 석사학위논문, 2006.

정혜승, 「인터넷 환경에서의 디지털 스토리텔링에 관한 연구」, 《디자인포럼21》 제
5집, 2002.

조은하·이대범, 『스토리텔링』, (주)북스힐, 2006.

최예정 · 김성룡 공저, 『스토리텔링과 내러티브』, 글누림, 2005.
한예원, 『디지털 게임 스토리텔링』, 살림, 2005.

2. 기타

(재)한국 게임 산업 개발원, 『2004 대한민국 게임백서』
gamereport.netimo.com
http://cyberculture.re.kr
http://icdia.egloos.com/1019402
http://lineage2.plaync.co.kr/
http://lineage2.plaync.co.kr/board/history/ArticleList
http://lineage2playforum.net
http://tong.nate.com/blue－azul/29332894
http://www.onplayer.co.kr
http://www.playforum.net/lineage2

• 칙릿 영화에 나타난 스토리텔링 연구

1. 논저 및 단행본

S. 채트먼, 한용환 옮김, 『이야기와 담론』, 푸른사상, 2003.
마샬맥루한 지음, 박정규 옮김, 『미디어의 이해』, 커뮤니케이션북스, 1997.
모현주, 「20, 30대 고학력 싱글 직장 여성들의 소비의 정치학」, 연세대학교 대학원
　　　　석사학위논문, 2007.
미다스, 『익사이팅 마케팅』, 미래의 창, 2007.
최혜실 외, 『문화산업과 스토리텔링』, 다홀미디어, 2007.
클라우스 포그, 크리스티안 부츠, 바리스 야캬보루 지음, 황신웅 옮김, 『스토리텔
　　　　링의 기술』, 멘토르, 2008.

2. 기타

〈브리짓 존스의 일기〉
〈악마는 프라다를 입는다〉

〈내니 다이어리〉

http://en.wikipedia.org/wiki/Chick_lit
http://www.altx.com/EBR/EBR3/diane.htm
http://www.chicklitbooks.com/whatis.php
http://www.chicklitchicks.com/about.html
"Chick Lit for Tweens : What It Is. Why Girls Like it. Why You Should Read It.",
"The Case for Chick Lit in Academic Libraries"
동아일보 2006. 7. 21 "2030女 프라이드를 입다"
로맨시안 2006. 9. 29 "칙릿에 대한 오해와 진실 혹은 대담"
중앙일보 2008. 4. 10 "한국소설 최초의 칙릿 '스타일'"
한국일보 2008. 4. 7.

• 소설과 영화의 거리 : 『발자크와 바느질하는 중국소녀』

1. 논저 및 단행본

강민석, 「소설과 영화의 서사구조 비교 연구」, 한양대학교 석사학위논문, 2008.
김종구, 「플롯론 · 서사구조론의 전개양상과 소설시학」, 2005.
박정미, 「소설과 영화의 이야기와 담론 비교 연구」, 한국교원대학교 석사학위논
　　　문, 2005.
박진 · 김행숙, 『문학의 새로운 이해』, 청동거울, 2000.
비비안 탐 저, 이원제 옮김, 『中國風(CHINA CHIC)』, 한길사, 2008.
S. 채트먼 저, 김경수 옮김, 『영화와 소설의 서사구조 : 이야기와 담화』, 민음사,
　　　1990
이수현, 「원작소설과 각색영화의 비교 연구」, 고려대학교 석사학위논문, 2006.
이형관, 「혁명을 주제로 한 북한영화연구」, 숭실대학교 석사학위논문, 1997.
조은희, 「북한 '혁명전통' 의 상징화 방식」, 이화여자대학교 석사학위논문, 2000.
조정래, 「소설과 영화의 서사론적 비교 연구」, 『현대문학의 연구』, 2003.
황영미, 『일인칭 소설의 영화화』, 문학과 영상, 2001.

필자 소개(게재순)

김장곤

現 우송대학교 강사. 現 고려대학교 과학기술학협동과정 박사과정. 現 TastyPhoto 포토크래퍼. 연세대학교 대학원 식품영양학과 석사. 논문으로 「정상인과 Adenoma환자 대장조직의 항산화 무기질 농도에 관한 연구」외 다수. 〈연영 40주년 기념 전시회〉 외 사진전 다수.

이재학

現 고려대학교 디지털경영학과 박사과정 수료. 서강대학교 대학원 신문방송학과 석사. 고려대학교, 연세대학교 강사. 논문으로 「온라인게임의 가격분쟁과 조정과정에 대한 연구」 외 다수.

주재연

現 (주)난장컬쳐스 대표이사. 現 고려대학교 응용언어문화학협동과정 박사과정. 한국문화예술위원회 국제교류소위원회 위원. 한국예술경영학회 이사.

이하나

現 고려대학교 응용언어문화학협동과정 박사과정. 現 (주)미디어뷰 기획작가. 고려대학교 대학원 응용언어문화학협동과정 석사. KBS 국악한마당, SBS Golf(PGA, LPGA, KPGA, KLPGA) Tour 구성 외 다수.

이수현

現 고려대학교 대학원 박사과정 수료. 現 동아방송예술대학 방송연구소 연구원. 고려대학교 대학원 국어국문학과 석사. 고려대학교 민족문화연구원 사전편찬실 연구원. 논문으로 「원작소설과 각색영화의 비교 연구」, 「「메밀꽃 필 무렵」의 스토리텔링 양상 연구」외 다수.

신혜원

現 이화여자대학교 사회복지전문대학원 특임교수. 現 행복아카데미(놀이치료프로그램연구소) 원장. 한양대학교, 명지대학교 강사. KBS 라디오 프로그램 진행. 이화여자대학교 사회복지대학원 사회복지학과 석사. 저서로 「노인놀이치료」, 「치매노인을 위한 전통놀이 프로그램」 외 다수.

양선미

現 고려대학교 대학원 박사과정. 1998년 〈문화일보〉에 단편소설 「차를 타고 안개 속으로」로 등단. 작품으로 소설집 『맛동산 리시브』, 장편소설 『문주』 외 다수.

안남일

現 고려대학교 한국학연구소 연구교수. 現 Asia Open Forum 운영위원. 고려대학교 대학원 국어국문학과 석사. 고려대학교 초빙전임강사. 한성대학교, 한림대학교, 안양대학교 강사. 저서로 『기억과 공간의 소설현상학』, 논문으로 「「누가 커트코베인을 죽였는가」에 대한 리터러시적 접근」 외 다수.

이용승

現 이석애듀스쿨.
現 고려대학교 국어국문학과. G.B.L(Game Based Learning) 학습법 지도강사. 사단법인 한국보드게임산업협회 보드게임 지도사.

박미희

現 한성대학교 한국어문학과 박사과정. 現 한성대학교 사고와표현연구원. 한성대학교 대학원 국어국문학과 석사. 논문으로 「출판 콘텐츠의 성공 유형 연구」 외 다수.

권순정

現 고려대학교 응용언어문화학협동과정 박사과정. 수원대학교 교육대학원 중국어교육학과 석사. 논문으로 「영화를 통한 중국현대 문화교육방안 연구」 외 다수.